문학연구
입문의 실제

문학연구
입문의 실제

이주열 지음

KSI 한국학술정보㈜

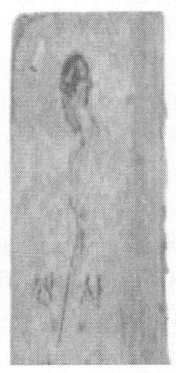

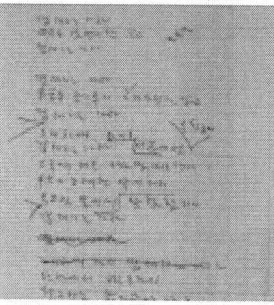
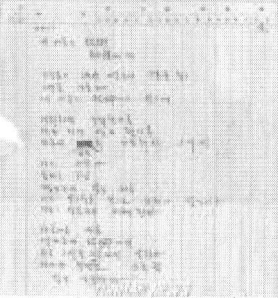

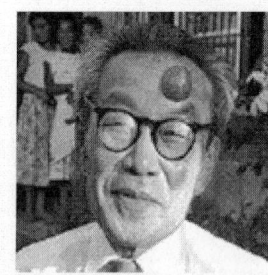

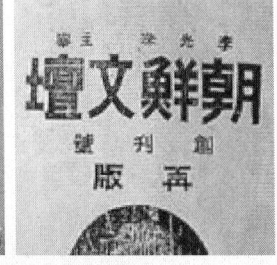

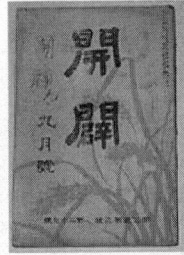
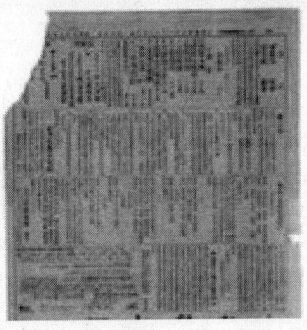

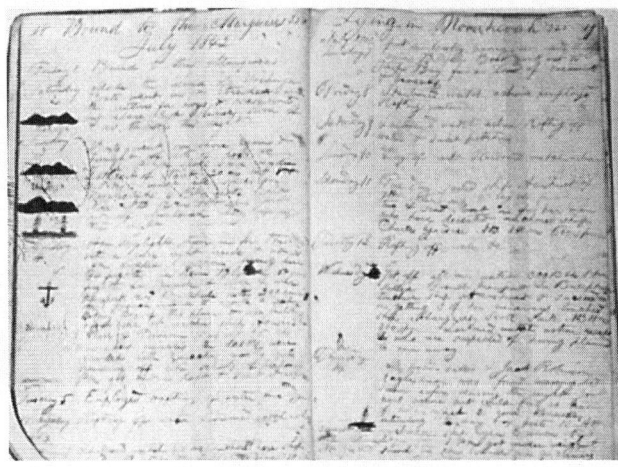

책의 시단에서

　세계가 자본의 온라인으로 편성되어 뭔가 요란스러운 21세기, 속도와 변화가 지배하고 있는 인간사회를 다각도로 점검하고 인간다운 삶을 위한 지혜를 짜내는 모습들이 전에 없이 활발하다. 문학은 고대부터 그러한 정신의 깨어남을 위한 길라잡이가 되어 왔다. 진정한 작가나 시인 그리고 비평가는 모순의 현상에 적극 개입하기도 하며, 구태의연하고 진부한 사회와 황량한 시대를 살고 있다는 자각히에 미적 언어로써 늘 일상의 전복을 갈구한다.

　얼마 전 영화로도 상영된 공지영 작가의 『도가니』로부터 인지받을 수 있듯이 문학은 자본주의사회 내에서 살아가는 한 부를 축적하는 욕망을 극구 부정할 수 없을지라도 자본과 권력의 부조리에 당당히 맞서서 바람직한 인간적 삶이 무엇인지를 내려다볼 수 있게 만든다. 첨단 과학의 발달로 지구의 위기론까지 언급되고 있는 이 시점에서 인간다운 삶의 균형을 유지하기 위한 문학계의 노력은 가시지 않고 있다.

진실하게 학문을 추구하는 사람은 냉철하면서도 균형감 있는 안목으로서의 깊은 통찰력이 정제되어 있다. 사회의 상황적 조건에 따라 이해득실을 따지며 잔재주에 능한 자들에게 부화뇌동하거나 쉽게 휘둘리지 않는다. 탐구하고자 하는 대상의 본질을 끄집어 올리려는 문제의식이 고양되어 있다. 이를 본받아 문학연구에 입문하게 되면 고전·근현대작품 가릴 것 없이 새로운 시각과 방법으로 문학사 속에 끌어들일 수 있는 논리적 해석의 타당성을 담보해 내야 할 과제를 안게 된다. 작품 자체의 미적 이해뿐만 아니라 텍스트 전후 관계를 면밀히 궁구하여 역사적 관점에서의 창작 시기의 실상까지 드러낼 수 있어야 한다.

고대 건국서사시의 창자가 무당 임금이거나 지체 높은 귀족 가운데 특별히 선발되고 훈련된 전문가였을 것이라 추정되고 있는 것이 우리 문학사의 일반적인 논리다. 하지만 당시 피지배층의 삶과 근간을 이루는 풍부하고 다채로운 역사적 면모를 파헤쳐 끊임없는 본질을 캐내다 보면 기층민들의 별 신통치 않은 노래와 상응한다는 논거도 내놓을 수 있다. 또 상당한 흥미의 테마로써 여러 가지 삶의 의미를 던져주고 있는 우리의 설화 「수삽석남(首揷石枏)」과 영국 셰익스피어의 희곡 「로미오와 줄리엣(Romeo and Juliet)」의 유사점을 비교해 보면 동·서양의 문학예술 발생 배경은 물론 그 구조적 층위의 동질성을 가늠할 수 있을 것이다.

태평성대의 풍류를 읊은 사대부들의 작품을 격조 높은 묘사로 평가되고 있는 것에 대해 기교적인 재능을 발휘하여 이름을 얻은 것에 불과하다는 반론이 가능하며, 세속의 번민에서 벗어나 자연과 함께 유유자적하는 중세의 시인들에 대한 문학사적 설명에 대해서도 선행

연구자의 일면적인 관찰로서 지식인들의 동류의식 및 자기동일성 사고의 산물임을 비판할 수 있어야 한다. 당대 자연의 아름다움을 느낀다든지 세상과 등지고 신산한 삶을 노래했던 부류는 대개 양반 신분을 가진 사람들로서 일반 백성들의 눈으로 볼 때 이들의 문학적 행위는 어디까지나 귀족적인 고귀함, 즉 양반의 고매한 행태 그 이상 그 이하도 아니다. 현대의 청정무구한 자연을 예찬하고 자유·평등한 인간적 삶을 위한 고심의 흔적을 드러낸 텍스트를 있는 그대로 이해하기보다는 그것을 산출한 시인·소설가의 현실적 삶과 대응해보면 그 둘 사이의 이질적인 거리를 보증해낼 수 있다.

그 외 아직 밝혀지지 않은 부분이나 잘못 해석되어진 문학적 성과물이 수없이 존재하고 있음을 염두에 둘 필요가 있다. 이를 위해 창조적 글쓰기 주체로서의 자의식과 사회 전체를 조망할 수 있는 유토피아적 의식을 전이시켜 나가야 한다. 이러한 경험들을 한 단계씩 축적하여 자아와 세계의 교섭을 변주할 수 있는 강한 시대정신의 힘을 생성하고 무수히 쏟아져 나오는 작금의 문학작품들을 취사선택, 생사적인 연구 작업과 그 의미를 스스로 창출해 가는 데 시간을 소비해도 괜찮다는 생각이다.

예술적 창조의 행위인 문학작품의 본질을 규명하고 문학계의 유기체적 전체성을 이루는 하나의 완성된 글을 내보이기란 참으로 어렵다. 본서는 연구의 대상을 한정하고 시와 소설에 관한 사회학적 문예학적 구조를 밝혀내는 데 집중했던 박사과정 때 박사논문 준비를 병행하며 쓴 글들이다. 이수해야 할 과목들의 과제를 단순히 선행 연구자들의 논구를 정리하여 보고하는 단계를 넘어서 비록 깊이 있는 논의까지는 나아가지 못했을지라도 새로움이나 기존 논의들에 대한 비판적 시각으로의 문학적 진단을 시도, 대부분 재학 중이나 졸업 직후에 한국어문학연구회 등을 통해 발표할 수 있었다.

한참 지난 글들을 새삼 살펴보니 부끄러움이 그지없다. 허나 이들을 그대로 하나의 묶음으로 내놓는 이유는 딱 한 가지다. 대학에서 강의를 해오는 동안 대학생들이나 대학원생들로부터 어떻게 논문을 써야 하는지 난감해하며 연구에 대한 질문을 숱하게 받는데, 학문 활동의 초두에 위치해 있는 후배들로 하여금 문제가 있는 초보적인 단계의 글들을 접하게 함으로써, 필자보다 월등히 나은 연구자로 거듭나기를 바라는 마음에서다.

주간 수업이 있는 일반대학원에 적을 두고 피치 못할 사정으로 생업을 가지고 있었던 터라 더욱 학문적 치열함을 기할 필요가 있었다. 야근을 마치면 졸리고 피곤함을 잊은 채 곧장 학교로 향하곤 했다. 수업이 없는 날은 국립중앙도서관이나 국회도서관으로 발길을 옮겨 주어진 과제의 자료를 찾고 정리하여 최대한 연구자로서의 원칙을 지키고 책무를 다하려고 했다. 난해한 이론들을 습득해 나가는 지적 유희와 바쁜 일상 속에 삶의 여유가 있음을 깨닫게 된 것도 그러한 생활을 겪게 되면서부터였다. 비록 몸은 사회적 제도에 구속되었을지언정 자유로운 사고의 형태로 문학연구에 대한 애정을 가질 수 있게 되었다.

문학연구에 입문한 지 적지 않은 시간이 흘렀지만 여전히 부족한 것이 너무 많다. 해결책은 없다. 처음의 마음가짐으로 과욕 없는 걸음을 이어갈 수밖에……. 문학사가 지닌 제반 사항들을 거듭 살펴보고, 삶의 전부를 바칠 수 있을 정도의 다부짐으로 선택적 관점에 의한 논점의 정립, 대상의 재규정 등 연구방법을 다각도로 설정하고 있는가. 그런 가운데 해소되지 못한 문제점들을 합리적으로 체계화하고 있는가. 반성과 성찰의 반복만으로는 온당치 못하다.

2012년 새해 벽두에

이 주 열

Contents

목차

Contents

목차

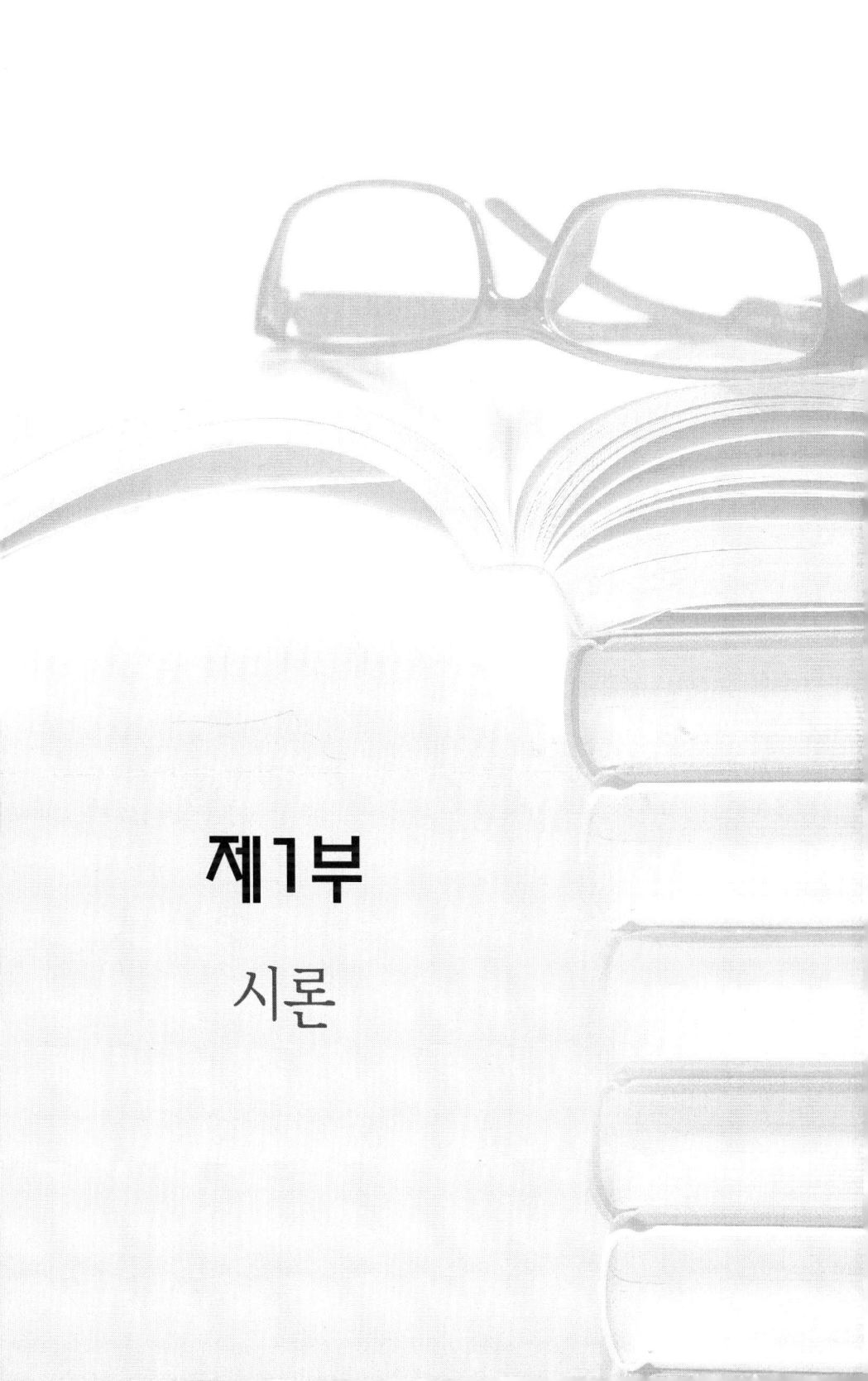

제1부

시론

한국 개화기 시가의 지향성 비교: 『독립신문』과 『대한매일신보』의 기능과 관련하여

1. 서론

　한국의 개화기 시가는 일본을 비롯한 세계열강들의 세력다툼 사이에서 배태된 문학 형식이다. 19세기 말부터 20세기 초반까지의 개화정신은 그것이 한반도 주변 강내국들의 영향이든 시대의 변화를 갈망하는 민족의 자발적 의식이든, 나라의 존망에 대한 근본적인 물음을 낳게 하였다. 역사 발전에 대한 이 현실적 질문들로부터 고민하고 때로는 비판적 시각으로 삶의 자세를 견지한 담당 층이 바로 당대 일부 지식인들과 동학혁명 이후의 농민층 그리고 개항 이후의 임금 노동자 등이다. 그 가운데서 이러한 의식변형추구 세력을 규합하고 개화·계몽에 강한 실천력을 보여준 언론 매체를 든다면 『독립신문』과 『대한매일신보』라 할 수 있다. 여기에 개인적이며 공동체의 바람직한 삶을 제시해 주고 전달할 수 있는 문화의 결과물인 한 형태가 개화기 시가였다.

19세기 후반의 대한제국은 봉건적 신분 질서가 붕괴하는 변혁의 시대로 이해된다. 그러한 변혁의 움직임은 국가 정체성의 위기와도 맥을 같이한다. 역사적 사건의 하나인 동학혁명, 그 사상의 줄기로부터 구체화되기 시작한 서구와의 대립 의식이야말로 그동안 움츠려 있던 조선이라는 나라가 기지개를 켜는 희망의 싹이 아니라 할 수 없다. 개혁에 대한 인식의 확대는 민중시대를 지향하는 역사적·사회적 발전을 촉진하게 되었다. 그중 무엇보다도 통상을 요구하는 서구 열강들의 압력에 의해 전통적인 주자학의 세계관이 흔들리게 된 것이다. 이때『독립신문』이 탄생하게 되었고, 20세기로 접어들자 군국주의 일본에 의한 한국의 식민지화는 빠르게 진행되어 갔다. 그 과정 속에서『대한매일신보』가 창간하게 된다.

『독립신문』과『대한매일신보』는 근대적 생활의 지향과 전근대적인 체제수호의 양면성을 띠고 있어서 복합적인 가치체계를 파악하여야 한다. 구체적으로 정치적 가치체계, 사회적 가치체계, 경제적 가치체계 등을 역사적 지식에 기초하여 이해하고 바라보아야 당대 사회의 구조를 올바르게 드러낼 수 있을 것으로 판단된다. 근대지향 측면에서는 두 신문이 다 같이 사회 모순의 타개책을 강구하기 위한 사상 체계를 진화론적 방법으로 나아갔다면, 체제수호 측면에서는『독립신문』이 기존 세력의 영향 아래 지식인들을 중심으로 한 계몽 수단에 머무른 반면,『대한매일신보』는 기존 사회적 질서를 불신하고 민족을 억압하는 일본의 만행에 적극적으로 대항했다는 양가성을 띤다.

이 두 언론매체의 변별성은 민족이 나아갈 방향의 방법적 차이라 할 수 있다. 그렇기 때문에 봉건적 신분제로부터의 탈피와 국가의 안

위 및 생존의 문제를 다각도로 모색했다는 공통점이 내재되어 있었다는 긍정적인 면을 일단 인정할 필요가 있다. 그럼에도 불구하고 언론매체 구성원 간 신념체계의 이면에 드러나는 현실에 대한 인식의 차이로 많은 문제를 야기했음은 주지의 사실이다. 다시 말해 당대 지식인들의 사회변혁에 대한 열망은 같았지만, 의식의 차이로 불합리한 현실을 오도할 위험성이 강하게 자리 잡고 있었다고 하겠다. 이러한 점에서 두 언론매체 간 근대적 발전의 지향점이 다르게 표출되었다고 볼 수 있다.

이 글은 한국문학 연구의 일환으로 『독립신문』과 『대한매일신보』에 게재된 개화기 시가를 고찰 대상으로 삼는다. 개화기 시가에 대한 지금까지의 연구들은 애국·계몽의 동향에 맞추어 대부분 긍정적인 측면만을 부각시켜 왔다. 개화기 시가에서 우리는 개별 작품이 갖는 문학적 미의 파악뿐만 아니라, 시가로서의 사회적 역할과 기능의 진상을 찾아내는 일에 부정적인 눈으로 봐서는 안 될 것이다. 역사 변혁의 중심에 서 있었던 당대의 언론매체로 하여금 사회의 이데올로기적 현상을 도출하고 그에 대한 작품들 간의 변별성을 드러낸다면, 이후 본격적으로 발전을 보게 되는 근대문학 초두의 모습과 그들의 가치를 따져볼 수 있는 토대가 되리라 생각한다.

그러므로 본 글에서는 『독립신문』과 『대한매일신보』의 기능에 부합하는 시가의 문학적 근거와 위치를 사회적 배경과 연결시켜 구명하고, 거기에 따르는 시적 한계와 성과를 밝혀보고자 한다.

2. 개화기 시가 연구의 선행 검토

20세기 전후로 진행된 한국의 개화는 근대화 전개에서 강대국들에 의한 강압적인 행태로 이루어진 측면이 강하다. 이때 근대화 시점이 먼저 문제로 부각되는데, 한국 개화기의 시점을 설득력 있게 정리한 이는 김석하다. 그는 병자수호조약을 체결한 해인 1876년을 광의의 개화기로, 갑오경장을 필두로 한 개혁적 양상으로 치달은 해인 1894년을 협의의 개화기로 출발점을 삼았다.

병자수호조약은 일본이 한반도를 침략하여 강제적으로 외교 협약을 맺은 것으로 우리는 인지하고 있다. 반면 갑오개혁이라고 하는 갑오경장은 일본이 개입한 제도라고 할지라도 정치 관계뿐만 아니라, 기층 민중들이 용인할 수 있는 요소, 즉 계급타파, 신분해방 등의 신분제도를 철폐하고 조혼금지, 과부의 재혼 등을 담은 사회·경제적 양상까지도 포괄하고 있다. 이렇게 볼 때, 갑오경장은 일본에 의해 강요된 측면이 있기는 하지만, 기층 민중들에게 앞날의 청사진을 보여주었다는 점을 관련시켜 1894년을 한국 개화기의 시발점으로 삼는 것이 타당성 있다고 본다.[1]

한국문학사에서 개화기 시점을 일치시키지 못하고 있는 점에 대해 비판하는 것은 필요조건은 되나, 충분조건은 될 수 없다. '개화기'라는 것이 그 사회가 안고 있는 모순으로부터 새로운 흐름의 계기가 마련된 긍정적인 뜻을 내포하고 있다면, 사회를 바라보는 관점의 차이로 개화의 시기를 각기 달리 잡을 수 있기 때문이다. 따라서 개화기를 중세에서 근대로 전환되어 가는 과도기적 형태라고 할 때, 대내적 요인에 의한 사회적·경제적 구조와 연관 지을 것인지, 대외적 요인에 의

한 정치적·문화적 변화와 관련지을 것인지를 선택 규정되어야 한다. 전자에 중점을 둘 경우에도 개화기의 요건, 이를테면 기층민들의 신분 상승의 욕구는 시대에 관계없이 제기되어 왔기 때문에 그것을 한말에 국한하여 신분제의 동요로 설정하는 것은 논거가 빈약하다. 잠재되어 있는 신분상승의 욕구가 어떠한 방법으로 얼마만큼 분출하였는지를 따져볼 필요가 있다. 그렇기 때문에 사회적 배경에 의한 개화기 시점을 한 지점으로 몰고 가는 학문적 태도는 바람직하지 않다.

개화기의 시점 다음으로 문제 삼아야 할 것은 개화기 시가 연구의 범위다. 개화기 시가의 이해에 기여할 수 있기 위해서는 무엇보다 개화기 시가에 해당되는 작품들을 전부 다뤄야 한다. 그러나 본 글에서는 상동관계가 있으면서 작품 사이의 미묘한 차이를 보여주는『독립신문』과『대한매일신보』의 매체로 한정하고자 한다.『독립신문』과『대한매일신보』에 실린 시가는 어떠한 것들이 있으며,『독립신문』과『대한매일신보』는 개화기 시가들과 어떠한 관계에 놓여 있는가에 초점이 모아져 있다.

개화기 시가 연구는 한국문학의 형성을 밝혀주는 데 중요한 단서를 제공해 준다.2) 본고에서 개화기 시가 전체가 아닌『독립신문』과『대한매일신보』를 중심으로 개화기 시가를 문제 삼는 첫 번째 이유는 두 매체에 실린 시가의 창작의식 구현의 차이가 상당히 드러나 있기 때문이다. 두 번째 이유는 위의 두 매체에 의해 창작되어진 개화기 시가를 통해 당대 현실에 대한 한국인들의 정신적 흐름을 천착할 수 있다는 판단과 함께 시가의 문학적 한계도 엿볼 수 있기 때문이다.

개화기 시가에서 주목해야 할 것은 개화기 시가가 하나의 형식으로만 창작되어진 것이 아니라는 점이다. 거기에는 한시를 비롯하여 시조, 창가, 신체시 등이 포함된다.[3] 특히 한시는 민족의 전통적 역사 대응 의지를 담아 숭고한 미를 거두었다는 평가를 받고 있다.[4] 그러나 여기에서도 그러한 시가들을 다 다룰 수 없는 까닭에 개화기 시가로서의 의미전달이 집약되었다고 생각되는 작품 몇 편만을 선택하여 시적 반응의 제 양상을 살펴볼 것이다. 그러한 과정에서 『독립신문』과 『대한매일신보』의 사상성[5]과 문학적 가치가 비교 평가될 수 있으리라 본다.

3. 19세기 후반의 시적 배경

1860년에 동학이 창건되면서 조선은 기층 민중을 중심으로 민족을 수호하고자 하는 사상적 전환기를 맞는다. 동학은 민중 또는 종교운동의 초석을 놓았다. 애국계몽운동과 함께 우리나라 근대의식의 발판을 마련하였다는 데 큰 의미를 부여할 수 있다. 이것은 봉건적 지배질서로부터 근대사상의 인식에 근거를 둔 시민정신과 서학에 대응하는 자주적인 개혁의 자리를 차지한다.

'근대'라는 용어가 서구에서 이입된 시대적 조류라고 했을 때, 그것은 엄밀히 말해서 기계문명에 기인한 개인주의를 함의한다. 마찬가지로 문학에 있어서 근대적 미의 개념 속에는 자아를 강조하는 개인주의적 정신을 내포한다. 그러므로 19세기 말의 갖가지 개혁운동은 서구적 근대로 나아가는 길로 수렴된다.[6] 최제우의 『용담유사』[7]는 그러한 사상적 기반을 바탕으로 한 문학적 의미가 내재되어 있다. 그리하여 동학가사라고 일컬어진 일련의 작품들은 당대 집권층에 대한 저항의지를 담고 있어 개화기 시가로도 평가받고 있다.[8]

동학가사는 고통을 받고 있는 민심을 모으고 낙관적인 세계관을 구현하는 구실을 했다. 전봉준이 죽어가면서 지었다는 「운명시」가 그 좋은 예가 된다. "때가 이르러서는 천지와 함께 힘썼으나,/운이 가니 영웅도 스스로 꾀할 수 없다./백성을 사랑한 정의에 내 잘못은 없노라./나라를 사랑한 붉은 마음 누가 알아주겠나."로 끝맺는 비극적 영웅의 노래에서 시대정신과 역사의식을 확인할 수 있다. 이런 현실적 삶의 자각에 의한 민족애는 자주권 수호의 정신적 보루가 된다.

동학가사로부터 시대적 과제를 모색한 방안은 독립협회의 조직으로 모아진다.9) 그러나 거기에 바탕을 두고 있는 개화운동은 의도와는 달리 서서히 서구를 추수하게 되는 『독립신문』을 발간하기에 이른다.

1)『독립신문』의 시가

『독립신문』은 1896년 4월에 서재필이 창간한 우리나라 최초의 신문이다. 창간 당시에는 격일간으로 주 3회 발행되었다. 체재는 가로 22cm, 세로 33cm 판형에 전체 4면으로(1-3면은 한글판, 4면은 영문판) 냈다가 창간 이듬해인 1897년부터 한글판과 영문판을 분리하여 2개의 신문으로 발행하였으며, 발행 부수는 2,000부 미만이었다. 정부의 탄압으로 서재필이 미국으로 돌아가자 대신 운영을 맡은 윤치호가 1898년 7월 일간으로 발전시켰다. 이후 정부가 매수하여 1899년 폐간시켰다. 문학사적으로도 의의를 가지는 이 신문은 개화정신에만 공고히 하는 데 봉사했다거나, 민족 내부의 모순을 타파하기 위한 욕구는 가졌지만 목적을 달성하지 못했다고 규정할 수 있다.

『독립신문』은 근대 민족주의, 민주주의, 자주적 근대화 사상을 강조하여 국민을 교육·계몽과 동시에 만민평등 정신으로써 여론의 대변자 역할을 해낸 것에 큰 의미를 두고 있다.[10] 하지만 이것은 세계의 보편적인 정치적·경제적·문화적 독립의 의지에서 나온 것이 아니라, 오랫동안 지배국가로 존재하고 있던 청나라와의 단절이 곧 독립임을 내세우게 되는 모순을 안고 있었다.

> 사람들이 남녀 무론하고 본국 국문을 먼저 배워 능통한 후에야 외국 글을 배우는 법인데, 조선서는 조선 국문은 아니 배우더라도 한문만 공부하는 까닭에 국문을 잘 아는 사람이 드문지라 조선국문하고 한문하고 비교하여 보면 조선국문이 한문보다 얼마가 나은 것이 무엇인고 하니 첫째는 배우기가 쉬우니 좋은 글이요 둘째는 이 글이 조선 글이니 조선 인민들이 알아서 백사를 한문대신 국문으로 써야 상하 귀천이 모두 보고 알아보기가 쉬울 터이라 한문만 늘 써 버릇하고 국문은 폐한 까닭에 국문만 쓴 글을 조선인민이 도리어 잘 알아보지 못하고 한문을 잘 알아보니 그게 어찌 한심치 아니하리요. 또 국문을 알아보기가 어려운 건 다름이 아니라 첫째는 말마디를 떼이지 아니하고 그저 줄줄 내려쓰는 까닭에 글자가 위에 붙었는지 아래 붙었는지 몰라서 몇 번 읽어 본 후에야 글자가 어디 붙었는지 비로소 알고 읽으니 국문으로 쓴 편지 한 장을 보자 하면 한문으로 쓴 것보다 더디 보고 또 그나마 국문을 자주 아니 쓴 고로 서툴러서 잘 못 봄이라. 그런고로 정부에서 내리는 명령과 국가 문서를 한문으로만 쓴 즉 한문 못하는 인민은 남의 말만 듣고 무슨 명령인 줄 알고 이 편이 친히 그 글을 못 보니 그 사람은 무단이 병신이 됨이라.[11]

이처럼 『독립신문』에는 근대적 자아의식이 분명히 반영되어 있다. 그렇지만 여기에는 당대적 삶의 변화를 위한 구체적이고도 심화된 생존방식의 방향이 결여되어 있다. 국가존립이 위태로운 상황에서 우리말 사용에 대한 주장을 길게 열거하고 있다는 것은 『독립신문』 창간의 취지가 세계열강들로부터의 보편적인 독립이 아님을 말해준다. 즉 한반도를 둘러싼 패권 국가들로부터 대응하고 정치적·경제적으로 생존방식을 위한 타개책이 하나도 보이지 않는다. 대신 거기에는 옳으나 그르나 민족을 오랫동안 지탱시켜온 한문의 무용론만 길게 열거해 놓고 있다. 이것은 청의 문화의식들을 시급히 탈피해야 함을 역설하고 있는 것이다. 위기에 처한 민족의 삶을 강대국들 사이에서 다시 개척하려는 의지의 필연성을 선언한 것과는 달리, 정치적·경제적·문화적으로 지배받고 있던 청나라만을 극복의 대상으로 여겼음이 발견되고 있는 것이다.

자주독립임을 선포한 홍범 14조(洪範十四條)—1894년 제정 공포된 14개조 강령. 여기에는 자주독립의 확립, 지방관제의 개혁과 지방 관리의 권한 제한, 선진 외국의 학예와 문화수입 등이 포함되어 있다.—에서 근거를 찾을 수 있다. 그러므로 조선말 사용을 의제로 주체성을 설파한 위 논설의 핵심은 청과 완전 단절을 하자는 데 있었다고 볼 수 있다.[12)

그리하여 지금까지 『독립신문』에 발표된 개화기 시가에 대한 인식도 새롭게 구명되어야 한다. 최초의 애국가라고 하는 「서울 순청골 최돈성의 글」이 『독립신문』 제3호에 실렸는데, 일단 현실인식에 대한 선각자들의 의지 표출[13)은 수긍할 만하다.

> 대조선국 건양 원년 자주독립 기뻐하세
> 천지간에 사람 되야 진충보국 제일이니
> 님군께 충성하고 정부를 보호하세
> 인민들을 사랑하고 나라 기를 높이 달세
> 나라 도울 생각으로 시종 여일 동심하세

부녀 경대 자식교육 사람마다 할 것이라
집을 각기 흥하려면 나라 먼저 보전하세
우리나라 보전하기 자나깨나 생각하세
나라 위해 죽는 죽음 영광 이제 원한 없네
국가태평 안락은 사농공상 힘을 쓰세
우리나라 흥하기를 비나이다 하나님께
문명개화 열린 세상 말과 일과 같게 하세
　　　　　　　－「서울 순청골 최돈성의 글」14)

　인용 시가에서 보는 바와 같이 이 노래는 "자주독립을 기뻐하"자
로 시작된다. 문제는 자주독립의 객체이다. 말하자면 1895년 일본에
의해 청국이 물러가고 대신 일본이 그 자리를 차지하게 됨으로써 조
선은 또 다른 국가의 지배를 받게 된다. 따라서 당시 개화를 부르짖
던 사람들이 조선의 독립을 쟁취했다고 본 것은 현실인식의 부재에
서 비롯된 것임을 알 수 있다. 그렇기 때문에 개화파인 김옥균, 박영
효 등이 주도한 개화운동은 청과 계속 국교를 유지하려는 척사파와
갈등관계에 놓이게 된다.
　개화파가 주장하는 구시대적 청산, 즉 봉건주의를 혁명적으로 변
화시키기 위한 극복 방안은 청과 손을 떼고 결국 일본과 손을 잡자는
말과 같다. 그리하여 일본을 통한 서구의 근대문물을 받아들이면서
그들은 대중적 기반을 마련하게 된 것이다. 청에 대한 사대주의를 청
산하자고 주장하면서 또 다른 외세 의존적인 자세를 취한 것에서 개
화파의 모순이 그대로 드러난다.
　위의 노래에서 화자는 처음부터 마지막까지 청유형 어미를 사용하
면서 독립이 되었으니 이제 "님군께 충성하고 정부를 보호하"자고 한
다. 이것 또한 청으로부터의 일시적 독립이 세계의 보편적인 독립으

로 확신하고 있는 모습이다. 외세로부터 독립을 위한 대책이 미흡함을 보여주고 있는데, 세계의 정세를 올바르게 이해하지 못한 데 원인이 있었다고 볼 수 있다. 독립에 대한 "낙관적인 현실인식"[15]은 새로운 삶을 꿈꾸는 변혁적 지각으로부터 시작되는 것이다. 그러나 지식인들이라고 하는 사람들에 의해 서구의 세계를 거부반응 없이 받아들임으로써 민족의 운명이 위기에 놓이게 된 것이다. "독립을 기뻐하"고 "나라 기를 높이 달"자고 목소리를 높이고 있는 것도 다름 아닌 자신들의 우매한 행태를 스스로 보여주는 격이다.

애국계몽운동의 차원에서 대한제국의 앞날을 주도하는 이러한 현실적 인식의 한계는 다음 「애국가」에서도 쉽게 찾아볼 수 있다.

봉축하세 봉축하세
아국태평 봉축하세

꽃 피어라 꽃 피어라
우리 명산 꽃피어라

열매 열라 열매 열라
부국강병 열매 열라

진력하게 진력하세
사농공상 진력하세

영화롭다 영화롭다
우리 만민 영화롭다

(…중략…)

즐겁도다 즐겁도다
독립자주 즐겁도다

향기롭다 향기롭다
우리 국가 향기롭다

열심하세 열심하세
충군애국 열심하세

빛나도다 빛나도다
우리 국기 빛나도다

높으시다 높으시다
우리 님군 높으시다

장성한 기운으로
세계에 유명하야

-「애국가」16)

   인천 제물포 전경택이 지었다는 이 노래에서도 전환기의 역사 속에서 현실 자체를 직시하지 못하는 지식인의 한계가 끌어올려지고 있다. 화자는 한반도를 강탈하려는 세계열강들의 야욕을 철저하게 외면하고 "아국태평 봉축하"자라고 하면서 태평연월을 말하고 있다. 달리 생각하면 외세로부터 자주 독립하여 기세가 등등한 것 같다. 하지만 실제로는 성숙되지 않은 한 선각자가 위엄을 드높이고자 떠들썩하게 선동하고 있는 것이다. 그것은 밑으로부터의 지지를 받지 못하고 "독립자주 즐겁"다고 한 것에서도 알 수 있다. 여기서의 '독립자주'란 앞서 밝혔듯이 청나라로부터의 독립 그 이상도 그 이하도 아니다. 그러므로 이 노래는 위선적인 지식인이거나 지배 권력의 위치에 있는 자가 애국계몽운동을 왜곡하여 식민사회로 이행시키는 행위로도 볼 수 있게 된다.

   그렇기 때문에 화자는 어떻게 "우리 명산 꽃"을 피울 것인지 구체적인 제시를 하지 못하고 있다. 또한 "우리 국가 향기롭다"고 말하고 있는데, 여기에서도 '시각의 후각화'라는 공감각적 시적 비유를 적절히 사용했으면서 그것을 뒷받침할 만한 상징성과 이미지의 상상력은 보여주지 못하고 있다.

이처럼 당시 개화인들이 삶의 정신적 열정을 지니고 있었으면서도 세계의 움직임을 제대로 포착하지 못한 것은 세심하고 주의 깊지 못한 요인에 있다. 이렇게 된 연유는 서구 또는 일본 문화를 막연하게 동경한 데 있었다고 해도 틀린 말은 아닐 것이다. 그리고 그것은 당시 개화인들이 시대적 상황이 변화함에 따라 정체성의 혼란을 적지 않게 겪었다는 증거이기도 하다.

여기에서 지식인의 역할이 때로는 민족의 삶에 역기능으로 작용할 수 있다는 교훈을 얻을 수 있다. 외세 앞에 식자로서의 양심을 굳건히 견지하기란 힘들었을 것[17]임을 인정할 때 그렇다. 또 다른 개화시가에서도 그러한 면이 드러난다.

우리나라 대조선은 자주독립 분명하다
자주독립 되었으면 문명개화 좋을시고
십부아문 대신들은 충량지심 품고지고
각부각군 관찰군수 선명선치 하고지고
면면촌촌 백성들은 사농공상 힘써보세
삼강오륜 준행하고 효제충신 지켜보세
개화개화 헛말말고 실상개화 하여보세
독립문을 크게짓고 태극기를 높이달세
불러보세 불러보세 애국가를 불러보세
임군사랑 먼저사랑 백성사랑 후에사랑
사랑사랑 사랑중에 이사랑이 제일일세
만세로다 만세로다 우리나라 만세로다

                                              ―「애국가」[18]

자주독립과 개화사상을 부르짖고 있는 이 가사는 평양 보통문안 리영언의 「애국가」로 되어 있다. 그러나 단정적인 진술로 끝맺는 앞의 「애국가」와는 달리, 이 「애국가」는 미래적인 언술, 즉 "개화개화 헛"소리만 하지 말고 "실상개화 하여 보"자라는 다소 의지적 성격을 띠고 있어 비교가 된다. 말하자면 리영언의 「애국가」는 몽매한 독자들을 향한 계몽적 사상을 띠고 있다고 하겠다.[19] 이것은 상황 타개를 위한 미래지향적 자세를 보여주고 있는 것으로서 역사적 정당성을 말하고 있는 것임을 알 수 있다. 또한 이 시가는 현실 인식을 공유하는 노래로서 일종의 동일 의식을 불러일으키는 창작행위로도 보인다. 그러나 여기에서도 우리나라가 자주독립이 도래하였다고 봄으로써 세계적 상황에 제대로 부응하지 못한 비판을 면하기 어렵다.

2) 『독립신문』 시가의 위상

개화기 시가라고 하는 문학 작품들을 게재한 『독립신문』에서는 개화를 실용적 학문에 토대를 둔 법치주의론으로 개념화하고 있다.[20] 달리 말해 민권 옹호의 입장에서 백성의 권리를 주장하는 의식의 변화를 가졌으되, 그것은 정부의 정책에 맞아야 한다는 뜻이 된다. 그러한 의도에 따라 쓰인 다음 노래를 보자.

　대조선국 학도들아
　독립가를 들어보오

　어서 바삐 독립하세
　이때를 잃지 말고

정부를 보호한 후
전국 인민 교육시켜

합심 두자 잊으면은
세계상에 쓸 데 없네

깊이 든 잠 어서 깨어
일심합력 하여보세

나라 위해 죽거드면
죽드래도 영광일세

남의 나라 인민들은
밤낮으로 교육하네

사농공상 힘을 써서
부국강병 되야 보세

일심으로 독립 위해
합심 두자 잊지 마오

동포형제 꿈을 깨어
자주독립 하여보세

잊지 말세 잊지 말세
합심 두자 잊지 말세

독립문을 세운 후에
나라국기 기운 나리

사랑사랑 나라사랑
나라 위해 사랑하세

밤낮으로 공부하여
충군애민 하여보세

대조선국 인민들도
어서 바삐 교육하세

—「애국독립가」[21]

　노래의 작자는 최영구다. 『독립신문』 1896년 7월 16일자에 실린 「경무학도들 노래」[22]와 거의 비슷한 내용으로 되어 있다. 따라서 위의 인용 시가는 학도들의 의식 방향을 집약시킨 것이다. 즉 학도들의 심성을 강화시켜 "정부를 보호"하여야 한다는 당위성을 내세우고 있는 것이다. 이러한 주제의식은 내부 개혁의 신념이 아닌, 기존 정치질서 옹호와 관계 양상을 맺는다. 이러한 주제의식의 이면에는 지배층의 국가 통치를 정당화시켜 주는 구실을 한다.

　얼핏 인용 시가는 일본에 의해 박해받고 수탈당하는 민족을 노래하며, 민족의 주체성을 강조하는 것 같다. 그런데 "일심으로 독립"을 위해서는 집권층의 당시 대외 정책을 비판하는 데 전력을 다하여야 함에도 불구하고 기껏해야 민족의 "합심 두자 잊지 말"자라고 선동하는 데 그치고 있다. 여기서 국가가 처해 있는 상황을 개화인들이 얼마나 피상적으로 바라보고 있었는지를 알 수 있다.

　『독립신문』의 시가들에는 국가의 정체성 위기에 직면한 불안심리가 깔려 있다. 그렇기 때문에 그 바탕에는 외세에 대한 저항적 색채가 적극적으로 반영되지 않고 도피적 심리의 "잠깨기 식의 노래"[23]들이 지배적이다. 경우에 따라서는 위의 작품처럼 학도의 권리를 보호하는 존재임을 자각하도록 하는[24] 의미로 볼 수 있다. 그러나 표면에 나타난 시적 언어를 살펴보면 학도의 권리를 보호하자는 것이 허울임이 드러난다. "부국강병 되야 보"자고 하면서 "독립문을 세"우자고 하는 데서가 그렇다. 그리고 나서 "나라 국기"가 "기운"이 날 것이라고 다분히 관념적인 표현에 머물러 있다. 이러한 형상화는 당대 지배층의 논리인 국법 준수 및 인민들의 애국심 고취의 연장선상에 놓여 있다. 당대 권력의 자리에 있는 정부 요인들이 근대적인 자주독립을 탄압하고 『독립신문』을 만든 서재필마저 미국으로 추방25)시킨 사실만 보더라도 『독립신문』에 의해 쓰인 시가들은 집권층의 정책 방향과 맥을 같이하였음이 명백해진다.

『독립신문』의 시가들이 이처럼 개화의지에만 몰두하고 외세에 대한 저항적 성격을 띠지 못했던 주된 이유 중의 하나는 "독립신문의 애국·독립가류나 창가·신체시가 주로 이 시기의 지성인들의 참여로"26)만 이루어졌기 때문으로 판단된다. 개화기의 한 측면을 이념적 구도로 살펴볼 때, 당대 서구의 근대의식을 지향한 인물을 '진보적 성향', 유교적 세계관에 입각하여 국가의 근본을 굳건하게 지켜야 한다는 인물을 '보수적 성향'으로 이분법화해 규정할 수는 없다. 한말의 서구 지향적 인물들 가운데는 일본의 대조선 정책에 맹목적으로 추수하는 경향도 있었던 반면, 위정척사파 중에는 신학교를 세우고 신학문에 대한 이상적인 세계관을 보여주기도 했다. 이러한 사실에서 개화에 접근하는 총체적 연구는 시대성과 함수관계에 놓인다.

시대를 통하여 사회적 기능을 중시하는 문학창작의 실천이야말로 민족적 자각으로부터 시작되는 것이다. 『독립신문』 창간을 전후하여 한반도에서는 권력자들의 부정부패가 만연하고 민중의 목소리는 차단당한 채 서구 자본주의 세력의 침투는 날로 더해 갔다. 그러한 민족 내부의 모순을 인식하고 애국·독립가의 작가로 활동하면서 제도적 개량을 시도한 계층이 지식인들이었다. 그러나 이들은 민중의 지지가 전혀 없는 계몽의 선각자에 불과했다. 그것이 문학으로 나타난 개화기 시가들인데,『독립신문』에 실린 대부분의 시가들이 교묘히 자극적 언어를 구사하여 "군주중심의 태도를 견지하고"[27) 있는 것에서 비판적 시각으로 바라볼 수 있는 여지는 충분하다.

4. 20세기 초반의 시적 배경

『대한매일신보』의 개화기 시가 성격을 파악하기 위한 선결 과제로 20세기 초반의 사회적 위치를 논의하는 일은 개화기 시가의 전모를 밝히기 위한 하나의 과정이다. 20세기 초반, 그러니까 1900년대 초는 근대의 뿌리가 어느 정도 움튼 19세기 후반과 한국의 근대문학이 시작되는 20세기 중반 사이의 중간적 위치에 해당한다. 우리 사회가 본격적으로 일본의 식민지로 전락해 가는 시기다.

당시 쇄국정책에서 개방정책으로 전환된 것은 외세의 강압에 의한 문명화된 사회를 수용하는 것이었다. 한국의 근대의식은 바로 그러한 제국주의 국가들과 타협 속에 이루어지고, 그들의 자본축적을 승인하는 외적 충격의 기반 위에서 생성된 것이다. 그러한 가운데 일본은 1904년 '한일의정서'—한국을 보호국으로 한다는 내용의 협정과 시정개선(施政改善)의 충고, 군략용지(軍略用地)의 수용 등이 주요 내용으로 되어 있다.—를 강제로 성립시키고, 이어서 1905년에는 '을사늑약'이 체결되어 실질적인 국권상실에 이른다. 이 국권 상실의 원인이 당시 집권층과 지식인들의 안일한 태도에서 비롯되었음은 곧바로 창간되는『대한매일신보』의 사설에서 뿐만 아니라, 문학의 한 축을 담당한 무명인들의 시가들에서 반추해볼 수 있다.

정치적 위기를 맞은 당대의 양심적 지식인들이나 민중들은 자아에 대한 각성과 주체의식으로써 절박한 현실을 직시하기에 이른다. 그 결과물이『대한매일신보』다. 이 신문은 근대적 민족의식을 형성해 나가는 과정에서 날카로운 항일적 논설[28]을 거침없이 쏟아내었고, 한 편으로는『독립신문』에서 보여주지 못한 강렬한 저항정신을 담은 시가[29]들을 펼쳐 보임으로써 국가발전의 진보적인 기여에 충실히 부응했다.

1)『대한매일신보』의 시가

개화기 시가를 논의함에 있어 빼 놓을 수 없는 것이『대한매일신보』다. 1904년 7월 18일 일본이 본격적으로 한국 언론에 대해 검열을 시작하던 때에 창간되어 1910년 8월 29일 국권이 완전히 일본으로 넘어갈 때까지 제1461호로 최종 폐간된 신문이다. 이 신문은 처음 발행인이 영국인 배설(裵說: Ernest Thomas Bethell)이었기 때문에 주한 일본 헌병사령부의 검열을 받지 않고 민족진영의 대변자 역할을 할 수 있었다. 그 후 통감부(統監府)가 설치된 뒤부터 가장 영향력 있는 언론기관이 되었고, 창간 당시 순한글로 만들었던 국문판과 국한문을 혼용하여 발간하기도 했으나, 국한문판을 이해하지 못하는 독자들을 대상으로 하는 한글 전용판을 발행하기도 했다. 그리하여 대한매일신보사(大韓每日申報社)는 국한문, 한글, 영문판 3종의 신문을 제작하였으며, 논설진으로는 양기탁, 박은식, 신채호 들이었다.

당대 지식인들의 심각한 현실인식의 반성을 촉구하며 항일의 선봉에 섰던 이 신문은 일제 만행의 실상을 폭로하는 유일한 언론이기도 하다.[30] 그에 따라『대한매일신보』에 실린 개화기 시가도 '사회등'이

라는 고정란에 투철한 항일 의지와 민족주체사상 고취를 담은 노래의 형태로 씌었다.[31]

한반도 침략정책을 정면으로 비판하면서, 또 한편으로는 새로운 가치를 모색한 『대한매일신보』는 결국 일본으로부터 탄압을 피할 수 없게 되었고, 조선 총독부의 기관지로 전락하는 수모를 겪게 된다. 그러나 이 기간 동안의 '사회등' 가사는 우리 민족의 근대적 주체의식을 표명하고 식민지로부터 탈피하고자 하는 신념에서 산출된 문학 양식이다. 그리고 그것은 심각한 현실 대결에서 오는 공동체 의식과 기존의 체제를 비판하는 민족적 양심의 한 축이 되었다.

독립혜 독립혜여
대조선 독립이라
2천만 동포형제
독립심을 망치마오
차심만 일망하면
독립성이 수경이오
차성만 일경하면
조선인민 장하처오
동해수에 복몰한달
독립심을 기망하며
만리외에 표박한달
독립심을 잊일손가
차심만 물망하면
풍우상설 교박하나
필유일일 양춘이오
차심만 물망하면
도거정확 재전하되
필유일선 생로이니
2천만 동포형제
식식에도 물망하며

2천만 동포형제
전패에도 물망하오
동포형제 2천만아
독립 이자 물망하오

-「독립가」32)

앞의 『독립신문』에 실린 노래와는 달리 구호와 선동적인 표현을 쓰지 않고, 어느 정도 개인의 감상적 내면세계를 보여주고 있다. 다시 말해 외적 상황에 대한 대결의식을 자아의 내면공간으로 수렴하여 비장미를 분출시키고 있다고 하겠다. 이것은 현실상황이 전보다 그만큼 어려워졌다는 것으로 보게 된다. 즉 외부세계를 향한 외침보다는 자아의 깊은 내면으로 침잠해 들어가는 성찰의 움직임을 띠고 있다고 하겠다.

일본의 탐욕이 구체적으로 드러난 현실 앞에서 이제는 관념적이고도 도식적인 근대를 부르짖을 수만은 없게 된 것이다. 진정한 독립을 위해 가능한 한 모든 수단을 동원하고 탈취된 민족성을 되찾기 위한 방안을 적극 모색해야 할 때가 온 것이다. 그러기 위해서 먼저 "2천만 동포형제"가 감정을 억제하고 "독립심을" 잊지 말아야 한다. 혹 민족의 구성원 중 누군가 그 독립심을 한 번 잊을 때마다 "독립성"은 기울어진다. 독립성이 한 번 기울어지면 우리 백성들은 장차 어디로 갈 것인가 스스로 되묻지 않을 수 없게 되었고, 만일 민족 전체가 독립심을 잊지 않으면 바람·비·서리·눈이 들이닥친다고 해도 반드시 따뜻한 봄날은 올 것이라는 기대를 하고 있는 것이다.

냉엄한 현실 앞에서 선각자들이나 기층민중은 그야말로 나약한 태도와 허위를 배격하여야 한다. 그래야만 "필유일선 생로" 곧 살아나갈 한 줄기 길이 만들어지게 된다. 그리하여 개화의 허영에 취했던 일부 지식인들의 잘못된 판단을 비판하고 지금이라도 때가 늦지 않았으니 "2천만 동포형제"가 하나같이 엎드러지고 자빠져도 독립만은 잊지 않겠다고 하는 것이다.

이러한 시적 어법은 『독립신문』에 발표되었던 시가들과 비교해서 상당히 객관적 현실을 포착해서 이루어진 것이라 할 수 있다. 『대한매일신보』의 시가들이 군국주의 일본에 주체적으로 대응하고 개인적 존재 가치를 육화시킨 것이라 하겠다. 국권이 상실된 현실적 공간에서 그러한 객관적 시적 반응은 자아의 변화된 인식에서 비롯된 것으로 식민지 시대의 구체적 대상과 삶에 대한 의식적 지향점을 명확하게 짚어준 것이다. 따라서 위의 「독립가」에서처럼 『대한매일신보』에 게재된 노래들은 모두가 사회의 실상을 적나라하게 고발하고 주권상실을 겪고 있는 민중의 입장에서 민족적 운명을 진단해 나갔다고 할 수 있다.

한편 근대 민족국가 수립을 위해 애국지사들은 근대적인 계몽성을 띤 작품들을 발표하기도 했는데, 거기에서 현실 인식을 제대로 파악하지 못하는 지식인들에 대한 신랄한 비판을 가하고 있다.

풍광처처 한반도가 연극장이 되었구나
무도하는 모양 아악소어 하는 소리
외면상으로 볼작시면 한인인 듯 하지마는
괴뢰세계일 뿐이로다
괴뢰장에 들어가서 일일장관 하여 볼까
제1장에 들어서니 괴뢰대신 회의한다
프로코트 고모자로 허허하는 한소리에

각령부령 떨어지면 팔도인민 죽어나고
조약협약 하고 보면 삼천리가 떠나간다
그 괴뢰가 장관일세

제2장에 들어서니 괴뢰기자 앉았으나
한인신문인체하나 등뒤에서 재리들이
요리조리 놀리는데 붓을 들고 기록하면
원쑤들은 구가하며 제 나라는 장적한다
그 괴뢰가 장관일세

제3장에 들어서니 괴뢰설객 지껄인다
고구나설 떨벌리고 유세연설 하노라고
조조취취 하는 모양 박첨지와 방불하다
주장하는 그 취지는 국민정신 말살한다
그 괴뢰가 장관일세

제4장에 들어서니 괴뢰회원 모였구나
좌우판을 벌리고서 무슨 수나 있는 듯이
산취하는 그 모양 오작 같이 놀아난다
조국사상 반분 없고 부워사업 웬일인가
그 괴뢰가 장관일세

슬프도다 괴뢰배야
회대상에 저 광대가 제 리익을 위하여서
등신 같은 너희들은 지금 놀려먹거니와
리익점유 다한 후엔 네 신세도 가련이다
조조회오 개과하야 남의 괴뢰 되지 마라

— 「괴뢰세계」[33]

대한제국이 일본과 강제 합병되기 직전에 쓰인 노래다. 공간적·시
간적 한계에도 불구하고 시가의 내용은 민족 정체성에 대한 민족성
원의 의식을 고취하고 있다는 점에서 『독립신문』의 시가들과 뚜렷하
게 구별된다. 작자를 밝히지 않았다는 것도 그렇지만, 시어의 전개가

식민정국의 정치 현실을 적나라하게 폭로하고 있다는 면에서 이 작품은 감상이나 고발의 차원에서만 따질 수 없게 한다. 그만큼 「괴뢰세계」는 『독립신문』의 시가들은 물론, 『대한매일신보』의 그 어떤 시가들보다도 실존적 삶의 윤리의식이 밑받침되어 있다고 하겠다.

정치적으로 아무리 자유로운 선택을 할 수 없을지라도 근대화를 볼모로 하는 개화인들의 매국 행위는 용납될 수 없다. 그러기 위해선 민족을 바로 세우고 지식인들의 친일 행적을 생생하게 들춰내야 한다. 그러기에 첫 행에서부터 경치가 쓸쓸한 "한반도"가 "연극장이" 된 것처럼 웃으며 떠드는 소리가 들끓는다. 그 소리는 "외면상으로" 보면 "한인인 듯 하지"만 이는 "괴뢰세계"에 사는 짐승소리다. 한민족의 구성원으로서는 절대 용인할 수 없는 짓들을 버젓이 행하고 있다는 비유의 언어체이다.

일방적 패배가 있을 수 없다는 자각에서 이루어진 이 노래는 정부의 집권층과 권력자들의 행태를 풍자적 기법으로 조롱하고 해학적 기법으로 웃음의 분위기를 만들어 줌으로써 우행과 악덕에서 벗어나도록 하는 데 중점을 두고 있다. 풍자적 수법은 현실을 비꼬아 해치는 의미[34]가 강하지만, 그 속에는 우회적으로 현실과 대립하는 작자의 경향성[35]을 보증해 주는 해학성이 투사되어 있다.

구체적으로 "각령부령 떨어지면", 즉 내각과 부서의 지령이 떨어지면 "팔도인민 죽어나"고 있다거나, 재상과 관리들이 현실을 왜곡하는 말을 "붓을 들고 기록하"다 보니 나라가 녹아나고 있다고 신랄한 비판을 가한다. 그 다음 연에서도 역시 매국자들을 괴뢰로 설정해놓고 그 "괴뢰 설객(연설쟁이 – 인용자)"이 말이 많아 입방아를 찧고 "유세(달콤한 – 인용자) 연설"로 재잘재잘 지껄이는 탓에 "국민정신 말살"

되고 있다고 폭로하고 있다. 그리고 그 괴뢰회원들이 모여 사방으로 돌아치며 까마귀들처럼 놀아나고 있음을 제5연에서 나타내 주고 있고, 마지막 연에서 앞의 모든 행위들을 반성하고 빨리 죄를 뉘우쳐 자신들의 허물을 깨달으라고 지적하고 있다.

이처럼 민족의 선각자라는 사람들이 현실 인식 없이 괴뢰 일본의 앞잡이가 되어 온갖 만행을 저지르는 행위를 작자는 강하게 질타하고 있다. 이러한 토대에 근거해서 당대 깨어 있는 지식인들의 애국계몽운동을 '비판적 계몽'이라 명명할 수 있으며, 풍자와 해학의 형식을 갖추어 세상을 개탄하는 개화기 시가가 성립한 것이라 하겠다.

이 시기 개화기 시가는 전통적 가치 질서와 민족수난에 대처하는 개화기의 문학적 제 양상을 마련하는 일이 시급한 문제로 대두되기도 했다. 이때의 개화기 시가는 시조, 가사, 창가, 신시 들을 일컫는데,[36) 국권회복운동의 일환으로 이들은 공존할 수밖에 없었다. 그러나 다른 매체와는 달리 『대한매일신보』의 시가들은 애국계몽 효용에 있어서 그 어떤 장르보다노 강렬하고 저항적 성격을 띤다.

이 밖에도 『대한매일신보』에는 사회비판의식을 가진 가사들이 4·4조의 운율로 이루어져 있는데 모두가 사회의 절박한 상황을 노래하고 있다. 그중에는 정치적 반동으로 득세하는 특정인을 상대로 한 노래도 있다. 바로「송병준아」가 그것인데, 송병준은 적극적인 친일 단체인 일진회의 주동인물이다. 그리하여 "송병준아 말 들어라/무뢰배를 주어모아/일진회를 조직"하고 다니면서 "양민 몰아다가/마굴 속에 빠뜨리"는 죄를 묻는 것에서부터 "일본놈의 종이 되어/선언서를 발표"한 죄, "기관신문 창설하여/공정한 이치를 위반하고/횡설수설 잡된 말로/조국정신 말살하고/사회정론 배척"한 죄 등을 조목조목 열거하고 있다. 이러한 것에서 능동적인 대결의식의 연관성을 찾을 수 있다.

자주독립국가 수립을 위한 시적 반응에도 불구하고 매국적 집권층과 외세 의존적 개화파가 근대에 대한 인식 차이로 계속 대립하게 된다.[37] 그런 가운데 또 한편에서는 낙심하지 않고 주체성을 상실한 개화인들에 대한 비판과 비관에 빠진 민중들에게 단결과 궐기를 촉구하는 의지의 시가들을 창작해 나간다.

> 경부철도 빠른 륜거 나오나니 일병이오
> 이 골 저 골 곳곳마다 일어난 게 의병일세
> 울리나니 총소리요 들리나니 울음이라
> 일병 짐을 져다 주나 유죄 무죄 죽어오네
> 기가 막혀 말이 없고 말하자니 답답하네
> 못 보겠네 못 듣겠네 처량하다 저런 울음
> 백발 청년 어린 아해 부모 불러 자식 찾아
> 동주서분 사산 등산 토지 없는 인민 되어
> 전인 도망 후인 보고 후인 도망 멋 모르고
> 이리 저리 듣다 보니 가련함도 거진 없다
>
> ―「우생가」[38]

위의 노래는 한탄과 자조적인 목소리로 슬픔을 자아낸다. 그러나 그 중심에는 시대의 아픔과 고통을 겪는 민족의 현실, 그리고 역사적 사명을 위해 투쟁하는 상황이 집약되어 있다. 따라서 이「우생가」역시 주제의식적인 면에서 『대한매일신보』의 시가들과 동일선상에 놓여 있으며, 국가와 민족의 한계를 돌파하기 위한 열망을 보여주었다고 하겠다.

2) 『대한매일신보』 시가의 위상

　『대한매일신보』의 창간 취지에 맞게 발표된 개화기 시가들에서 무능한 고위층과 외세 의존적 세력에게 비판하는 목소리를 들을 수 있다.39) 말하자면 거기에는 제국주의 일본을 향한 투쟁을 요구하고 있고, 자주독립국가를 방해하는 전근대적인 요소들과 대립각을 세워 놓고 있다. 그것은 시가의 주체들이 절망적인 현실을 도피하지 않으면서 보수층의 쇠락한 모습들을 단호히 배격하는 현상이다. 그러므로 역사의 혼란기에서 『대한매일신보』의 시가들은 부단히 객관적 현실을 담아내고자 하였으며, 그 문학적 형상화를 통해 사회적 건강성을 부각해 놓았다고 할 수 있다.

　그러한 양상은 시대의 변화와 함께 새로운 삶의 형태를 희구하는 민중의 실천적 의지를 표면화한 것이다. 그러니까 유교적 사관에 입각한 지난 시대의 공식화된 형태, 이를테면 지배질서에 대한 깊은 반감을 우회적으로 표출했던 관습화된 형태에서 벗어나, 일본의 침략에 방관하는 자들과 고위관료들의 비리와 부패 등에 대한 죄상을 직설적인 어법으로 드러내기 시작한 것이라 하겠다.

　그러나 『대한매일신보』에 게재된 개화기 시가들이 문학의 형식적 측면을 전혀 무시한 것은 아니다. 다음과 같은 가사에서처럼 항일적인 시대정신과 사회의 불합리한 면을 속속히 읊조리면서도 객관적 상관물로 제시하여 문학의 완성도를 높여주고 있다.

> 이리저리 볶아내니 탈의육(脫衣肉)이 돌출이라
> 가로상에 노체(露體)하니 일인후신 네 아닌가

개인마다 먹고 보면 음화동(陰火動)이 자소(自沼)하리
엄동설한 될지라도 이 생애야 방해할까
설설 끓는 군밤이야

이리저리 볶아내니 전과초흑(全顆焦黑) 되었고나
진액까지 고갈하니 우리 동포 일반이라
내외직간(內外職關) 관인들이 무죄인민 몰아다가
잘 볶는다 하기로니 이 생애야 방해할까
설설 끓는 군밤이야

이리저리 볶아내니 불생불숙(不生不熟) 잘 구웠네
혹위혹파(或圍或破) 전횡하니 미칙분괴(미厠糞塊) 흡사하다
오부내의 허다분(許多糞)을 구루마로 실어다가
일인에게 진인(盡人)컨만 이 생애야 방해할까
설설 끓소 군밤이야

…(중략)…

이리저리 볶아내는 각구토기(穀口吐氣) 하는고나
퍽퍽소래 나는대로 화사증기(火事蒸氣) 이 아닌가
반도강산 삼천리에 국유민유 물론하고
철도용지 범입한들 이 생애야 방해할까
설설 끓소 군밤이야

이리저리 볶아내니 판토총총(板土塚塚) 만적(滿積)이라
척매전(斥賣錢)을 모고 보니 중앙금고 네 왔고나
탁지부에 저 공대(公貸)는 거자임의(渠自任意) 관할(管轄)하야
탕갈무여(蕩竭無餘) 한다한들 이 생애야 방해할까
설설 끓소 군밤이야

부러우리 부러우리 이 생애가 부러우리
사환장(仕宦場)에 이셔가니 정부대관 가증(可憎)요
사회에 출두하면 가지사가 보기 싫지
낙척불우(落拓不遇) 지사들아 이것저것 다 버리고
군밤이나 구어보세[40]

민요 '군밤타령'을 노래하는 것처럼 이 시에서는 몇 개의 후렴을 만들어내면서 개인의 정서를 객관적 상관물 '군밤'과 결부시켜 사회성을 심화시키고 있다. 이 사회성이란 개체는 자아의식을 담아내고 개인의 정서를 토대로 한 사회적 상상력을 키우는 데 기여한다. 그러므로 여기에서 서정적 표상인 '군밤'은 인간의 자연적 본성을 나타낸다. 따라서 인용 시가는 험난한 역사 속의 시적 자아가 세계와의 만남을 통한 자연적 역동성을 구축하고자 하는 이미지를 보여준다.

그러나 그러한 자연적 역동성 구축을 위한 표현 가운데 문제점도 함께 돌출되고 있다. 일본에 의한 억압적 현실을 한자어를 사용함으로써 시 정신을 견지하고자 하는 힘이 약화되고 있는 것이다. 한층 가다듬은 정제된 언어로 한국 시가의 전통인 전경후정(前景後情) 방식을 택하였더라면 불합리한 시대에 대응하는 시적 감응도 그만큼 컸으리라 판단된다.

위의 노래에서 또한 자신을 둘러싸고 있는 사회 상황이 급박하게 돌아가고 있음이 감지된다. 피상적으로 관찰하자면 식민지 조선인들의 위치가 어디까지 밀려가고 있는가를 보여주고 있다고 하겠다. 당시 조선 민족은 더욱 악랄해지는 일본의 침략정책에 따라 인정할 수 없는 역사적 전개를 수행해 나가고 있었다. 그것이 서구에 의한 근대화든 일본에 의한 문명개화든 한반도는 미래의 전망을 가지고 있지 못하였다는 점에서 당대 이 땅의 사람들이 지닌 민족정신은 질식 상태에 접어든 셈이었다.

그러므로 시적 자아는 사상 및 의식 변화를 위한 탐구와 더불어 정치적·사회적·역사적 상황을 거시적으로 투시하면서 현상의 문제를 제시하고 있다. 따라서 위의 노래에서 현실을 바라보는 시각이 긴장과 갈등의 거점 위에 서 있음을 확인할 수 있다.

5. 결론

지금까지 개화기 시가의 현실대응 방식을 『독립신문』과 『대한매일신보』를 중심으로 살펴보았다. 개화기 시가는 형태적 측면에서 가사를 비롯하여 시조, 한시 등이 포함된다. 그리하여 개화기 시가의 연구도 단순히 선택된 작품의 시적 흐름을 정리하는 것이 아니라, 개별적인 작품 모두를 대상으로 전반적이고 총체적으로 고찰해야 한다. 그러나 본 글에서는 계몽의 주류를 이루었던 가사를 몇 편 선정해서 논의한 결과 개화기 시가의 인식이 편향적으로 흐른 감이 없지 않다. 그럼에도 불구하고 형상화된 실제 작품을 통한 개화기 시가들의 사회적 기능과 시적 경향의 탐색에 주력함으로써 시가의 발생 배경과 본질을 어느 정도 드러내었다고 본다.

이 글은 개화기 시가에 나타난 시적 자아의 세계관을 비판적 인식을 통해 분석하였으며, 시가들의 정체성을 밝히는 작업으로 그들 사이의 변별성을 드러내보려고 노력했다. 우선 그 기초 작업으로 당대 사회적 배경을 현실주의적 세계관에 입각하여 살펴보았고, 그 가운데 애국·계몽을 목적으로 보급된 『독립신문』과 『대한매일신보』의 시가들에 주목하였다.

『독립신문』과 『대한매일신보』에 게재된 시가들은 지난 시대의 이데올로기인 유교적 세계관을 비판하고 자주와 독립을 노래하는 공통된 양상을 띠고 있다. 그러나 그 이면에는 개성적 속성에 따라 사회를 바라보는 차이가 두드러지게 나타나 있다. 말하자면 개화기 시대의 흐름을 서로 다르게 인식하고 있었으며, 애국계몽의 방법적 측면에서도 두 언론 매체는 상당한 거리를 가지고 현실 상황을 담아내었다. 작품으로 발견된 차이점은 다음과 같다.

첫째, 『독립신문』 시가들이 청나라와의 독립을 조선의 완전한 독립으로 생각하여 창작된 결과 일본에 대한 대응력을 상실한 작품들로 채워져 있다. 이에 비해 『대한매일신보』의 시가들은 세계열강의 각축장에서 한반도를 다시 일으켜 세우고 군국주의 일본으로부터 해방하려는 의지를 꿋꿋이 보여주었다.

둘째, 『독립신문』의 애국·독립가는 낙관적인 현실인식을 보여주고 있다는 긍정적인 측면도 있지만, 일본을 비롯한 패권 국가들의 한반도 지배를 위한 야욕에 대해 안일하게 대응한 면은 『독립신문』을 주도하고 있는 지식인들의 사회의식 결핍의 결과였다. 반면 『대한매일신보』의 시가들은 침략을 당한 민족 구성원의 각성을 촉구하고, 일본에 부역하는 지식인들을 풍자적·해학적 수법으로 조롱하고 깨우쳐 주는 의지로 나타나 있다.

셋째, 애국·계몽적 방법에 있어서 『독립신문』의 시가들이 서구의 세계관을 무반성적으로 지향하는 개인의 모습을 보여준 반면, 『대한매일신보』의 애국·계몽성은 민족정신을 중요시하며 공동체의 모습을 보여주었다.

개화기 시가는 이처럼 당대 현실 인식과 민족적 발전의 방향에 대한 창조적 능력에 의해서도 각기 다른 면모들을 보여주었다. 물론 그것은 시대적 상황과 계층의 성격에 따라 일치되지 않을 수 있다. 그러나 애국과 계몽을 지향하는 문학적 성취는 주권 회복과 더불어 민족의식의 올바른 길잡이가 되어주어야 마땅했다. 이러한 대응관계를 도식화 하면 다음과 같다.

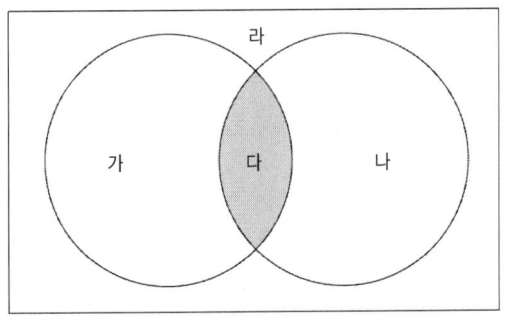

   '가'와 '나'가 각각 『독립신문』과 『대한매일신보』라고 할 때, '라'는 그 두 언론 매체와 영향관계에 있는 세계로 설정할 수 있다. 즉 세계열강(라)의 틈바구니 속에서 『독립신문』의 시가(가)들은 안일한 세계인식 아래 일본의 지배를 묵인하고 문명개화를 비주체적으로 받아들이는 입장에 서 있었다. 그러나 그 뒤에 창간된 『대한매일신보』의 시가(나)들은 『독립신문』의 시가들과는 달리 외세의 배격을 투철하게 드러내고, 오로지 일본의 강압적 구조에 대한 대결의지와 전통적 민족정신에 반하는 병든 개화인들에 대한 비판의식을 보여주었다. 그러나 그러한 차이에도 불구하고 두 언론 매체의 시가들은 민족정신에 기반을 둔 근대의식을 지향했다는 공통점이 있다. 그것이 그림 '다'의 구도로 나타내볼 수 있다. 사실 국민들의 민권신장을 위한 선전·선동에서부터 시대의 변화에 대한 상황인식을 깨우쳐 주는 계몽성은 개화기 시가라고 발표된 작품들 모두에 나타나고 있다.

   이처럼 개화기 시가들은 당대에 처한 사회적 문제를 공유하고 민족이 지향할 바가 무엇인지 분명하게 보여주고 있지만, 상황 타개의 방법에 있어서는 발표지면에 따라 다르게 해석될 수 있는 개연성을 강하게 띠고 있다고 하겠다. 이에 우리 문학사에서 개화기 시가는 그 어느 시대의 것보다 문학적 정체성을 위협받고 있다. 작품을 시대의 주관적 틀 속에 가두어 문학의 연결고리의 세계와 자아의 의미화 작용이 고착되어 있기 때문이다. 다시 말해 문학의 효용적 관점에 집착한 나머지 문학의 본질적 방법을 다양하게 제공해 줄 근거가 차단되어 있다는 사실이다. 따라서 개화기 시가에 대한 세밀한 자료조사가 앞으로도 계속 행해져야 하며, 거기에 따른 심층적이고 폭넓은 연구가 새로운 관점으로 다루어져야 할 것이다.

정신분석학 관점에서의 「불놀이」: 에로티시즘과 그 구조

1. 서론

이 글은 주요한의 시 「불놀이」에 나타난 시적 현상을 프로이트(S. Freud)의 정신분석학으로 고찰함으로써 단순히 작품에 대한 이해의 수준에서 한 걸음 더 나아가 해석적 틀을 새롭게 구축하고자 했다. 라이트(E. Wright)가 언급했듯이 정신분석학은 수사학의 작업으로, 언어 문제를 취급하며 실증적 자료에 의한 명확한 결론을 도출하기보다는 의식적·무의식적인 정신 작용을 추론하고 가정적으로 설명해 내는 것에 초점을 둔다.

문학작품의 정신분석학적인 연구는 프로이트의 통찰을 오용할 수 있는 것이 문제로 지적되고 있다. 그럼에도 문학비평의 표본으로 삼고 있는 아리스토텔레스의 카타르시스 이론이나 낭만주의 문학에서의 상상력 이론 역시 정신분석학적으로 구성한 것에 다름 아니므로 프로이트 이론을 배경으로 「불놀이」를 탐구하는 데 주저할 필요가 없다고 본다.

동시에 정신분석학은 프로이트의 이론을 바탕으로 한 인간정신의 연구 방법인 만큼 문학작품을 단순화할 위험이 내재해 있으므로 주의를 요하고 있다. 하지만 이 또한 낭만주의, 즉 주관적 현상의 언어들에 대한 환상적인 만족을 찾는 데 프로이트의 정신분석학이 이용되어 왔음을 주지시키고 있다. 그리하여 정신분석학 자체가 주관적 현상의 옳고 그름의 문제보다는 이론을 해석하는 능력이 강조되고, 객관적인 규정보다는 주관적인 추정을 요구하는 분야로서 여기에는 성(性)이 핵심적인 위치에 놓여 있다. 자연히 프로이트의 정신분석학은 에로티시즘의 현상을 파악하는 매개가 된다.

1924년『조선문단』창간호를 통해 주요한 자신이 프랑스 및 일본 근대작가의 영향을 받아 외래적 기문이 많았음[1])을 시인한 데서 알 수 있듯이 그는 1910년대 새로운 서구적 문예사조, 즉 계몽주의 문학에서 1920년대 낭만주의 문학으로 관심이 집중되는 과정에서 활동한 시인이다. 계몽주의가 이성을 중심 지주로 삼아 생활의 경험을 통해 세계를 이해하고 낭만주의에서 본격화되는 천재성이나 환상, 예술적 미에 대한 준비태세를 갖춘 사조라면, 낭만주의는 고전주의에 이어서 나타난 서구 문예사조로서 주위 사람들과 이질감을 느끼는 개인적 자기표현과 모든 권위에 대한 자유의 투쟁 방식을 가진 문예장르로 설명된다. 그렇기 때문에 낭만주의는 상상력을 중시하고 상징과 신화를 중시한다.

먼저 「불놀이」에 구축된 언어를 논의의 포획으로 삼은 논문들이 있어 주목을 요한다. 「불놀이」 전체를 관류하는 '불'에 초점을 둔 오세영의 글2)과 정효구의 글3)이 그것이다. 오세영이 '불'이라는 어휘에 지그문트 프로이트의 리비도 이론을 끌어들였다면, 정효구는 가스통 바슐라르의 상상력 이론으로 논의를 이끌었다. 그러나 오세영의 논구는 「불놀이」의 전체적인 맥락에서가 아닌 단지 '불'이라는 어휘에 국한하여 그것도 짤막한 언급으로 리비도 이론을 적용시킨 결과 작품 전체를 정신분석학 시각으로 이해하는 데 어려움이 따른다. 따라서 본 글에서는 정효구가 지적하고 우려한 바4)를 불식시키는 차원에서, 즉 부분이 아닌 「불놀이」 전체를 프로이트의 정신분석 이론으로 고찰하고, 그것에 의한 문학적 의미망을 타진하고자 한다.

주요한은 많은 작품을 통해 '사랑'의 관념적 진술로, 즉 사춘기적 이성애로서의 승화된 문학적 미를 보여주었다. 「불놀이」는 그러한 사랑의 이미저리가 그 어느 작품보다 강하게 드러나고 있다는 점에서 프로이트의 이론을 적용하여 고찰하는 것은 당연한 수순이다.

2. 성과 본능적 충동

「불놀이」는 새 시대의 기운을 불어넣고자 어린 동경유학생들이 만든 최초의 순수문예 동인지 『창조』에 실린 작품이다. 주요한이 시가(詩歌)에 흥미를 느끼기 시작한 것은 중학 2~3학년 때 竹久夢二라는 이의 동시집(童詩集) 『돈 타크』를 읽고부터인데, 감상적(Sentimental) 외국정서의 상상력에 상당히 매료된 것으로 보인다.5) 그리고 나서 얼마 뒤 「불놀이」가 탄생되게 되는데 이는 환언하면 중학교 시절에 지각된 센티멘털리즘의 문학적 감수성을 시적 형식으로써 제출한 것에 다름 아니다. 시 「불놀이」가 당대 계몽주의에 입각해서 창작된 여타 다른 작품들과는 달리 외래적 낭만주의의 사조를 시험 삼아 모방한 것에 불과하다[6]고 한 이유도 여기에 있다고 하겠다. 따라서 어린 시절의 망각된 부분들이 무의식적으로 역동적인 힘을 유지한다[7]는 정신분석학 이론에 「불놀이」를 적용시켜볼 수 있는 것이다.

주요한이 비록 어린이 단계를 넘어서서 시적 상상력을 부여받았다고 하지만, 어린이들이 처음 충동적 만족을 기억하고 있는 것처럼 사춘기 시절의 내면적 혼란과 함께 맞이한 성적 충동과 그에 따른 본능적 충동의 충족을 드러내는 순화[8]된 모습이 총 다섯 단락[9]의 「불놀이」에서 고스란히 드러나고 있다. 첫째 단락과 둘째 단락은 다음과 같이 시작된다.

아아날이저믄다, 西便하늘에, 외로운江물우에, 스러져가는 분홍빗 놀… 아々 해가저믈면 해가저믈면, 날마다 살구나무 그늘에 혼자우는밤이 쏘오것마는, 오늘은四月이라패일날 큰길을물밀어 가는 사람소리는 듯기만하여도 흥성시러운거슬 왜나만혼자 가슴에눈물을 참을수업는고?

아々 춤을춘다, 춤을춘다, 싯벌건불덩이가, 춤을춘다. 잠々한 城門우에서 나려다보니, 물냄새 모랫냄새, 밤을쌔물고 하늘을쌔무는 횃불이 그래도무엇이不足하야 제몸까지물고줄고들쌔, 혼자서어 두운 가슴품은 절믄사람은 過去의 퍼런꿈을 찬江물우에 내여던지나 無情한물결이 그기림자를 멈출리가잇스랴? – 아々 써거서 디들지안는 쏫도업것마는, 가신님생각에 사라도죽은 이마음이야, 에라 모르겟다, 저불길로 이가슴태워버릴가, 이서름살라버릴가, 어제도 아픈발 쓸면서 무덤에가보앗더니 겨울에는 말랏던쏫이 어느덧피엇더라마는 사랑의봄은 쏘다시 안도라오는가, 찰하리 속시언이 오늘밤이물속에… 그러면 행여나 불상히 녀겨줄이나이슬가…, 할적에 퉁, 탕, 불쯰를날니면서 튀여나는매와포, 펄펄精神을차리니 우구구 쎠드는구경군의 소리가 저를비웃는듯, 꾸짓는듯 아々 좀더 强烈한情熱에살고십다, 저긔저햇불처럼 엉긔는煙氣, 숨맥히는불쏫의苦痛속

에서라도 더욱쓰거운삶살고십다고 쯧밧게 가슴두근거리느거슨 나
의마음…,10)

첫 단락은 구체적인 사랑의 면모가 전면에 부가되어 있지 않고, 단
지 성숙된 자아의 이성적(異性的)인 모습과 몽상적(夢想的)인 모습이
함께 드러나 있다. "외로운 강물 위에" "혼자 우는 밤" 등의 시구에서
보듯이, 외로워 혼자 우는 일은 성인에 가까운 나이에 접어들었다는
얘기가 된다. 즉 여기에서 외로움은 고독과 같은 의미를 지니고 있으
며, 이는 시인이 이성적 감정을 자연스레 발산하는 의식의 소산이라
할 수 있다. 그 뒤 "왜 나만 혼자 가슴에 눈물을 참을 수 없는고?"는
그래서 현실적 갈등에서 비껴서 있지 못하는 몽상적 청년으로 이해
된다. 시인으로서 낭만적인 사랑을 갈구하는 감정주의의 상징적 언표
행위로 받아들일 수 있다.

이성적 갈등에 휩싸여 있는 시간적 정황을 짤막하게 제시한 첫 단
락에 이어 두 번째 단락은 구체적으로 이성적 본능을 발아하는 자아,
즉 일상적인 삶 속에서 성적 본능의 충족을 형성해 내는 공간적 상황
이 보이고 있다. 여기서 '불덩이'는 태양과 같이 빨갛게 달은 뜨거움
의 대상이다. 여러 가지 상이한 원형적 패턴을 신화에서 찾아 작품을
이해하고 해석하려는 신화비평 또는 원형 비평에서 빨강은 결렬한
열정의 상징이다. '불덩이'는 인간이면 누구나 갖고 있는 본능적 욕구
의 표식이라 할 수 있으며, 프로이트가 인간의 모든 행위를 성적 동
기로 본 에로티시즘의 근간이기도 하다.

인간은 처음부터 성욕을 짊어지고 나오며, 성욕은 그러한 유아에
서부터 출발하여 갖가지의 단계를 거쳐 어른의 보통 성욕이 나타나

기 마련이다.[11] 위의 인용 부분 역시 성숙한 자아의 성적 충동이 일렁거림을 간취할 수 있다. 즉 「불놀이」의 둘째 단락은 '불'을 매개로 한 시적 자아의 욕정이 암시적으로 드러나는 서두 부분으로, 강렬한 빛을 발아하는 '불덩이'가 제시되고 있는데 이 '불덩이'가 바로 성적 충동의 몸짓이라 할 수 있다.

성적 표현인 에로티시즘은 인간의 내적 삶의 한 양상[12]이므로 성적 본능을 충족하고자 하는 것은 쾌락의 감각을 얻기 위해서다.[13] 결국 둘째 단락은 석가탄신일에 행해지는 세시풍속으로서의 '불놀이'를 노래하고 있지만, 정신분석학적으로는 성적 본능을 스스럼없이 내보이는 양상을 띠고 있다고 하겠다.

문학적 행위가 사회의 제도적 기능에 구속[14]될 수밖에 없음을 감안하면 「불놀이」가 성적 이미지를 띠게 된 연유를 시인의 삶에서 찾을 수 있다. 1920년대 전후 문단의 여타 시작품들이 삶의 희망이 멀어진 데 따른 패퇴한 모습으로 드러난 것과는 달리, 「불놀이」는 해묵은 인습·제도의 틀에서 탈출하여 새롭게 세계를 구축하고자 개인적 서정으로서의 상징적 기법을 도모, 자유시의 효시라는 말까지 듣게 된다.[15] 이는 여성을 새롭게 보려는 주요한의 근대적 인식이 작용한 결과다. 남성 우위의 가부장적 지배이데올로기가 만연한 때, 주요한은 부모로부터의 강제결혼에 대한 문제 의식을 지니고 있었으며 여자의 권리를 위해 사회적으로 해결할 것을 주장하기도 했다.[16]

어느 시대 어느 사회든 제도적 규범에 의한 모순과 불합리가 존재한다. 「불놀이」가 창작된 시대의 우리나라 또한 근대적 목적의식과 더불어 전통적 윤리규범에 대한 도덕적 관념과 그에 대한 반발이 전면에 부각되던 시기다. 주요한이 근대적 교육을 받기 위하여 일찍이 서구적 근대화를 받아들인 일본에서 유학, 학창시절을 보냈다는 것에서도 그의 남다른 문학적 근대의식의 면모를 발견할 수 있다. 그러나 그도 조선인으로 조국의 전통적 가치들을 송두리째 부정하지는 못했을 것이다. 그렇기 때문에 그는 서구 문예사조에 경도되었으면서도 규범적이고 숭고한 모국의 전통적 창작기법에 따른 시문학의 구심력과 원심력[17]을 일궈냈던 것이다.

또한 시인이 목사 공삼(孔三)의 팔남매 중 맏아들로 태어나 청교도의 교리를 받들며 성장한 탓에 시인으로서의 순수 직관에 의한 순정한 마음을 그대로 표출시키는 데 어려움이 따랐을 수도 있다. 식민지 상황에 처한 민족의 현실과 개인적 신념 사이에서 심한 내적·외적 동요가 있었으리라 충분히 예견할 수 있다. 주요한 자신이 정신적 죄악 관념인 동양적 관습에서 남녀교제(男女交際)의 길을 터야 많은 비극을 방지할 수 있다[18]고 한 데서 그 추론이 가능하다. 이에 성적 수치심을 조장한 그동안의 가부장사회에 대한 불신을 갖게 되고, 간접적으로 억압되었던 성적 충동을 표출시키게 되었다고도 말할 수 있다. 그래서 성적 본능의 억압에 대한 사회적 책임을 단죄하는 목소리가 작품 둘째 단락 전면에 깔려 있다고 보게 된다. 이성애적 사랑의 충족을 향한 시적 자아의 예술적 승화로 요약되는 부분이다.

신화비평가들에게 통용되는 원형적 심상에서의 '불'은 하늘과 밀접하다. '불'과 '하늘'은 창조하는 힘의 이미지와 부성(父性)을 띤 남성의 이미지로 간주되고 있는 까닭이다. 반면 '땅'이나 '바다'는 모성적 의미로 신화비평가들은 부여하고 있다. 이들은 또 '땅'이나 '바다'를 소생을 돕는 여성의 힘으로 보기도 하는 동시에 관능적 대상으로서의 여성과 관련짓는다. "시뻘겋게 달아오른 불덩이"는 그래서 남성성(男性性)의 의미를 담지하고 있다고 하겠다. 따라서 그 다음의 발화 "하늘을 깨무는 횃불"은 결국 성적 본능의 충동을 어떻게 할 수 없는 극도의 자학적인 행위로 설명할 수 있다. 이는 성적 주체로서의 시적 화자가 원초적인 양성성(陽性性)을 그대로 노출하는, 즉 현실적 자아 이전의 본능적 자아를 스스럼없이 보여주는 행위라 할 수 있다. 바꾸어 말하면 개성이 강조되고 있던 근대적 자아로서, 성적 억압의 사회적 풍습에 도전하는 전위적 행위라 할 수 있는 것이다. 「불놀이」의 둘째 단락이 보여주고 있는 매혹은 그래서 프로이트가 주장한 것처럼 시적 자아의 쾌락적 상상력이 지배하고 있는 공간이다. 그에 의하면 인간의 개인적 삶을 영위하는 동력이 바로 성적인 본능에 있기 때문이다.

성적 에너지의 저장고인 이드(id)는 쾌락적 기능을 갖추고 있기 때문에 늘 충동적인 행위를 유발한다. 이는 자기 보존과 동시에 타인들과의 관계에 관심을 두고 있는 에고(ego)와 갈등을 일으키는 매개체다.[19] 따라서 성적인 묘사가 충동적으로 그려짐으로써 미적 승화로의 에로스가 구가되어 있다고 볼 수 있다. 달리 말하면 시인 주요한이 맹목적으로 형성된 유교적 이념에 의해 분출할 수 없었던 성적 본능의 에너지를 근대적 사상, 즉 자유연애에 연유하여 배설하는 상황을 담아낸 것이라 하겠다. 주요한의 다음과 같은 언급이 이를 말해준다.

一般이 性生活을 써나서 살지 못하면서도 性의 問題를 硏究치 안니할 쑨만 안이라 性에 關한 이약이를 하기에도 忌嫌하는 것 가 트니 그런 우서운 일이 어데 잇슴닛가.[20]

유가적 엄숙주의의 불신이 깔려 있음을 인지시켜주고 있는 글이다.

따라서 '불'은 시적 자아를 지배하고 있는 사회적 윤리의식으로부터 벗어나려는 초극의 대상이자 성적 본능을 억압하고 있는 사회적 관습으로부터의 탈출을 시도케 하는 정신적 지배소로서의 객관적 상관물인 것이다. 작품에서는 독백의 언사로 내면의 갈등을 보여주고 있는데, "저 불길로 이 가슴 태워버릴까, 이 설움 살라버릴까, 어제도 아픈 발 끌면서…"로 나타나 있다. 이어서 성적 본능의 해방을 갈구하는 감각적인 언어의 배설을 쏟아내고 있다. "아아 좀더 강렬한, 열정에 살고 싶다. 저기 저 횃불처럼 엉기는 연기, 숨맥히는 불꽃의 고통 속에서라도 더욱 뜨거운 삶 살고 싶다고" 거리낌 없는 성적 묘사가 이루어짐으로써 시적 자아의 잠재된 삶의 생명력을 읽게 해준다.

성적 본능의 에너지가 쾌락적 원리에 의해 분출되고 있는 「불놀이」의 둘째 단락은 그래서 환영 그 자체다. 숨겨진 성적 본능이 발가벗겨지면서 충동적인 에로스의 포즈를 취하고 있다고 하겠다. 시인 특유의 예민한 감수성이 발휘된 작품으로 여겨지는 이유도 여기에서 있다고 하겠다. 이러한 성적 본능의 경향은 자아해방의 실현을 위한 능동적 에로티시즘을 내세우는 조건이 된다. 성적본능의 분출은 이후 자아와 외부세계와의 갈등관계 속에서 주체적인 자기애 단계와 만나게 된다. 이 자기애는 자아 해방의 길과 통한다. 그러므로 첫째 단락과 둘째 단락은 성적 본능, 즉 정신활력의 원천인 성적 에너지 이드(id)가 발현된 부분으로, 충동만을 지닌 흥분된 상태의 시적 자아를 보게 된다.

3. 성과 타나토스

　근대는 이성의 신뢰에서 출발하였다. 그러나 인간 정신을 해방시키는 힘은 근대성이 강력해질수록 쇠퇴해지는 경향을 보여 왔다.[21] 혼돈과 혼란이 만연된 상태에서 인간은 이성을 갈구하고 그 빛이 발하였지만 물질적 풍요로움이 더해질수록 인간세상은 그로 인해 오만과 이기주의로 얽어졌고 고통의 현실 속에서도 남을 배려하는 정서가 상당히 희석되어졌다.[22]

　주요한이 적극적인 문학 활동을 하고 있던 시기인 1920년 전후는 근대적 질서를 재편하는 1차 세계대전을 비롯한 인간 삶의 환경이 빠르게 바뀌어 가는 추세였다. 이때 한국은 주체적 발전을 제약하는 일본의 식민지로 전락해 있었던 관계로 민족적인 관습과 전통적 규약에 의한 생활양식을 영위할 수 없었으며 인격적인 사회관계를 지탱할 만큼의 민족적 힘 또한 취약해 있었던 게 사실이다. 그와 함께 한편에는 그러한 현실을 직시하고 민족적 삶을 보호하기 위한 방안을 강구해 나가기도 했다. 또 봉건주의를 타파하고 자본주의에로의 이행을 보임으로써 자연스레 서구의 근대를 진보의 모범으로 삼게 된다.

　한국의 근대는 일본의 식민지배와 함께 시작되었으므로 역동적 삶을 추동하는 과정에서 이성적이고 합리적인 근대적 문화 생산을 창출하고 그 가치를 전이시켜 나가는 데 어려움이 따랐으리라는 것은 의심의 여지가 없다. 그러나 그 가운데서도 집단보다 개인을 존중하는 근대적 자각이 부각되고 세계를 자유롭게 변주할 수 있는 문학 등 갖가지의 문화적 생산은 지속되었다. 말하자면 개개인의 개성을 위축시키고 주체적 발전 모델을 강구하는 데 수많은 장애물이 놓여 있었지만, 새로운 형태의 삶, 즉 산업화에서 중요한 기능을 한 근대성을 수용하는 계기가 되었다고 볼 수 있다.

개인의 자아를 억압하는 국가권력문화가 지배하고 있는 구조 속에서 당대 한국 문단의 한 축은 그러한 사회적 억압으로부터 자아를 해방하는 데 심혈을 기울이게 된다. 전근대적 사고로부터 근대적 삶의 욕망으로 전이하는 과정에서 그것은 적어도 이상적 정신을 창조하는 방법이었던 셈이다. 그러나 사회적 억압으로 내재해 있던 개인적 자아 욕망의 움직임이 곧바로 독자적 언표의 형태로 제시된 것이 아니라, 사회 억압적 현상들과 타협하며 근대적 욕망을 드러내게 된다.23)

주요한이 「불놀이」를 일찍이 서구문화를 받아들인 일본문화를 접하고 나서 창작된 서구모방적 작품임을 감안할 때 시적 정신의 모태를 탐색하지 않을 수 없는 것이다. 「불놀이」가 진정한 의미에서 최초 근대시인의 작품이라는 것과 여기에 한 시대의 이념을 전형적으로 토로24)했다는 점에서도 주목할 수밖에 없다.

> 四月달 다스한바람이 江을넘으면, 淸流壁, 모란봉노픈언덕우에 허어혀케흐늑이는사람쎄, 바람이 와서불적마다 불비체물든물결이 미친우슴을우스니, 겁만흔물고기는 모래미테 드러백이고, 물결치는 뱃슭에는조름오는 「니즘」의形像이 오락가락─얼린거리는기림자널어나는우슴소리, 달아논 등불미테서 목청껏길게쌔는 어린기생의 노래, 쯧밧게 情欲을잇그는 불구경도인제는겹고, 한잔한잔쏘한잔 쏫업는술도 인제는실혀, 즈저분한뱃미쟝에 맥업시누우면 까닭모르는눈물은 눈을데우며, 간단업슨쟝고소리에 겨운男子들은 쌔々로 불니는慾心에 못견듸어 번득이는눈으로 뱃가에 쒸어나가면, 뒤에남은 죽어가는촉불은 우그러진치마깃우에 조을쌔, 쯧잇는드시 찌걱거리는배젓개소리는 더욱가슴을누른다….

실생활에서조차 금기시된 자유연애를 문학작품으로 표출했던 이인직·이광수 등의 소설가들에 이어 근대 시인으로서 그에 버금가는 연시(戀詩)를 보여준 주요한의 「불놀이」 셋째 단락이다. 앞의 둘째 단락과는 달리 시의 표면적 현상은 과격한 그리고 충동적이고 공격적인 언사들로 엮여져 있다. 그렇지만 그것들이 괴기스런 시적 어구의 그물망으로 엮여져 있는 관계로 그 내재적 의미와 그 안에 담겨진 극적인 상황을 표층적으로 끄집어 올리기 위해서는 무엇보다 시인의 생애에 따른 문예학적 정신을 찾아야 한다.

"모란봉 높은 언덕 위에 허옇게 흐느끼는 사람떼", "불빛에 물든 물결의 미친 웃음", "겁 많은 물고기는 모래 밑에 트러 박히고" 등등 단락 전체가 괴기스런 시적 언사로 구성되어 있다. 이러한 시적 어구들은 프로이트가 말한 전의식(preconscious)으로 이해할 수 있다. 소망을 충족시키기 위한 꿈의 형성이 전의식이다. 꿈에 의해서 어떤 욕망이 연장되는 것과 같이[25] 억압된 성적 소망을 꿈에서처럼 불규칙적이지만 리드미컬한 자극을 주는 언어형태들로 짜여 있다고 하겠다.

프로이트는 모든 예술이 환상을 다루며, 충족되지 않는 욕망을 만족시키고자 하는 무의식적 충동에서 비롯되는 것이 꿈이라 보았다. 또 꿈은 충동의 요구와 억압하는 힘의 강도가 '타협'함으로써 이루어진다고 했다.[26] 위의 단락 역시 괴기한 언어형태로서 이루어진, 시인의 유가적 가치관에 대한 부정적인 발현을 담고 있는데 그것이 환상적 모습으로 나타나고 있는 것이다. 그렇기 때문에 둘째 단락에서 보여준 성적 본능의 충동과 대비되는 환상적 흥겨움으로 노래 되고 있다. 환상은 본능적 무의식과 의식적 자아를 연결시키는 고리가 된다. 그런 까닭으로 환상은 인류의 그릇되게 정복된 과거보다는 정복되지

않은 인류의 미래를 이야기하는 이미지를 갖는다.27)

또 셋째 단락에서는 환상을 무화시키는 허무주의적인 시적 태도도 드러난다. 작품에서의 허무주의적 태도는 성적 본능을 분출하고자 하는 심리가 전통적 유교사상에 입각한 성적 억압과의 첨예한 갈등 사이에서 태동된 것이라 하겠다. 이 허무주의적 형상화는 성적 본능의 충동을 통제하기 위해 필요한 형질이다. 프로이트의 정신분석학에 따르면 한 인간이 본능에 의한 성적 쾌락만을 쏟아놓을 때, 자아는 사회로부터 보호받지 못한다. 곧 본능적 충동을 조정하고 억누르는 현실적 자아가 셋째 단락에 표백되어 있다고 할 수 있다.

프로이트는 성적인 욕구가 그 이전의 발달 단계로 돌아간다는 점을 상기하면서, 그는 그것을 시간적 퇴행으로 설명하고 원시적 방식으로 돌아가는 성 생활에 주목한다.28) 요컨대 성적 쾌감을 상실하는 타나토스가 발현되는 단계로 설명한다. 프로이트는 우리 인간의 생명은 언제나 화학적 긴장의 소멸, 즉 죽음으로 이어지는데, 이런 경향은 쾌락 원칙 속에서 발견할 수 있으며, 이것이 우리 인간이 죽음의 본능을 믿는 가장 강력한 이유 중 하나로 꼽고 있다.29)

타나토스, 즉 죽음의 본능과 맞닿아 있는 부분이 「불놀이」의 셋째 단락인 것이다. "뜻밖에 정욕을 이끄는 불구경도 인제는 겹고", "한잔 한잔 또 한잔 끝없는 술도 인제는 싫어", "즈저분한 뱃밑창에 맥없이 누우면", "까닭 모르는 눈물은 눈을 데우며" 등의 타나토스와 만나는 본보기를 보여주고 있다. 말하자면 앞에서 일으켰던 성적 흥분을 소거하려는 시적 자아를 만나게 되는 부분이다.

한편 「불놀이」 셋째 단락의 외형적 진술은 삶의 뜨거운 열정과 함께 그 밝음의 빛이 스러져가는 시간의 아쉬움을 나타내는 화자의 심정으로 받아들일 수 있다. 이는 그렇기 때문에 타나토스의 세계, 즉 성욕이 소멸되어가는 풍광으로 보게 된다. "간단없는 장고 소리에 겨운 남자들은, 때때로 불리는 욕심에 못 견디어 번득이는 눈으로 뱃가에 뛰어나가면 뒤에 남은 죽어가는 촛불은 우그러진 치마깃 우에 조을 때, 뜻 있는 듯이 찌꺽거리는 배 젓는 소리는 더욱 가슴을 누른다."에서 고스란히 타나토스의 세계가 그려진 것이라 말할 수 있다. 곧 타나토스의 세계는 성적 욕구와 사랑의 결핍이 맞물려 돌아가는 사이 극한적 절망에 부닥쳐 성적 본능이 죽은 상태라 할 수 있다. 그러기에 타나토스는 성적 본능의 욕망에서 현실적 자아로의 방향 바꿈을 시도하기 위한 정신적 형질인 것이다. 타나토스는 충동적인 삶에서 벗어나게 하는, 즉 무의식적으로 일상적 삶을 파괴하고 퇴행적인 사고를 막을 수 있는 방어적 기제이며 동시에 신비주의적 경험을 갖게 할 수 있는 미적 요소로 정의되고 있는 까닭이다.

4. 성과 유토피아

프로이트의 반동형성 이론에 의하면 생물적인 것들은 삶과 죽음, 건설과 파괴, 사랑과 미움 등의 본능적 대립의 쌍으로 엮어져 있는 까닭에 자아(ego)는 불안에 직면하게 된다. 그러나 만약 어떤 본능 하나를 다른 본능으로 전이시키게 되면 불안을 해소할 수 있다.[30] 그래서 「불놀이」의 셋째 단락은 자신을 보호하기 위한 성적 충동을 억제하는 타나토스가 나타나고 있으며, 그것은 괴기스런 시적 어구들로 형성되어 있음을 살펴볼 수 있다. 이러한 타나토스의 형국은 한편으로 「불놀이」의 시적 자아를 나르시시즘적인 관계로 보게 만든다.

정신분석가들에 의하면 나르시시즘은 에로스의 한 가지 유형이고 에로스는 자기보존 본능과 결합된 것으로 무의식적 성적 욕망을 무화하는 정신작용의 한 가지다. 이러한 나르시시즘에 의해 무의식적 자아 곧 내적 욕망의 세계는 의식적 자아 곧 외적 욕망의 세계로 수정하는 단계를 거치게 되는데, 이것은 성적 승화로 설명할 수 있다.

　　승화란 본능이 직접 충족되는 대신 그 본능이 지향하던 목표가
　바뀌어 자아에 의해 다른 양상으로 성취되는 일을 의미한다.[31]

　　무의식적 자아가 의식적 자아로 바뀌는 것은 심리적 전이 행위를 뜻한다. 바로 자기 보존 본능이 강한 무의식적 자아로부터 타인에게 사랑을 받고 싶은 의식적 자아에로의 변화를 보이게 되는데 바로 「불놀이」의 넷째 단락과 다섯째 단락이 그러한 양상을 보인다. 프로이트식으로 말하면 이 공간에서는 이타적인 관계를 도모하는, 즉 사회를 보호하는 기능의 초자아 역할을 보장하는 상황이다.

　　아〃 강물이웃는다, 웃는다, 怪常한, 우슴이다, 차듸찬강물이
　씸〃한하늘을보고 웃는우슴이다, 아〃배가올나온다, 배가오른다,
　바람이불적마다 슬프게슬프게 쎄걱거리는배가오른다….

　　저어라, 배를 멀리서잠자는 綾羅島까지, 물살쌔른大同江을 저어
　오르라, 거긔 너의愛人이 맨발로서서기다리는언덕으로, 곳추 너의
　뱃머리를돌니라 물결쓰테서 니러나는 추운바람도 무어시리오, 怪
　異한우슴소리도 무어시리요, 사랑일흔靑年의 어두운가슴속도 너의
　게야무어시리오, 기림자업시는 「발금」도이슬수업는거슬ㅡ. 오오
　다만 네確實한 오늘을 노치지말라.
　　오오사로라, 사로라! 오늘밤! 너의발간횃불을, 발간입셜을, 눈동
　자를, 쏘한너의발간눈물을….

에로티시즘의 관점에서 앞의 단락까지는 시적 자아의 충동적인 감정과 이성적 자아 사이에서 갈등하는 심리가 내재해 있다고 할 수 있다면 여기에서는 그 갈등을 치유하고 진정한 사랑을 만끽하는 모습이 나타난다고 말할 수 있다. 성적 욕망을 지닌 자아는 이제 그 성적 욕망을 제어하게 되는데, 그것은 사춘기의 폭풍에 대항하는 자아의 확립을 간접적으로 드러내는 것32)에 비유할 수 있는 것이다.

위의 인용한 부분에 나타난 바와 같이 넷째 단락과 마지막 다섯째 단락은 강박증적 성적 욕망을 무화시켜낸 현실적 자아의 태도로부터 이제 그것을 기반으로 한 자아 충족적 카타르시스를 체험하는 것으로 환기시켜볼 수 있다. 즉 셋째 단락에서 보여준 심리적 위기로부터 벗어나 적극적인 생명욕을 추동하는 모습이 보인다고 말할 수 있겠는데, 힘찬 배를 젓는 모양새가 그렇다. 배를 몰아가는 것은 바로 자아의 내적 세계로부터 외적 세계로 나아가는, 그리하여 나름대로의 이상적 공간을 확보하려는 노력인 것이다. 「불놀이」의 마지막 단계는 따라서 고도의 정신적 이상세계로 나아가고자 하는 화자의 열정이 나타나는 곳으로, 성적 환상과 욕구에 따른 양심과 긍지가 함께 내포되어 있다고 하는, 즉 프로이트의 정신분석 단계 중 '초자아' 범주에서 설명할 수 있는 부분이다.

「불놀이」 결미 부분의 에로스는 성적인 허무를 극복하고 마음을 주고받는 이타적 사랑의 몸짓으로 바라볼 수 있다. 그래서 자아가 사회와의 관계 맺기가 실현되는 새로운 에로티시즘의 태도를 보여주고 있다고 하겠다. 이런 관계 맺기는 인간사회가 지향해야 할 유토피아 세계 그 자체인 것이다. "물살 빠른 대동강을 저어 오르라. 거기 너의 애인이 맨발로 서서 기다리는 언덕으로, 곧추 너의 뱃머리를 돌리라"

등 시적 어구들의 역동적인 형태가 그 근거를 제공하고 있다. 이들 시구에서 보듯이 화자는 비정상적인 광란의 불길을 지피는 것이 아니라 생명의 약동을 일깨우는 불놀이에로의 방향을 타진하고 있는 것이다. 이상적 세계를 임하는 시적 자아의 정신적 결의를 엿볼 수 있다. 마지막쯤에 가서 다시 "오오 다만 네 확실한 오늘을 놓치지 마라" 하면서 그 사랑의 결실을 위한 조언도 잊지 않고 있다.

성적 결합에 의한 인격 도야는 쾌락적인 본능의 소유를 이성적인 자아로의 길로 유도할 때 가능하다. 불놀이 구경으로서의 다섯째 단락은 억눌렸던 성적 본능을 맘껏 분출하는 이드와 개인적 욕망을 추스르는 자아 곧 성적 경험의 축적에 의한 창조적 생명으로의 전환을 시도하는 것이라 할 수 있다. 강물을 저어 오르라는 시적 화자의 명령조는 체험에 의한 자신감에서 비롯된 것이다. 추운 바람도 괴상한 웃음도 어두운 마음속도 다 태워버리기 위한 열정이 녹아 있다. 애틋한 사랑을 만끽하기 위한 남성적 이미지가 표백되어 있다고 하겠다. 이 강한 남성석 이미지는 시적 자아의 우유부단했던 태도를 바꾸는 키로 작용한다. 뱃머리를 돌리라고 과감하게 지시하는 데에서 시인의 그러한 태도를 읽을 수 있다. 내내 명령조로서 성적 욕망의 흐름을 타진하는 시적 언술은 시적 자아 자신의 충만한 성적 욕구를 분출하고자 함이지만, 여기에서는 단순한 성적 분출이라기보다 자아와 세계의 합일을 꿈꾸는 사회적 자아의 의미로 받아들일 수 있다. 근대적 존재 모랄로서의 주체적인 사회적 자아[33]를 확보하고 있는 것으로 보게 된다.

이처럼 다섯째 단락에서의 시적 행위 역시 현실원칙을 넘어서서 환상의 전환점에 도달하려는 에로티시즘의 기능과 관련시켜 이해할 수 있다. 성적 자유의지가 새겨져 있다고도 보게 된다. 그동안의 사회적 금기와 속박에 의해 성적인 개인의 욕구를 충족시키지 못했던 시적 자아는 이제 성으로서의 고차원적인 가치를 앙양하는 것으로 읽을 수 있는 것이다. 다섯째 단락에 와서 시적 자아는 비로소 인간정신의 한 부분인 자연발생적 자유의지를 구가함으로써 성적 진보를 증대하는 문화적 행위를 보여주고 있다고도 말할 수 있게 된다. 이것이 프로이트가 말한 성욕의 자기 승화다.[34] 자연의 현상, 즉 자연의 순환적 흐름을 따라 진정한 사랑으로의 공간을 향해 잠입해 들어가는 모습이 담겨져 있다고 볼 수 있다.

그런 까닭으로 다섯째 단락은 성적 자유로서의 역동적 삶을 엿볼 수 있으며, 그 역동적 삶이 주체적 자아의 긍지와 결합함으로써 최소한의 사회적 역할을 감당하고 있다고 하겠다. 시에서 시적 화자가 배의 방향을 인도하는 것은 무의식적 소망 충동에 의한 양심적 삶을 실현해 가는 과정이라 하겠다. 무의식적 소망 충동은 전의식과 무의식 사이에서의 운동성을 지배하려는 것으로서 그것은 꿈에 의할지라도 자아를 검열하는 동위소다.[35] 자아의 자연발생적 본능을 사회적 관계 속에서 강화하는 심리가 내재해 있다고 볼 수 있다.

「불놀이」의 마지막 단락은 '불'의 환상적 상징이 반복되면서 고통과 결핍이 치유되는 고도의 정신적 이상세계를 획득한다. "오오, 사로라, 사로라! 오늘밤 너의 발간 횃불을, 빨간 입술을, 눈동자를, 또한 너의 발간 눈물을"이 그러한 시인의 정신적인 부위에 해당된다고 하겠다. 여기에서는 적대적인 대상과의 현실을 극복하는 인식체계도 함유하고 있다. 즉 불화의 성적 대상과 조화된 환상을 꿈꾸고자 하는 의지가 내포되어 있다고 말할 수 있게 되는데, 번잡한 인간 생활에서 벗어나 자연과의 조화를 이루고자 하는 정신적 지향이 삼투되어 있다고 하겠다.

「불놀이」의 다섯째 단락에서 자아의 소망을 사회와의 관계 속에서 살펴보게 되는 연유는 심리학자들이 즐겨 사용하는 방법 중 하나이기 때문이다. 성적 본능이 심리적 갈등에서 주요한 역할을 하며, 프로이트 또한 모든 행위의 근간을 성적 본능으로 본 범성주의(pan-sexuality)자로서 언제나 하나의 충동을 다른 충동과 대립시키는 데 초점을 두었다.36) 그는 또 성이 단순히 생물학적 차원에서뿐만 아니라, 외부 상황의 중압으로 인해서도 성적 환상을 만들어낸다고 강조한 바 있다.37) 주요한의 시를 성적 행위로 볼 수 있는 가능성도 이에서 비롯된다고 하겠다. '불'이라는 언표에서뿐만 아니라 삶의 역동성을 불러일으키는 기제가 내적 자아와 사회적 자아 사이를 오가는 충동적 생이기 때문이다.

이에 따라 주요한 시인이 성적 욕구를 자연의 현상으로 발현했다고 말힐 수 있게 된다. 주요한 작품으로부터 그러한 문제의식이 내장되어 있다고 보는 것은 그가 낭만주의자이고, 낭만주의적 상상력에 의해서 「불놀이」를 창작한 까닭이다. 낭만주의자들에게 있어 상상력은 창조적 힘의 원천이며 주관과 객관, 현실과 이상, 감각적인 것과 초월적인 것을 결합시키는 속성을 지니고 있다.38)

5. 결론

에로티시즘은 언제나 정신분석학을 통해 이해되고 정신분석학 또한 성(性)과 연결하여 예술적 텍스트의 짜임새를 논의한다. 이는 문학

작품이 내포하고 있는 예술적 미에 대한 흥미를 돋우는 역할을 한다. 따라서 본 글 역시 한편으로는 대중적 호기심이 높은 성의 문화적 양상을 텍스트 내에서 고구함으로써 텍스트 밖의 대중독자들로 하여금 시작품의 관심도를 갖게 하기 위한 시도로 씌어졌다.

그동안 주요한의 시 「불놀이」에 대한 논의는 이 작품이 한국 근대시의 효시냐 아니냐의 논란 속에서 작품의 핵심적 어휘인 '불'의 상징성을 끄집어 올리는 데 모아졌다. '불'을 원시적 형태 속에서 이해하고 해석하는 원형비평 패턴으로 진행되어 왔다. 그 와중에 프로이트의 리비도 이론으로써 「불놀이」를 탐색한 오세영의 논의는 한 세기 가까이 된 작품 「불놀이」를 다시 문제적인 시각으로 천착할 수 있게 함과 동시에 다양한 분석의 가능성을 보여준 사례라 하겠다. 그러나 「불놀이」의 전체적인 맥락에서가 아닌 단지 '불'이라는 어휘에 국한하여 그것도 짤막한 언급으로 이루어진 논지이기 때문에 하나의 문학작품을 정신분석학적으로 이해하기에는 한계가 있다. 따라서 본 글은 일부에서 지적하고 우려한 바를 불식시키는 차원에서, 시 「불놀이」를 부분이 아닌 전체를 프로이트의 정신분석 이론으로써 고찰하고, 그것에 의한 문학적 의미망을 타진하고자 했다.

「불놀이」의 첫 단락과 둘째 단락은 시적 화자의 현재적 위치를 가늠해볼 수 있는 부분으로 성적 충동의 이미지, 즉 성적 본능으로서의 자유분방함을 추구하기 위한 본능적 화자의 세계가 나타난다. 성적 본능의 분출은 이후 자아와 외부세계와의 갈등관계 속에서 주체적인 자기애 단계와 만나게 된다. 이 자기애는 자아 해방의 길과 통한다. 그러므로 첫째 단락과 둘째 단락은 성적 본능, 즉 정신활력의 원천인 성적 에너지 이드(id)가 발현된 부분으로, 충동만을 지닌 흥분된 상태의 시적 자아를 보게 되는 것이다.

셋째 단락은 삶의 뜨거운 열정과 함께 그 밝음의 빛이 스러져가는 시간의 아쉬움을 나타내는 화자의 심정으로 받아들일 수 있다. 이는 타나토스의 세계, 즉 성욕이 소멸되어가는 풍광으로 보게 된다. 타나토스는 충동적인 삶에서 벗어나게 하는, 즉 무의식적으로 일상적 삶을 파괴하고 퇴행적인 사고를 막을 수 있는 방어적 기제이며 동시에 신비주의적 경험을 갖게 할 수 있는 미적 요소이다.

넷째 단락과 마지막 다섯째 단락은 성 체험을 통한 새로운 자아를 발견하고 고통과 결핍을 치유하는 에로티시즘의 상황적 배경으로 해석할 수 있게 된다. 말하자면 「불놀이」의 마지막 단계는 고도의 정신적 이상세계로 나아가고자 하는 화자의 열정이 나타나는 부분으로서, 성적 환상과 욕구에 따른 양심과 긍지가 함께 내포되어 있는 사회적 자아가 투영되어 있다고 하겠다. 앞부분 셋째 단락에서 성적 행위가 단순히 현실 원칙의 경향을 띤 에로스를 보여주었다면, 여기 넷째 단락과 다섯째 단락은 그것을 뛰어넘는 것으로 바라보게 된다.

소월의 시적 진술과 그 비평적 도그마

1. 서론

소월의 시는 구조의 평면성에 있다.[1] 구조의 평면성은 외면적 사물을 될 수 있는 한 사상(事象) 그대로 묘사하는 것이며, 그 이면에 자아의 심리적인 정서를 유기적으로 암시하는 수법이다. 그에 따라 시적 대상은 사회적 관계의 총화로서 익숙하면서도 간결하게 드러내주는 상징물로 이용된다. 거기에는 자연히 서정적 자아로부터 인식된 개체들의 보편적 진실성과 단순성의 특징을 보이게 마련이다. 그러기에 소월의 작품을 "누구나 경험하는 심정의 세계를 높은 시정(詩情)에까지 끌어올린"[2] 것으로 공감할 수 있는 것이다.

한 시인의 작품에서 균형의 원리로 작용하는 형상적 지표를 탐색하기 위해서는 이에 수반되는 시적 진술에 대한 비평을 필요로 한다. 이 비평의 축은 시의 핵심을 이루는 구성 요소들을 포착하여 시인의 감정을 주·객관적으로 서술하는 데 있다. 구체적 작품을 토대로 시적 자아의 세계에 대한 인식의 문제와 더불어 감정적 형태를 올바르게 이해할 수 있는 장이 비평에 의해서 결정된다고 하겠다.

소월 시의 본령은 고전적 사고와 근대적 이성의 몸짓이 서로 아우르는 가운데 지적 관념의 뿌리를 내리고 있다. 그 지적 관념의 뿌리들이 주관과 객관 사이의 창조적 미학 체계를 견인하고 있으며, 현실 인식 반응의 수단으로 뒷받침되고 있다. 소월 시가 감상의 공허함과 자유로운 정신 지향이 뒤얽힌 형태로 움직이고 있는 듯하지만 대체로 유연하고 간단명료한 어조로 통일되어 있다. 그것은 소월이 창조적 세계관에 의한 자기 확인을 통해 일정한 관념의 틀을 지니고 있음을 말해준다. 그러나 소월의 시세계가 소박한 일상적 어법으로만 쓰인 것도 아니며 상투화된 인습적 사고방식을 그대로 노출하고 있지도 않다. 그러기에 그의 시가 여성적으로 표현되어 있다고 하여 소월의 세계가 여성취향적이라고 명명하면 안 될 것이다.[3] 그의 시들을 형이상학적 사고로 재단하고 확대 적용시키는 것도 유념해야 할 부분이다.

일견 모순되어 보이는 것 같지만 주·객관적으로 문학사적 정립이 완성된 소월의 시를 다시 들춰내 논의하는 것은, 기존의 분석을 추수하는 학문적 태도로부터 벗어나 한 시인의 감성적 등가물인 시 예술의 효과를 새롭게 인식하고자 하는 데 있다. 따라서 본 글에서는 소월의 시적 진술에 초점을 맞춰 그의 시세계를 비평적 관점에서 더듬어 보고자 한다.

2. 진술 발화의 탐색

소월이 활동한 1920년대 한국 문학은 근대의식과 함께 창작방향 설정을 긴요한 과제로 요구받게 된다. 당대 시조가 현대시의 가능성을 보여주는 듯했지만, 시조의 오래된 문제점4)이 확인되면서 소월의 시가 여타 시인들의 작품 가운데 새로운 창작방법의 확립문제에 커다란 변수를 내포하게 되었던 것이다.

소월의 시가 민족의 공감대를 형성하고 현대시의 구실을 하게 된 것5)은 그 동안의 계몽주의적 공허한 언어에 대한 비판과 고발의 일면일 수 있다. 의미구조면에서 소월은 언어의 빈곤함을 가중시킨 시의 이념적 구현으로부터 벗어나 자기 자신의 존재론적 근거에 바탕을 둔 시적 구현을 시도했다고 보기 때문이다. 그러나 이러한 시적 진술의 발화가 곧바로 소월 시에 대한 평가의 보루로 남아 있을 수도 있다. 다만 소월의 시는 단순한 기교주의 차원을 넘어 내면의 울림으로부터 배태되어 나온 내재된 율조이 언어권에 의해 씌었다는 것만큼은 분명하다. 물론 상상력의 깊이나 성숙도를 시적 화자의 진술로 판단하고 의미 짓는 행위는 편협하고 도식적인 견해일 수 있다. 그렇다 하더라도 그의 시를 한(恨)에 바탕을 둔 민족적 정서를 노래하였다는 보편적 평가를 따른다면 소월의 작품을 일단 한국의 전통적 미학을 계승한 데서 의의를 찾을 수 있다.

형식구조 면에서도 소월은 새로운 시 형식의 문제와 씨름한 시인6)으로 평가받고 있다. 그것은 그의 시가 그만큼 시예술적 전환기의 요소를 내포하고 있다는 증거이며 문학형식의 근본적 약점을 극복하려는 노력을 소월이 보여주었다는 데 가치를 부여할 수 있다. 어쨌든 이러한 일련의 모습은 소월이 당대 민족적 삶의 가능성을 탐색하는 가운데 공동체의식과 더불어 근대적 다양성과 복합성을 인식하고 주체적 창조의 동인(動因)이 되었다고 하겠다.

소월은 시대적 삶의 아픔을 함축적 언어로 다져 민요 형식으로 진술해 냈다.[7] 새로운 시적 세계를 보여줄 수 있는 형식을 구현하기가 그리 쉽지 않은 시대에 시인 소월은 민족적 · 미학적 순수주의에 탐닉한 몇 안 되는 시인이었던 것이다. 그는 또한 우리 문학이 단일 문자(순한글)로 발현되기 시작한 때 등장한 시인이다. 이것은 그가 한국 문학사의 변화의 의무를 짊어지고 출발한 경우라 할 수 있다.

소월의 시에서 시적 진술을 가늠해보기 위해서는 먼저 시적 발현이 수직적이고 관념적인 경향에서 얼마만큼 수평적이고 자연적인 경향으로 전환되었는가를 파악하여야 한다. 여기서 수직적이고 관념적인 경향은 근대문학 이전까지의 문학적 형태를 일컫는 말이고, 수평적이고 자연적인 경향은 개화기의 문학이 끝난 후 본격적인 근대문학이 시작되는 1920년대의 시 형식으로 규정할 수 있다. 시대적 · 실존적 위기와 맞대결하기 위해 선택한 자연관은 시인이 불합리한 현실을 다스리는 데 긴요한 역할을 했다고 본다. 불합리한 현실과 맞닿아 있는 심층 의식을 근원적 심연을 통해 끌어올려 전통 서정으로 토해놓은 소월의 자연주의적 태도가 그러하다. 그렇기 때문에 지시적이고 의도적인 사회성만의 주제를 탐색하는 당대 시인들과는 달리, 소월은 소박한 감상적 진술들로 시적 고리를 연결해 갔다고 하겠다.

소월의 시는 시적 대상과 자아 사이의 감정의 갈등이 좁다. 즉 대상으로서의 세계와 시적 자아 사이에서 증폭된 갈등, 가령 개화기 시대의 시적 접근방법은 미의식보다는 윤리의식이 우선[8]으로 취급되었다. 그러므로 거기에는 시적 대상과 시적 자아 사이의 거리는 멀다고 할 수 있는 것이다. 그로 인하여 그만큼 감정의 갈등이 끼어들 틈도 많게 된 것이다. 그러나 소월의 시에서는 기성의 윤리나 도덕관은 뒤로 숨기고 자기 성찰을 통한 감정의 에너지를 분출하는 데 심리적 기제를 마련했다고 하겠다. 이것은 시를 도덕이나 인생에 대한 주장이 담겨 있는 것으로 보게 되면 시를 시로 읽지 못하게 될 뿐만 아니라, 시를 부적절하게 사용하게 되므로 이를 경계해야 한다는 리차즈(I. A Richards)의 비평적 견해에 따라 일단 긍정적인 것으로 평가할 만하다. 그리하여 소월의 시들에서는 시인이 의도적으로 보여주려고 하는 세계와 시적 화자가 자아낸 진술 사이에 감정의 갈등이 쉽게 드러나지 않는다. 그것은 소월이 말하고자 하는 세계와 시적 자아 사이에서 발현되는 진술이 서로 융화하고 있는 까닭이다.

소월의 시적 진술은 일상적 언어를 통해 일상성의 일들을 강화할 수 있는 계기로 작용한다. 현실의 세계에서 서정성을 유발시키는 감수성 못지않게 언어는 삶의 신념을 만들어내는 기폭제가 된다. 그러므로 시인은 관념에 대응되는 체험으로부터 우러나온 사회의 객관적 상황과 시인 자신의 실체를 보여주기 위해 일상화된 언어를 가지고 일상적 삶의 끈을 풀어내고 있는 것이다. 그것이 이별이라든지 슬픔 그리고 한의 정조로 나타난다.

　　접동
　　접동
　　아우래비접동

　　진두강(津頭江) 가람가에 살던 누나는

진두강(津頭江) 앞 마을에
와서 웁니다

옛날, 우리나라
먼 뒤쪽의
진두강(津頭江) 가람가에 살던 누나는
이붓어미 시샘에 죽었습니다

누나라고 불러 보랴
오오 불설워
시새움에 몸이 죽은 우리 누나는
죽어서 접동새가 되었습니다

아홉이나 남아 되던 오랩동생을
죽어서도 못 잊어 참아 못 잊어
야삼경(夜三更) 남 다 자는 밤이 깊으면
이 산(山) 저 산(山) 옮아가며 슬피 웁니다

―「접동새」 전문

음악적인 것과 시각적인 것의 결합으로 이루어진 작품이다. 그리고 회의와 애증에 부대끼면서 조화와 화해의 대상으로 변모되는 감정적 경향을 보여주고 있다. 그것이 이 시에서는 '접동새'라는 대상으로 매개시키고 있다. 현실적인 조건이 황량한 때, 소월은 근대적 감정의 충일함을 설화적 소재를 통하여 보여주고 있는 것이다. 이런 이유로 소월이 근대정신을 기본 축으로 한 전통적 율격의 시적 공간과 자유시 창작의 방법적인 장치를 새로이 마련할 수 있었다고 본다.

시에서 '접동새'는 "이붓어미 시샘"에 의해 죽은 누이다. 시인은 설화를 통해 절대적이고 본질적인 생명의 존재를 주정적으로 표출하고 있다. 그러나 이것은 불완전한 세계에 대한 시인의 불안함과 의식의 내면화를 기반으로 한 순수성의 소산이지, 「접동새」가 설화를 소재로 씌었다고 하여 "역사와 현실에 대한 책임을 회피"[9]한다고 볼 수는 없다. 설화는 민요, 무가, 판소리, 속담, 수수께끼 등과 함께 역사적인 성격을 띠고 삶의 체험에서 얻어진 인식내용을 구현하는 양식[10]이다. 따라서 「접동새」의 시적 진술이 현실의 고통에 대한 극복을 위한 몸부림이라고 쉽게 단정할 수는 없겠지만, 민중의 생활감정으로써 심층에 잠복되어 있는 역사의식과 현실인식을 담아내고 있다고 말할 수 있다.

또한 동생들을 "죽어서도 못 잊"기 때문에 "이 산 저 산 옮"겨 다니며 우는 '접동새'를 역설적 장치로도 보게 된다. 이미 '누나'는 순수 가치의 자연의 몸짓으로 시인 앞에 와서 울고 있는 까닭이다. 이것은 시인이 '누나'의 죽음을 서글퍼하는 것이 아니라, 반대로 회한의 세계로부터 자유로워진 '누나'가 번민과 고통에서 벗어나지 못하는 시적 화자를 안타까워 우는 것으로 보아야 한다. 그러므로 '접동새'는 근원적 삶의 세계를 지향하는 시적 자아의 대치물인 것이다. 한편으로 '접동새'는 위기에 처한 인간을 사랑하는 주체라 할 수 있다. 그러므로 「접동새」의 시적 화자는 연민의 대상이자 구원의 대상이 된다. 바로 여기서 시적 자아와 시적 대상인 '접동새'와의 갈등, 즉 둘 사이를 결합하여 초월의 세계를 갈망하는 진술로 전이되고 있는 것이다. 이 같은 시적 진술로 나타나는 또 다른 작품을 살펴보기로 한다.

우리 집 뒷산(山)에는 풀이 푸르고
숲 사이의 시냇물, 모래 바닥은
파아란 풀 그림자, 떠서 흘러요.

그리운 우리 님은 어디 계신고.

날마다 피어나는 우리 님 생각.
날마다 뒷산(山)에 홀로 앉아서
날마다 풀을 따서 물에 던져요.

흘러가는 시내의 물에 흘러서
내어던진 풀잎은 옅게 떠갈 제
물살이 해적해적 품을 헤쳐요.
그리운 우리 님은 어디 계신고.
가엾는 이내 속을 둘 곳 없어서
날마다 풀을 따서 물에 던지고
흘러가는 잎이나 말해 보아요.

－「풀따기」 전문

   현실적 삶의 갈망을 자연을 통해 해소시키는 수법이야말로 서정시의 본질적 속성이다. 그러기에 「풀따기」는 시인이 서정시를 표방하는 주제의 시적 진술을 잘 담아낸 작품이라 하겠다.[11] 시인은 시적 대상인 '풀'을, 자아가 가슴에 품고 있는 그 어떤 그리움으로 대치시켜 자연과의 합일을 이루어낸다. 여기서 '님'은 삶의 욕망을 제공하는 요인이다. 그러기에 시적 화자는 가까이 없는 '님'을 증오하고 저주하기보다는 신비주의적 태도로 치유의 이미지를 환기시킨다. 그렇게 함으로써 이별의 슬픔 같은 부정적 반응 양상들이 통제되고 있다. 또한 이 시에서 주체의 대응력은 정한의 삶을 초래하는 문명사회의 비판적 관점에 놓여 있다. 현실에 대한 적극적 응전 대신 자신의 존재 가치를 묵묵히 흐르는 물에 띄워 대척점에 서 있는 대상들에게로 다가가 화해의 손을 내미는 것으로도 해석된다. 달리 말해 대상과 서정적 자아 사이의 갈등의 소지를 소진시키는 진술이 시에 수반되어 있다고 하겠다.
   이처럼 소월의 시는 '님'의 상실감에 대한 자탄의 목소리로 엮어진 것[12]이라기보다는 님의 상실감에서 벗어나려는 시도로 비쳐진다.

3. 시적 진술과 그 명제적 비평

소월의 작품에 깔려 있는 근대적 자유정신의 또 다른 한편에는 전통의 정서가 자리하고 있다. 소월에 대해 넓게는 민족어를 발굴한 시인으로, 좁게는 소녀 취향적 감정의 단순성을 벗어나지 못한 시인으로 자리 매겨져 있다. 이 상반된 평가는 일차적으로 독자적(讀者的) 방법에서 기인한다. 그러나 이러한 독자적 방법의 연구는 시론의 출발점이 되기 때문에 시적 특수성을 구명하는 차원에서 당연한 것이다. 그리고 기법 면에서 소월의 시들이 삶의 서러움과 외로움 그리고 절망과 허무가 내장된 것일지라도 그것이 한국민족의 체념적 정서로 단정 지을 수 없다.13)

전통의 정서도 시인이 선험적으로 지닌 것이라기보다는 논자들에 의해 기술된 자의적 해석에 불과하다.14) 그러나 이 전통의 정서는 소월의 창작원리를 밝혀주는 하나의 기제가 된다. 거기에는 서정적 자아의 보편적 감정에 철학석 의미를 더한 정신적 근원으로 이해할 수 있다. 그러므로 몇 가지 인식을 전제로 소월은 이른바 평범한 일상이나 삶의 감각을 무비판적으로 그려낸다. 이것이 이른바 진술의 관념적 진실인 것이다. 따라서 소월의 시에서 진술의 관념과 현실 사이에서 무한히 유동하는 시적 감흥이 극단적으로 분리되지 않고 하나의 시적 이미지로 생생하게 되살아나고 있음을 볼 수 있다. 이는 그의 작품을 형이상학적으로 해석할 수 없게 하는 요인으로 작용한다.

산(山) 우에 올라서서 바라다보면
가루막힌 바다를 마주 건너서

님 계시는 마을이 내 눈 앞으로
꿈 하늘 하늘같이 떠오릅니다

흰 모래 모래 빗긴 선창(船倉) 가에는
한가한 뱃노래가 멀리 잦으며
날 저물고 안개는 깊이 덮혀서
흩어지는 물꽃뿐 안득입니다

이윽고 밤 어듭는 물새가 울면
물결 좇아 하나둘 배는 떠나서
저 멀리 한바다로 아주 바다로
마치 가랑잎같이 떠나갑니다

나는 혼자 산(山)에서 밤을 새우고
아침해 붉은 볕에 몸을 씻으며
귀 기울고 솔곳히 엿듣노라면
님 계신 창(窓) 아래로 가는 물노래
흔들어 깨우치는 물노래에는
내 님이 놀라 일어 찾으신대도
내 몸은 산(山) 우에서 그 산(山) 우에서
고히 깊이 잠들어 다 모릅니다

―「산(山) 우에」 전문

'님'은 이 시에서 두 가지로 경계 지어 볼 수 있다. 하나는 세상에
없는 '님'이다. 시적 화자가 "님 계시는 마을이"라고 한 것은 마음속에
그리고 있는 곳이다. 그러므로 이승에서 맺어졌던 인연으로 하늘과 땅
을 잇는 '님', 즉 "꿈 하늘" 어딘가에 계시리라는 추측을 낳게 하고 있
다. 다른 하나는 세상 어딘가에 실제로 살고 있는 '님'이다. 마찬가지
로 여기에서도 고조되어 가는 그리움을 달래면서 '님'에 대한 자유로
운 상상력을 동원하여 언젠가는 만날 것이라는 기대를 걸고 있다.
   이렇게 두 가지의 '님'으로 고정시킬 수 있는 근거는 시인의 일상

적인 화법에 있다.15) 일상적인 화법이란 어떠한 목적의식을 두지 않고 자연스럽게 분출시키는 언어행위다. 시인이 체험적으로 절실하게 느낀 감정을 일상적인 대화적 수법으로 시를 형상화시키고 있다는 논리로 설명할 수 있다. 만일 관념적으로 노래한다고 할지라도 소월에게 있어서는 현실의 직접적인 모습을 구사하는 것이 되므로 독자들로 하여금 시인의 진술을 굳이 해석하려고 애쓰지 않아도 된다. 그러나 시인의 "시선은 항상 상징계에 갇혀 있고 응시하는 자기도취적 환상을 추구"16)하고 있기 때문에 작품을 통하여 시인의 시적 진술과 교감하려고 하는 자세가 필요하다.

「산 우에」를 두 가지 이미지로 볼 수 있는 개연성은 자질구레한 형용사와 덧붙여진 수식어가 없기 때문이다. 말하자면 낭만주의 특성인 암시와 상징을 잘 살려내고 있다는 이야기가 된다. 이 시에서 '님'이 이별한 '님'인지, 사별한 '님'인지 명징하게 드러나지 않는 것은 한마디로 낯설게 하기의 수법을 따른 것으로 봐야 할 것이다. 구체적인 '님'을 드러내고 거기에 따른 이미시를 애설하게 보여줄 듯도 하지만 그것은 은밀하게 감춰져 있다.

그리하여 이 시에서 시적 화자가 보여주고자 하는 것은 '님'의 부재이다. 그러기에 "산 우에 올라서서" '님' 있는 곳으로 자아의 시선이 향해 있다고 할 수 있다. 또 "산 우에서 그 산 우에서" 정감의 소리로 진술하고 있다고 볼 수 있다. 더불어 이 시는 관념적 세계를 인간의 본능적 심상으로써 무화시키고 있는 것으로 유추된다. 이것이 소월의 시 한가운데에 관념적 진실이 숨겨져 있다고 말할 수 있는 것이다. 관념적 진술이 표출되지 않고 그것이 이면에서만 꿈틀거리는 또 한 편의 노래는 이렇게 시작된다.

첫날에 길동무
만나기 쉬운가
가다가 만나서
길동무 되지요.

날 긇다 말아라
가장(家長)님만 님이랴
오다 가다 만나도
정 붙이면 님이지.

화문도(花紋度) 돗자리
놋촉대 그늘엔
칠십년(七十年) 고락(苦樂)을
다짐 둔 팔벼개.

드나는 곁방의
미닫이 소리라
우리는 하룻밤
빌어먹은 팔벼개.

조선(朝鮮)의 강산(江山)아
네가 그리 좁더냐
삼천리(三千里) 서도(西道)를
끝까지 왔노라.

…(중략)…

두루두루 살펴도
금강(金剛) 단발령(斷髮嶺)
고갯길도 없는 몸
나는 어찌 하라우.

영남의 진주는
자라난 내 고향(故鄕)
돌아갈 고향(故鄕)은
우리 님의 팔벼개.

─「팔벼개 노래」 부분

소월은 어려운 조건 하에서 한국문학의 새로운 형식으로 형성시킨데 일조하고 문학적 순수성을 지켜나간 시인임에 틀림없다. 또한 개화기를 거치면서 별다른 감동을 수반하지 못하고 전개된 개화기 문학의 뒤를 이어 시가 언어예술이라는 것을 보여주었다.

위의 시에서 국토는 시인에게 있어 '팔베개'와 같은 영역이다. 그 국토 어느 곳에서든 만나는 사람들은 다 "길동무 되"는 한민족인 것이다. 국토는 민족의 근원적인 뿌리가 뻗어 있는 삶의 현장이다. 그러기에 "오다 가다 만나"는 이들은 누구든 "정 붙이면 님이" 되는 형제들인 것이다. 이처럼 시인의 심상에는 애초 국토애의 피가 흐르고 있다. 말하자면 시인이 그러한 국토애를 관념적 진술로 노출시키면서 시종 감정적 분비물을 온몸으로 밀어 올리고 있는 것이다.

소월은 시적 화자로 하여금 자신의 현실적 세계, 즉 삶의 고뇌와 열정, 분노와 방황 등 삶의 실타래를 억지로 풀려고 하지는 않는다. 다시 말해 그의 감각적 이미지들을 강제로 드러내려고 하는 것이 아니라, 일상적인 진술을 통하여 관념적 세계를 투영시킨다. 그것이 시적 대상과 자아와의 긴장을 해소하는 버팀목이다. 소월의 시들에서 볼 수 있는 이와 같은 관념적 진술은 요컨대 자아의 숙명적 슬픔을 여과하는 방법으로 이용된다.

4. 사유 · 상징 · 기능의 진술

소월 시의 시풍은 표면적으로 공리주의적 효용성보다는 사적 사유의 형태로 변주되고 있다고 해도 과언이 아니다. 그러나 한편으로는 시대의 위기 부분만이 주제로 설정되었던 전대(前代)의 시문학들에 대한 성찰적 태도가 사적 사유의 형태로 빚어진 것이라 할 수 있다. 그러나 소월이 현실적 삶에서 완전히 벗어나 유미주의적 이미지만을 지향한 것은 아니다. 따라서 소월은 민요풍이든, 시조풍이든, 율격상으로도 시의 새로움을 심화시키는 계기를 스스로 마련하였다고 할 수 있는 것이다.

또한 슬픔의 정조를 나타내긴 했지만, 비극적 배경 상황을 동력으로 삼으면서 삶의 위기 부분을 직접적으로 드러내지도 않았음을 보게 된다. 그것은 시인이 비통한 삶의 상황을 적극적으로 저주하고 혐오하는 것이 아니라, 외부적 제약에 대한 소극적 부정정신의 한 측면으로 볼 수 있다. 그것이 소월의 공적인 사유방식이다. 그의 시에서 특히 주목되는 것은 삶의 체험을 역설적 상징들로 전개하고 있다는 점이다. 소월 시의 본질을 이루는 "세련된 정서"[17]는 필연적으로 음악적 리듬을 수반한 시의 내적 원리로 기능하고 있다. 이와 같은 그의 시 쓰기는 순수한 것들과의 끝임 없는 화해와 교감을 위한 극복 의지의 소산이다.[18]

대상과의 화해와 교감은 시인의 꾸밈없는 소박한 삶의 태도에서 연유한다고 하겠다. 부당한 역사적 상황 아래 삶의 절망적 극한점을 역설적 수법으로 무화시키고 감정을 절제하는 가운데 인간주의적 정서가 배태되어 나오는 것이다. 다음 작품에서 보는 바와 같이 인간과 인간 사이의 진정한 대화를 위해 간단명료한 어법을 사용하는 것도 대상들과의 화해적 삶의 가치를 유기적으로 만들어 가는 방식일 터이다.

1

설으면 우울 것을, 우섭거든 웃을 것을,
울자해도 잦는 눈물, 웃자해도 싱거운 맘,
허거픈 이 심사를 알리 없을까 합니다.

한벼개 잠 자거든, 한솥밥 먹는 님께,
허거픈 이 심사를 전(傳)해볼까 할지라도,
마차운말 없거니와 그역(亦) 누될까 합니다.

누된들 심정(心情)만이 타고날 게 무엇인고,
사오월(四五月) 밤중만 해도 울어새는 저 머구리,
차라리 그 신세(身世)를 나는 부러워 합니다.

2

슬픔과 괴로움과 기쁨과 즐거움과
사랑 미움까지라도, 지난 뒤 꿈 아닌가!
그러면 그 무엇을 제가 산다고 합니까.

꿈이 만일 살았으면, 삶이 역시(亦是) 꿈일게라!
잠이 만일 죽음이면, 죽어 꿈도 살은 듯하리,
자꾸 끝끝내 이렇다해도 이를 또 어찌합니까.

살았던 그 기억(記憶)이 죽어 만일 있달진댄,
죽어하던 그 기억(記憶)이 살아 어째 없습니까,
죽어서를 모르오니 살아서를 어찌 안다고 합니까.

3

살아서 그만인가, 죽으면 그뿐인가,
살죽는 길어름에 잊음바다 건넜던가,
그렇다 하고라도 살아서만이라면 아닌줄로 압니다.

살아서 못 죽는가, 죽었다는 못 사는가,
아무리 살지락도 알지못한 이 세상을,
죽었다 살지락도 또 모를줄로 압니다.

이 세상 산다는 것, 나 도무지 모르겠네

어데서 예 왔는고, 죽어 어찌 될 것인고,
도무지 이 모르는데서 어째 이러는가 합니다.
                                        ―「생(生)과 돈과 사(死)」 전문

  시인의 내적 의식에 의한 역설적 언사들은 이처럼 삶의 물음을 낳
기도 한다. 이런 방식은 삶의 욕망에서 주어진 꾸밈말이기보다는 현
실 이해를 기반으로 한 다각적인 내면 성찰의 결과로 보인다. 거기에
시적 화자의 역설적 상징의 움직임을 따라가다 보면, 소월의 공적 사
유방식의 궤적이 찾아진다.
  인용 시에서 열거된 감정들은 복합적인 기능으로 작용하고 있다.
가령 첫 행의 "설으면 우울 것을, 우섭거든 웃을 것을"에서 슬픔과 비
애를 느낄 수가 있는가 하면, 서정적 자아의 동정과 연민을 갖게 하
기도 한다. 그러기에 이러한 공적 사유방식으로 배태되는 어휘들은
민요적 율조의 비약에 힘입어 민족 정서의 상징적 기능을 동반한다.
김소월에 의해 구현된 시적 기능을 발견하는 데 있어서 일차적으로
인식하게 되는 것은 슬픔의 정조 속에서 절망과 침묵의 모습만을 드
러내지 않는다는 점이다. 그의 시에 전반적으로 흐르고 있는 '사랑'이
라든지 '헤어짐', 그리고 '기다림'[19]의 배경 뒤에 필연적으로 드러날
수 있는 퍼소나(persona)적 태도를 취하지 않고 있기 때문이기도 하
다. 그것은 사적 사유의 차원을 넘어 공적인 삶에 값하는 것이라 할
수 있다. 소월의 작품들에서 톡톡 튀는 생명의 이미지들이 결여되어
있더라도, 생활체험에서 담은 절실한 정서들은 자기 조정의 맥락에서
나온 것이다.
  그러나 소월의 모든 작품들이 자기 조정의 맥락으로부터 나온 시
적 자아의 순수한 시 정신에 부합하고 있지는 않다. 관심의 대상으로

부터 원망하는 마음을 초극하여 삶의 영위를 적극적으로 꾀하지 못한 작품을 보자.

평양(平壤)서 나신 인격(人格)의 그 당신 님, 제이·엠·에쓰
덕(德)없는 나를 미워하시고
재조(才操)있던 나를 사랑하셨다.
오산(五山) 계시던 제이·엠·에쓰
십년(十年) 봄만에 오늘아침 생각난다
근년(近年) 처음 꿈없이 자고 일어나며,

얽은 얼굴에 자그만 키와 여윈 몸매는
달은 쇠끝같은 지조(志操)가 튀어날 듯
타듯하는 눈동자(瞳子)만이 유난히 빛나셨다.
민족(民族)을 위하여는 더도 모르시는 열정(熱情)의 그 님.

소박(素朴)한 풍(風)채, 인자(仁慈)하신 옛날의 그 모양대로,
그러나, 아아 술과 계집과 이욕(利慾)에 헝클어져
십오년(十五年)에 허주한 나를

웬일로 그 당신님
맘속으로 찾으시오? 오늘 아침.
아름답다 큰 사랑은 죽는 법 없이,
기억(記憶)되어 항상(恒常) 내 가슴 속에 숨어있어,
미쳐 거츠르는 내 양심(良心)을 잠 재우리,
내가 괴로운 이 세상 떠날 때까지
－「제이·엠·에쓰」 전문

한국인의 정서로 현장성을 통한 시적 질서를 부여[20]했던 소월은 이 시에서 시적 언어들이 채 갈아지지 않은 먹물처럼 그저 연적 위에 시커멓게 담겨 있는 느낌이다. 개체의 자아를 드러내기 위한 시적 발현의 출렁거림에도 불구하고 자기갱신 없는 모습이 적나라하게 드리

워져 있다는 말이다. 단적으로 말해 이 시에서만큼은 시인의 상상력에 동반되어 따라 나오게 마련인 상징성이 보이지 않는다. 공적 사유 방식에 의해 응결되어야 할 정서적 심연은 아득히 멀어져 있고, 단지 여기에는 자유로운 관념의 진술만 놓여 있을 따름이다.

'님'에 대한 그리움을 "괴로운 이 세상 떠날 때까지" 안고 산다고 했지만, 시적 화자로부터 '님'을 그리워하는 마음이 명쾌하게 밝혀지지 않은 부분은 세계의 일상성을 뛰어넘지 못하고 있기 때문이다. 이 별한 '님'에 대한 아픔의 수용능력은 혹독한 시련을 거친 다음에야 가능하다. 이렇게 볼 때, 그의 시적 지조가 우울한 사적인 상황을 완전히 벗어나려 하는 데는 실패하고 있다. 끊임없이 삶의 냄새를 풍기면서도 내적 감정으로 외부의 갈등적 요소들을 흡입시키기 위해서는 무엇보다 시인의 자기부정이 우선시 되어야 할 것이다. 그런데 위의 시에서는 그러한 세계의 자아화의 공간 속에 투여해야 할 상징의 실타래를 풀어내지 못하고 있다. 뿐만 아니라 언술 행위의 주체인 시인이 현상적 담론에 빠져들어 역동적 상상력이 박탈당해 있다.

5. 결론

소월의 시는 단아하다. 시대상황을 결부해서 민족적 감정을 공감할 수 있도록 잘 짜여 있기도 하지만, 자아의 내면세계를 쉽게 들여다볼 수 있는 구성력을 제공하고 있다. 그만큼 그의 시가 당대의 다른 시인들의 작품에서 볼 수 없는 복잡다단한 창작방향에서 벗어나 있음을 말해준다. 이와 관련하여 본 글에서 살펴본 소월의 시적 진술과 그에 대한 비평적 도그마는 기존의 논의들에서 다뤄진 한(恨)의 부분을 가급적 배제하면서 시의 텍스트에 형상화된 시인의 단편적인 감정을 찾아내는 데 중점을 두었다. 그것은 자연히 시인의 시적 언어를 통해 진술의 핵심을 파악하는 데서 가능했다. 그 과정에서 소월의 작품이 공적인 사유보다 사적인 사유방식의 창작방법으로 이루어졌다는 기존의 비평적 측면을 비판하고 그에 대한 반론적 제시를 언급해 나왔다.

시문학사상에 있어서 소월의 위치와 시적 평가는 거의 다져진 상태에 있다. 하지만 현재에도 빈번히 등장하는 소월 시의 평문과 논문들에서 보이는 기존 논의와 다를 바 없는 관점의 각도는 시정되어야할 것이다. 결국 시적 진술에 나타난 소월의 구조적 실체는 사적인 사유와 공적인 사유방식이 응집되고 서로 아우러져 있음을 알 수 있었다. 그것은 언술 행위의 주체인 시적 자아가 시대적 삶의 의미망에서 벗어나 있지 않다는 반증이다. 따라서 소월의 시적 자아는 시대적·실존적 위기와 맞대결하는 입장에 서 있었다고 유추해볼 수 있다. 나아가 소월의 시는 현실적 삶의 갈망을 자연을 통해 해소시키는 수법을 담지하고 있는 것으로 인식되었다. 이것은 인간 회복을 꿈꾸는 시적 주체의 표출을 중요한 일로 여기는 것으로 이해된다.

「님의 침묵」의 여성적 발화에 대한 일찰

1. 서론

종교적 숭고함과 형이상학적 깊이를 지닌 구도자의 시로 인식되고 있던 만해 한용운의 「님의 침묵」이 21세기에 접어들어서 새로운 해석을 요구받고 있다. 특히 미국의 계관시인 로버트 핀스키와 하버드 대학의 데이비드 매캔 교수에 의해 만해의 위상이 민족의 시인에서 세계의 시인으로 끌어올려졌다는 것은 뜻 깊은 일이 아닐 수 없다.

그의 시적 성과는 지금까지 사상적·시대적 의미에 무게를 두고 논의되어 왔다고 해도 지나치지 않다. 시인이 승려이자 식민지 상황에 맞닥뜨려진 조국의 독립을 위해 투쟁하였던 저항적인 지식인이었던 까닭이다. 그러나 그의 대표작 「님의 침묵」은 특유의 리듬으로 형성되었으며 미학적 언어로 접근 가능함이 새롭게 제기되고 있는 것이다. 그리하여 이 글은 그의 시가 사상적·시대적 이념태로 씌었다는 기존 논의를 받아들이면서 시를 구성하고 있는 시적 언어에 주목, 이것들이 어떻게 작동되고 있는지를 고찰하게 된다.

한용운의 대표작 「님의 침묵」은 1960년 박노준(朴魯埻)·인권환(印權煥)에 의해 종교적 숭고함과 형이상학적 깊이에 의한 구도자적 정조의 시[1])로 논의되어진 이래 많은 연구자들이 다양한 방법론적 고찰을 보여주었다. 그러나 한용운의 작품에 대한 접근이 종교적·사회학적 틀에서 크게 벗어나 있지 못하다. 그렇기 때문에 전기적 비평의 수준에서 한 걸음 더 나아가 사회의 객관적 현실의 도움을 받아 시인의 심오한 세계관을 형성하고 있는 언어의 다각적이며 총체적인 미적 등가를 드러낼 필요가 있다. 실제로 얼마 전 한용운의 문학적 성과는 시인의 사회적 행적에서 비롯된 것이 아니라, 섬세한 문학적 감수성에서 배태된 것[2])으로 제기되었다.

문학작품에 대한 그동안의 연구 성과를 긍정적으로 수용하되 다른 비평적 방법을 모색하는 데에는 개인 혹은 집단의 질적인 문화 향상을 도모[3])함과 아울러 독자들에게 획기적인 발상의 전환을 가져다 줄 수 있다. 한 텍스트에 대한 새로운 접근방식 시도는 불확정적인 삶의 세계를 주체적으로 이해하고 감응하는 창조적 문화실천에 해당한다. 따라서 본 글은 이에 대한 구체적 실행 방안의 하나로 「님의 침묵」을 지배하고 있는 '여성적 발화'에 초점을 두고 그것이 어떻게 시적 언어로 작동되고 있는지를 살펴본다. 먼저 작품 전문을 제시한다.

　　님은갓슴니다 아々 사랑하는나의님은 갓슴니다/푸른산빗을깨치고 단풍나무숩을 향하야난 적은길을 거러서 참어썰치고 갓슴니다/황금의꽃가티 굿고빗나든 옛盟誓는 차듸찬쯰쯸이되야서 한숨의微風에 나러갓슴니다/날카로운 첫 「키쓰」의追憶은 나의運命의指針

을 돌너노코 뒤ㅅ거름처서 사라젓슴니다/나는 향긔로운 님의말소
리에 귀먹고 곳다은 님의얼골에 눈머럿슴니다/사랑도 사람의일이
라 맛날째에 미리 써날 것을 염녀하고경계하지 아니한것은아니지
만 리별은 쯧밧긔일이되고 놀난가슴은 새로운슯음에터짐니다/그러
나 리별을 쓸데업는 눈물의源泉을만들고 마는 것은 스스로 사랑을
째치는것인줄 아는까닭에 것잡을수업는 슯음의힘을 옴겨서 새希望
의 정수박이에 드러부엇슴니다/우리는 맛날째에 써날것을염녀하는
것과가티 써날째에 다시맛날 것을 밋슴니다/아々 님은갓지마는 나
는 님을보내지 아니하얏슴니다/제곡조를못이기는 사랑의노래는 님
의沈默을 휩싸고돔니다4)

2. 여성적 발화에 의한 인고적 몰아애와 사랑의 염원 구가

한용운은 식민지 시대와의 충돌 속에서 훗날 한국 현대시의 기념
비적 작품집이 될 『님의 침묵』을 1926년 출간한다. 여기에는 이 글에
서 중심적 논의로 삼고자 하는 시 「님의 沈默」을 비롯하여 「이별은
美의 創造」, 「알 수 없어요」, 「나는 잊고저」 등 모두 88편의 시와 「讀
者에게」라는 발문이 수록되어 있다. 대부분의 작품들이 여성적 발화
로 표명되어 있어 언어의 유연성과 삶에 대한 응전의 방식이 부드럽
다는 느낌을 갖게 한다.

「님의 침묵」에서는 여성적 발화가 만남·이별이라는 언표를 둘러
싸고 있는 가운데 시적 자아의 정신적 자유로 전이되는 미적 구조를
보인다. 텍스트 속의 '만남'과 '이별'의 상대적 의미의 어휘는 여성적
발화로 인해 그 대척의 의미가 무화되고 있으며 그 한가운데의 '님'
이라는 언표는 시적 화자의 '인고적 몰아애'와 '사랑의 염원 구가'를
이룰 수 있게 하는 표상으로서 텍스트의 긍정적 수용의 강화에 쓰이
고 있다.

1) 인고적 몰아애

「님의 침묵」의 화자는 님의 부재에 대한 안타까움에 머물러 있지 않고 그 부재의 현실을 통찰, 자성과 자문의 과정을 통해 자신의 위치를 되돌아보는 전경을 보여준다. 이는 일상적 삶을 옭아매고 있는 세속적인 감정을 이성적으로 잠재우는, 즉 인간적 본성에 움직이는 소자아적 삶의 집착성에서 벗어나려는 행위로도 볼 수 있다. 그렇기 때문에 작품의 표면은 '님'의 부재에서 오는 허무감에 사로잡혀 있거나 침울함의 분위기 대신 진정성이 담보된 충만한 삶의 의미로 채워져 있는 것이다.[5]

텍스트는 동의의어(同義意語) 반복적 구조에 의해 인연과의 단절된 세계를 수용하며 주관적 정서와 객관적 현실 사이를 상호 보충하는 연극적인 성격으로 미화되어 있다. 여기서 '님'은 세속적 삶의 간섭을 받는 대상이 아닌, 신적 믿음의 대상으로 그려짐으로써 역동적인 삶의 주체로 표상돼 있다. 그렇기 때문에 '님'의 부재를 노래함에도 불구하고 시는 긍정적인 분위기를 띤다. 긍정은 현실의 고통을 초탈하는 데 유용한 심리적 기제이며 삶의 열의를 추구하는 정신세계의 표식이다. 이런 점에서 「님의 침묵」에는 시적 화자의 인고적 몰아애(忍苦的 沒我愛)가 담지되었다고 말할 수 있다.

시적 화자의 인고적 몰아애는 부재한 '님'에 대한 끊임없는 사랑에서 비롯하였으며 그것은 정신의 엄격성을 유지하려는 자아의 고백적 목소리이기도 한다. 자기 고백적 발현, 즉 자아의 세계를 여성적 톤으로 차분히 진술함으로써 '님'이 부재해 있을지라도 독자들은 평온하게 대할 수 있는 것이다. 그래서 텍스트 안의 자아를 둘러쳐져 있는 대립항—개인적이든 사회적이든 불합리하고 모순적인 개체—들이 '님'이라는 매개를 통해 상쇄하는 양상을 보여준다고 하겠다.

작품에서 '님'은 진부하고 상투적인 형이상학의 시류를 반감시켜 주는 시적 대상이다. 그렇기 때문에 관념적이지 않고 실질적인 화자의 존재를 상상하게 한다. 더구나 그러한 시적 화자의 진정한 목소리가 여성적 발화로 토로되고 있음으로 해서 부재한 '님'이 텍스트 속에서 불우한 삶의 가치를 회복시키는 대상으로도 볼 수 있다. 여성적 발화는 그러한 과정에서 시를 이끌어가는 주체로 기의화되고 있으며, 자기 절망으로 치달을 수 있는 자아의 감정을 조절하면서 획기적인 인식의 변화를 도모하는 표식이라 하겠다. 그것은 자아 혁신의 의지가 내포된 주체의 역동적 경향을 강화하는 의미가 있다. 이는 만날 수 없는 '님'일지라도 인고적 몰아애로 인한 미래적 전망의 확보를 가능케 하는 인식적 지표가 된다.

시에서 여성적 발화는 폭넓게 분산된 정신을 합체하는 통합체로서의 의미를 지니고 있다. 이때 감정의 양극적 관계인 만남과 이별의 이항 대립적 어휘는 변증법적으로 통합, 하나의 희망을 가지게 되는 것이다. 따라서 텍스트는 부재한 님에 대해 야유나 질책이 아닌, 즉자적인 대결자세를 지양하는 구조로 짜여 있다고 말할 수 있다. 이에 갈등적 경향이 내재하는 공간 내에서 이별에 상응하는 슬픔의 감정 대신 잔잔하면서도 선명한 여운을 남기는 여성적 언술로 전개되고 있다. 그로 인해 '님'과의 이별에도 고통스럽거나 불행한 사태로까지 치닫지 않는다.

그러므로 「님의 침묵」에서 인고적 몰아애의 유기적 형상은 지고지순한 사랑 감정 이상이다. '님'이 부재한 공간에서 반복적으로 여성적 목소리가 채워지고 있는 가운데 팽팽한 긴장을 유지할 수 있는 외연을 넓혀놓고 있음이다. 이는 자칫 객관적 사실과 거리가 있는 관념적인 것으로 바라볼 수 있는 개연성이 높다. 그렇기 때문에 시인의 감정·정서적 체험을 간접적으로 지각하고 시인의 사상 감정을 통해 시의 바탕을 천착할 것을 요구받는다. 말하자면 이 시는 도덕적인 지혜를 앙양하는 신화6)의 잔영을 가지고 있다. 이때 작품의 여성적 발화는 강력한 남성적 세계질서에서의 수동적인 언어체가 아니라 원초적이고 충동적인 본능적 감정을 억제하기 위한 능동적 행위의 하나로 보게 된다. 따라서 「님의 침묵」은 강한 남성적 세계의 영향을 입으면서 대상들과의 억압적 관계를 무화시켜내는 삶의 역동성이 함의되어 있다고 하겠다.

작품에 표명된 이별·만남의 대립적 언어는 공식적 의미형태를 부여하기 이전의 기표에 불과하다. 즉 상반된 의미를 가지는 이별과 만남의 이원적 언어 표식은 사랑의 가치를 획득하기 위한 시니피앙이며 그것은 궁극적으로 융화의 의미구조로 간파7)되어야 함을 말해준다. 이별과 만남의 언어체는 언어 간의 경계선을 무화시키는 패러독스라 할 수 있다. 여기서 '님'을 통해 발견한 사랑은 이별과 만남의 순간적 감정에 매몰되어 있는 상태가 아니라, 잃어버린 영원한 존재의 본질을 되찾기 위한 자기 혁신에의 의지가 구가되어 있다고도 볼 수 있다.

구체적으로 「님의 침묵」은 1행부터 자아의 인고가 용해되어 있다. "사랑하는 나의 님"이 떠나가 버린 현실을 인정하고 노여워하거나 슬퍼하지 않는 시적 화자의 담담한 내성을 보여준다. 이는 자신이 처한 환경을 직시하고 '님'이 부재한 위치에서 오히려 새로운 삶의 동력으로 삼는 의지적 실천이다. 그러나 텍스트에서 '님'은 그러한 시적 화자의 의지에 대한 희망적 행위를 적극적으로 드러내지 않는다. 그렇기 때문에 관념적인 '님'은 화자의 동행 요구에도 불구하고 "푸른 산빛을 깨치고 단풍나무 숲을 향하여 난 작은 길을 걸어서" 가버렸다고 한다.

한용운의 '님'은 어떠한 절대적 존재를 가리키는 것이 아니라, 드러낼 수 없는 시인의 자아 속에 머물러 있는 정신적 내면이다. 말하자면 '님'은 실체는 없지만 시인의 내면에서 꿈틀거리고 있는 삶의 인식체이다. '님'은 고전시가에서부터 끊임없이 시인들의 상상력을 자극해온 존재[8]라 할 때, 이 시의 '님' 역시 실체로서 존재하는 사랑의 대상이라기보다 절망적 상황에 의한 인간적 한계를 초극하기 위한 정신의 은유적 표현이라 할 수 있다.

인고적 몰아애는 자기희생의 자기애적 사랑을 전제로 한다. 그렇기 때문에 "이별은 뜻밖의 일이 되고", "걷잡을 수 없는 슬픔의 힘을 옮겨서 새 희망의 정수박이에 드러부"을 수 있는 것이다. 그와 더불어 긴장관계로부터 표면화된 이별과 만남의 시적 언어들은 "만날 때에 떠날 것을 염려하는 것과 같이 떠날 때에 다시 만날 것을 믿습니다"(인고의 결과), "아아 님은 갔지만은 나는 님을 보내지 아니하였습니다"(몰아애의 결과)로 귀결되고 있다.

이때 「님의 침묵」의 의미를 비평적 관점에서 세 가지로 변별 지을 수 있겠다. 첫째, '님'의 사랑은 어느 것에도 예속되지 않는 자유를 표방하고, 둘째, '님'의 부재는 시적 화자의 근원적 정신세계가 파편화된 것을 뜻하며, 셋째, '님'의 침묵은 화자의 내면적 공간에 자리하고 있는 삶의 가치들이 드러나지 않고 잠복되어 있는 상태라 해석할 수 있게 된다. 그리하여 '님'이 없는 현실을 아쉬워하는 화자가 좌절과 허무의 색채를 띠지 않고 희망의 결의를 다지게 되는 것이다. 그러나 그 결의가 상반어법의 구조 속에 얽혀 있으며 양자의 상호관계가 대항의 의미로 실현되고 있다. 대항적 의미의 언어형태는 다음과 같이 나타난다.

- 굳고 빛나던 옛 맹세는 ↔ 한숨의 미풍에 날아갔습니다
- 날카로운 첫 키스의 추억은 ↔ 뒷걸음쳐서 사라졌습니다
- 놀란 가슴은 ↔ 새로운 슬픔에 터집니다
- 사랑의 노래는 ↔ 님의 침묵을 휩싸고 돕니다

예시한 것들은 심리적 갈등 작용을 보이고 있는 상징적 어구들이다. 화자는 '님'과의 유연하고도 조화로운 관계를 유지하기 위해 끊임없이 시도해보지만 '님'은 언제나 쉽게 다가오지 않는다. 주체적 자아와 객체적 대상 간의 관계가 합체되기 어려운 상황에 직면해 있다고 볼 수 있다. 대립적 의미를 띠는 언어들의 사용은 단절적 감정을 반영한다. 그러나 그러한 단절적 언어들은 여성적 어조를 통해 희석됨으로써 대립적인 의미들이 탈취되는 현상으로 기울어진다. 합치되기 어려운 상반된 어휘들을 통하여 인간적 가치로 승화시키는 언어적 이데올로기가 작용하고 있는 것이다. 작품에 씌어진 언어는 기호와 의미의 결합을 바탕으로 독특한 이데올로기를 행사[9]하기 때문이다. 곧 시인에 의해 씌어진 언어적 기호는 현실적 삶의 의미를 캐내는 이념성이 내포되어 있다고 하겠다.

그렇기 때문에 작품 속의 언어적 이념성을 막연히 시인의 전기적 사실과 꿰어 맞추게 된다면 크나큰 오류가 생길 수 있다. 이에 문학 테스트에서 작용하는 언어적 기호를 언어소통 국면으로 인식[10]하여

언어 상징의 복잡성을 나름대로 설명해낼 필요가 있다. 그래서 여성적 발화로써 전개되는 「님의 침묵」의 대립적 의미의 언어들을 끌어내 변별할 수 있는 토대를 마련할 수 있는 것이다. 특히 이 시에서 만남과 이별은 언어적 기호의 양면성이 두드러진다.

언어의 양면성[11]을 전제할 때, 「님의 침묵」에서 이별은 슬픔의 감정을 배태시키는 역할로도 보게 된다. 화자가 이별을 눈물의 원천이라고 한 것도 같은 맥락이다. 그러나 눈물의 원천은 단지 음성학적인 형태의 범주이지, 시인의 상상적 지평선은 은밀한 역설의 독백으로 읽을 수가 있다. 역설적 어법 즉 "님은 갔지만은 나는 님을 보내지 아니하였습니다"는 부정적 상황에 대한 긍정의 인식이다. 그런 까닭으로 '님'이 부재한 현실을 극복하기 위한 의지의 발현은 바로 부정의 사유를 긍정적 사유의 방식으로 통일해나가는 언어적 이데올로기라 하겠다.

부재의 대상을 적대시하지 않고 화해의 관계로 도모하는 시적 행태는 화자의 일상세계가 순단치 않을시라도 발전적 인간상으로 인식할 수 있는 가능성을 증명해 주는 것이다. 부정적 기호인 이별을 긍정적 기호인 만남과 충돌시켜 이상화된 삶의 가치를 부여하는 것은 시적 화자 스스로가 자아의 정신적 건강성을 드러내고 있는 것이다. 말하자면 시인이 구체적으로 드러낸 실체는 아니지만 어떠한 '님'과의 사랑을 위해서 모든 고난을 감수하고 자기를 버리는 희생정신의 음가가 이별과 만남의 언어 속에 있다고 하겠다. 이 지점에서 '님'을 여인이나 부처, 그리고 조국이 아닌, 시적 자아라 할 수 있게 된다.

이러한 '님' 즉 시적 자아 속에는 타자와의 융화와 화해를 도모하는 뜻을 지니고 있다. 융화와 화해는 분열된 자아를 끊임없이 무화시켜 상대의 존재적 가치를 인정하고 상대와의 동질성을 만들어내려는 노력에서 시작된다. 융화와 화해 노력의 심층에 자리 잡고 있는 '님'은 따라서 시인의 사회에 대한 주체 의식적 자장이라 할 수 있다.

2) 사랑의 염원 구가

「님의 침묵」은 앞에서 언급한 대로 타자와의 융화와 화해를 도모하는 의미가 개재되어 있다. 그렇기 때문에 이 시는 고통과 시련의 삶을 사랑의 대상으로 삼아 구가한 노래라 할 수 있다. 문학적 상상력으로써 모순되어 보이는 삶의 순간들을 예민하지만 깊이 있게 이해하고 긍정적인 시각으로 외부 세계를 받아들이는 데서 부재한 '님'에 대한 사랑이 이루어졌음을 말해주는 것이기도 하다. 다시 말해 거칠고 황량한 세계에 대한 자신의 한계를 인식하고 자신에게 주어진 여건에서 여러 가지 변화를 모색하는 과정에서 「님의 침묵」이 잉태된 것이라 생각한다. 이러한 형상화의 면모는 불화적 관계들과의 회복을 꿈꾸는 데서 가능했다고 판단한다. 이러한 일련의 행태는 사랑이 유효한 본질조건이 된다. 따라서 「님의 침묵」은 '님'이라는 매개를 통해 여성적 발화로 타자와의 새로운 관계 맺기를 시도한 것이라 할 수 있다.

불특정한 대상에게로 구가하는 사랑의 염원은 여성적 발화에 의해 의미심장한 울림을 주고 있다. "참아 떨치고", "굳고 빛나는 옛 맹세", "뒷걸음쳐서" 등의 강렬하고 굳센 어조들이 동원되었음에도 불구하고 여성적 발화로 인하여 그 강한 톤의 목소리가 경직되게 들리지 않는 것이다. 이는 시적 화자가 순탄치 않은 삶의 한 자리에서 위치해 있으면서도 통렬하게 비탄하거나 회의하지 않는 모습으로 비쳐지게 하는 시적 발현이다. 그래서 「님의 침묵」의 여성적 발화는 어떠한 상황에서도 당황하지 않고 흥분하지 않는 한용운만의 독특한 언어적 이데올로기가 작동하고 있다고 하겠다.

작품 속에 동원된 사랑의 시적 언어가 관념적이면서도 희망의 이미지로 여겨지는 까닭은 언어들을 장식적으로 나열하는 데 그치지 않고 대상과의 관계를 재정립하려는 의지의 일면을 보여주기 때문이다. 뒤틀린 현실적 환경이든 허무적 마취상태에 빠져있는 듯 몽롱한 상태의 인간들이든 그것들에게로의 관심을 표명하면서 팽팽한 사랑의 마음을 던지는 하나의 행위라 할 수 있다. 그것이 자아의 일그러진 삶을 뒤집기 위한 것이 아닐지라도 그 자체로 지구상의 모든 대상들과의 얽힘을 풀어내는 유효한 몸짓이다. 그러므로 자연히 '님'과의 불화는 응결되어 버리고 이별의 아픔의 무게를 무효화하는 흐름이 작품 전반에 깔려 있다고 하겠다. 따라서 시가 사랑이라는 관념적 틀에 함몰되어 있다고 볼 수 없게 된다. '님'은 "자기 자신의 그림자에 매몰되어 잃어버린 영원"12)이 아니며 현실의 왜곡된 상태로부터 시인 자신을 구해내기 위한 관념적 인식체도 아닌 것이다.

여성적 발화를 통한 사랑의 염원 구가는 만남과 헤어짐, 아름다움과 추함, 큼과 작음, 밝음과 어둠 등의 상반된 이미지들을 하나의 의미구조로 통합시켜내는 데 유효하다. 이는 세속적 삶으로부터 깨달음을 얻은 후의 삶의 방식13)이라 하겠다. 그렇기 때문에 시인의 초탈한 모습의 시적 행위는 불교에 귀의하여 부처의 가르침을 실천하고 진정한 해탈에 이르는 과정에서 체득했다고만 볼 수 없다.

「님의 침묵」의 시적 화자는 자신의 주관적 의지를 청각화하고 있는데, 이 또한 인고적 정신에 의한 사랑의 염원을 구가하는 언어적 이데올로기에 해당한다. 이러한 시적 형상화는 시인이 문학의 예술적 형태를 간과하지 않았음을 반증하는 것이며, 전통시의 개성적 측면이 부각된 양태임을 입증하고 있다.14) 따라서 그의 시세계는 문학과 철학 그리고 종교적 탐구를 아우르는, 모든 존재하는 것들을 존귀하게 여기는 징표이다. 그러므로 그의 시적 표현은 부정된 현실 속에서 번뇌와 눈물을 보일 가능성이 크지만 시인은 그러한 삶의 순간들을 자아와 분리, 이상적 삶의 변형을 꾀하고 있다. 「님의 침묵」에서 '님'은 정신과 육체의 조화를 마련해주는 인식의 통로이기도 하다.

또 '님'은 세상의 험난함과 한계상황을 감싸주고 보듬어주는 객관적 상관물로서의 마음이다. 즉 정신적 갈등을 치유할 수 있게 해주는 매개체로 '님'이 설정되어 있다고 하겠다. 그것은 현실적 삶의 고통과 공포를 지울 수 있는 유일한 방법이며 일상적 규범과 제약에서 벗어나 자아의 실현을 추구하는 힘이다. 그러므로 시인은 '님'을 매개로 자아발견을 위한 성숙과정을 드러내고 있다. 사랑의 염원 구가를 엮어가는 언어적 이데올로기는 자기 자신에 대해 자학적이지 않으며 또한 대상에 대해서도 불신과 혐오하지 않는 심정의 발로인 것이다. 「님의 침묵」에 나타난 여성적 발화에 의한 사랑의 염원, 이는 곧 시인의 진실한 내면을 드러내는 방식이다.

한편 사랑의 염원 구가를 여성적 발화의 형태로 조성하고 있다는 자체는 시적 화자가 동양적 여성을 마음속에 간직하고 있다는 것과 관계지어볼 수 있겠다. '님'·'당신'·'이별' 등의 일관된 시적 어휘로써 대상에 대한 사랑을 구가하는 자세는 비극적 상황에서 돌파구를 찾기 위한 동양 고래의 모태다.15) 그렇기 때문에 「님의 침묵」은 범애적(汎愛的) 특성을 지닌다. 시의 표면에 깔려 있는 여성적 발화는 주체의 혁신적 힘을 발하기 위한 언어적 이데올로기의 자장이다. 그리고 강한 남성적 혹은 강력한 통치체제의 억압적인 질서 체계를 거세하는 담론의 촉진제라 할 수 있다. 이런 점에서 「님의 침묵」은 일상적 삶에 대한 깊이 있는 애정에서 출발한 문학적 상상력의 결과라 보게 된다. 세상에는 미움의 대상이 있기 마련인데 그것마저도 사랑으로 감싸 안으며 살아야 하는 삶의 지혜가 작품 속에 고스란히 깃들어 있음이다. 「님의 침묵」에서 사랑의 염원 구가는 수사론적인 범주에 해당되지 않는다. 일상적인 삶의 복잡성에서 정신적 활력의 온기를 불어넣기 위한 창조적 작업의 일환으로 시인은 이름 없는 대상과의 만남을 시도하고 있다고 말할 수 있다. 이별과 슬픔의 고통이 감추어져 있는 인간적 삶의 의지를 '님'과의 관계 속에서 내비치고 있는 것이다. 단지 그것이 서사적 묘사로만 그려져 있지 않고 운율적이며 비유적인 시적 장치로 담아내고 있다는 점에서 「님의 침묵」이 문학의 예술성을 단단히 어녀두고 있는 작품이라 할 수 있다.

반면 한용운의 시가 여성적 발화로 구현되고 있다는 자체는 애처로움을 더해주는 것이기도 하다. 「님의 침묵」에 드러난 사랑의 염원 구가는 정신적 안정을 얻고 있음에도 불구하고 꼬리에 꼬리를 물고 이어지는 '님'과의 헤어짐을 스스로 확인하면서 현실을 인정하는 태도로 인해 사랑을 소극적으로 극복하는 사정을 뒷받침해 준다. 그러나 문학적 형식 속에 자아의 삶의 단자들을 하나씩 재생하는 가운데 시적 화자는 '님'에 대한 거만스러움과 비정함을 버리고 사랑을 뜨겁게 염원하는 모습이 비쳐진다. 따라서 시인이 동원한 이별·만남의 대립적 언어와 여성적 발화는 모두 자유정신을 고취시키는 행위로 볼 수 있다. 대립적 의미를 가진 언어가 통합적 원리의 언어로 운용되고 있기 때문에 '님'과의 이별 상태에 머물러 있을지라도 언제나 만남에 대한 확신을 갖고 있다고 하겠다.

이에 따라 사랑의 염원 구가를 여성적 발화로 표출하고 있는 한용운의 「님의 침묵」이 비록 타고르의 영향을 입고 씌어진 것일지라도 그것은 형식에 국한될 뿐, 정신적 토대는 독자적인 것으로 인정할 수밖에 없다.16) 한용운에 의해 씌어진 언어들은 보편적인 종교, 철학 등과 관련을 맺으면서도 문법 형태, 음성 형태는 우리 언어의 고유한 미적 특질을 담보하고 있는 까닭이다. 그리하여 한용운 시의 언어들은 독자적 예술의 형식미를 담지하고 있으며 대상과의 통합적 구상을 갖는 언어적 이데올로기가 내재해 있다고 하겠다.

3. 「님의 침묵」의 경어체

「님의 침묵」에 씌어진 "습니다", "합니다" 등의 서술어법은 독자로 하여금 부드럽고 온화한 느낌을 갖게 한다. 여기에서 경어체는 관형사나 부사를 동반한 설명적인 방식으로 쓰이고 있는데, '님'을 매개로 하여 이별과 만남의 상반적 어휘를 조화적인 진술체계로 이끌어가고 있다. 사랑이라는 심미적 고취를 위해 시인이 경어체를 적절하게 이용하고 있다고 하겠다. 그로 인해 1차적으로는 파토스, 2차적으로는 에토스로 나누어 분석할 수 있는 가능성을 제공받고 있다. 사랑이라는 합목적적인 의미를 산출해내는 시법에 경어체를 더함으로써 언어적인 시니피앙이 단순히 전달 수단이 아닌 시 텍스트의 양가적 측면을 드러내고 있는 까닭이다. 다시 말해 경어체에 의한 여성적 발화는 이별과 만남의 상반된 개념의 표식과 연결되면서 파토스와 에토스의 대칭적 양가성을 띤다. 이 대칭적 양가성이 변증법적 통합의 원리에 기여하는 기호구실을 한다. 삶의 진정성과 대상에 대한 경건성의 표상으로서의 경어체가 쓰이고 있는 것이다. 그렇기 때문에 시가 갈등적 요소들로 채워져 있으면서도 읽는 이들로 하여금 양극관계보다는 합일의 관계로 이해하게 된다.

시에서 사용된 은유와 역설은 파토스의 분위기를 완곡하게 하는 데 유효한 역할을 하고 있다. 경어체의 여성적 발화로 사랑하는 사람이 떠나간 뒤의 비애감이나 애절함을 반감시켜주고 있는 것이다. 시적 언어들이 삶의 방식을 구가하는 이데올로기로 작동하고 있는 것도 억압적인 이미지를 벗겨내는 경어체가 쓰이고 있기 때문이다.

또한 작품에서 이별에 의한 삶의 상실감이 커질 것 같은 분위기를 상쇄시키는 역할을 경어체가 떠맡고 있다. 그리하여 이별에 의한 비애감이나 애절함이 겉으로 드러나지 않고 이면에 숨어 있는, 즉 희망을 잃지 않는 의지의 육성으로 인식되고 있다. 따라서 경어체는 사랑이라는 장면을 극화시키기 위한 방법적 수단이 된다. 이 파토스는 한눈에 살펴볼 수 없을 정도로 의미심장한 정서의 상호작용을 일으키고 있다. 곧 「님의 침묵」의 파토스는 아름다움을 획득하는 역설적 의미구조를 띠고 있으며 눈물의 이미지와는 관계없는 지적 순수에 의한 현실적 고통을 초극하려는 환기를 불러일으키고 있다. 그래서 경어체에 의해 한용운의 파토스는 섬세한 배려의 차원으로 볼 수 있으며, 그것은 이별에 의한 절망과 갈등을 희망의 출발로 인식하게 한다.

텍스트에 등장하는 '님'은 여러 개의 교환 가능한 서정적 자아의 자기 충족적 결정체로도 보게 된다. '님'은 부재된 개체지만 언제든지 교감이 이루어지는 사랑의 매개물이다. 이때 파토스는 이별과 만남의 변증법적 장치에 의해 자아의 존재를 재인식하게 하는 기능을 한다. 그리하여 사랑은 이별과 만남의 변증법적 인식체이다. 자신의 세계에서 존재하는 갈등의 소지가 경어체를 채용함으로써 거세되고 부정적 사유는 긍정적 가치로 승화되고 있는 것이다. 「님의 침묵」은 형식적인 면에서나 내용적인 면에서나 극단적인 방향으로 나아감을 거부한다. 또 상징과 은유 그리고 역설의 방식으로 만남과 이별의 대립항들이 상호우호적인 관계로 작용하고 있다.

「님의 침묵」에서 삶의 욕망을 소진시키는 테제의 파토스는 에토스를 진단하는 능동적 구성체로 전이되고 있다. 에토스는 사회적 경향과 항상적인 요소이다. 「님의 침묵」을 사회적 관계항으로 파악할 경우 작품을 형성하는 언어들에서 역사적 흐름을 잡아낼 수 있으며 시적 화자에 의해 발화된 언어적 이데올로기의 의미나 가치를 드러낼 수 있다.

상징적 질서의 테두리 내에서 경어체의 여성적 발화는 친화적이며 타자에 대한 존엄성을 융해시키는 가치로 부여할 수 있다. 그러한 경어체로써의 여성적 발화는 당대 우리 사회에서 극단화된 이념적 갈등 또는 자아와 타자 사이의 불신과 불화를 극복할 수 있었던 유일한 방식이라 하겠다. 이러한 경어체는 민족문학과 계급문학, 휴머니즘론과 예술론 등의 창작방법적 갈등으로 점화되기 시작한 1920년대 한국 문단의 정체성 논란과 직결하여 논의할 수 있다. 말하자면 경어체로의 여성적 발화는 외세에 의한 민족의 시련과 탄압에 대해 도피적이거나 이상주의 태도를 거부하면서도 혼돈된 시대에서의 유연성을 발휘한 담화법이었다고 할 수 있다. 그러한 에토스는 위기에 직면해서도 슬기롭게 헤쳐 나온 우리 민족의 "은근과 끈기"[17)와도 관련을 맺는다. 「님의 침묵」의 에토스 즉 '은근과 끈기'는 이성적이며 지적인 형태로 구가되고 있으며 주체의식의 좌절을 해체할 수 있는 희망적인 것이 된다.

따라서 한용운 시의 언어 하나하나는 통합적 목소리의 이데올로기를 구성하는, 즉 언어적 이데올로기의 조합이라 할 수 있다. 그 속에는 문학적 휴머니즘의 이데올로기를 빚어내고 있으며 파시즘의 문화 위기에서 벗어날 수 있는 방도가 내재해 있다. 언어들의 변증법적 통합의 원리는 바로 이성적 실현을 보여주는 결정체들이다.

그의 시 전반이 소위 안티테제보다는 휴머니즘적 자성론에 의한 테제로 여겨지는 이유도 여기에 있다. 휴머니즘의 이데올로기가 「님의 침묵」의 에토스로 작용하는 것은 민족의 주체성이 상실된 상태에서 씌어진 것이기 때문이다. 만남과 이별의 변증법적 휴머니즘은 따라서 미적 인식의 이전에 저항적 의식이 집적된 실체로도 볼 수 있게 된다.

당대 일본의 식민지 지배에 의한 국가적 과제는 민족의 역사가 생동할 수 있는 해방이었다. 거시적 관점에서 사랑은 민족해방을 위한 민족 구성원들 간 이루어야 할 지표이며 창조적 삶의 인식태가 된다. 이와 같은 당대 사회적 상황에 대한 문학적 상상력은 혁명적 선동 이전의 불합리한 사회의 인식과 주체적 인간의 통찰에서 연유한다. 그러한 사회의식과 주체적 인식은 한용운 시인의 에토스로 특징지을 수 있다.

한용운에게 있어 파토스와 에토스의 색채는 이성적이며 감정적으로 이루어졌다는 단서를 그의 전기적 생애에서 유추할 수 있다. 파토스와 에토스의 정형은 그의 시에서 사회의식의 시간에 투영된 실존적 자기완성을 뜻한다. 그것은 타자에 대한 관용과 이해의 장치가 되기도 하는 것이다. 그와 함께 「님의 침묵」의 여성적 발화 속에는 냉철한 자기인식과 함께 조화와 화해의 전망을 제시해주는 삶의 태도가 응축되어 있다. 이별에 대한 적대적 감정이 드러나지 않고 있으며 불신·갈등의 언어 표출 대신 경어체로의 부드러운 감정으로, 사려 깊은 인간정신의 개화(開花)를 보여주고 있다. 자아와 타자를 분열시키는 언어적 왜곡에서 탈피, 마음의 여유를 가지고 부재한 '님'과의 화해·조화를 꾀하는 언어적 이데올로기로 형성되어 있음이다.

기본적으로 한용운의 시적 어구들은 단선적인 듯하면서도 복잡다단한 의미화 구조로 되어 있다. 경어체로의 여성적 발화가 단순히 정치적 이데올로기 측면에서만 이해하지 말아야 할 이유가 여기에 있는 것이다.

4. 결론

지금까지 여성적 발화로 씌어진 「님의 침묵」에서 만남·이별이라는 언표를 통해 '인고적 몰아애'와 '사랑의 염원 구가'가 현현되고 있으며 그것이 경어체로써 작동하고 있음을 살펴보았다. 종교적 숭고함과 형이상학적 깊이를 지닌 구도자의 시로 인식되고 있던 만해 한용운의 「님의 침묵」이 21세기에 접어들어서 새로운 해석을 요구받고 있는 터다. 특히 미국의 계관시인 로버트 핀스키와 하버드 대학의 데이비드 매캔 교수에 의해 만해의 위상이 민족의 시인에서 세계의 시인으로 끌어올려졌다.

그의 시적 성과는 지금까지 사상적·시대적 의미에 무게를 두고 논의되어 왔다고 해도 지나치지 않다. 시인이 승려이자 식민지 상황에 맞닥뜨려진 조국의 독립을 위해 투쟁하였던 저항적인 지식인이었던 까닭이다. 그러나 그의 대표작 「님의 침묵」은 특유의 리듬으로 형성되었으며 미학적 언어로 접근 가능함이 새롭게 제기되고 있는 것이다. 그리하여 이 글은 그의 시가 사상적·시대적 이념태로 씌었다는 기존의 논의에서 한발 더 나아가 시를 구성하고 있는 시적 언어에 주목, 이것들이 어떻게 작동되고 있는지를 고찰한 것이다.

　한용운의 작품을 문학개론 식의 일반적인 설명만으로는 텍스트의 세부적인 언어체계를 충분히 이해할 수 없다. 또한 전기적 사실에 비추어 「님의 침묵」을 분석한 기존의 연구들을 그대로 수용하는 데 그친다면 소수에 의한 지배적 패러다임을 극복하지 못할 것이다. 이에 따라 「님의 침묵」의 시인이 승려 또는 독립운동가라는 사실에 입각하여 조건 지워진 거시적 관점에서만의 논의는 재고되어야 한다. 부새한 '님'에 대한 사랑의 테두리를 식민지 공간 속에서 위치 지우기를 희망할 때 한용운의 '님'은 단순히 그리움의 대상으로밖에 볼 수 없다. 이에 따라 기왕의 한용운의 시가 '사랑'과 '이별'로 씌어 있음을 감안하여 그러한 대치된 의미의 언어가 사용되고 있는 이념태를 끄집어내는 것도 의미 있는 일이라 하지 않을 수 없다.

　모든 시적 언어에는 이데올로기가 작용한다. 「님의 침묵」의 '님'은 의미상 인간 존재의 주체성과 지속성에 대한 형이상학적 깨달음의 객체이다. 불안정성, 불확실성의 사회인식과 이상적 삶을 추구하는 자아의식이 함께 작동하는 이데올로기가 형성되고 있는 것이다. 그와 함께 타자에 대한 이해의 감각이 여성적 발화로써 통어되고 있는데

이 또한 '만남'과 '이별' 등의 대립적 언어들을 통합하는 이데올로기로 형성되고 있다.

한용운의 '님'은 절대적 대상이 아니라 사회적 관계에서 존재하는 상대적인 언어의미를 가지고 있다. 사회·정치 체제 사이에서 생성되는 인간 상호간 의사소통의 희구로도 볼 수 있다. 시는 '님'과의 '이별' 상황에서 주체적이고 능동적인 형태로 발화되고 있다. 이들 개개의 언어들이 변증법적으로 발현되고 있음으로 해서 '만남', '이별' 등의 어휘들은 배타적이며 독립된 독백의 발화체가 아니라, 상호작용의 맥락 속에서 동시적으로 움직이는 모습이다. 그리하여 갈등과 불신이 내재된 개인적·사회적 상황을 극복할 수 있는 상호소통 현상의 의미를 부여받는다. 그리하여 부재한 '님'에 대한 진정한 이해를 위해 한정적이고 단일한 의미, 즉 안정된 체계로서의 언어구조로 엮어졌다기보다는 대립적 언어들을 동원, 다양한 해석으로 드러낼 수 있는 구성체들이 「님의 침묵」 밑바탕에 깔려 있다고 하겠다.

시에서 '님'은 진부하고 상투적인 형이상학의 시류를 반감시켜주는 기능을 하고 있다. 그와 함께 여성적 발화는 부드러움과 내밀한 사랑의 분위기를 갖게 한다. 그러나 거기에는 자기 혁신에의 의지가 내포되어 있는 관계로 만날 수 없는 '님'에 대한 사랑의 구현, 즉 인고적 몰아애를 가시화시켜주는 역할을 하고 있다. '만남'과 '이별'은 일시적인 분화의 상태를 영속적인 상황으로 진전시키고자 하는 요소이며 자기 혁신에의 의지와 인간적 가치를 확장하는 것으로 특징지을 수 있다. 한용운에게 있어 '님'은 자기 자신의 그림자에 매몰되어 잃어버린 영원과 접촉하는 것이며, 자기 자신을 현재의 왜곡된 상태로부터 구해내는 자아의식적인 내면과 동일시되어 있다고 하겠다.

한편 「님의 침묵」은 겸손한 어법으로 상징적 긴장체계를 형성한다. 한용운이 가장 빈번하게 사용한 경어체는 독자로 하여금 부드럽고 온화한 느낌을 갖게 한다. 이 경어체는 '이별'과 '만남'의 형태 속에서 파토스와 에토스의 양가적 구조를 띠는데 이 대칭적 양가성이 변증법적 통합의 원리에 기여한다. 삶의 진정성과 대상에 대한 경건성의 표상으로서의 경어체가 쓰이고 있는 것이다. 그렇기 때문에 시가 갈등적 요소들로 채워져 있으면서도 읽는 이들로 하여금 양극관계보다는 합일의 관계로 이해하게 된다. 한용운의 언어들이 긍정적 삶의 방식을 구가하는 이데올로기로 작동하고 있는 것도 파토스와 에토스의 변증법적인 행위로 이행되고 있기 때문이다. 따라서 「님의 침묵」의 파토스는 아름다움을 획득하는 역설적 의미구조를 가지고 있다. 이로 인해 시가 '이별'에서의 절망과 갈등을 희망의 출발로 보게 하는 은유적 방법으로 씌어진 것이라 하겠다.

　텍스트에 등장하는 '님'은 서정적 자아의 자기 충족적 결정체이다. 반면 에토스는 사회적 경향과 항상적인 요소이다. 여성적 발화의 가치는 시적 대상에 대해 친화적이며 타자에 대한 존엄성을 융해시킴에 있다. 시인은 그에 따라 강한 남성적 목소리가 아닌, 부드러운 목소리로 엄숙한 속도감을 더해가며 문학적 미의 단조로움을 효과적으로 차단시키고 있다. 경어체로의 여성적 발화가 단순히 정치적 이데올로기 측면에서만 이해하지 말아야 할 이유가 여기에 있는 것이다. 그래서 미적 양식으로서의 시작품 「님의 침묵」에 씌어진 '이별', '만남' 등의 언어들이 배타적인 관계로 놓이지 않고 인간의 화해적이며 조화로운 삶의 행위의 장치로 놓여 있다고 보게 된다.

전경인의 정신에 따른 신동엽 시의 언어적 기호와 상

1. 서론

1차적으로 사물이 언어적 기호로 대치[1])되고 언어기호체계로 성립,[2]) 여러 가지 의미를 담고 있는 것이 작품이다. 작품이 익숙한 기호로 만들어져야 수용자에게 올바르게 전달될 수 있다고 하겠다. 또한 작품은 의미전달과 의사소통의 수단이 되는 언어를 가지고 어떤 사물의 형체를 본뜨듯 마음으로 느끼게 해주는 상(像)[3])을 필요로 한다. 그러므로 기호와 상은 문학예술의 총체적 구조로 전이하는 기본 구성요소라 할 수 있다. 언어의 전략적 운용 방식에 기호와 상이 기능한다고 하겠다.

텍스트의 행렬에 등장하는 작은 단위인 음들의 접합은 시인이 의도하는 방향에 따라 의미를 형성하는 기호들로 재조직되고 그들 상호 교환을 통해 텍스트의 성격을 일깨워준다. 이때 개개의 언어들, 즉 언어적 기호들은 시인의 정서적 방향을 가리켜 주는 신호의 역할을 하며 그 표식들이 차츰 긴밀성 있게 연쇄 관계에 놓이면서 기묘한 상, 즉 이미지를 이끌어낸다. 기호와 상은 그리하여 정서적 감응을 유발할 수 있는 정당성이 마련된다.

그러나 음성문자인 언어적 기호는 한 가지의 의미단위에 머물러 있지 않다4)는 데 문제가 있다. 다시 말해 하나의 언어적 기호는 예술적 자장 내에서 많은 의미를 함의한다. 그렇기 때문에 문학예술인 "작품의 가치척도는 대체로 상투적인 것에서 상징적인 것으로 넘어가는"5) 파급적 효과를 가진다.

사전적 정의로 기호는 절대적이라기보다는 임의적으로 부호·표지 등 어떠한 사물이나 의미를 가리키는 기표로 설명된다. 그래서 소쉬르는 기호를 기의(signifié)와 기표(signifiant)로 대체되는 '개념'과 '청각 이미지'를 결합한 것으로 규정짓고, 그것은 자의적이며 그 의미는 사회관습과 수용에 따라 결정된다6)고 했다. 그런 까닭으로 언어는 음성적 자질에 따라 새로운 현상을 드러내는 과정에서 의미가 분해되기도 한다.

이렇게 유동적 각질을 띠는 언어는 작품 속에서 유연하고 복잡한 의미의 교차가 이루어진다. 기호세계의 문학작품을 가능하게 하기 위해서는 각각의 언어들이 자기 이외의 타자적 언어와 결합하면서 새로운 세계를 길어 올리지 않으면 안 된다. 기호는 외부세계의 여러 현상들 중 하나이며, 그 기호가 산출하는 효과 역시 외부세계의 경험에서 변주된다.7) 문학에서 상은 상상력의 도움을 받아 구체적인 사물의 형체나 움직임으로 정의되는데 이는 이념적 실천으로 환원된다. 지각적·감각적·추상적 등 시적 요소들을 동원하여 시인은 삶의 에너지를 발효하게 되는 것이다. 그래서 상은 언어로 그려진 그림으로 개념화되는 심상(心象)에 포괄된다. 그렇지만 그것은 대상을 시각적으로만 재생하는 것에 그치지 않는다.[8]

시인의 의식에 의해 작동되어지는 상은 시각적·청각적·촉각적 울림으로 실현된다. 그에 따라 상은 사물이나 인간적 삶의 실상을 왜곡할 수도 있고, 반대로 환상이나 공상 등 비현실적 형상들로 조작될 우려도 있다. 그러나 대체로 상은 기호들에 의해서 드러나며 언어의 풍요로움을 느끼게 해준다.[9] 여기에서 신동엽[10]의 작품들을 기호와 상으로 풀어내는 조건이 형성된다. 그의 작품들은 인간적 풍요로움을 지향하는 이성적 의사소통의 형태를 띤다. 그의 언어적 기호가 비록 상대적이고 불확정적일지라도 당대 현실의 이데올로기는 물론 사유 능력을 발전시키는 예술적 가치로 되새겨보게 만든다.[11]

신동엽은 시를 "기술이기에 앞서 체질"[12]로 인식하였으며 서민적 의식을 기반으로 한 역사적 상황을 민족적 정서로 담아내었다. 더구나 그가 시인으로 활동할 당시에 발표한 평론들에서 전경인(全耕人)의 정신을 강조하였는데, 이는 불안정한 삶을 역동적으로 극복 창출해 나가기 위한 시인 나름의 노력이었다고 하겠다. 신동엽에 의하면 인류의 근원은 노동의 삶이었으며 갈등과 대립이 없는 공동체 세계였다. 그러나 인위적 문명이 도래하면서 공동체 삶은 파편화되고 자연의 생명력을 상실한 인간의 기계화가 형성되었다. 그리하여 신동엽은 시에서 자연의 힘을 보여주는 '꽃'과 순수한 인간적 가치를 지닌 '아사녀'를 주요 기호로 사용하고 있다. '꽃'과 '아사녀', 이 두 언어적 기호는 신동엽의 문학적 향유방식에 닿아 있다.

그의 시세계는 자연적 생의 의지와 온전한 인간적 정신을 추구하는 것으로 나타난다. 따라서 신동엽 시의 언어적 기호들은 식물적이며 인명적이다. 또한 지리적이며 역사적이다. 그의 기호들은 시대와 조응관계를 이루면서 현재적 삶을 새롭게 인식하는 이미지 단층을 낳고 있다. 이렇게 그의 대부분의 작품은 철학적 사유를 바탕에 깐 사회적 인식의 심연을 담아내고 있다. 특히 『阿斯女』는 1963년 시인의 나이 34세에 발표한 것으로 왕성한 창작활동을 한 시기였으며 전경인의 정신을 엿볼 수 있는 작품집이다. 이 안에는 전경인적 상징성의 고리를 이루는 기호인 식물·인물·지명 등이 하나의 상으로 작용하고 있어 작품집의 성격을 알아내는 지표가 된다.

민족의 전통적 삶이 왜곡된 구조에 의해 해체되어 가는 과정을 추적하고 있다[13]는 점에서 그의 작품을 일면적이나마 세부적으로 해명할 필요가 있다. 따라서 본고는 신동엽이 역사적·사회적 문제를 문학적으로 진단한 글을 참조 삼아 그의 상상력 실체를 견인해내려 한다. 신동엽 시인의 평론이나 시론 등에서 강조되고 있는 논구들이 실제로 창작품에서 어떻게 발현되고 있는지를 탐색하는 것이 이 글의 목적이다.

2. '꽃'과 개별적 주체

신동엽 작품의 특성으로 사상과 서정이 잘 조화된 고유어가 두드러지게 나타난다[14]는 점을 들 수 있다. 이들 언어에 대한 포괄적인 시야를 확보하기 위해서는 정확하게 표현한 시인의 세계관을 먼저 살펴보아야 한다. 시적 형상의 질적 자질은 정신적·감성적 통일의 맥락 위에 서 있는 것으로서, 신동엽 시인에 의해 선택된 언어들은 대체로 철학성이 내밀화되어 있다.

> 땅에 누워있는 씨앗의 마음은 原數性 世界이다. 무성한 가지 끝마다 열린 잎의 세계는 次數性 世界이고 열린 여물어 땅에 쏟아져 돌아오는 씨앗의 마음은 歸數性 세계이다.[15]

> 내일의 시인은 제왕을 실직케 할 것이며, 재주를 실업케 할 것이며 스스로 천기를 예보할 것이다. 그는 太虛를 인식하고 대지를 인식하고 인생을 인식할 뿐이며, 문명수 가지나무 위에 난만히 피어난 次數 世界性 空中建築 같은 것은 그 시인의 발밑에 다만 기름진 토비로서 썩혀질 뿐인 것이다. 次數性 世界가 건축해 놓은 기성관념을 철저히 파괴하는 정신혁명을 수행해 놓지 않고서는 그의 이야기와 그의 정신이 대지 위에 깊숙이 기록될 순 없을 것이다. 지상에 얽혀 있는 모든 국경선은 그의 주위에서 걷혀져 나갈 것이다. 그는 인간의 모든 원초적 가능성과 귀수적 가능성을 한 몸에 지닌 全耕人임으로 해서 고도에 외로이 흘러 떨어져 살아가는 한이 있더라도 문명기구 속의 부속품처럼 곤경에 빠지진 않을 것이다.[16]

신동엽의 문학적 지향은 현대 문명사회에 대한 거부감으로 전경인의 삶을 추구하고 그것을 토대로 인간 개개인들의 정신발달에 울림을 생성시키는 사회학적 상상력에 기초해 있다. 신동엽의 사회학적 상상력 중심에는 그리하여 자연적 삶의 태도가 간절하고 진정하게 놓여 있다. 인간은 자연스럽게 우러나오는 샘물 같은 존재다. 여기에서 대지는 그러한 자연적 인간이 활동할 수 있게 모든 것을 제공하는 생명보존의 그릇이다. 그 속에서 인간은 조화로운, 즉 자아와 세계가 합일되어 작동하는 자연물과 연결된다. 이것이 신동엽이 말하는 차수성 이전의 원수성 세계이다.

그러나 그렇게 서로의 생명을 교감하는 자연태들, 광활한 대지에 뿌리내리고 싹틔우고 꽃피우는 식물에 폭력성이 침투하기도 한다. 바로 인위적 제도에 의해서다. 자연의 생명을 키워내는 대지가 물질문명에 의해 황폐화되고 내일의 꿈조차 꿀 수 없는 상황이 펼쳐지고 있는 현재적 공간, 이것이 차수성 세계이다. 생명체와 생명체 사이의 교화적 관계가 끊어진 채 비극적 운명에 맞닿아 있는 개체들의 삶은 죽음과 같다. 그러나 현대문명 발달로 인간성이 파괴된 기계적 인간은 생명의 위기감을 감지하지 못한 채 살아가고 있다. 그래서 누구든 자연인임을 자각하고 부정한 힘에 의해 지배당하고 있는 자아를 구해내야 할 시기가 온 것이다. 이 같은 상황에서 사회구성원 개개인은 어울림을 중요시하며 자기반성적 변화를 만들어가는 모습, 이것이 신동엽이 말하는 귀수성 세계이다.

신동엽 시인의 상상력 근간은 그에 따라 '풀'과 '바람', '꽃'과 '소리'들이 움트는 대지에 있다. 자연적 삶의 형태를 되살려내기 위한 방편으로 결함과 한계를 지닌 현재의 문명세계를 갈아엎는 전경인의 자세를 도모하고 있는 것이다. 여기에서 식물의 기호란 씨앗, 초목, 꽃, 열매 등을 총칭17)하는 것으로 이들은 시대적 과업에 참여하는 서민의 상을 띤다.

그의 시에서 식물의 기호로 씌어진 제재는 '알밤'(「그 가을」), '홍시감'(「내 고향은 아니었었네」) 등의 열매류와 '森林'(「새로 열리는 땅」), '고목'(「힘이 있거든 그리로 가세요」) 등의 나무류다. 시인은 자연의 시각으로 이러한 식물의 의장들을 창출하여 근원적인 인간적 삶을 모색한 것이다. 그들 중 '꽃'도 자연의 개체로서 인간의 현재적 삶의 형태를 다양하게 드러내는 오브제이다.

'꽃'은 아름답지만 언제 어디서든지 비·바람에 의해 금세 시들어버리거나 식물에서 일탈되어버리는 나약한 존재다. '꽃'은 그리하여 원숙한 경지에 이르렀어도 강력한 힘들에 의해 쉽게 훼손되어지고 상처를 입는 서민으로 보게 된다. 시인에 의하면 그러한 삶의 해결은 대지의 생명체를 새롭게 키워낼 수밖에 없다.

갖가지 색깔로 피어난 꽃들은 아름다움을 지니고 있지만 온전하지 못한 주변의 상황에 의해 하루하루를 불안하고 위태롭게 살아가는 개별적 존재들이다. 그렇기 때문에 신동엽은 '꽃'에 완전한 형태의 삶을 구가한다. 말하자면 '꽃'은 씨앗을 잉태하고 그 씨앗들을 대지로 보내 새로운 면모로 거듭나게 할 수 있어야 한다는 것이다. 대지는 모든 만물을 조화롭게 창조하며 화해를 도모하는 인류의 공동체적 원천이기 때문이다.

> 文化的인 精神的인 結束을, 祖國의 實質的인 統一을 促進시킬 수 있는 것이라는 信念을 나는 가지고 있다.[18]

신동엽의 시정신은 민족의 주체적 변혁과 관련된다. 그리하여 그의 전경인의 역할은 민족모순, 계급모순을 변주[19]하고 제거하는 데 있다. 이는 인류문명 전체를 아우르는 선지자적 예지[20]에 의해 시도되고 있으며 시적 자아의 살아 움직이는 모습은 언어기호체계로 펼쳐진다.

그의 시에서 '꽃'은 객관 현실에서 독자적으로 긴장을 추스르는 메시지가 침전되어 있다. 말하자면 복잡하고 미묘한 현대사회 속에서 첨예한 갈등을 체현하며 삶의 격정과 열정에 불타는 서민의 삶이 인지되고 있다. 이러한 의미의 수용은 한편으로 '꽃'을 분열적 개체들로 파악할 수 있다.

1) 길가엔 진달래 몇 뿌리
   꽃 펴 있고,
   바위 모서리엔
   이름 모를 나비 하나
   머물고 있어요

   잔디밭엔 長銃을 버려 던진 채
   당신은
   잠이 들었죠.

   햇빛 맑은 그 옛날
   후고구렷적 장수들이
   의형제를 묻던,
   거기가 바로
   그 바위라 하더군요.

                                    −「진달래 山川」 일부

2) 노오란 무꽃
   智異山 마을.
   무너진 헛간엔
   할멈이 쓰러져 조을고

   평야의 가슴 너머로.
   高原의 하늘 너머로.
   원생의 油田 지대로.
   모여 간 탱크부대는
   지금, 궁리하며

                                    −「風景」 일부

3) 허리 아래로 대낮,
   꽃 구렝인
   눙치고,

   깊은 懊惱감춘
   미쳤던,
   미쳤던,

꽃 사발이여.

스카아트 밑으로
天才는 흰 久遠 빛내며.

한낮 꿀벌 뒤집혔다.

-「미쳤던」 일부

　예시된 각각의 '진달래꽃', '무꽃', '꽃 구렝이', '꽃사발' 등은 역사
의식을 내장한 민족의 전통적 숨결들이다. 그러나 신동엽의 꽃들은
화려하거나 풍요롭지 않다. 그의 꽃들은 뒤틀린 삶 속에서 순결한 마
음을 안고 서럽게 숨 쉬는 생명체에 불과하다. 이는 우리가 면면이
보아온 대로 국가의 주체가 아닌, 객체 즉 언제나 주변에 놓인 서민
들로 이해하게 된다.

　서민적 삶으로 대변되는 신동엽의 꽃들은 억압적 힘에 대한 상실
감이 극대화되어 나타난다. 그렇기 때문에 '꽃'이라는 언어적 기호는
공간을 배분하며 동류의식을 갖는 공동체적 의식 이전의 개별적 형
태라 할 수 있다. 그러므로 '꽃'은 비나 바람 같은 대립적 대상과의
거리를 좁히면서 삶의 역동성을 보여주는 이미지가 아니라 숱한 좌
절을 맛보는 인간의 상을 띤다.

　'꽃'은 언어적 기호로서 신동엽 시에서 자아의 주체성을 찾기 위한
과정으로 현시된다. 하지만 부여된 가치체계는 개별적이며 분산된 삶
의 형태이므로 차수성 세계임을 확증해 준다. '꽃'은 그리하여 삶의
긴장과 연민의 줄기를 치고 있다. 그러한 표면적 표식은 시인의 거대
한 사상적 깊이를 직시하게 한다. 즉 차수성 세계로부터 원수성 세계
를 향한 시대정신을 구현하고 있다고 하겠다. 그러므로 신동엽의 '꽃'

은 불어 닥친 문명의 바람에 맞닥뜨려져 생명의 위협으로부터 일탈하려는 서민의 모습이라 할 수 있는 것이다. 곧 시대의 고비마다 희생당한 서민의 상이 '꽃'에 비쳐지고 있다고 하겠다.

신동엽의 시에서 꽃들은 자기의 영역을 확장시켜나가지만 집단적인 의미가 배제된 개별적 존재로서 시인은 이들의 이상적 삶의 확보를 꾀하고자 한다. 불안정한 개체적 서민들의 현실 대응을 문제 삼는 것이다. 그래서 차수성 세계에서 원수성 세계로, 즉 차수성 세계에서의 '꽃'은 원수성 세계인 광활한 대지로 되돌아갈 것을 희구하면서 씨앗을 잉태시키듯이 서민들도 끊임없이 새롭게 태어나기를 갈구하는 것이라 할 수 있다.

그러므로 차수성 세계에서 '꽃'은 시인에게 있어 현실의 난관을 헤쳐 나가는 데 유효한 기호로 작용한다. '꽃'이라는 언어적 기호는 결국 불합리한 현대문명에 의한 고달픔을 벗겨내며 고통스런 혼돈으로부터 일탈하고자 몸부림하는 표식이다. 그러기에 '꽃'은 역사적 비극성을 뛰어넘어 새로운 생명을 추동하고자 하는 시인의 모습으로 대치된다.

시 「山死」는 원시적 생명을 갈망하는 시인의 내면의식이 강하게 표출되는 작품이다.

불 달은
몸둥아리엔,
꽃이 피었다.

멍석
그늘,

돌창을
던져라,
꽂힌
바위.

湖水 위엔
맑은 바람

아우성은
승리 높이
上天에
뻗고,
죽음은 빛났다.

숱한 낮,
太陽 익은
陵線 따라

서린
입김

돌창을 꽂아라,
푸른
동자.

돌창을 꽂아라,
푸른
동자.

戀苦는
빛났다.

새벽
벌
이슬 쏟은

네 발
문
獅子.

죽음은 썩고
뿌리 적신
생 피.

비단 젖 가슴
흙 밭 위에,

억센
四肢,

돌창을 꽂아라
푸른 동자.

돌창을 꽂아라
푸른 동자.

쓰러지지 않았다,
魂은
뛰쳐 나와
하늘을
갔다.

숱한 밤.
멍석 딸기 골짝마다

꿈은,

―「山死」 전문

　삶과 죽음을 반복하는 자연의 이미지를 환기시키는 이 작품에서
무한한 씨앗의 생산을 갈망하는 '꽃'을 보여주고 있다. 여기에서도 죽

음이 확산되는 문명의 세계에 대한 강한 거부가 내포되어 있다. 그런데 이 시에서는 '새벽', '벌', '이슬'이 '꽃'의 씨앗에 대응되는 오브제들이다. 뒤틀린 세상에서 야기된 자연의 한계성을 인식한 시인은 그나마 피어 있는 '꽃'에 대한 존경심을 가지고 있다.

그래서 창조주의 뜻에 따라 '새벽'과 '벌'과 '이슬'이 대지로 쏟아져 내리는 희망을 꿈꾼다. 이들은 대지에서 불화의 극치들을 무화해 낸 노력의 결정체들로 섬김의 대상이다. 바람 잘 날을 간절히 바라는 산은 '꽃'이 떨군 씨앗이 썩어 문드러진 것과 함께 죽음에 닿아 있지만 그 죽음은 진정한 생을 돋우는 원수성의 세계로 이해하지 않으면 안 된다. 그렇기 때문에 작품이 강력한 이미지와 역동적 분위기로 확산되는 느낌을 받는 것이다.

인용한 시에서도 '꽃'이라는 언어적 기호를 중심으로 대지의 기운이 발하고 있음을 느낄 수 있다. 시인은 부정한 역사적 시간과 공간을 구원하는 차원에서 강한 언어적 자질들을 동원해 놓았다. '꽃힌 바위', '맑은 바람', '서린 입김', '푸른 동자' 등이 그것이다. 이것들은 비탄에 젖은 서민들의 심리적 불안과 심화된 고통을 생동감과 부활의 의지로 갈아엎는 상징성을 지닌다. 그럼에도 '꽃'은 아직 질긴 생명활동을 통해 씨앗을 틔워야 하는 과제가 남겨져 있다.

신동엽은 이처럼 '꽃'을 위시하여 식물을 표상하는 생명력의 세계를 보여준다. 거기에는 네 가지의 원형질이 조화롭게 작용하고 있는데, 이는 시인이 추구하고자 하는 전경인의 내면적 삶으로 기능한다고 볼 수 있다. 이것을 기호론적으로 나타내면 다음과 같다.

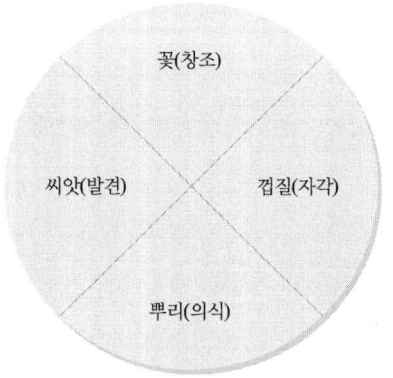

꽃(창조)

씨앗(발견)   껍질(자각)

뿌리(의식)

꽃: 의식적 활동을 통해 소통행위를 벌여나가는 생
뿌리: 역사적·사회적 의식을 바탕으로 적극적 삶 모색
씨앗: 현실의 모순을 발견하고 새롭게 부여받은 생동성
껍질: 세계의 변화를 자각하고 마음을 비우는 생

위의 도식처럼 자신을 비우는 행위가 '껍질'로, 세계의 발견이 '씨앗'으로, 자아실현을 위한 능동적 수행은 '뿌리'로, 주제적 자아로써 현재의 불완전한 삶을 극복해나가는 것은 '꽃'으로 사유하도록 만든다. 여기서 '씨앗'과 '껍질', '뿌리'와 '꽃'은 각각 이질적이면서도 동질적인 가치로 순환 작용하는 성질로 보게 된다.

3. '아사녀'와 주체적 복원

신동엽 시는 사회구성원 간의 대립과 갈등을 목도하고 허무적 의식의 나약성을 뛰어넘어 강한 민족의식에 의해 씌어졌다. 그 근거를 기계적 문명·서구 추종주의 문제를 끊임없이 제기한 데에서 찾을 수 있다. 객관 현실에 능동적으로 대응해 나가는 가운데 자발적 민족어 구사와 민족본질주의적 시각에 의한 역사인식으로, 역사 발전의 주체가 되는 인물을 시에 상징화21)시켜 놓은 데서 근거가 확보되고 있다.

신동엽은 전경인의 역할을 염두에 두고 역사적 진실을 지속적으로 드러내는 행보를 하였으며 민족의 역사적 동질성을 띠는 신화적 인물들에 대한 존재가치를 작품으로 보증해냈다.

> 사실 全耕人的으로 생활을 영위하고 全耕人的으로 체계를 인식하려는 全耕人을 주위 모아야 한 사람의 全耕人的으로 세계를 표현하며 全耕人的인 실천 생활을 대지와 태양 아래서 버젓이 영위하는 全耕人, 밭 갈고 길쌈하고 아들 딸 낳고, 육체의 중량에 합당한 量의 발언, 세계의 철인적 · 시인적 · 조합적 인식, 온건한 대지에의 향수적 귀의, 이러한 실천생활의 통일을 조화적으로 이루었던 완전한 의미에서의 全耕人이 있었다면 그는 바로 歸數性世界 속의 인간, 아울러 原數性世界 속의 체험과 겹쳐지는 인간이었으리라. (…) 인류의 여름철 지구 이곳저곳에선 이들 코스모스꽃이 불완전하게나마 몇 송이 피어났다. 그들은 세상을 알았고 인생을 알았고 그렇기에 자기 위치에서 가을로 돌아갔다. 佛經 著述人, 千言의 五發言人, 聖書 저술인, 이들은 무더운 여름날 호올로 피었다 쏟아져 돌이긴 철 이른 꽃들이었다.22)

민족의 역사를 바로 세우기 위한 방편으로 신동엽은 역사적 공간의 확장을 통해 시간적 구속이 없는 전경인의 자세를 강조하고 있다. 자신의 존재원리를 전경인에 두고 민족의 전통적 연속성과 통일성을 유지하기 위한 몸부림을 하고 있는 것이다. 그래서 인간정신의 승화로 발현23)하고자 과거의 시간을 끌어올리는 데 주저함이 없으며 순수성과 토박성에 기인한 역사적 의미를 되새기는 것으로 파악할 수 있다. 시 곳곳에 백제의 설화적 인물을 등장시켜 민족의 고유한 정서를 드러낸 것이 그것이다. 중요한 것은 그가 상정시켜 놓은 인물이

지배계층이 아닌, 피지배계층이라는 점이다. 민족의 설화에 담긴 피지배계층의 인물을 향한 시선은 신동엽이 사회적 활동의 주체가 소수의 상류층이 아니라 다수의 하류층에 있다는 것을 인지시켜주는 것이며, 국가의 토대를 형성하는 주체가 피지배층임을 부각시키는 것으로 받아들여진다.

시의 구조 속에 내밀화된 백제 '아사녀'는 민족의 주체적 인물로 그려지고 있다. 이는 신동엽 자신이 신화시대라 일컬어지는 백제의 후손임을 주체적으로 인식한 후, 옛 문화를 복원하고자 하는 의식과 연계된다. 문명 이전의 시대, 즉 백제시대는 지주도, 특권층도 없는 평등한 세상24)이었으므로 전경인적 체득에 의해 현대의 암담한 현실을 거부하고 "뭇 나뭇잎들을 한 씨알로 모아 가지고 우리들은 땅으로 쏟아져 돌아가야 할"25) 곳, 바로 시인은 백제시대를 표본으로 삼고 있다.

모질게도 높은 城돌
모질게도 악랄한 채찍
모질게도 陰凶한 術策으로
罪없는 月給쟁이
가난한 百姓
平和한 마음을 뒤보채어 쌓더니

산에서 바다
邑에서 邑
學園에서 都市, 都市 너머 宮闕 아래.
봄따라 와자히 피어나는
꽃보래,
돌팔매,

젊은 가슴
물결에 헐려

잔재주 부려쌓던 해늙은 餓鬼들은
그혀 逃亡쳐 갔구나.

—愛人의 가슴을 뚫었지?
아니면 祖國의 旗幅을 쏘았나?
그것도 아니라면, 너의 아들의 學校 가는 눈동자 속에 銃알을 박아
보았나?—

죽지 않고 살아 있었구나
우리들의 피는 大地와 함께 숨쉬고
우리들의 눈동자는 江물과 함께 빛나 있었구나.

四月十九日, 그것은 우리들의 祖上이 우랄高原에서 풀을 뜯으며 陽
달진 東南亞 하늘 고흔 半島에 移住오던 그날부터 三韓으로 百濟
로 高麗로 흐르던 江물, 아름다운 치마자락 매듭 고흔 흰 허리들의
줄기가 三・一의 하늘로 솟았다가 또 다시 오늘 우리들의 눈앞에
솟구쳐 오른 阿斯達 阿斯女의 몸부림, 빛나는 앙가슴과 물구비의
燦爛한 反抗이었다.

물러가라, 그렇게
쥐구멍을 찾으며
검불처럼 흩어져 歷史의 下水口 진창 속으로
흘러가버리렴아, 너는.
汚辱된 權勢 咀呪받을 이름 함께.

어느 누가 막을 것인가
太白줄기 고을고을마다 봄이 오면 피어나는
진달래・개나리・복사

알제리아 黑人村에서
카스피海 바닷가의 村아가씨 마을에서
아침 맑은 나라 거리와 거리
光化門 앞마당, 孝子洞 終點에서
怒濤처럼 일어난 이 새피 뿜는 불기둥의
抗拒…/沖天하는 自由에의 意志…

길어도 길어도 다함없는 샘물처럼
正義와 울분의 行列은
億劫을 두고 젊음처 뒤를 이을지어니

온갖 榮光은 햇빛과 함께,
소리치다 쓰러져간 어린 戰士의
아름다운 손등 위에 퍼부어지어라.

—「阿斯女」 전문

신동엽의 시에는 전반적으로 백제 유민의 찬란한 문화에 대한 회한과 무상감26)이 배어있다. 이 시 역시 문명 이전 단계인 고대국가의 한 세계, 백제 설화의 모티프가 내재해 있다. 비문명 시대의 무소유와 인간성에 기초한 구성원 간의 사랑을 복원하고자 하는 시인의 정신을 짐작할 수 있다. 의미 다발적이고 복합적인 설화적 인물을 자신의 이상적 모태로 인식하고 현재적 삶의 질서를 모색하는 것은 현실과의 대결 위에서 세계의 진실을 드러내는 의미가 포함되어 있다. 설화에는 정신적 통찰을 할 수 있는 요건들이 구성, 지식체계를 전수하는 교육적인 기능이 내포27)되어 있다. 설화를 문학의 사회적 기능에서 중요하게 다뤄지는 까닭이 여기에 있다.

'아사녀'는 신라의 땅에서 불국사 축조를 하는 남편 '아사달'을 기다리다가 불국사 가까운 못에 몸을 던져 부부의 사랑을 보여준 백제의 전승설화다. 시인은 이러한 내용의 설화를 확인시켜주는 데서 출발하여 나아가 '아사녀', '아사달'을 현대 피지배층의 역동적 구실을 제시하는 것으로 이해하게 된다. 새로운 질서를 구축하기 위해서는 전범의 기능을 견인하여 그것을 신성시하게 마련인데 신동엽은 '아사녀'를 그러한 언어적 기호로 설정, 한국 민족의 정신을 주체적으로 복원하려는 상을 갖게 하고 있다.

저 머나먼 '우랄고원'으로부터 시작된 우리 민족의 역사적 진실을 파헤침으로써 시간적 간극 속에서 민족의 정체성을 확인하는 의미공간을 형성해내고 있다. 다시 말해 '아사녀'와 '아사달' 간 사랑의 몸짓을 신동엽 시인은 역사적 고비마다 떨쳐 일어난 피지배층의 결합으로 보고 있다. 3·1 독립운동과 4·19혁명, 이 두 역사적 사건은 외세 침략과 비민주적 지배집단에 대항한 피지배층의 주체적 투쟁으로 성격을 규정지어 놓은 것이다. 설화적 인물의 시적 형상화는 살아 있는 피지배층의 주체적 힘을 다시 환기시키고자 한 시인의 목소리이다.

'아사녀'는 반외세·비민주 속에서 은은히 살아남아 있는 피지배계층의 힘을 상징하며 우리 민족이 지향해야 할 지표, 즉 자본의 힘에 의해 분산되고 대립과 갈등으로 소외되어 가는 하층민들의 삶을 치유하는 요소를 가진 기호다. 따라서 '아사녀'라는 언어적 기호는 현실의 모순과 갈등을 발견해내고 그 흐름 속에서 시인의 내면에 독특하게 위치를 차지하고 있는 배제문회의 의미를 획득하고 있다. 그리고 그것은 한민족의식으로 고양된 혈통주의적 성찰에 의한 주체적 역사의 궤적을 보이고 있다. '아사녀'의 희생적 애정과 '아사달'의 장인정신을 드러낸 이유에는 신동엽이 주체적 민족의 소명감으로 혼란한 시대적 상황을 문제 삼는 것이라 보아도 큰 무리가 없다.

신동엽의 시들은 어느 시대 어느 사회를 막론하고 절대고독한 자리에서도 끝끝내 희망의 끈을 놓지 않는 인간 개개인의 상을 비추어 준다. 먼 백제시대로 거슬러 올라가 조상들의 생활 감정 속에서 싹튼 인간적 삶의 측면을 드러내는 시인으로부터 우리가 몸담고 있는 현실을 되돌아볼 수 있다. 그렇기 때문에 시인의 주체적 역사인식과 사회의식을 높이 살 수 있는 것이다. 동시에 백제의 '아사녀', '아사달'의 진솔한 삶의 문제에 접근함으로써 피지배층의 정서를 이해할 수 있는 기반이 조성된다.

신동엽의 가장 큰 매력은 민족의 정체성을 설화적 인물로 대변하여 시의 주제를 강화하는 데 있다. 거기에 무기력한 소시민적 행태를 비판이라도 하듯이 강한 어휘를 동원, 살아 숨 쉬는 시의 맛을 품어내고 있다. "높은 성돌", "악랄한 채찍", "음흉한 술책" 같은 어구들은 시가 강한 인상을 갖게 하는 데 효과를 발휘하고 있다. 상실되어가는 전통적 민족정신을 과감히 깨뜨릴 수 있는 절도의 미가 엿보이는 부분이다. 민족정신을 떠받치고 있는 인간적 순수성이 엷어지고 있음을 깨닫고 마음의 안식처를 찾을 수 있는 '아사녀'를 시적 상상력으로 삼은 것이다.

한편 신동엽 시의 내용적 층위는 교조주의적 이념 전달의 경향으로 비판받을 소지가 충분하다. 그럼에도 불구하고 시인 자신의 사회사상을 예술적 감흥으로 전이시켜 미학적 진폭으로 흐르고 있는 까닭에 그러한 우려를 씻어내고 있다.

> 목메어 휘졌던 울창한 숲은 비젖은 빛나는 구름 밭에 휘저 오르고, 멍석딸기 무덤을 나와 찔레덤풀로 기어들은 渤海는 바위에서 성긴 숲으로 숲에서 다시 불붙는 태곳적 산불로 어울려 목숨과 팔뚝의 불붙는 천지로 타오른 그날 임진난리의 우렁찬 외침을 귀 기울여 보아라.
>
> 침을 삼키며 싱싱한 하늘로 올라 보아라.
> 이랑진 빨랫터 강마을마다 매듭 고흔 손으로 묻어진 어여쁜 地雷의 얼굴, 新武器의 오손도손한 살림살이를 구경하여 보려므나.

六月의 동산으로 올라 보아라.
밀짚모자 깃을 추켜 이마 훔치던 京釜線 街路樹 총 메인 少女.
참쑥 뭉쳐 꿀꺽이며 鴨綠江으로 濟州道로 바다로 골짜기로 반만년
쫓기던 민 텅구리 죄 없는 백성들이 터진 맨발을 생각하여 보아라.
－「阿斯女의 울리는 祝鼓」 전문

　한반도의 특수한 역사적·사회적 배경은 이 땅의 주인인 백성들에게 시대의 고비마다 희생적 삶을 살게 했다. 역사적으로는 끊임없는 외세의 침략이, 사회적으로는 신분차별과 이념적 대립이 민족의 동질성을 훼손시켜왔다. 그동안 정치위정자들에 의해 피지배층은 불구적인 삶에서 벗어나지 못한 채 국가 건설의 희생만을 강요받아온 것이 사실이다. 신동엽은 국가권력자들의 민족적 정체성의 부재의식을 문제 삼으며 피지배층의 입장에서 실존적 고뇌와 우리 민족의 정체성의 절실함을 생성시키고자 한 의도로 「阿斯女의 울리는 祝鼓」를 노래하고 있다. 시적 화자는 남다른 민족애로 고난의 삶을 반추하며 민족의 미래에 대한 염원을 펼쳐내고 있다. 이는 시대변화와 함께 희석되어가는 공동체의식에 대한 각성을 촉구하는 의미가 있다. 그리하여 인용 작품은 현재 우리들에게 민족통일 열망의 퇴조현상을 직시하게 하여 다시 조국에 대한 자긍심을 추스르도록 하는 상이다. 행의 끝마다 반복적으로 쓰인 명령형 어미가 그 역할을 담보하고 있다.
　'아사녀'는 현재적 자연의 공간이 먼 옛날부터 꾸준히 이어져온 전통적 역사성을 지니고 있음을 가리킨다. 따라서 '아사녀'는 시적 자아가 잃어버렸던 민족의 주체성을 복원하기 위한 하나의 기호로 선택한 것이다. 민족 주체성에 대한 각인은 곧 불합리한 역사적 시간을 무화시키고 영원한 삶의 터전인 대지를 온전하게 가꾸기 위한 사회

적 공간을 확대·심화시키는 것이라 하겠다. 백제의 설화적 인물 '아사녀'와 관계 맺기를 보여주면서 시인은 조국에 대한 사랑의 집착을 보여준다. 그리하여 인용 시는 인간적 삶의 복원을 모색하는 형상이라 하겠으며 여기에 사랑과 연민의 상징을 갖는 '아사녀'와 교감형성이 이루어지고 있다고 하겠다.

또한 인용 시는 권력자들의 오만으로 불구가 된 나라를 구하려는 피지배층의 정신을 퍼 올리고 있다. 신동엽이 설화의 인물을 시에 차용한 배경에는 "설화가 조상을 영광되게 하려는 사람들의 욕망"28)과 지난 시대를 자연과 인간의 조화롭고 평화로운 원시적 형태로 파악한 때문이라 여겨진다.

신동엽의 '아사녀'는 그래서 개별적 존재의 기호가 아닌, 시대적 상황의 장벽을 넘어서는 민족 전체의 기호로 씌어진 것이라 하겠다. 말하자면 '아사녀'는 우리 민족이 주체적으로 인간적 삶을 복원하는 지표로, 순수성에 기인한 현재의 모든 비극적 상황들을 거세하는 상으로 이해된다. "발해는 바위에서 성긴 숲으로 숲에서 다시 불붙는 태곳적 산물로 어울려 목숨과 팔뚝의 불붙는 천지로 타오른 그날 임진난리"에서 그렇다.

'아사녀'를 설화의 기호로 인식할 때, 그것은 전설의 측면에서 설명할 수 있다. 증거물로 뒷받침되는 사실적 근거와 허구적 내용과의 긴장관계가 전설의 문학적 구조29)로 승인되고 있는 까닭이다. 신동엽의 시에서 씌어진 '아사녀'는 불국사 '무영탑'이라는 증거물과 허구적인 사랑이야기를 한데 얽어낸 문학적 진경이다. 신동엽 시인이 사회적 갈등문제를 역사성을 담지하고 있는 전설에 대응시킴으로써 전통적 문학세계를 습득하고 있는 것이다. 신동엽은 서구적 문명에 의해 핍박받고 있는 민족의 삶을 비판하는 시적 성취를 달성하고 있다. 그래서 시인은 당당하게 "반만년 쫓기던 민퉁구리 죄 없는 백성들이 맨발을 생각하여 보아라!"라고 외치고 있다.

'아사녀'는 타자의 가슴을 끈끈한 사랑의 정으로 감아내 오랜 세월이 흐른 뒤에도 모두가 그를 그리워할 수밖에 없는 상이다. 신동엽은 현재를 사는 우리들에게 '아사녀'의 진실한 사랑이 어디에 있는가를 다음 작품에서 제시해주고 있다.

> 여보세요 阿斯女. 당신이나 나나 사랑할 수 있는 길은 가차운데 가리워져 있어요.
> 말해 볼까요. 걷어치우는 거야요. 우리들의 포둥 흰 알살을 덮은 두드러기며 딱지며 면사포며 낙지발들을 面刀질해 버리는 거야요. 땅을 갈라놓고 색칠하고 있은 건 전혀 그 吸盤族들뿐의 탓이에요. 面刀질해 버리는 거야요. 하고 濟州에서 豆滿까질 땅과 百姓의 웃음으로 채워버리면 되요.
> 누가 말리겠어요. 젊은 阿斯達들의 아름다운 피꽃으로 채워버리는데요.
>
> ─「주린 땅의 指導原理」 일부

인위적 세계의 흔적을 걷어치우고 '아사녀'가 살던 형식으로 거듭나고자 하는 심정이 짙게 배어 있다. 우리 곁에 둘러쳐진 인위적 세계란 정치위정자들에 의해 고착된 조국의 분단이다. 신동엽은 이러한 사회구조를 비판적 시각으로 견인해 내면서 '아사녀'가 '아사달'에 대한 애틋한 사랑을 죽음으로 확인시켜주었듯이, 조국에 대한 사랑을 전경인의 목소리로 울려주고 있다. '걷어치우다', '면도질해 버리다' 등이 전경인적 울림이다. 이러한 단호한 목소리가 울림이 큰 것은 언어적 기호와 기호 사이 비유와 상징 등의 시적 요소들로 갈무리되어 있기 때문이다.

그러므로 위의 작품은 민족정신을 잃지 않고 비극적 현실을 타파해나가자는, 즉 전통적 가치가 내재된 민족의식을 주체적으로 복원하자는 소망으로 씌었다고 할 수 있다. 시인은 한민족의 문화가 깊게 서려 있는 '아사녀'의 나라 백제를 동경하고 있다. 백제시대는 남녀간의 지고지순한 사랑을 표출할 수 있을 만큼 자유스러웠지만, 시인의 현재적 삶은 그보다 못하다. 그래서 자유를 영위하는 삶을 갈망하고 있다. 신동엽에게 있어 이것은 집단적 정체성의 형성과 직결되는 문제30)로서 우리 민족에 대한 미래의 전망을 문학적으로 획득하는 것이 된다.

인간 자체를 위협하고 있는 물질적 욕망들을 시인은 '흡반족'으로 대치시켜 놓고 있다. '흡반족'은 자본과 정치권력의 묵인 아래 인간성을 파괴하는 의미로 해석할 수 있다. 그리하여 '아사녀'는 역사적 단계마다 우리 민족의 정체성을 이어주는 기호이며 감성과 이성이 잘 조화되어 감정적이면서도 도덕적·윤리적 인간세계의 이미지를 갖는다.

감정적이면서도 이성적 영역은 '아사녀'의 행위에서 부유하고 있다. '아사녀'가 '아사달'에 대한 사랑의 감정을 외현적으로 쉽게 분출하지 않고 내면으로 녹여낸, 그리하여 고귀하고 숭고한 자기희생의 승화로 점화되고 있음이다. 범박하게 말해서 '아사녀'는 우리 민족이 근본적으로 사유하게 하는 인식의 틀이다. 사회구성원 간의 평등한 관계를 이루게 하는 기표로서 '아사녀'가 통시적이고 공시적인 성격의 의의를 가진다. 이를 그림으로 나타내면 다음과 같다.

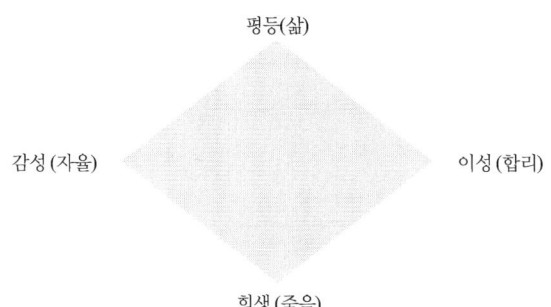

평등: 원초적 생명의 토대가 되는 공동체의 세계
희생: 지고지순한 사랑을 바탕으로 한 순수한 세계
감성: 인간의 아름다움을 발산하는 자연적 통로
이성: 진정성으로 타자와 교감하는 상식적 통로

　도식화한 바와 같이 '아사녀'는 삶/죽음, 자율/합리를 담지한 평등·희
생·감성·이성의 그물로 엮어진 구조의 상을 보여준다. 기호론적 관
점에서 추출된 이들은 신동엽의 작품에서 조화로운 삶을 펼칠 수 있
는 모델들로 전경인의 정신을 담보해내는 동위태를 이루고 있다.

4. 결론

　이 논문은 언어적 기호와 상의 개념 아래 신동엽의 작품을 사회학
적 상징으로 파악하고 구체적으로 씌어진 언어적 자질을 기호학적
관점에서 독해한 작업이다. 이를 통해 전경인의 정신으로 다져진 시
인의 시적 상상력을 이해하는 열쇠가 될 것이다.
　'꽃'과 '아사녀'는 순수성이 담지된 언어적 기호이며 시인이 인류
의 시원적 공간에서 한민족의 인간적 원시성을 밀고나가는 상이다.
다시 말해 식물의 기호 '꽃'과 인물의 기호 '아사녀'는 각각 참다운

생명을 희구하는 이미지와 지고지순한 사랑으로 삶의 조화가 이뤄졌던 공간을 주체적으로 복원하려는 이미지를 지닌다. 이는 모순된 역사적·사회적 현실을 직시하고 국가의 주인인 백성의 힘으로 전복시켜야 한다는 철학적 사유, 즉 인위적인 현대문명사회를 자연적인 원시적 사회로 되돌려놓아야 한다는 신동엽의 전경인적 사상이다.

'꽃'은 자연의 식물이다. 그것은 비나 바람과 맞닥뜨리면 금방 떨어져나가는 나약한 존재이다. '꽃'은 그리하여 강력한 힘들에 의해 쉽게 훼손되어지고 상처를 입을 수 있는 서민들의 삶과 동일시된다. 시인은 그렇기 때문에 꽃들이 제각각 아름다움을 안고 있지만 주변의 부정한 힘들에 의해 위태위태하게 살아갈 수밖에 없는 개별적 주체들로 상정하고 있다. '꽃'은 씨앗으로 하여금 현재적 삶보다 나은 생을 생성시킬 수 있는 기호에 해당한다.

'아사녀'는 설화의 인물이다. 시인은 사회적 공간의 확장을 통해 순수했던 과거 우리 민족의 정신을 선망한다. 백제의 피지배계층으로서 '아사녀'를 민족적 주체의 상징으로 담보해내고 있다. 이는 특권층도 없고 모두가 평등한 삶을 가졌던 원시시대로 귀향하고자 하는 주체적 복원의 의미망에 연결된다. '아사녀'의 나라 백제를 이타적 사랑을 베풀 수 있는 여유와 원시문화로 인하여 인간의 절대적 가치인 자율과 평등이 보장된 사회로 파악하고 있기 때문이다. '아사녀'는 그리하여 인위적으로 만들어낸 국토의 분단으로 고착화된 민족의 이질성을 우리 민족의 힘으로 복원할 것을 강하게 발현하는 기호이다.

따라서 민족의 주체적 역사성을 반영하는 신동엽의 언어적 기호는 자연적 창조를 발하는 시간적 계기성과 공동체적 삶의 가치를 추동하는 공간적 계기성이 동시에 작동하고 있다.

하이데거의 철학적 사유와 김춘수 시의 대비적 논고

1. 서론

하이데거(Martin Heidegger)[1]의 철학적 사유는 20세기를 지나 21세기를 살아가는 인간들에게 여전히 유효하다. 그는 현대 인간들의 삶뿐만 아니라, 현대 예술의 문녕적 현상들을 부정하고 기술적이며 과학의 합법적 기능들을 불신한다.[2] 그 대신 하이데거는 존재의 진리를 사유하면서 근원적인 삶의 형상을 발견하고자 한다.[3] 문학과 철학의 연결고리 속에서 표면적인 의미를 묻는 작업이겠지만, 우리는 하이데거의 이 같은 철학적 사유에서 삶의 가시적이고 상대성을 토대로 한 인위적 패러다임을 생각하게 된다.

절대적 진리가 제거된 자리에서 문학, 특히 시에 있어서 비틀고 추려내고 혹은 덧붙이고 전도시키는 과학적 언어사용이 여전히 진료가되고 있다.[4] 그 결과 작품의 의미와 이미지를 문화적 분위기와 문학사조의 조류 속에서만 규정짓는 양상을 보여 왔다. 그리하여 하이데 거는 공시적인 변화의 한 측면으로 오늘날 끊임없는 자기 성찰과 주 체적 자기 드러냄의 필요성을 제시한다.

하이데거의 자기 성찰과 자기 드러냄의 방식은 "무신론적 실존주 의자"5)임을 보여준다. 이것은 하이데거가 가능한 한 인간의 본래적 모습, 말하자면 양심이나 인간적 의지 또는 삶의 애착 같은 것들로부 터 탈주하여 인간의 기본적 감성에 호소하는 것이라 할 수 있다. 따 라서 하이데거에게 있어 종래의 사회의 가치와 규범들은 모두 억압 적이고 부당하다. 반성적이며 성찰적인 사고 활동을 통해 본래적인 자아를 만나게 되는 것이야말로 참된 세계를 인식하고 수용하는 유 일한 방법인 것이다. 그렇기 때문에 감정에 젖은 인간은 "불안의 현 존재"6)일 수밖에 없다.

불안은 "진리의 구조를 확인하게 하는"7) 인간의 심정적 특성이다. 또한 불안은 자신을 둘러싼 예측 불가능한 세계와 새로운 가치를 창 출하려는 욕망 사이에서 충돌하는 인간의 문제의식이기도 하다. 그리 하여 현대인간의 일상적인 형태는 이성적 세계에 의해 감성이 통제 되는 불안의 양상을 띤다. 이로부터 인간은 사회성(이성)에 집착한 나 머지 자기 본래의 모습을 잃어버리고 불안에 기인한 부자유를 낳게 된다.

하이데거에 따르면 "시인은 궁핍한 시대에 디오니소스의 성스러운 사제"8)이다. 시인은 신(神)과 인간 사이의 중개자로서 여기서 신은 인간들의 의지의 대상이었다. 그러나 현재는 그들로부터 그러한 의지 의 가치를 부여받지 못한 존재로 전락한 것이다. 항상 부족하고 나약 한 존재인 인간은 신이 다시 나타나기를 기다리지만, 더 이상 신은 나타나지 않을 것임을 스스로 인정하지 않을 수 없게 되었다. 인간의 대지에서 거주하면서 신의 역할을 떠맡게 된 것이 시인인 것이다.9) 세계의 문화를 이해하기 위한 새로운 대안으로서의 시인은 다시 도래하지 않는 신의 부재와 과거의 신이 사라진 결핍의 자리에서 성스러운 신의 척도를 부여받은 것이라 하겠다.

하이데거의 이와 같은 철학적 사유는 언어와 존재의 문제로 귀결되고 있다.10) 이는 문학과 결부시켜볼 수 있는 가능성과 삶과 문학과 철학의 관계를 검토해볼 수 있는 기회이기도 하다. 하이데거가 횔덜린11)의 시를 해석하면서 언어와 존재를 예술적·철학적 관점으로 심화시켰듯이, 우리도 거기에 걸맞은 하나의 문학작품을 조명해볼 수 있다.

한국의 시문학사에서 존재론적 세계관을 보여준 시인으로 김춘수를 맨 앞자리에 올려놓고 있다.12) 하이데거가 역사의 변증법적 발전법칙과 예술의 본질을 분리13)하는 입장에 서 있듯이, 마찬가지로 김춘수의 작품에서도 인간의 경험세계와는 다른 언어구조와 문학적 예술성을 갖고 있는 것으로 나타난다.

그러므로 본고는 하이데거의 철학적 사유, 하이데거의 논리에 따라 김춘수 시인의 시적 언어와 작품에 드러나 있는 시적 자아의 존재적 특징을 논구하고자 한다. 하이데거의 철학적 사유를 부분적 습득에 의존해 전체적으로 말하기 어려우나 원론적 차원에서나마 표현수단의 영역에서 두 사람의 통일성을 부여하고 형식적 요소들의 연결고리를 확인할 수 있을 것이다. 이는 본질적으로 하이데거의 철학적 사유에 좀 더 가까이 다가가기 위한 학문적 고찰이며, 김춘수 시의 문학적 바탕이 되는 존재의 시론을 이해하기 위한 텍스트 분석 작업인 것이다.

2. 하이데거의 언어관과 김춘수 시의 언어 현상

하이데거가 제시한 형이상학적 물음은 인간 존재의 양상, 즉 존재자의 존재는 무엇인가이다. 그러나 이것은 인간적 삶을 하나의 논리로 접합시킬 수 있는 고정 가능한 이론적 틀은 아니다.[14] 하이데거는 철학에 국한하지 않고 심리학, 인간학, 신학 등을 넘나들며 문학에까지 영향을 미친 학자로서 존재에 대한 끊임없는 물음을 좇았을 따름이다. 존재에 대한 물음을 던짐으로써 자기 본래의 존재성을 향한 자기 자신을 이해하는 데서 하이데거의 사유의 틀을 찾아야 한다. 그것은 언어를 통해 기술할 것을 요구하고 있다.

언어로써 이해되고 해석되는 세계 내 존재란 세계 현상의 이해로부터 시작된다.[15] 그러나 세계에 의해 규정되고 결정되기 이전의 실존적 근본 구조들을 발견하여 거기에 합당한 형식적 표식을 만들어 내기란 어려운 것이다. 그러므로 하이데거에게 있어서 존재자의 의미는 세계 내에 존재하면서도 도구는 될 수 없으며, 세계 내에 주체적으로 인식되면서도 어떤 영역 안의 보편적 개념으로 파악할 수 없는, 오로지 근원적 존재의 가능에게로의 사고 이행이다.

따라서 그 본래적 존재성이란 이론적 견해에 의해 왜곡될 수 있는 개연성이 높다. 여기에 김춘수[16]는 시가 성립되기 위해서는 언어사용이 필수 조건이라고 하면서 언어의 기능 파악을 중요시하고 있다.[17] 그리고 시와 비시(非詩)의 구별을 시인의 성실과 기량에서 찾고 있다.[18] 이것은 하이데거가 "언어는 입의 꽃"[19]이라고 하면서 언어의 본질, 다시 말해 언어는 주체적 '보여주기'[20]의 의미로 설명하는 것과 같은 맥락이다. 보편적이고 일반적인 인간세계를 문법적으로 드러내고 나열하는 데서 벗어나 있다는 말이다.

바꿔 말해 김춘수는 시를 형상화함에 있어서 언어를 제한하거나 재단하지 않는다. 뿐만 아니라 직관적 언어로써 앞뒤 문맥에 구애받지 않고 시적 자아의 주관에 따라 시어를 통어한다. 김춘수의 언어사용이 하이데거의 언어관21)과 맥을 같이하는 이유가 바로 여기에 있다. 이들 언어들이 취하고 있는 시적 오브제가 어떤 규칙으로 형성되고 있는지 간략하게 도식해보면 다음과 같다.

	하늘	구름	나무	꽃
이미지	천상	천상	지상	지상
상징	神	神	人	人
성향	의식적	의식적	의식적	의식적
형상	자연	자연	자연	자연

김춘수의 작품들에서 핵심적 언어들을 뽑아내 조응해본다면 위와 같은 동질적 매개 항이 도출된다. 시로 형상화된 이미지와 상징이 가기 다르게 진술되어 있더라도 결국은 의식적인 자연에 대한 정서적 반응으로 나타난다. 자각적인 표현이든 무자각적인 표현이든 김춘수의 작품들에서는 감각적인 형상을 통하여 자연지향성이 발현되고 있는 것이다.

김춘수의 언어 수행은 하이데거의 언어적 사유, 즉 "언어가 말하는 대로 언어로부터 받아들"22)여지는 가운데서 나왔다고 볼 수 있다. 김춘수의 언어는 그래서 자연적 언어구조를 갖고 있는 것이다. 그리하여 현대적 언어관에서는 쉽게 접근하기 어려운 측면도 있다. 이것 역시 하이데거의 언어관에서 연유하기 때문에 "무슨 암호 같아서 도대체 알아들을 수가 없"23)기도 한 것이다.

한편 김춘수의 작품에 드러나 있는 존재론적 세계관은 하이데거의 존재론적 토대 위에서 수렴된다. 하이데거의 존재론의 지평이 그대로 김춘수의 문학적 존재의 지평으로 도달하고 있기 때문이다. 하이데거의 존재론의 핵심적 개념은 <터 있음>이다. 이 <터 있음>이란 인간의 인격적 존재를 말하는 것이 아니라, 자신의 존재 자체를 의식하지 않고 개방적으로, 말하자면 자신의 실존을 해체하여 타자가 의도하지 않은 언어로써 유의미적으로 말해지는 것이다.24) 따라서 하이데거의 언어와 존재의 문제는 김춘수의 세계와 인식의 문제로 바라볼 수 있게 한다.

김춘수 시의 언어들은 하이데거의 철학적 논의에서 말해지는 것처럼 "본질적인 언어는 가끔 지극히 단순한 탓으로 비본질적인 언어로 보일 때가 있고, 또 이와 반대로 치장이 심하여 겉으론 본질적인 것으로 보이지만 실제로는 단지 읊어댄 것과 되풀이한 것에 불과한 것"25)들로 보이는 게 사실이다.

이런 양상은 1959년에 발표된 시집 『꽃의 素描』에 집중되어 나타나는 데, 그중 「눈에 대하여」를 살펴보면,

눈을 희다고만 할 수는 없다.
눈은
羽毛처럼 가벼운 것도 아니다.
눈은 보기보다는 무겁고,
우리들의 영혼에 묻어 있는
어떤 사나이의 검은 손때처럼
눈은 검을 수도 있다.
눈은 검을 수도 있다.

눈은 물론 희다.
우리들의 말초신경에 바래고 바래져서
눈은
오히려 병적으로 희다.
우리들의 일곱 살 때 본
복동이의 눈과 수남이의 눈과
삼동에도 익는 서정의 과실들은
이제는 없다.
이제는 없다.
萬噸의 우수를 싣고
바다에는
군함이 한 척 닻을 내리고 있다.

뭇발에 밟히어 진탕이 될 때까지
눈을 희다고만 할 수는 없다.
눈은
牛毛처럼 가벼운 것도 아니다.

－「눈에 대하여」전문

이 작품에서 중심어는 '눈'이다. 여기에서의 '눈'은 물론 하늘에서 내리는 하얀 눈이다. 그러나 시인은 눈이 "희다고만 할 수 없다"고 한다. 그리고 나아가 "눈은 검을 수도 있다"고 한다. 이러한 정서적 발현은 시인의 직관에서 기인하는바, 화자에 의한 감정의 자발적 언어화에서 연유한다. 이런 기법은 일반적이고 보편적인 시적 반응으로는 시인의 문학적 지향방향을 응시하기 힘들다. 서술적인 이미지의 선에서 언어가 지적 감각이 아닌, 감성적인 형태로 사용되고 있는 까닭이다.

이러한 표출 과정은 현대사회의 애로에서 탈출하려는 의도가 깔려 있다. 그러나 분명한 것은 불안을 해소하기 위한 자아의 음모가 숨어 있지 않다는 것이다. 자본주의 시대에 처해 있는 불완전한 시적 대상을 예술적 의미로 포착하여 자신의 의식세계를 나타낸 것으로 볼 수 있다. 그리하여 시 전체를 언어적 측면에서 분석적으로 해명해내지 않으면 시인의 내면 표현의 정서를 읽어내기 힘들다.

「눈에 대하여」의 작품은 앞에서 언급한 대로 이미 화자의 전제된 가치인식으로부터 벗어나 있기 때문에 앞뒤 문맥을 전혀 고려하지 않고 형상화되어 있다. 거기에는 영감의 소산물이라고 할 수 있는 상상의 언어들을 동원하여 시적 자아의 세계 탐닉만을 겨냥하고 있다. 말하자면 하나의 언어가 구체적 형태를 위해 다른 언어를 지시하지 않고 언어 그 자신만을 위해 존재한다.26)

이와 같은 언어 조직은 김춘수가 하이데거처럼 언어의 "독자성과 임의성"27)을 확보하고 있다는 의미를 지닌다. 그러므로 김춘수의 언어들은 시에서 순차적 언어체계를 넘어서고 있다고 해도 무방하다. 왜냐하면 작품에서 "눈이 검을 수도 있다"는 발언의 앞뒤에 나타나야 할 그것의 구체적 이유가 보이지 않기 때문이다. 굳이 눈이 검다고 한 이유를 찾아낸다면 10행의 "우리들의 말초신경에 바래고 바래져서"라고 할 수 있다. 그러나 그것만으로는 눈이 검은 이유의 근거가 빈약하다. 자연적인 눈과 인간의 신체인 말초신경과의 시적 거리 사이에 어떠한 정황이 제시되어 있지 않을뿐더러, 그 시적 언어들이 상호작용할 수 있는 언어의 다중성이 어느 곳에서도 보이지 않기 때문이다.

작품을 통하여 김춘수 시인의 언어관을 유추해볼 수 있는 것은 낱말의 주체적 발현이다. 통상적인 의사소통으로서의 언어 조직보다는 시로 구연되고 있는 언어들이 혼미한 상황 속에서 다채롭게 뒹굴면서 화학변화를 일으키고 있다. 때로는 생소하게, 때로는 담보 없는 설득력의 언어들로 짜여 있는 듯이 보인다. 그렇기 때문에 김춘수 시에는 관념어들이 들어설 자리가 없다. 이것은 시인의 정서가 진부하지 않고, 경직된 세계에 유연한 삶의 호흡을 불어넣는 것이라 할 수 있다.

시적 화자의 발언 의도를 정확히 끄집어내기 위해서 우선 시인의 의식적인 측면을 탐색해 들어가야 할 필요가 있다. 그래야만 시인에 의해 선택된 어휘의 독자성을 인정할 수 있는 근거를 찾을 수 있다. 그런 연후에야 작품에 씌어진 "언어에 대한 가능한 사유적 경험"[28]의 인지가 생성될 것이다. 김춘수의 작품에서 발견되는 시적 언어는 화자가 일상적인 언어구조에서 탈피하여 낱말 그 자체, 낱말의 울림을 가장 절실한 선결조건으로 아로새겨져 있다. 이것은 추상적인 관념조차 의도적으로 구사하며, 언어의 깊이를 중요시하게 여기는 기법에서 비롯되었다고 판단한다. 실상 이러한 낱말들의 쓰임은 김춘수의 시적 세계를 명명할 수 있는 원천이 되고 있다. 이를테면 김춘수의 언어들은 전체의 구조 속에 귀속되어 있는 것이 아니라, 낱말 하나하나가 정감적 색채로 독립되어 시의 골격을 이루고 있다는 말로 대신할 수 있다.

그 언어들의 존재 양태를 '자기성'이라고 칭할 수 있겠는데, 그러나 실체 개념으로서의 '자기성'은 전체적인 언어조직과 엄격히 구분되는 것은 아니다. 그 '자기성'은 단지 작품 안에서 시의 세계를 구성하기 위한 매개체다. 그러한 발상은 10년을 뛰어넘어서도 지배적으로 나타난다.

> 와서 보니 나는
> 못이더라. 몇자 깊이의 나는
> 못이더라.
> 하늘이 잘 보이더라.

하늘이 너무 잘 보이는 건 왠지 싫더라.
늘 보던 마당쇠가 어디 가고 없더라.
마당쇠야 마당쇠야 불러도
마당쇠는 어디 가고 없더라.
쓸개도 간도 없고, 훤한 대낮에
아기집만 있더라.
아기집도 결국은 못이더라.
댓자 깊이의 못이더라. 거기서도
하늘은 잘 보이더라.
하늘이 너무 잘 보이는 건 왠지 싫더라.
안개비 내리던 날, 옛날에 우리가 본
그런 어머님이 아니더라.
늘 보던 마당쇠가 어디 가고 없더라.
마당쇠야 마당쇠야 불러도
마당쇠는 어디 가고 없더라.

―「장화가 홍련에게」 전문

　1977년 시집 『南天』 속에 들어있는 작품이다. 이미 주지한 바와 같이 언어의 현대적 감각이 배제된 상태에서 이루어져 있다. 그렇게 볼 수 있는 것은 자연스런 감성의 언어들이 이미지의 정확성과 논리성을 밀어내고 그 자리에 주관적 정감만을 끌어당겨 놓고 있는 판단에서다. 고전주의 이미지즘을 내세우기는 했지만, 객관적인 인상의 나열에서 멀어져 있는 것도 이 시의 한계를 극복하는 데 중요한 역할을 담당하고 있다. 실제적으로 김춘수는 시어에 대한 천착을 시론으로써 정리해 놓고 시의 형상화 방향을 설정한 시인이다. 그의 시를 전면에 끌어올려 어떤 특성으로 규정짓기에 앞서 다음과 같은 말을 되새겨 봄 직하다.

　나에게 이미지가 없다고 할 때, 나는 그것을 다음과 같이 말할

수 있다. 한 行이나 또는 두 개나 세 개의 行이 어울려 하나의 이미
지를 만들어 가려는 기세를 보이게 되면, 나는 그것을 사정없이 처
단하고 전연 다른 활로를 제시한다. 이미지가 되어 가려는 과정에
서 하나는 또 하나의 과정에서 처단되지만 그것 또한 제3의 그것
에 의하여 처단된다. 미완성 이미지들이 서로 이미지가 되고 싶어
피비린내나는 칼싸움을 하는 것이지만, 살아남아 끝내 자기를 완성
시키는 일이 없다. 이것이 나의 수사(修辭)요 나의 기교라면 기교
겠지만 그 뿌리는 나의 자아(自我)에 있고 나의 의식에 있다.[29]

김춘수의 이 같은 논지 전개는 하이데거가 일찍이 언어의 발언[30]
에 대해 표현한 사례가 있어 주목을 요한다. 하이데거의 언어 발언
속에서 알 수 있는 것은 언어의 표현은 언어가 발언하고 곧바로 그것
을 인간이 뒤따라 발언한다는 것이다. 이것은 언어의 독립성을 강조
하는 것으로 받아들여진다. 시적 인식을 추동하는 '자기성'이 언어 속
에 내포되어 독자들로 하여금 다각적인 추론이 가능하게 표명하는
방법인 것이다.

김춘수 작품에서 시를 구성하는 언어들이 통상적으로 각기 단절된
상황으로 놓여 있는 듯이 보이는 것은 세계의 존재 양태를 새롭게 체
득하기 위한 시인의 의도적 행위에서 그렇다. 그러한 상태에서 일반
독자나 창조의 독자들은 언어의 존재적 인식을 새롭게 의미화해 볼
수 있는 기회를 제공받을 수 있다.

하나의 문장과 관계 맺는 모든 낱말들은 그리하여 한 톨의 씨앗처
럼 각기 주체적인 이미지를 확장할 수 있다. 그렇게 해서 시적 언어
들은 축소와 확대의 역설적 이미지를 만들어내고, 또 효과적으로 이
용되고 있다. 이성과 감성이 끊임없이 충돌하는 공간에 시인은 그리
하여 자유로운 주체적 존재인 언어를 계속적으로 담아놓을 수 있는

정신적 모색을 시도한다. 따라서 우리는 그의 작품들에서 근원적인 의미를 자아내는 언어들을 발견할 수 있는 것이다. 그 언어들은 내적 성찰에 의한 자아와 존재로 표현되고, 현재의 육신을 풀어헤치는 김춘수 자신의 삶의 구조를 함축적으로 제시하고 있다.

이렇게 독특한 구조로 실루엣처럼 엮어진 언어들은 숨겨진 채로 발언31) 되고 비밀스럽게 시인의 존재를 암시적으로 확대해 나간다.「장화가 홍련에게」를 비롯한 김춘수의 시들은 전반적으로 시적 자아의 정신적 초월을 보여주고 있으며, 유토피아적 반응 구도에서 멀찍이 떨어져 있다고 하겠다. 그러한 가운데 시인은 자기 성찰을 시도하고 자아의 내면세계를 해부해 나간다.

물론 시인의 정서를 하나로 규정짓는 것은 무리가 따를 수밖에 없다. 그러나 그것은 김춘수 시인이 말한 대로 그의 의식적 행위에서 찾아진다. 이를테면 위의 작품 4행부터 5행까지의 이미지는 앞의 1행부터 3행까지의 이미지와는 전혀 다른 이미지로 구축되어 있다고 하겠다. 또한 7행부터는 또 다른 이미지들이 나열되어 앞의 이미지와는 상관없는 언어들로 연결되어 있다.

김춘수에게 있어 그 의식적 행위로써의 이미지 단절의 형상화 방법은 자족적이라기보다는 허무적 자세를 극복할 수 있는 가능성을 높여준다. 따라서 어떤 형태로든 언어의 위치를 자기의 입장과 관계를 짓고 언어와 인간이 병행하는 공간구조를 갖고 있다고 하겠다. 그에게 있어서도 언어를 "보이게 하는 주체가 인간이 아니며, 또한 보이게 하는 것이 단순한 모방이나 재현을 뜻하지도 않"32)기 때문에 하이데거의 언어관과 동질성을 띤다.

「장화가 홍련에게」뿐만 아니라, 그의 많은 작품의 언어들이 이성적 논리 속에 매몰되어 있지 않으며, 그 낱말 하나하나가 주체적 '자기성'을 유지하고 있는 것은 시인이 의도적으로 이미지를 꾸미지 않는 것과 관계된다. 그러므로 김춘수 시의 이미지들은 지나치게 분산되어 있는 느낌을 갖게 한다. 앞의 시에서 '나'와 '못'의 관계, '못'과 '하늘'과의 관계, '하늘'과 '마당쇠'와의 관계, '마당쇠'와 '아기집'과의 관계, '아기집'과 '못'과의 관계, '못'과 '어머니'와의 관계, '어머니'와 '마당쇠'와의 관계는 얽히고설킨 가운데 시인의 의식적 발언 행위의 의의를 가질 뿐, 정서적 상관물로써의 관계망은 무화되어 있다. 한마디로 말하자면 작품 속에서 제 각각의 언어로 존재할 뿐이다.

따라서 작품 속의 언어들은 신과 인간들 사이에서 중개자 역할을 담당하는 시인과 같은 존재로, 즉 일상적 언어관에서 보이는 논리적 과제에서 일탈하여 타자─독자들로 하여금 많은 상상력을 갖게끔 열려 있는 존재적 위치로 놓여 있는 것이다. 그리하여 시로 분출된 각각의 언어들은 앞뒤의 의미관계를 떠나 일차적으로 자기 고유한 존재를 가진다. 이것이 결핍과 부재힌 신의 시내에 심춘수가 추구한 시의 형태다.

니체가 신이 죽었음을 선언한 이래, 기표들을 규범적으로 결합하여 의미화한 과학적 언어는 인간의 행위뿐 아니라, 문학 수용자들의 본능적 감수성까지 제약하고 있다. 이러한 과학적 언어의 결함을 선험적으로 구획해 놓고, 그 반대 개념으로 신적 언어를 상정해볼 수 있겠다. 신적 언어는 우선 규범적 문장 형태에 얽매임 없이 가장 은밀하면서도 가장 유용하게 씌어지는 것으로 설명할 수 있다. 이것은 문학예술의 기원에서 찾아볼 수 있는 '자기표현본능설'의 또 다른 견해에 속한다. 이와 같은 생각은 '자기표현본능설'이 "고대부터 지속되어 온 영감론의 근대적 표현"33)으로 뒷받침되고 있기 때문이다.

언어는 자신의 정서를 각기 나름대로 소리를 내어 보여주는 인간 활동이다. 더구나 시의 언어는 사회적 합의에 의한 규범의 틀을 뛰어넘어야 한다. 그러므로 과학적 언어가 의미의 연속적인 것이라면, 신적 언어는 의미의 불연속적인 것에 해당한다. 또한 신적 언어는 의미 이전의 기표만으로 이루어진 문학예술로 한계가 그어진다. 그러나 문학의 본질과 기능에 대해서도 신적 언어는 순간적인 감정배출로 경시되고 더는 한 개인의 주관적 정서나 신념의 표현으로 부여받지 못하고 있다.34) 필연성의 원리만이 내재된 과학적 언어는 신비나 영혼 같은 정신적 권능을 배제함으로써 인간의 창조적 자유를 박탈하고 실증주의를 바탕으로 한 인위적 법칙만을 생산한다. 곧 과학적 언어는 근원적이며 원초적인 예술적 감성을 은폐시키는 도구라 할 수 있다. 관습적이고 기계적인 사고의 틀 역시 인위적 법칙의 결과다.

기표의 내면성을 외적 의미로 끌어올리는 과학적 언어사용은 합리주의로 받아들여지면서 예비적 지식에 근거한 물음의 영역만을 보증한다. 이러한 언어들은 시의 결정체인 떨림의 현상이나 심연의 여정을 지배하면서 인간의 내면을 실험의 대상으로 몰아넣을 수 있다. 실로 사물을 직관적으로 인식한 후 보편적 이해가 가능한 언표행위로 수행시키는 것이 우리의 전통적 시학이었다. 인간의 획일적인 사고나 사유의 변질 등이 과학적 언어가 갖는 모순의 부작용일 터다. 그런 까닭에 현대인은 자신의 능동적 행위만큼 무상함도 커져 스스로 소외되고 단절된다. 과학적 언어사용에 의한 무상함은 근대 이후 일상적이고 공식적이다. 이 일상성과 공식성의 무상한 현상계로부터 탈출하기 위해서는 무엇보다 인간의 근원적이고 본질적인 신적 언어들로 되돌려 놓아야 한다.

　과학적 언어들의 결함을 안고 존재론적인 사유체계로 전환하여 신적 언어로써 세계를 인식한 시인 김춘수. 그의 작품들에서는 기술적이고 불구의 과학적 언어로부터 일탈하기 위한 자기 성찰의 철학적 방식이 내재해 있다. 그리하여 주제의식은 자연히 인간의 과거에로 소급해 올라가는 내용과 직결하되, 인간의 기본적 감성을 그대로 발산하는 듯한 신적 언어를 보여준다.

　김춘수 시의 존재양식과 철학적 사유는 아래의 그림과 같이 시의 프리즘을 통해 신적 언어의 의미망을 형성한다. 여기에서 우리는 김춘수가 하늘·꽃·구름·나무 같은 자연물을 시적 오브제로 사용하고 있다는 것을 알 수 있다. 그런데 시인은 그것들을 취사선택하여 관념적인 소재의 자연물로 인식하는 데 머물러 있지 않고 서정적 심상에 의해 열림의 공간으로 끌고 나간다. 즉 하늘/꽃, 구름/나무 또는 구름/꽃, 구름/하늘이 서로 상보적인 관계에서 시인의 신적인 행위로 치환되어 움직인다. 그렇기 때문에 김춘수 작품의 모든 어휘들은 동질적 관계이다. 결국 그의 시적 자아는 지상적 공간의 재료를 취하여 천상과 지상을 매개하는 변형의 원리를 갖추고 있다.

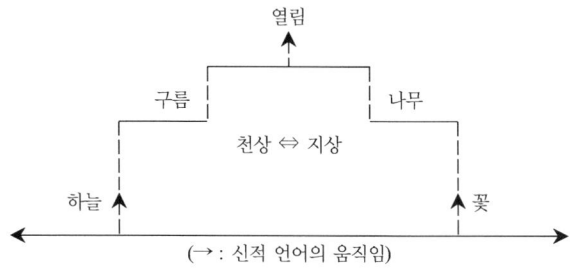

김춘수에게 있어 하나의 작품을 하나의 의미로만 규정하는 것은 인간의 지시 혹은 지침의 결과물로 간주하는 것과 같다. 그리하여 그가 선택한 언어는 여러 가지 해명의 가능성으로 분절되어 있다. 시인은 하이데거의 견해대로 "궁핍한 시대의 성스러운 사제"이기 때문에 다시 도래하지 않는 신의 부재와 결핍의 자리에서 신과 인간을 중매하는 책무를 지닌다. 신의 부재와 결핍이 자신의 불안으로 나타날 때, 인간의 정체성 균열의 근거를 깨뜨릴 수 없게 되고 다만 비애의 정서만 낳는다. 나아가 인간적 갈등이나 혼돈을 신의 완전성으로 강제 진전시키려 할 때, 경험적 진실성이 종교적 신비주의에 전화되어 빈곤한 관념의 톤으로 작용한다.

김춘수는 신과 인간 사이에서 은폐된 존재의 길을 내어주는 시인이고 비밀을 사유하는 존재들의 증인이다. 그는 또한 신과 인간 사이의 중개자로서 스스로 현실인식에 대한 인간적 갈등을 차단하고 치유하는 데서 출발한다. 그것은 신이 도래하지 않을 것임을 자각하고 인식한 결과에 따른 것이다. 시대의 변화 양상을 통찰하고 냉철하게 탐색하는 것이야말로 신의 부재와 결핍의 자리에서 능동적으로 대처하는 방법이다.

신의 위력에 지배당했던 인간이 이제 신을 기만하고 배반하는 것은 아이러니이다. 집단의 혈연적 유대를 담지하고 있던 신의 절대성이 부정되고 자아와 세계의 관계 형성을 상대성 원리에서 찾는 현대 철학과 더불어 문학에서도 현실을 지배하는 감성적 계보의 상징적 주체들을 모색하고 있는 터다. 그러한 가운데서 김춘수는 신적 언어 양상을 통해서 일관된 신적 세계로의 지향을 구현하고 있는 것이다.

그의 시세계에서 지상적 존재와 천상적 존재의 매개체는 앞에서 말한 바와 같이 하늘·구름·나무·꽃 등의 자연물이다. 이 자연물들은 시인의 상상력에 의해서 신과 인간을 공존케 하는 기반으로 작용한다. 바꿔 말하면 그의 시는 자연을 객관적 상관물로 한 언어적 형상화를 통해 신의 목소리로 표출된다. 이때 시적 자아는 신에 대한 인식적 가치를 지속시킬 수 있는 공간을 확보해 나가면서 신과 인간의 분리된 존재태로 강화해 간다. 김춘수는 이미 첫 시집 『구름과 薔薇』에서부터 이러한 신적 공간을 범상치 않게 마련해 놓았다고 볼 수 있다.

> 저마다 사람은 임을 가졌으나
> 임은
> 구름과 장미되어 오는 것
>
> 눈 뜨면
> 물 위에 구름을 담아 보곤
> 밤엔 뜰 장미와
> 마주 앉아 울었노니
>
> 참으로 뉘가 보았으랴?
> 하염없는 날일수록
> 하늘만 하였지만
> 임은
> 구름과 장미되어 오는 것
>
> ―「구름과 薔薇」 전문

시에서 '구름'과 '장미'가 우주공간 안에서의 분리의미를 보이는 것 같다. 그러나 이것은 시인의 언어조직에 의한 대칭 구조에서 비롯된 것이므로 그 둘은 각각 하늘과 땅에서 확장된 기능을 수행하면서 오히려 우주의 존재 범주 내에서의 안정감을 부여하고 있다고 해야 할 것이다. 그 사이에서 시적 자아가 우주의 중심축이 되어 천상과 지상을 융합시키는 의미를 담고 있다. 즉 서로 반대의미를 지닌 상징적 세계 사이에서 시인은 언어라는 기호를 통해 절대순수 지향을 보여주고 있다. 소박한 일상에서 존재의 한계성을 인지하고 있는 화자가 정체성의 변화를 드러내기인 것이다. 이것은 시인의 원시적 건강성과 문명 비판적 태도와 직결된다.

이 같은 절대순수의 지향은 시적 자아와 자연과의 유기적인 결합에 의해 확보되고 있는 것은 물론이거니와, 그것이 참된 세계의 단계로 진입하게 하는 기제로 살아난다. 현상과 본질로 상징되는 각각의 지상적 존재들과 천상적 존재들과의 영원한 상극의 거리를 언어로써 이어주고 있음을 두 번째 시집 『늪』에서도 확인된다.

언제나 하늘은 거기 있는 듯
언제나 하늘은 흘러가던 것

아쉬운 그대로
저 봄풀처럼 살자고
밤에도 낮에도 나를 달래던
그 너희들의 모양도

풀잎에 바람이 닿듯이
고요히 소리도 내지 않고
나의 가슴을 어루만지던
그 너희들의 모양도

구름이 가듯이
노을이 가듯이
언제나 저렇게 흘러가던 것

―「하늘」 전문

천상적 존재인 '하늘'과 지상적 존재인 '나'가 묘사되면서 천상과 지상의 존재를 갈라놓은 양상을 띠고 있다. 하지만 이면에 감춰진 본래의 자아는 천상을 향한 화해의 손길로 녹아들고 있다. 그것이 구체적으로 2연과 3연에 고스란히 묻어 나오고 있다고 할 수 있겠는데, 시적 대상인 하늘과 시적 화자인 자아가 내면의 동일성으로 나타나고 있는 것이 이 시의 특징이라면 특징이라고 할 수 있다. 시인이 설정한 이러한 방식은 시적 대상과 자아와의 거리 좁힘이다. 여기서는 '하늘'이 대상이고 '풀'이 자아로 설정되어 있는 것이다. 그리하여 천지 간, 즉 천상적 존재와 지상적 존재 사이의 간극이 시인의 특유한 시적 방식에 의해 좁혀가고 있다. 따라서 인용 시에 쓰인 모든 어휘들은 시인으로부터 독자적인 의미를 부여받은 신적 언어의 개체이다. 그 개체들은 시인이 신적 세계를 지향하는 상징적 의미를 반영한다.

이후 그는 계속 현대사회의 규범적이고 일상의 관습적 언어사용으로부터 벗어나 다양한 의미해석이 가능한 신적 언어 형태를 보여준다. 이는 궁극적으로 끊임없이 인간을 신적인 공간으로 이끌어 가기 위한 시인의 정신적 활동이다. 그것이야말로 인간과 사물을 관계 짓는 일이며, 언제나 나약하고 연약한 인간으로서 의지의 대상, 곧 신에게로의 눈뜸이다.

신의 중개자 역할이 적극적으로 드러나는 것이 1969년에 발표된 시집 『打令調·其他』에서이다. 시인은 여기에서 병적 자의식을 통해 인간적 욕망의 자유로운 해방을 가다듬고 있으며, 신과 인간 사이의 의사소통 부재를 치유하기 위하여 하느님과 교분하고, 신의 힘과 능력에 귀 기울이는 백성에게 눈길을 보낸다. 또 오로지 탐욕에서 헤어나지 못하는 지상적 권력을 폭로하면서, 불합리한 자본주의 생산방식을 포착해낸다. 물론 이들 모든 작품은 사상의 깊이와 시적 의미가 지시적 대상으로 나타나기보다는 신의 신성한 자격을 부여받은 시인에 의해 감성적으로 드러나고 있다. 시인이 신적 언어로써 단순한 자연적 공간의 정서를 앙양시키는 삶의 세계로 채색해 가는 셈이다. 이런 부분들은 시인이 어떤 절대적인 세계의 준거의 틀을 일순간 소멸시키고 탄력적인 사유의 역동성을 창출하겠다는 의도에서 비롯된 것으로 볼 수 있다.

김춘수 시인의 주관적 정조는 신을 향유하고 과거를 이해하며, 자신의 법칙 속에서 삶과 자연이 하나가 되는 탄력적인 접합을 찾는 데 있다. 그는 과거적인 관심의 물음을 내보이면서 자신의 육체성을 구심력으로 세계 내 모든 존재성의 차이를 끊임없이 길어 올린다. 물론 이러한 판단은 비밀스러우면서도 자기 주체적으로 발현되는 신적 언어의 본질을 벗겨내기 전에는 알 수 없다. 그리하여 신적 언어가 지배하는 성스러운 공간에서 김춘수로부터 일차적으로 간과하기 쉬운 것은 그의 시론 『의미와 무의미』를 무비판적으로 받아들여질 수 있다는 점이다. 시인의 이론만 믿고 그의 시세계를 장황하게 논의해 나가거나 시인의 상상력에 바탕을 두고 한 편의 작품을 실제 삶과 연결시키는 유추 해석은 일면적인 접근과 다름없다. 그것은 비평적 사고 즉 작가정신과 정신적 행위 즉 창작과정에서 오는 괴리감이 발생할 수 있는 위험성이 있기 때문이다.

지속적으로 김춘수는 신과 인간을 중개하는 임무를 다하기 위하여 신에게로의 인식을 강화시켜 나간다. 이미 앞에서 살펴본 「꽃을 위한 서시」에서도 그러한 세계가 드러난다. 여기에서 세계를 지배하는 개인의 욕망은 시적 화자로 묘사된다. 그러므로 작품 속의 '나'는 파괴적인 권력을 상징한다. 반면에 '너'는 억압된 현실 속에서 자유에의 꿈을 실현하려고 부단히 노력하는 지상적 존재의 표상이다. 그러나 여기서는 그러한 대결과 갈등을 무화시키고 대신 지상적 존재인 '너'로 하여금 "무명의 어둠에/추억의 한 접시 불을 밝히"는 조력자의 구실을 하고 있다. 이것은 현실 원칙이 아닌 원시 신화세계로의 사고행위이다. 이렇듯 위의 시는 참 생명줄을 이어주는 알레고리적인 의미를 가지고 있다. 그만큼 김춘수의 시가 천상적 존재의 손길을 거두지 않는 대자연적인 신화적 상상력의 깊이를 더해가고 있다는 말이 된다.

같은 시집에 실려 있는 「바람을 조금만」에서는 신과의 융화를 꾀한다. 여기서의 신은 '당신'으로 표상되고 있으며, 연약한 인간으로서 우주적 힘을 소유한 신에게 순순히 순종하는 모습을 띤다. 물론 '당신'을 신이라고 쉽게 단정 지을 수는 없다. 그러나 "바람을 조금만 보내시어"의 부분과 "한 마리 새를 날리시든지"의 시행에서 어느 정도 그러한 성격을 드러내 준다고 말할 수 있다. 그러나 그것들은 모두 시인이 의도적으로 신의 부재와 결핍을 강하게 인지시켜 독자들로 하여금 복합적인 가역 반응을 일으키게 하는 데 긴요한 역할을 담당하고 있다.

그의 후기작품이라고 할 수 있는 시집 『의자와 계단』에서 그러한 신의 부재 인식태가 압도하고 있다. 특히 작품 「놀」에서 '어머니'는 천상적 존재로 대표되는 '하늘'과 생명을 교감하는 동력원이 되고 있다. 하늘이 신의 세계로 이루어진 것이라면, 어머니로부터 느끼는 인간의 모습은 모성적 삶의 세계인 것이다. 김춘수는 여기까지 긴장이 응축된 시적 면모를 보이다가 시집 『쉰한 편의 悲歌』에 오면 시적 긴장은 상당히 절감되는 반면, 신적 언어에 의한 신과 인간의 중매자 역할은 더욱 활발히 수행된다.

> 옛날에
> 옛날이란 말이 있었지,
> 지금은 어디 있지,
> 옛날은 어디 있지,
> 옛날은 다 꾸겨진 휴지조각일까,
> 아침에 눈 뜨면
> 어디선가 귓전에 다가오는
> 그것은
> 소리내지 않는 큼직한 쇠방울 같은 것,
> 지긋이 어깨 누르는,
>
> 저 멀리 산 너머
> 새 한 마리 어디로 가지,
>
> ―「悲歌를 위한 말놀이·9」 전문

　여기에서 '쇠방울'은 옛날과 오늘날을 잇게 하는 매개물이다. 그것
은 과거와 현재의 공간을 청각적인 움직임으로 연결시켜주는 역동적
인 삶의 태도와 관련된다. 이렇게 본다면 "저 멀리 산 너머/새 한 마
리 어디로 가"는가에서 '새'는 바로 '쇠방울'과 같은 역동적인 존재이
면서 신과 인간을 중개하는 시인의 자아로 그려낸 대표적인 경우에
해당한다. 그래서 시인은 신비주의적 감성을 발판 삼아 신의 근원적
삶의 인식에 도달하게 된다.

　이보다 20년 앞서 나온『비에 젖은 달』중「둘째번 마리아」에서 시
적 화자는 "눈 한 번 곱게 감고/거기가 하늘인 듯/하늘 한쪽에"서 잠
을 깨지 않고 있는 마리아의 숙명적 생을 엿보기도 한다. 이것은 인
간적 허무주의의 심연을 마리아를 통해 비껴가는 언어 전략의 일환

이다. 이러한 언어 전략은 김춘수가 이성과 지성 중심의 근대정신으로부터 일탈한 데서 연유한 것이라 하겠다. 이 인간적 정신의 순수함은 시인이 "난 구름이고 새"(「어릿광대」)의 입장에서 자신의 실존을 간접적으로 드러내 보여준다.

김춘수 작품들은 지구상의 자연과 긴장을 일으키며 신과 맞닿아 있다. 인간의 순수 정신에 입각한 신으로의 지향성은 시인의 근원적이고 본질적인 것이라기보다는 고립되고 유토피아적인 주관적 자아 해체에 가깝다. 그럼으로써 시인은 획일적 이성과 논리만이 지배하는 세계와의 관계 속에서 인간의 고유한 본질인 감성적 언어를 불어넣는 일에 노력하고 있는 것이다. 그렇게 하는 것이야말로 선함과 악함을 임의로 구별 짓는 인간의 불합리한 인습을 떨쳐버릴 수 있는 것이다. 그런 만큼 김춘수 시인을 불확정적인 세계 내에서 모든 존재양식을 고착시키는 존재로 간주되어서는 안 되고, 애매모호한 언어들로 사물을 펼쳐놓는다고 단순화시켜 말할 수도 없다.

그의 작품들은 신의 부재와 결핍의 자리 위에 올려져 있으며, 그 가운데서 시인은 인간과 신의 중개자로서의 역할을 충실히 해낸다. 위에서 이미 살펴보았듯이 시인은 대자연을 통해 지상적 존재들과 천상적 존재들이 서로 끌어당기는 관계를 유지하는 데 힘쓴다. 그것은 김춘수가 신의 결핍과 부재의 자리에서 근원적인 인간의 본성을 잃지 않기 위한 작업이라는 점에서 의의가 있다고 할 것이다. 근본적으로 그는 일상적이고 공식적으로 씌어진 계산적 문장이나 이성적 설명을 배타시하고 일종의 반이성적이고 감성적 언어로써 시를 구축하는 방식을 시도하고 있는 것이다.

문학창조의 과정에서 이성이 작동되는 순간 감성은 파괴된다. 감성으로 이성의 소리를 멀리하고 본능의 소리에 귀 기울일 때, 신적 인식의 틀에서 언어를 포착할 수 있는 것이다. 그러므로 시인은 감성적 언어를 통해 이성의 언어를 깨뜨릴 수밖에 없다. 신과 인간의 중개자로서의 김춘수는 그리하여 이성적 언어에 의한 순환적 물음들의 고리를 끊고, 서정적 자아의 감성적 언어로써 현재적 불안을 털어내는 데 온힘을 기울이고 있다고 하겠다.

그러한 진리의 언어와 존재의 진리가 어떻게 예술작품으로 나타나는가. 또 존재의 본성이나 본질은 세계 내의 다른 사물들 사이에서 어떻게 의미화 되는가.[35] 이러한 문제 인식은 김춘수의 작품에서 언어의 형태로 설명할 수 있다. 그러나 이것 또한 특정한 방식으로 해석되어지는 것이 아니라, 하나의 물음에 대한 반응조건으로 행해지는 것이므로 본고에서는 하이데거의 논리에 따라 분석할 수밖에 없는 한계를 지닌다. 언어의 형태로써 시인의 존재의 진리를 객관적으로 모두 파악하기에는 어려움이 있다.

> 사랑이여, 너는
> 어둠의 변두리를 돌고 돌다가
> 새벽녘에사
> 그리운 그이의
> 겨우 콧잔등이나 입언저리를 발견하고
> 먼동이 틀 때까지 눈이 밝아 오다가
> 눈이 밝아 오다가, 이른 아침에
> 파이프나 입에 물고
> 어슬렁 어슬렁 집을 나간 그이가
> 밤, 자정이 넘도록 돌아오지 않는다면
> 어둠의 변두리를 돌고 돌다가
> 먼동이 틀 때까지 사랑이여, 너는
> 얼마만큼 달아서 병이 되는가,

병이 되며는
무당을 불러다 굿을 하는가,
넋이야 넋이로다 넋반에 담고
打鼓冬冬 打鼓冬冬 구슬채찍 휘두르며
疫鬼神하는가,
아니면, 모가지에 칼을 쓴 춘향이처럼
머리칼 열 발이나 풀어뜨리고
저승의 산하가 바라보는가,
사랑이여, 너는
어둠의 변두리를 돌고 돌다가……

-「打令調」 전문

역신이 처용의 아내를 범하고, 처용이 역신과 맞서 싸우는 한국 중세 전기 문학의 '처용춤'을 중심 모티프로 한 「打令調」이다. 이 작품은 반복과 회귀의 편력에 기울어져 있는 작품이다. 들뢰즈(G. Deleuze)에 따르면 반복과 회귀의 원리에 가정된 존재의 대상은 이중적인 의미를 띤다고 한다.36) 그러기에 김춘수의 「打令調」 역시 한 가지 의미로만 볼 수 없다. 즉 이 시의 한쪽에는 고전적 시간성이 내재해 있고, 다른 한쪽에는 현실성을 요구하는 사람들에게로의 진리의 모티프가 주어져 있다고 하겠다.37) 앞의 것은 「打令調」 중심 주제가 잡귀를 물리치는 신라의 「處容舞」와 닮아 있기 때문에 시간의 경계를 허물고 신화적 작용을 한다. 신화적 작용으로 말미암아 이 시를 시인의 역사성-시간성에서 기인한 회귀의 원리로 수용할 수 있게 한다. 뒤의 것은 신이 부재한 현실적 관점에서 역신과 맞서는 삶의 방편을 추구하려는 것으로 볼 수 있겠는데, 결국 이렇게 본다면 인간의 언어로써 삶의 의미를 갖추는 자체가 진리의 모티프로 볼 수 있게 되는 것이다.38)

그런데 이 두 가지의 가설에서 알 수 있는 것은 신의 결핍과 부재에서 벌어지는 수호신격의 존재이다. 즉 김춘수 시에 드리워진 언어의 존재가 수호신격으로서의 자격을 갖추고 있다고 볼 수 있다. 처용의 구실을 여기에서는 구체적 인물 대신 '사랑'이라는 언어가 춤을 추며 질병과 죽음을 물리치는 방향으로 전개되고 있기 때문이다.

「打令調」는 따라서 시인이 의도했든 안 했든 간에 감성의 미학에 있으며, 폐쇄적인 인간의 활동을 통해서가 아니라, 개방된 언어의 존재들로 하여금 민족의 신화적 분위기를 전면에 끌어내는 것으로 파악할 수 있다. 여기에서 시인의 회귀적 상상력의 원숙함을 엿볼 수 있다. 그러하기에 김춘수는 자신의 회귀적 상상력에 의해 자아의 내면에 흐르는 본질적인 언어 존재의 탐구에서 헤어나지 못하고 있는 것이다. 그러나 시인은 인간과 사물의 존재가 서로 고유함을 회복할 수 있도록 관계를 짓고, 거기에 즈음하여 존재의 특수성과 차이성을 인정하는 언어적 의미를 부여하고 있다.

김춘수의 시에서는 자기를 중심으로 한 존재의 진리[39]가 발아한다. 존재의 진리를 사유하는 것이 하이데거의 철학적 과제[40]였다면, 김춘수 시인 마찬가지로 존재의 진리를 사유하고 생명체에 대한 존재의 진리를 추구하였다고 말할 수 있다.[41] 또한 하이데거가 현대의 진단을 통하여 근원적인 존재의 회귀를 구가[42]하였다면, 김춘수 시인 역시 현재의 입장에서 자신의 시작(詩作)과정을 비판적으로 따져 보는 일환[43]으로 신화의 의미와 회귀성의 원리를 좇았다고 하겠다.

3. 하이데거의 존재론과 김춘수 시의 존재 기능

하이데거의 존재론은 어떠한 대상을 이해하지 않고서는 아무런 존재론적 이해도 불가능한 기초존재론 입장에서 출발한다.44) 기초존재론에서 언어와 존재자와의 소통은 언어 자신의 내용을 통해 이루어진다.45) 하이데거의 이와 같은 존재에 대한 물음에서 부여받게 되는 것은 "세계가 세계 내부 존재자들을 만나도록 하는"46) 가능 조건들이다. 말하자면 그 가능 조건의 기류를 포착하는 것이 하이데거의 존재론을 밝히는 관건이 된다.

그러나 하이데거의 논의들에서 적절히 드러나는 것은 언어와 존재를 각각 떼어놓고 둘 다 두드러지게 돋보이게 할 수 있는 신념이다. 달리 표현하면 모든 현상들 스스로가 내보일 수 있는 주체성을 필요로 한다.47) 그 필요성 중에서 존재자는 이해 가능성에게로 기획 투사되어야 하는데,48) 예술작품에서의 말함의 본질을 우선 파악해야 존재론적 구조를 바로 설명할 수 있을 것이다.

하이데거는 존재론적 구조 파악을 위해 시간성과 언어를 밀접하게 연결시키고 있다.49) 시간성은 존재자를 만나게끔 하는 역사로 해석해볼 수 있다. 그런데 그것은 작품의 언어들을 인식해 가는 과정에서 고찰하지 않으면 획득하기 어려울 것이다.

김춘수의 존재론 마찬가지로 시간성과 언어의 관계설정부터 시도하지 않으면 작품 내의 존재에 대한 탐구는 불가능하다. 그러나 이 방법 또한 과학적 증명이 아닌, 추리와 가설에 따라야 하므로 작품에서 진술된 언어 속에서 존재론의 양상을 드러내야 한다. 그러나 이것 역시 "그 발언이 발현되고 있는 존재자를 그 자체에 있어 보이게 해줄 때에만, 우리는 그 발언에 대해 발견이라고 말할 수 있"50)을 따름이다.

하이데거에 따르면 침묵하는 진술 방식이 예술이다.51) 이것은 말하고자 하는 바를 철저히 숨겨놓고 인간의 일차적 언어인 감성적 언어로써 피안의 세계를 구성하는 것으로 이해할 수 있다. 이러한 방법은 존재의 언어와 인간의 언어 사이에서 잉태되는 조화와 동조의 관계를 필요로 하지만, 반드시 그대로 일치하지 않아도 된다. 왜냐하면 시의 의미화는 머리로 이해되는 것이 아니라, 시에 쓰인 언어의 의미를 실존적으로 수행하고 경험하는 데서 발현되기 때문이다.[52] 다만 거기에는 존재의 근원적인 문제들을 유발시키기 위한 창조의 시간을 요구받고 있다.

김춘수의 시들 가운데 존재에 대한 물음이 제시된 대표작 「꽃」을 보면 존재성과 언어의 관계를 목도할 수 있다.

내가 그의 이름을 불러주기 전에는
그는 다만
하나의 몸짓에 지나지 않았다.

내가 그의 이름을 불러 주었을 때
그는 나에게로 와서
꽃이 되었다.

내가 그의 이름을 불러 준 것처럼
나의 이 빛깔과 향기에 알맞은
누가 나의 이름을 불러다오.
그에게로 가서 나도
그의 꽃이 되고 싶다.

우리들은 모두
무엇이 되고 싶다.
너는 나에게 나는 너에게
잊혀지지 않는 하나의 눈짓이 되고 싶다.
                             - 「꽃」 전문

여기에서 감성적 언어는 정교하게 걸러져서 상징적 표현으로 변환된다. 따라서 시적 자아로부터 탐색된 '꽃'은 화자의 상상력에 풍화되어 싱징적 이미지로 묘사되고 있음을 알 수 있다. 그러나 그것은 시적 자아가 아무 때나 대상을 이미지화하는 것이 아니라, 어떤 대상이 있을 때, 그 대상을 완전한 인격체로 간주하고 대상에 대한 직관적 감정이나 정서의 여과과정을 거친 후 이루어진다. 그리고 나서 자아와 대상의 상호 교섭 행위의 존재방식으로 표출해 나간다.

하이데거가 존재를 언어로 고찰하였듯이[53] 김춘수의 「꽃」은 시적 자아의 고유한 언어로써 시인의 상상력에 의해 하나의 존재자로 태어나고 있다. 곧 특정한 언어들이 시적 자아에 의해 실존적 존재자로 보장되면서 그 시적 자아와 언어가 상호 의존관계로 설정된다.[54] 그리하여 비로소 시의 고유한 빛을 발하게 된다. 그렇게 시세계가 펼쳐지는 과정에서 언어들은 개별존재로 사용되고 주체적 존재성을 부여받게 되었다고 하겠다.[55]

그러한 존재양식이 언어들로 하여금 시인은 시적 대상에 대한 구체적인 존재의 명명을 제시하기에 이른다. 시인은 제일 먼저 언어 주체의 의미를 불러 세우는 것으로 시작하고, 그렇게 함으로써 자아의 대상인 꽃도 의존할 수 있는 존재자로 볼 수 있게 생겨난다. 그러므로 '꽃'을 한 사물로가 아닌, 어떤 장벽도 갖고 있지 않은 인간의 자유로움의 대상으로 바라보게 된다.

「꽃」은 그러하기에 의미를 부여받기 위한 시간을 갖는다. 시적 자아가 사물에게로 자신의 모습을 투영시키면서 하나의 존재로 부여할 수 있는 여유가 있어야 하기 때문이다. 그렇기 때문에 김춘수도 "존재자의 존재를 전면에 끌고 와서 그래서 존재 자체가 밝히 드러나도록")56) 시간성의 매개 고리를 찾고 있다. 그것이 김춘수가 가지고 있는 상징체계 속에서 궁극적 언어의 존재에 대한 의미 부여인 것이다.

김춘수 시의 언어들은 그 자체로 존재자가 되어 다른 존재의 언어들과 씨줄날줄로 위치 지워져 있다. 이것을 언어의 존재태로 명명할 수 있다면, 그 존재태들이 세계 내의 물음57)을 낳고 또다시 그 물음들은 다른 세계를 구축하기 위한 존재태로 돌아오게 된다. 그러한 양상이 언어의 "시간적 순환"58)을 가능하게 하는 준거가 되는 것이다. 이러한 논리에서 「悲歌를 위한 말놀이」 연작시는 하이데거의 길 내주기59) 언어관 기법을 잘 보여주고 있다

책 속에는 아무도 없었다.
누가 지나간 흔적이 있다.
발자국이 희미하게 나 있다.
나는 기다리기로 했다.
해가 중천에 있었다.
대낮이다.
앵두나무가 한 그루
그늘을 오므리고 있었다.
심심한 모양이다.
혹시나 그 발자국
네안데르탈인의 것인지도 모른다.
너무 희미해서
잘 모르겠다. 나는 그래도
더 기다려야 했을까.
지금도 나는 그 책 속에는
아무도 없었다고 감히
말한다.
앵두나무는 아무 말도 하지 않았으니까
그냥 그대로 서 있었으니까
그늘만 오므리고 서 있었으니까

아무도 오지 않고 대낮에
너무 햇살이 따가워 나는 할 수 없이
책을 닫았다.
-「悲歌를 위한 말놀이·7」 전문

시 제목에서 알 수 있듯이 인용 시는 말놀이에 무게를 두고 있다. 여기에서의 말놀이라는 것은 기지(wit)나 유희(pun)에 그쳐 있는 것이 아니라, 역설적 언사로 보게 된다. 말하자면 시적 자아의 사유의 자유에 의해 언어의 외연을 넓혀가는 것으로 볼 수 있다. 책 속의 무언가를 발견한 시인이 그 발견된 주체에 대한 주제 의식적으로 통일된 상징성을 배가시키지 않고, 말놀이 방식으로 언어가 언어를 낳는 순환성을 배태시키고 있다.

그러한 언어들, 즉 책·발자국·해·대낮·앵두나무·그늘 등이 말해짐에서 어떠한 반응 태도를 서술하는 대신, 그러한 언어들 자체에 따라 독자들로 하여금 무엇을 사유하게끔 한다는 것,60) 특히 말해진 언어들 속에서 각각의 낱말들은 자신의 고유한 언어로서의 존재적 표상을 드러내주고 간접적으로 존재 의미를 보여주는 것이다.

시 「꽃을 위한 서시」 역시 김춘수의 존재론적 시간성이 표면에 잘 잘 드러나 있는 작품이다.

나는 시방 위험한 짐승이다.
나의 손이 닿으면 너는
미지의 까마득한 어둠이 된다.

존재의 흔들리는 가지 끝에서
너는 이름도 없이 피었다 진다.
눈시울에 젖어드는 이 무명의 어둠에

추억의 한 접시 불을 밝히고
나는 한밤내 운다.

나의 울음은 차츰 아닌 밤 돌개바람이 되어
탑을 흔들다가
돌에까지 스미면 금이 될 것이다.

······얼굴을 가리운 나의 신부여,

　　　　　　　　　　　　　　　　　－「꽃을 위한 서시」 전문

　인간은 본래부터 세계와 대립하는 가운데서도 화해의 통로를 찾는
데 고심해 온 것이 사실이다.[61] 그러기에 시인 자신이 본질적 가치를
내면의식에 끌어들여 존재양태를 창조적으로 형상화하기까지의 과
정은 지난한 것이다. 그리하여 김춘수의 시적 화자는 "추억의 한 접
시 불을 밝히고" "한밤내" 울면서 "탑을 흔들다가/돌에까지 스며"드
는 금(金)과 맞닿게 되는 것이다. 그 지난한 과정에서는 또한 사물에
내재하는 언어들의 존재를 명명하기 위한 고뇌의 시간이 필요하다.
　존재자를 창조하는 시인의 상상력을 통하여 시적 언어들이 무수한
존재태들로 놓이고 더불어 서정적 자아의 의식적 어조가 발현되는
동안에 존재의 의미들이 자연스럽게 펼쳐지고 있다. 이 형상화는 시
인의 자유로운 연상 작용에 의한 것으로 볼 수 있다. 이것이 존재와
의 만남을 향한 '열려 있음'이다. 여기에서 열려 있는 시간은 개별적
인 언어들이 모이고 모여 시적 자아의 내면에 흐르고 있는 또 다른
존재자와 관계 맺는 일이다. 그런 존재가 이 시에서는 "얼굴을 가리
운 나의 신부"로 승화되고 있다.
　이러한 예술적 가치를 추구하는 과정의 시간은 시인이 어떻게 언
어를 다루는가에 달려 있다. 그러기에 하이데거는 현대 삶의 불안에

대한 양심의 목소리를 본래성 회복의 계기로 전환한다.62) 그것은 새로운 용어의 발견이 아니라 언어에 대한 새로운 조심스러운 관심63) 쏟음이며, 끊임없이 말라 죽어버릴 위험에 처해 있는 우리 고유의 언어가 간직하고 있는 가장 근원적인 내용에로 소급해 올라가는 행위이다.64)

그리하여 김춘수의 시에서 드러나는 시간성은 미래가 아닌, 과거에로의 회귀와 관계가 깊다. 언어의 존재가 지배의 도구로 사용되는 것이 아니라, 언어가 갖고 있는 본래의 존재 기능인 사유하는 기능의 모습을 띠게 하는 것이 김춘수 시인의 메시지인 것이다. 김춘수 시에 있어서 사유하는 존재 기능인 언어가 중요한 것은 바로 결핍과 부재한 신의 역할이다. 하이데거가 횔덜린의 시에 대해 해석해 놓은 바대로 "신들이 도피해버리고 난 뒤의 시간과 아직 도래해야 할 신이 오지 않은,"65) 그래서 결핍과 부재에 따른 진리 언어를 추구하고 존재의 진리를 창작방법으로 가능함을 입증해내고자 한다.

문학이 정치나 경제 등 사회의 다른 영역들과 다른 점이 있다면 "내 것이 될 상 싶은 것은 어떤 형식으로든지"(『旗』 <후기>) 자신의 호흡으로써 문화적 상징 제의를 하는 일이다. 특히 시의 문학적 지형은 어떤 사물에 대한 분석적 설명이나 해명 따위를 배제한, 순교자적 열정과 성실한 장인정신의 창조자에게서 담보해낼 수 있다. 시인들은 기계적이고 획일적인 세계관을 추동하는 현실생활 내에서 단호히 배격해 나올 수는 없겠지만, 사상 감정이 반복적으로 펼쳐지는 삶의 경향을 한층 경계해야 한다.

김춘수의 정서적 감흥은 낭만주의의 반동적 창작방법에서 찾아진다. 그러므로 그의 시적 인식은 대상들 간의 관계의 물음을 거쳐 사유의 근간인 존재들 사이의 의미의 층위에 도달한다.

1
하룻밤 나는
나의 외로운 신에게
물어 보았습니다

그들 중에는 한 사람도
이 방의 사람은 없었습니다

2
꼭 만나야 할
그들과 내 사이에는
아무런 약속도 없었습니다

그러나
약속 같은 것이 무슨 소용이겠습니까?
그들이 있기 때문에 내가 있고
내가 있기 때문에 그들이 있는 이상—

3
내가 그들을 위하여 온 것이 아닌 거와 같이
그들도
나를 위하여 온 것은 아닙니다

죽을 적에는 우리는 모두
하나 하나로
외롭게 죽어가야 하기 때문입니다

4
그러나
그런 것이 아닙니다
우리는 살기 위하여 있는 것입니다

그들이 나의 이웃이 된 것은

그들에게 죽음이 있기 때문입니다
죽음을 위하여
그들이 나의 이웃이 된 것은 아닙니다

-「생성과 관계」 전문

"외로운 신에게 물어보"는 것은 현실 상황에 대응한 행동 양태의 물음이 아니라, 자연으로의 내면적 회복을 희구하는 발언이다. 따라서 그것은 시적 세계에서 당위적 긍정을 넘어서는 심층 인식을 진솔하게 보여주려는 것이다. 성스러운 사제이자 신의 자식으로서의 시인은 세계에 통용되는 잣대의 논리는 물론 자신의 고유한 존재성마저 타자들 앞으로 내던짐으로써 문학적 진실의 동력을 추동하고 시의 정신을 웅숭깊게 담아낸다. 이것은 김춘수의 시세계를 가르고 있는 이미지들이 관념적으로 생산되고, 과거와 현재의 대립 구도로 노출시키고 있다는 해석도 가능하다. 그러나 그의 시세계에서는 이질적 주위 환경을 근대적 자아로 임의로 규정짓거나 세속적 이해관계에 따라 상이한 대상들을 동일한 의미로 변용하지 않는다.

그런데 같은 시집에서 "꽃이 없을 적의 꽃병은/벽과 창과/창 밖의 푸른 하늘을 거부"(「최후의 탄생」)한다고 하고, "아무것도 없어도 뜰은/소리 하나로/고운 봄을 맞이한다"(「봄 C」)는 것에서 확인되듯이, 시인의 부정과 긍정의 세계가 동시에 발현되고 있다. 그러나 그것은 자의식에 내포된 이성적 질서를 외연시켜 주고 있는 것일 뿐, 현실의 대립적 긴장의 반응이 아니다. 그러니까 김춘수는 도구적 합리성만이 지배하는 현대사회로부터 일상적 관심을 관심의 영역 밖에서 증대시키거나 일상적 관심의 영역에서 자기 것을 벗어버리는 비합리성 예술의 정신에 값한다 하겠다. 이러한 징표는 대상의 무연계성의 특징을 보여주고 있는 것으로써, 육체는 현실세계에 안주하고 있을지라도 정신은 신의 상태에로 던져져 있음을 암시해 준다.

김춘수는 상상력에 의해 배태된 이미지들을 어떠한 방식으로든지 당위적 형태로 형상화됨을 거부한다. 이 당위성을 갖는 대상은 그에게 있어 폐기해야 할 존재다. 그의 시에서 표면적으로 현상계의 익숙한 자연물들이 자리 잡고는 있지만, 그것은 김춘수가 시적 대상을 극단적으로 선택하고 배제하지 않는 데서 기인한다.

여보, 하는 소리에는
서열이 없다.
서열보다 더 아련하고 더 그윽한
句配가 있다. 조심조심
나는 발을 디딘다. 아니
발을 놓는다.
왠일일까 하늘이 모자를 벗고
물끄럼 말끄럼 나를 본다.
눈이 부신 듯
나를 본다. 새삼
엊그제의 일인 듯이 그렇게
나를 본다. 오지랖에 귀를 묻고
누가 들을라,
사람들은 다 가고 그 소리 울려 오는
여보, 하는 그 소리
그 소리 들으며 어디서
낯선 천사 한 분이 나에게로 오는 듯한,

－「제1번 悲歌」 전문

시집 『쉰한 편의 悲歌』 첫 번째 작품이다. 얼핏 보면 진부하고 상투적인 언어들로 덮어씌워져 있는 듯이 보인다. 정서적 진술 또한 관념의 덩어리들로 뭉개져 있다고 할 것이다. 그러나 그 뒤 시적 화자로

하여금 "오지랖에 귀를 묻고/누가 들을라"에서 관념적 형상들이 말끔히 지워지고 있음을 볼 수 있다. 시는 마술세계가 아니듯이, 시의 규정에 준한 문자의 나열이 결코 시의 새로움을 생산할 수 없다. 그러므로 시인의 내면의식을 대변하여 시적 화자의 지향 탐구로 출발하여야만 근원적인 시세계의 이해에 도달할 수 있을 것이다. 따라서 위의 시는 문학의 자율성에 기반을 둔 외연을 넓혀가는 모양을 갖추고 있다고 하겠다.

김춘수의 시적 언어들은 비록 단절된 형태로 구조화되어 있지만, 시인은 새로운 존재의 만남을 위한 새로운 말의 축적에 힘쓰고 있다는 인식을 갖게 한다. 이는 일반적이고 보편적인 언어 구조의 틀을 부수는 일환으로도 볼 수 있다. 그리하여 그의 시적 언어는 서정적 자아와 함께 밖으로 내던져진 존재의 형태로 형성되어져 있다고 말할 수 있다. 그러기에 유치환의 말대로 신이 "그의 가장 의로운 자식"(『구름과 薔薇』序)으로 김춘수를 선택하지 않았겠는가. 신의 세계로 섞여 들어가기를 희망하는 시인은 더 이상 인간세계에서 방황하지 않는다.

> 그것은 처음에는 한 줄기의 빛과 같았으나 그 빛은 열 발짝 앞의 느릅나무 앞에 가 앉더니 갑자기 수천만의 빛줄기로 흩어져서는 삽시간에 바다를 덮고 멀리 한려수도로까지 뻗어 가고 말더라. 그 뒤로 내 눈에는 늘 아지랭이가 끼여 있었고, 내 귀는 봄 바다가 기슭을 치고 있는 그런 소리를 자주자주 듣게 되더라.
> ─「천사」 전문

1974년에 출간된 『南天』에 실려 있는 작품이다. 마치 건국신화에서 신이한 탄생을 보는 느낌이다. 인간세계에서 살고 있으면서 신의 끈을 놓지 않으려는 듯 신화적 상상력이 출렁거린다. 이 시의 화자는 시공을 초월하여 신과 인간의 수직관계를 벗어나려는 것으로 보인다. 그것은 현실의 갈등으로부터 일탈하는 행위의 첫 번째 시도이다. 그러므로 화자 자신은 불안의 현상 위에서 끌어올려진 천사와 같은 존재로 승화되어 가는 것으로 볼 수 있겠다.

또한 본질적인 곳으로 마음을 딛고 펴낸 시집 『비에 젖은 달』에서도 신성한 가치에 몸을 떠맡긴 채 시적 상상력이 꿈틀대고 있는 것이 목도된다. 그 중에서도 특히 「살을 감추는」에서는 시인 자신은 죽고 눈뜨는 별을 향하여 밤을 대신 젖게 해달라고 소망한다. 김춘수의 이러한 시적 자아의 표상은 새로운 인식론의 면모를 형성하는 기제가 된다.

상상력만으로 시인의 일상적 관심을 객관화할 수 없는 한, 자아 내면의 목소리를 시적 공간으로 통일되게 구조화시킬 수는 없다. 상상력의 이미지를 만들어내는 언어가 근본적으로 자아의 지속적인 도구로 이용될 뿐, 시인의 현존재의 실존성과는 아무런 관계가 없기 때문이다. 그러나 김춘수의 내던져진 언어66)는 인간의 근원적인 길과 함수관계를 맺는다. 시적 자아의 목소리가 신의 마음으로 말해지면서 세계를 내어주는 것이라면, 김춘수의 발언의 근원이 되는 신적 언어들은 그러한 세계를 통해 인간들을 더불어 있게 하는 길이 된다. 그리하여 그의 낱말 하나하나 자체가 세계 내의 존재들이 더불어 있게 하는 방향으로 작용하게 된 것이다.

부서진 언어와 내던져진 자아는 타자에게로 열려 있는 일종의 다가섬이다. 따라서 김춘수의 낭만주의의 반동적 언어는 언어조차 계산적인 현대의 글쓰기로부터 탈주하기 위한 도전이다. 자아로부터 내던

져진 언어는 『비에 젖은 달』에서

- 하나님은 언제나 꼭두새벽에/나를 부르신다(「서천을」)
- 여우비가 내리던 날은/치자꽃이 피고/왕이 될 사나이가 가고 있었다(「恒己」)

또 『의자와 계단』에서

- 허리 위만 내놓은 그는 공중에 조금 떠있었다(「의자」)
- 슬픔은 슬픔이란 말에 씌워/숨차다(「먼 들메나무」)

처럼 그려져 있다. 시적 이미지가 언어들의 상관관계로부터 분리된 형식으로 구가되어 있는 것이다. 조합된 언어들이 하나의 이미지로 형상화되어 있지 않고 개별로 작품 구석구석을 차지한 듯한 까닭이다. 그러므로 언어들은 시적 자아의 신적 의식에 기대어 주체성을 표백해 나간다고 볼 수 있다. 이러한 언어의 표징이나 이미지의 표출은 시인이 독자들로 하여금 이해의 방향을 갈구하도록 겨냥하고 있는 것으로 여겨진다.

그러나 김춘수의 시들이 반드시 운명적으로 혹은 계속적으로 신적인 긴밀성을 유지하고 있지는 않다. 작품의 이미지들이 자아의 내면을 통일되게 드러내지도 않거니와 일상성 속에 공식성을 띠는 존재들을 담보해낼 수 없는 한계를 드러내고 있기 때문이다. 다만 상상력의 자유로움으로 시적 언어들은 완전한 공동생기(公同生起)를 가능하게 하는 분위기를 이끌어가고 있다. 자신이 타자들 앞에 던져져 있는 관계로 타자들로 하여금 자신의 존재를 여러 가지 의미로 새겨볼 수 있는 기회를 제공하고 있다. 따라서 김춘수의 언어를 산술적으로 풀이하여 본다면 '던져져 있음'은 '더불어 있음'의 등식으로 성립한다.

초기 작품으로 돌아가서 "너를 위하여 피 흘린/그 사람들은/가고 없다"(「죽어 가는 것들」)고 하는 것에서 김춘수가 예수의 신비적인 차원으로까지 승화시키지 못한 부분을 지적할 수 있다. 그러나 이는 곧바로 "가 버린 그들을 위하여/돌의 볼에 볼을 대고/누가 울 것인가" 하고 시적 화자는 묻는다. 그 물음에서 그가 일상적인 존재를 세상으로부터 분리된 주체로만 본다고 할 때, 우리들 또한 바깥을 향한 존재의 반작용이 내재되어 있음을 간과하는 격이 된다.

또 후기 작품에서 한 시적 대상에게 "너는 아프다고 쉽게 말하지만/어딘가 어떻게 아픈지 너는/딱이 짚어내지 못"(「제27번 悲歌」) 하는 것은 "그 새침데기/하느님"으로 볼 수도 있다. 그러나 이것 역시 유동적인 화자의 감성이 작용되었을 뿐, 실은 여기에는 시인이 신의 세계와 조금이라도 관계 짓기 위한 뜻이 배어 있다. 그리하여 하나의 대상과 다른 하나의 대상들 사이에서 잠시도 멈추지 않고 움직이는 감성적 기능의 가치를 높이 부여할 만하다. 이처럼 김춘수는 감성적 정서를 진리나 철학적으로 용해시키는 선에서 끝내지 않는다. 민감한 자의식에 의해 늘 고립적이고 이기적인 현대 사람들의 삶과 부딪히고 함께 뒹굴고자 하는 자신의 의견이 수반되어 있다.

아울러 김춘수는 인간적 본성과 실존의 불안의식에서 오는 위축과 좌절을 파편화시키고, 시대의식의 지평을 통해 인물들의 예술적 삶을 이끌어나간다. 예술적 삶은 새로운 삶의 가치를 창출하는 단계를 이루기 위한 것으로써 그것은 자기를 열어 보이는 인간의 내면적 형상이다. 연작으로 이루어진 「이중섭」이 그러한데, 김춘수는 이들 연작

시에서 예술가의 파열음으로 작용하는 심층의식의 속성을 고스란히 드러내고 있다. 특히 예술가의 속절없는 삶의 영위를 시인의 눈으로 포착하여 인간의 한계와 삶의 문제를 탐색해 나간다. 「이중섭」 시편에 보이는 예술가의 비루한 삶에 대한 서사성의 축은 <있다>와 <없다>로 대비되어 나타난다.

- 네 잎 토끼풀 없고/바람만 분다(「이중섭 1」)
- 지금 아내의 모발은 구름 위에 있다/봄은 가고(「이중섭 2」)
- 바람아 네가 있을 뿐/서귀포에는 바다가 없다(「이중섭 3」)
- 다리가 짧은 아이는/울고 있다/아니면 웃고 있다(「이중섭 6」)
- 새 한 마리 가고 있다/하염없이 가고 있다(「이중섭 7」)

이처럼 「이중섭」 시편에서 이미지의 움직임이 이항 대립적으로 분리되어 나타나고 있는 것은 김춘수가 진정한 생명력을 창조하기 위한 인식의 소산이다. 김춘수는 예술적 감각의 이면에 숨어 있는 불운한 인간들의 삶과 예술가의 심미적인 아름다움을 접목시켜나가면서 인간의 슬픔과 피해의식을 예술혼으로 극복한다. 이것은 김춘수의 내던져진 자아가 결국은 타자에게로 다가가는 '더불어 있음'의 지향점과 같다.

이와 같은 대비적 형상을 통해 근원적 인간가치를 향한 열림 구조는 장시 「처용단장」에 이르러 망각된 존재의미를 되새기면서 성찰하는 호흡으로 확대된다. 이것은 예술적 세계의 정신 지향적이고 현상학적 사유의 과정을 보여주는 좋은 증거라 하겠다. 바로 이 지점에서 인간의 본성과 실존의 불안의식에서 오는 위축과 좌절을 잠재우기 위한 시인의 가슴앓이를 읽을 수 있게 한다.

시인으로 하여금 한 사물을 규정짓기 이전의 과거 상태로 돌아간다는 것은 궁극적으로 객관적인 거리를 확보하기 위한 것으로 볼 수 있다. 거기에는 추상적인 동작으로 움직이는 언어들을 진정시켜나가면서 언어의 주체성을 구사한다는 측면이 강하게 자리 잡고 있다. 본질적 세계를 향하여 이지러진 자신의 고유함을 회복하는 길은 오로지 신적 존재의 진리를 터득하는 것이다. 거기에 성스러운 공간을 마련하고 독자들 스스로 마음을 기울이도록 하는 책무는 신의 자식으로서의 시인의 몫이다.

4. 결론

하이데거의 철학적 미학의 뿌리는 전적으로 서구의 세계관에서 발원된 것이다. 역사적 현상이 갖는 한국의 문학적 경향을 서구적 지성의 움직임과 대비시켜 놓고 볼 때, 이질적이긴 하나 동질적인 측면이 공존하고 있음은 엄연한 사실이다. 언어와 존재는 각각 다른 범주로써 그 성격을 달리함에도 불구하고 본고에서는 하이데거가 횔덜린의 시를 해석하는 과정에서 신의 결핍과 부재를 인식하는 방법을 좇아 김춘수 시의 언어와 존재의 의미를 분석해 보았다. 하이데거와 김춘수의 존재에 대한 탐색 모색은 시대의 현실적 혼란을 극복하기 위한 정신적 탈출구로서의 의미를 지닌다.

김춘수의 시적 세계를 구성하는 언어들은 일상적인 언어구조에서 탈피해 있다. 현실 사회에서 중요한 구실을 하는 이성적 언어들로부터 소외되고 자기 위치를 잃어버렸던 감성적 언어들이 주가 되어 예술가의 삶의 영위를 새로이 꾀하고 있다고 하겠다. 그 이성과 감성의 대척점에 신의 자식으로서의 김춘수가 자리 잡고 있고, 그는 음성학의 구성 틀 속에 언어들의 고유한 울림이 밖으로 나오기를 간절히 기대하고 있다. 그 부응으로 인해 시적 언어들은 자성으로서의 주체적 회복을 보여준다.

　김춘수는 대립과 통일로 구성된 자신의 주변 세계와 만나면서 궁극적으로는 신의 세계를 지향한다. 사물의 근원적인 본질을 드러내려는 시인에 의해 세계는 신적으로 말해지며, 말의 주체를 가능케 하는 각각의 낱말들은 존재 차이의 방식을 만든다. 그러므로 언제 어디서나 소통 가능한 언어구조와는 달리, 불확정처럼 보이는 신적 언어구조는 주체적 표상으로 각인되어 인간의 본래적 가치와 조우한다.

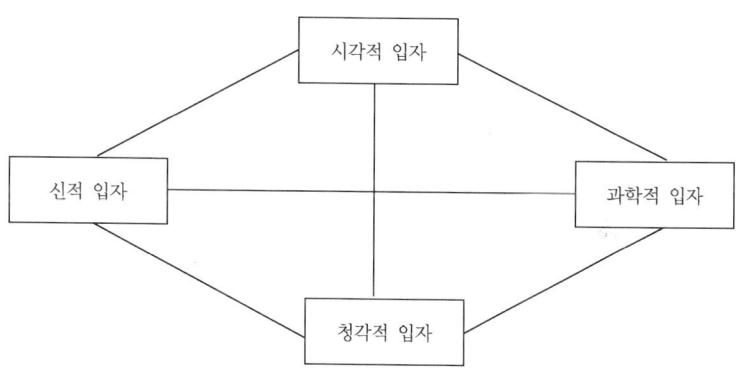

　애초 대립적 관계항들이었던 것이 김춘수의 시에서 서로 상보적인 기능의 법칙으로 표상되고 있음을 도식으로 나타내 보았다. 사회적 관계 속에 종속되어 있는 과학적 언어는 본질을 훼손할 수 있는 모순을 안고 있다. 그러나 잘 구조화된 과학적 언어는 오히려 시각적 입자들 또는 청각적 울림소리들에 의해 비과학적, 즉 신적 언어로 탈바

꿈된다. 신적 언어가 갖는 특징은 낱말의 주체화이다. 낱말의 주체화는 미학적 대상을 임의로 조작하거나 규범적이고 관습적인 언어를 기피하게 만들며, 진리를 해명하듯 진술해나가는 전통적인 어법과 다른 언어 조직이다.

김춘수의 신적 언어는 그리하여 과학적 언어에 대한 극복의 문제와 직결된다. 그러기에 김춘수 작품 속의 언어들은 자성으로서의 주체적 회복을 위한 의식적으로 분출된 감정의 어휘들로 채워져 있다고 하겠다. 그렇기 때문에 그의 시세계를 구성하고 있는 언어들은 독자들이 '터 있음'의 인식적 장치로 들여다볼 수 있다. 이것은 모든 사회적 규범에 따라 움직이는 인간들의 수동적 입장에 대한 반감의 언표적 행위일 수 있다.

반면 김춘수의 작품들에서 지적되어야 할 점은 긴장을 자아내게 하는 미학의 객관적 정체성이 결여되어 있다는 점이다. 본래적 인간성 회복을 지향하는 개인의 육성 속에서 언어의 개별 주체들은 주관적 그물망으로 형성되어 있다. 이것은 조화로운 세계를 지향하는 대신, 현실적 모순 구조의 방치를 의미한다. 그러한 주관적 편력은 자칫 이성적 언어에 의한 파멸이나 손상의 위협을 받기 쉽다. 이처럼 김춘수는 필연적이고 합법칙적인 언어들을 벗겨내어 우연적이고 좀 더 불규칙적인 그리고 가공되지 않은 신적 언어로써 신과 인간의 재결합을 꿈꾸는 외로운 사공이다.

하이데거의 언어관과 존재론, 그리고 김춘수의 언어 현상과 존재 기능은 다 같이 시간성과 관련이 깊다는 것이 드러나고 존재의 회귀-근원적이고 본질적인 형태-를 보여주는 것으로 나타난다. 김춘수 시인이 보여주는 그 시간성은 인간의 존재와 마찬가지로 언어의 고유함을 회복할 수 있는 회귀적 상상력에 바탕을 두고 있는 것으로 판단한다. 그것은 신적인 세계로의, 즉 근원적인 존재의 언어들이 생성할 수 있는 가능성의 토대이기도 하다.

따라서 하이데거와 김춘수는 다 같이 세계의 그 어떤 존재로부터 논리적으로 지시받는 것을 경계한다는 것으로 설명된다. 그리하여 김춘수는 존재의 진리를 탐구하는 태도로 창작을 통해 열려 있는 언어를 사용하고 있고, 그것은 언어와 인간 상호 교섭의 존재방식을 통해 자유로움의 언어와 존재의 진리를 이끌어내는 철학적 사유방식으로 이해되고 있다. 결국 김춘수는 하이데거의 철학적 사유방식에 의한 결핍과 부재한 신의 역할을 충실히 이행한 시인으로 결론지을 수 있다.

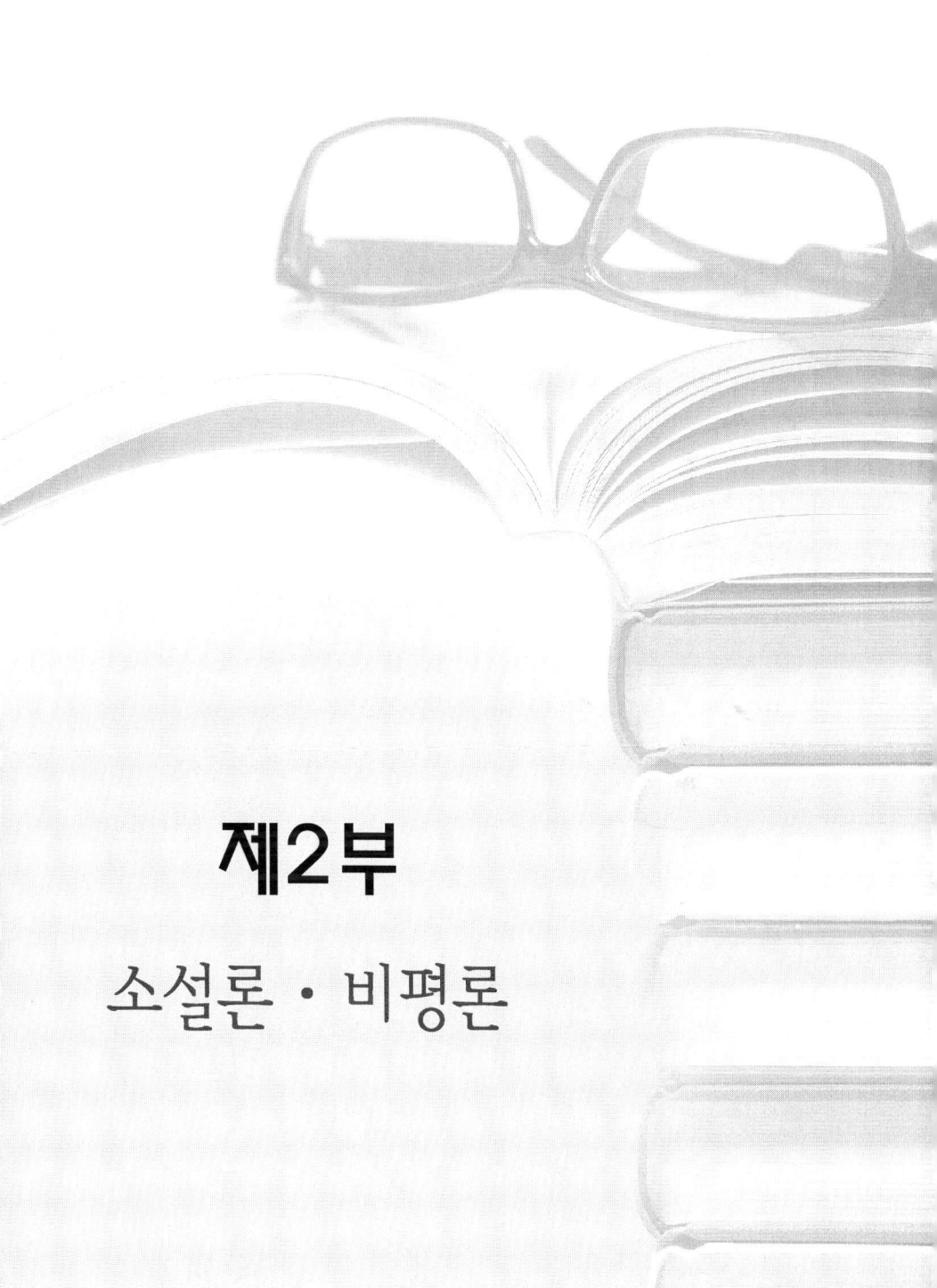

제2부

소설론 · 비평론

해학과 풍자로 형성된 고전의 쟁점 분석: 「장끼전」을 대상으로

1. 서론

한국의 고전은 해학과 풍자가 깃든 작품이 많다. 해학과 풍자의 서술체계는 현대작품에까지 이어져 한국문학의 전통적 미학의 한 자리를 차지하고 있다. 그중 「장끼전」은 그 어떤 작품들보다 해학 및 풍자적 서술의 완결성을 갖추고 있다. 그럼에도 많은 논란의 대상이 되어왔다. 판소리로 불리다가 사설로만 남게 된 정황으로도 충분히 그것을 예증해 준다.

고전 작품에 대한 접근은 민족문화 전통의 인식행위이자 문학적 미학의 근거들을 확충해나가는 일과 같다. 당대 삶의 조건과 역사적 의미를 조망하기 위한 고전의 고찰은 현대감각으로서의 문학적 이해의 지평을 확대할 수 있는 기회이기도 하다. 본 글은 그동안 구명된 연구 자료들을 통해 「장끼전」의 문학적 양상과 그것을 수용하는 과정에서 검출된 이견들을 비교·분석하는 입장을 취한다.

동물을 의인화하여 독자들로 하여금 인간세계의 국면을 감지하게 하는 우화소설은 삶의 복잡성만큼이나 이본들을 생산해냈다. 특히 「장끼전」은 조선 후기 작품 중 본래의 의미가 심각하게 굴절된[1] 이본들이 군집하고 있다.

문학적으로 꾸려진 고전의 시대정신과 성격 규정의 문제는 한 사람의 고전소설 연구[2]에 힘입은 바가 크다. 「장끼전」 역시 문학적 전통에 기대어 창작되어지고 발굴되어진 조선 후기 우화소설로 인정받아왔다. 그러나 이러한 연구실적에도 불구하고 오늘날까지 「장끼전」의 작품세계에 대한 인식적 태도는 대체로 단일한 유형의 제안에 갇혀 있다. 작중 인물들에 대한 성향과 지향을 전근대적 삶의 방식에 토대를 두고 단순하게 선·악의 구별에 기초하고 있는 것이 그것이다.

이러한 서술적 방법은 소설문학의 이면에 자리하고 있는 인간사회의 다양성을 탐색하는 데 장애가 된다. 그렇다면 왜 「장끼전」이 다른 작품들과는 달리 많은 이본을 갖고 있으면서도 구현된 작품에 대한 수용인식은 단선적인 것일까.

2. 형성 동인 및 이본의 쟁점

우화소설로 자리매김한 「장끼전」은 「별주부전」, 「서동지전」, 「서대주전」, 「서옥기」 등과 더불어 창작연대·작자가 미상이다. 이들은 근원설화[3]를 연원으로 두고 있으며, 해학과 풍자적 수법[4]을 공통점으로 지니고 있다. 설화가 조선조에 들어와 소설화하게 된 근거를 사상적·사회적으로 밝혀짐으로써[5] 「장끼전」을 포함한 우화소설이 설화와 연관관계를 가지고 있음을 보여준다. 곧 설화가 「장끼전」을 탐색하는 토대가 된다.

우화소설을 통한 사회적 의식 표출은 그것이 지배계층에 의해 산출되어진 장르라 할지라도 서민들의 사회의식과 피지배계층의 현실 사회에 대한 적극적 삶이 노정되어 있다. 그런 까닭으로 설화가 소설화한 뒤의 「장끼전」 역시 신분계층 간의 뚜렷한 문제의식을 표출시키고 있다. 그러기에 설화와 소설은 서사문학이라는 점에서 동질성을 띤다.6)

우화소설은 전대의 문학적 한계를 극복하고 19세기에 이르기까지 활발하게 창작되어졌고, 시대적 상황에 따른 세태변화를 적극적으로 반영하였다7)는 평가를 받고 있다. 「장끼전」은 등장인물들 간의 갈등 양상이 첨예하게 대립되는 독특한 구조를 띠고 있다는 점에서 이본의 차별성을 부각시킬 만하다.

처음에는 관념적인 소설, 가령 김시습의 「금오신화」를 비롯한 몽유록계 소설이나 가전 같은 작품군은 가상적 인물의 죽음을 통해 천상으로 회귀하는 환상적인 질서를 보여주고 있다. 그 후 임·병 양란을 겪으면서 인간적 삶을 사실적·구체적으로 작품에 투영하는 형국으로 바뀌게 된다. 그러한 방식에 적합한 것이 「장끼전」을 비롯한 우화소설8)이다.

작품의 우의적 수법은 조선 후기 사회의 정황과 불가분의 관계에 있다. 당대 문학적 장르의 혼용상과 사회 근저에 깔려 있는 봉건적 지배구조의 혼란상이 맞물려 돌아가고 있었음을 주지의 사실로 받아들일 때, 대립·갈등하는 인물들을 우의적으로 비판하고 새로운 삶의 기준을 제시하는 데 「장끼전」이 탄생하였다고 볼 수 있다.

「장끼전」은 여러 가지 각도에서 다채로운 의미를 추출할 수 있는 이본들이 존재하고 있다. 사건의 전개 과정뿐만 아니라, 문체나 작품의 의미를 시시각각으로 정리해 놓은 이본을 찾아 궁구해 보면 그들 사이에 쉽사리 합의될 수 없는 이면적 주제들을 이끌어낼 수 있을 것이다. 당대 사회를 구성했던 등장인물들의 계층을 양반이나 천민, 삶의 방식을 부자나 빈자 같은 이분법적이 아닌, 같은 신분적 처지에 있어서도 삶의 방식이 각기 다를 수 있기 때문이다. 그러나 이본들 간의 텍스트 차별성은 있을지언정 수용담론에 따른 이질적 목소리는 미세하게 나타나 있는 실정이다. 「장끼전」은 오랜 연원을 가지고 전승되어 온 민담, 즉 쟁장형(爭長形) 모티프를 수용하면서 이루어졌다.9) 그러나 「장끼전」이 쟁장설화계 작품군으로 분류하기에는 무리가 있어 보인다. 장끼와 까투리를 축으로 하여 텍스트가 전개되고 있는 이 작품10)에서 '나이 자랑'으로 볼 만한 대목은 마지막 부분쯤이다. 그것도 부엉이와 까마귀의 나이다툼이라기보다는 여성성을 가지고 있는 까투리를 차지하려는 남성적 동물들의 우매한 행태로 묘사되어 있다고 보는 것이 적절하다.

▶ 부엉이: "몸둥이도 검거니와 부리도 고이하다. 어른이 올작시면 起居도 아니하고 偃然히 앉았느냐."
▶ 까마귀: "완만한 부엉아, 눈은 우묵하고 귀가 쫑긋하면 어른이냐. 내 몸 검다 웃지 마라. 거죽은 검으려니와 속조차 검을까."

우화소설로서의 우화적 특성이 제대로 구현된 부분이다. 까투리를 차지하려는 두 날짐승의 오만함으로도 읽을 수 있게 해주는 대목이다. 다른 한편으로는 이 두 날짐승 사이에서 까투리의 입장을 예견해

볼 수도 있다. 남성 중심에서 일방적으로 이루어지는 전근대적 혼례 방식을 여성이 남성을 자유롭게 선택할 수 있는 시대의식을 엿볼 수 있다고 하겠다.

「장끼전」의 형성은 다른 우화소설들과 마찬가지로 삼국시대의 우언인 「龜兎之設」과 「花王戒」에 전통을 두고 있다.11) 이들 우언의 작품은 의인법을 사용하고 있는 것이 특징인데, 거기에는 해학성이 뒤따르고 있음은 물론이다. 「장끼전」에도 의인법 방식을 수단으로 하여 해학적이면서도 인간사회를 풍자하는 면모가 드러나 있다.12) 우언은 의인의 유형이고, 의인은 우화의 유형으로 보게 되므로 결국 우언은 우화를 포괄하고 우화는 또 우언을 포괄하는 동일한 의미의 등식이 성립한다.

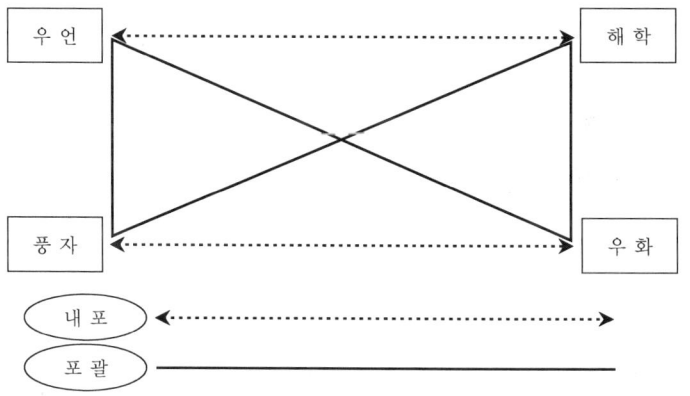

그런데 우화와 우화소설을 다르게 규정짓고 있는 논의가 있다. 보편적인 인간형을 우의적으로 표출하는 것이 우화이고, 특정시기 사회적 상황과 인물 유형을 반영한 우의구조가 우화소설13)이라는 것이

그것이다. 이는 인간에 초점을 맞춘 것이냐, 사회적 배경에 초점을 맞춘 것이냐에 차이를 두고 우화와 우화소설을 구분하고 있는 것으로 해석된다. 이것은 장르의 문제를 형식층위에서 변별 지은 기존의 방식을 내용층위에서 규정지은 결과다.

이 논의는 "우화의 내용이 언제 어디서나 항상 있을 수 있는 대립을 다루는 데 그치지 않고, 특정한 시기의 사회적 상황과 결부되는 의미를 가질 수 있게 구체화하는 것이 소설로 개조하는 작업"[14]을 해석하는 과정에서 임의적으로 도출한 것으로 생각한다. 그런데 우화소설을 "소설의 구성상 우화가 지배적인 역할을 담당하거나 또는 소설 전체를 우화의 수법으로 구사한 소설"[15]로 정의되고 있는 것처럼 우화와 우화소설을 다르게 개념화할 논거가 충분치 못하다.

「장끼전」은 창극의 각본으로 쓰이다가 소설화한 것[16]으로 보기도 하고, 「자치가」라는 가사 형식[17], 「장끼타령」이라는 판소리 형식[18]으로도 보고 있다. 판소리 사설은 외면적인 삼강오륜과 내면적인 백성의 한을 주제로 하고 있으며, 고도의 문장 수사를 이용하여 풍자와 해학으로 그릇된 세상사를 비판하고 고발하는 것[19]에 가치를 두고 있다.

한편 이 작품의 내용은 필사본과 활자본에 따라 다르고,[20] 현재 발굴된 필사본이나 활자본이 산재해 있는 관계로 이본 간의 차이점[21]도 확인되고 있다.

필사본	활자본	판소리본
자치가전 (정신문화연구원 소장, 18장본)	장씨전 (경성서적조합, 1925, 홍순필)	까투리해몽 (정노식, 조선창극사, 1940)
쟈치가 (국립중앙도서관 소장, 20장본)	장끼전(영화출판사, 1951)	장끼타령(박동진 소리)
자치그라(김광순 소장)	장끼전(대조사, 1951)	
장끼전(김동욱 소장)	장씨전(세창서관, 1952)	
화충전(서울대도서관)	장끼전(삼문사, 1953)	
까투리와 장끼가 (한글필사본고소설자료총서)	장끼전(희망출판사, 1970)	
장치전단이란 (한글필사본고소설자료총서)	장끼전(서문당, 1984)	

표에 나타난 바와 같이 판본은 전해오지 않고, 단지 필사본과 활자
본 그리고 판소리 창본으로 전해오고 있음22)을 알 수 있다. 여기에서
한 걸음 더 나아가 이본 분류를 6종으로 나누어놓은 것도 있는데, 그
것은 필사본으로 「자치가」(김광순 소장본), 「자치기라」(김광순 소장
본), 「자치가」(김광순 소장본), 활자본으로는 「장씨전」(경성서적업조
합, 1925), 「장끼전」(대조사, 1959), 「장끼전」(현대문학, 1955) 등이다.
그리고 다음과 같은 29개의 의미기능을 표백해 놓은 것에 주목할 필
요가 있다.23)

   1) 도입부
   2) 장끼 치장
   3) 까투리 치장
   4) 장끼의 꿈
   5) 까투리의 꿈과 장끼의 해몽
   6) 까투리의 부탁
   7) 장끼의 답변
   8) 까투리의 마지막 만류
   9) 장끼의 반박

10) 장끼가 차위에 치인데 대한 까투리의 말
11) 까투리의 거동과 탄식
12) 장끼 거동
13) 장끼의 맥과 눈동자
14) 장끼가 팔려간 장소
15) 탁첨지 사설
16) 장례 진행 상황
17) 장례에 쓰이는 제물과 제기
18) 장례 분담
19) 축문
20) 소리개 등장
21) 갈가마귀의 청혼
22) 까투리의 거절과 까마귀의 대노(大怒)
23) 부엉이와 까마귀의 연장 다툼
24) 외기러기의 등장
25) 오리의 청혼
26) 오리의 물 생애 자랑
27) 까투리의 육지 생애 자랑
28) 장끼 청혼 까투리의 승낙
29) 장끼와 까투리의 결합

이처럼 29가지의 단락을 나눈 다음 이본 간의 차이점을 밝히고 있
는데, 28)과 29)의 유무에 따라 활자본은 개가(改嫁) 허용을, 필사본은
개가(改嫁) 금지의 의식이 반영되어 있다는 것이다. 더욱 독특한 것은
「자치가」(김광순 소장본)가 다른 본에서 존재하고 있는 '청혼'의 단
락이 배제되어 있으므로 이것이 가장 원시형일 것이라 추정하는 점
이다.

그러나 소설류의 「장끼전」 계열이나 가사류의 「자치가」 계열들 중
그 어느 하나라도 본래적 면모를 지니고 있지 않다는 것[24]이 중론이
다. 하나의 예를 든다면 가사류 「자치가전」에서는 장끼의 우격다짐에

까투리가 할 수 없이 혼인을 응하는 것으로 나타나는 데 비해, 소설류 「장끼전」에서는 장끼의 제안을 까투리가 화답하는 형식[25]으로 전개되어 있다. 그렇기 때문에 「장끼전」이 사회의 변화에 따라 삭제되거나 첨가되는 변형을 겪었다고 할 수 있다. 그것을 다음과 같이 정리할 수 있다.

자치가/필사본/개가금지/청혼배제 → 가사류(원본)
장끼전/활자본/개가허용/청혼첨가 → 소설류(개작본)

3. 내용·형식의 쟁점

우리 고전에는 신화, 전설, 민담 등의 설화와 그 설화를 바탕으로 기록문학의 한 층위를 이룬 소설이 있다. 우화소설은 이전의 상위계층에서만 취급되고 형성되었던 영웅소설 등을 발전시켜 서민계층에까지 확대되었다는 의의가 있다. 그리하여 서사측면에서 조선 후기 우화소실을 소설[26]로의 발선석 이행으로 보는 시각도 있다.

우화소설에 대한 연구는 1970년대까지 줄곧 단순한 계급적 관점에서 분석되고 평가되어 왔다. 그 후 1990년대 다양한 구조 분석이 시도[27]되었지만, 내용과 형식에 대한 이견 역시 다각적이지는 못했다. 많은 이본이 존재하는 것만큼 다양한 반론적 성격의 논의가 미흡하다는 자체는 문학 향유층의 자발적 체질개선이 아직 요원하다는 말로 대신 할 수 있다.

「장끼전」의 전개양상을 살펴보면 우선 조선 후기의 무력하고 위선적인 가부장적 행태를 목도할 수 있다. 조선시대 남성들에 의한 여성들의 수난을 '장끼'와 '까투리'로 설정, 여성이 남성의 전횡을 규탄[28] 하는 형식이 대화체로 진행된다. 여기서 「장끼전」이 판소리 형식에서 빌려온 것임을 알 수 있게 해준다. 장끼 가족이 먹을 것을 구하러 산으로 들로 돌아다니다가 눈 위의 콩 하나를 발견하고 나누는 장끼와 까투리의 첫 대화는, 판소리의 시작을 박자와 속도 그리고 강약을 적절히 구사하면서 느리게 장단을 맞추는 진양조[29]처럼 여유가 있다.

> 장끼란 놈 하는 말이,
> "어화 그 콩 소담하다. 하늘이 주신 복을 내 어이 마다하리. 내 복이니 먹어보자."
> 까토리 하는말이,
> "아직 그 콩 먹지 마소. 雪上에 有人迹하니 수상한 자최로다. 다시금 살펴보니 입으로 훌훌 불고 비로 싹싹 쓴 자최 심히 고이한고로 제발 덕분 그 콩 먹지 마소."

그러다가 어느 정도 분위기가 무르익어 가면서 대화의 속도도 빨라지고 어투가 강하게 발현되는 판소리 휘몰이의 느낌을 갖게 한다.

> 까토리 하는 말이,
> "鷄鳴時에 꿈을 꾸니 색저고리 색치마를 이내 몸에 단장하고 靑山綠水 노니다가 난데없는 청삽살이 입살을 악물고 와락 뛰어 달려들어 발톱으로 허위치니, 驚惶失色 갈 데 없이 삼밭으로 달아날 제, 잔 삼밭 쓰러지고 굵은 삼대 춤을 추며, 자른 허리 가는 몸에 휘휘 친친 감겨 뵈니, 이내몸 과부되어 상복 입을 꿈이오니, 제발 덕분 먹지 마소. 부대 그 콩 먹지 마소."
> 장끼란 놈 大怒하여 두 발로 이리 차고 저리 차며 하는 말이,
> "花容月態 저 간나윗년 기둥서방 마다하고 타인 남자 질기다가 참바 울바 朱黃絲로 뒷죽지 결박하여 이 거리 저 거리로 북 치며 조리 돌리고 삼모장과 治盜棍으로 亂杖 맞을 꿈이로다. 그런 꿈 말 다시 마라. 앞정갱이 꺾어 놀라."

「장끼전」은 18세기의 12마당에는 물론 19세기의 9마당에 포함[30])되어 「장끼타령」으로 불리어지다가 사설만 남았다고 하는 가설을 뒷받침한다. 판소리가 처음에는 서민예술로 발흥했는데 고종이 국가적 차원에서 장려하는 바람에 유교사상과 상당히 어긋난 내용들로 채워진 「장끼타령」을 비롯한 상당수가 판소리에서 밀려났다. 그 후 5마당만 남게 되었다는 가정이 가장 확실해 보인다. 그러나 근대적 이념과 배치된, 즉 민중 지향적인 광대들이나 서민층에서 배타시 했을 가능성도 배제할 수 없다. 조선시대의 남성 우위적 사상에서 배태된 여성의 수절이라든지, 유교사상에 젖은 양반의 체면 따위를 내세운 이념적 요구가 떠돌이 광대들에게는 청산의 대상이었던 것이다.

「장끼전」이 소설로 창작되었다가 판소리로 불려졌다[31])는 가설에 따를 것 같으면, 이 「장끼전」은 판소리 발생기인 17세기 이전에 이루어졌다는 이야기가 된다. 그렇게 되면 우화소설의 한 축을 형성하는 「장끼전」의 원시 형태를 조선 중기나 전기로까지 소급해 올라가야 할 것이다. 그러나 이 경우 「장끼전」이 조선 중기의 전기류 소설에서 보이던 삶/죽음, 천상/지상 등의 이원론적 구조에서 벗어나 죽음을 두려워하는 현실적 삶에 무게의 중심을 두고 있는 것으로 볼 때, 적절치 않은 논리라 하겠다.

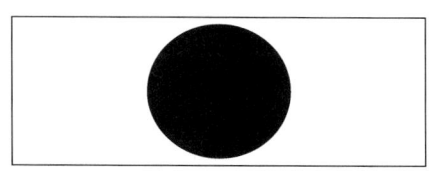

소 설(17세기)   소 설(19세기)
  ↘ 판소리(18세기) ↗

고전을 통해 사회적 대립과 갈등, 그리고 기층민들에 대한 동정을 살필 수 있게 된 것은 조선 후기에 와서 가능했다고 본다. 그리하여 조선 후기는 기존의 영웅소설이나 가사형식에서 드러내지 못했던 인간세계에 대한 조롱, 풍자, 해학 등의 비판적 안목을 우화의 형식을 빌려 소설화하기 시작했다고 할 수 있다. 따라서 동물을 개입시켜 서사화한 「장끼전」은 당대 사회현상의 이해에 도움이 된다.

　인간세계의 모습은 동물을 주체로 한 이면에 숨겨져 있다. 세계를 새롭게 인식한 지식인이나 광대들이 현실적 삶에서 오는 모순성과 자신의 의사 결정을 뚜렷하게 개진하지 못하는 내면적 갈등으로 점철돼 있다. 그렇기 때문에 우화소설은 영웅적 삶을 꿈꾸는 중세 지배질서에서 일탈, 개성적 삶을 지향하는 근대의식의 발로에서 씌어진 것이라 하겠다.

　다음으로 「장끼전」의 원시 형태가 민요일 것[32]이라는 가설을 들 수 있다. 민요야말로 어느 나라에서든지 서민들에 의해 불리어지고 피지배 계급의 계급성에 기반을 두고 형성[33]된 장르이다. 그 하나로 작품 내 성차별을 짚어볼 수 있다. 「장끼전」이 조선시대 여성의 사회적 피압박과 남성에 의해 유린된 성에 대한 비판적 서사로 전개되고 있는 까닭이다. 그것은 작품의 전반부와 후반부로 나뉜다. 전반부에서는 남성을 의인화한 장끼에 의해 까투리가 무시당하는 여성으로 형상화되어 있다.

　독이 있을 것이라고 하며 눈 위의 콩 하나를 먹으려는 장끼에게 온갖 꿈 이야기로 먹지 못하게 말린 까투리에게, 죽어가며 고작 하는 소리가 "에라 요란한 년 후환을 미리 알면 산에 갈 이 뉘 있"겠느냐 하는 식으로 다그치다가, "사람도 죽기를 맥으로 안다 하니, 나도 죽지 않겠나 맥이나 짚어보소" 하는 대목에서 염치없고 알량한 남성적 자존심을 읽을 수 있다. 해학적으로 그려지고 있기는 하지만 권위주의적 남성에 의해 억압받고 수탈당한 여성의 사회적 지위와 그에 따른 남성의 이율배반을 풍자하는 모티프가 내재한다.[34]

작품의 후반부에서도 까투리의 성(Gender)은 뭇 남성들의 노리갯감으로 전락한다. 여성이 사회를 지배하고 권력화된 남성에 의해 임의로 규정된 채 성차별을 드러냈던 조선시대 횡포가 엿보이는 것이다. 남편인 장끼가 죽은 후 까투리의 환심을 사기 위하여 소리개, 갈가마귀, 부엉이, 오리 등이 나타나 온갖 잔꾀를 부리는 것에서 당대 남성들의 허위와 가식을 강조하고 있다. 겉으로는 불경이부(不敬二夫)를 들먹이며 수절을 강요하면서 속으로는 남의 부녀자들을 넘보는 파렴치함이 극에 달해 있다.

그런 까닭으로 「장끼전」은 독자들로부터 까투리에 대한 이해와 동정을 요구하고 있다고 할 수 있다. 따라서 「장끼전」이 민요로 불리어졌다는 논리가 성립된다. 민요는 피압박 여성들이 삶의 고통을 특정한 형식에 구애되지 않고 노래한 구전물[35]이다. 그 후 그것이 자연스럽게 판소리로 이어지고 소설로 정착되었으리라 판단된다. 「장끼전」의 또 다른 내용·형식 문제는 우화설화가 근대적 장르인 소설로의 이행을 가능케 한 것에 있다. 이것은 「장끼전」이 조선 후기에 이루어졌다는 전제 아래 논의될 수 있다. 조선 중엽에 이르러 성리학의 관념화는 점차 지배층에서조차 불신되고, 자체 모순에 직면한 실학자들의 실학정신이 소설에 영향을 끼치게 된다.[36] 또한 당시까지 성행했던 타 장르의 율문체 문장과 해학성 그리고 풍자성이 「장끼전」을 비롯한 우화소설에도 많은 영향을 주게 되었다.[37]

형식의 측면에서 우화를 구성하는 첫째 요소는 알레고리다.[38] 표면적 동물은 이면적 의미를 감추기 위한 장식적 재료다. 생(生)과 사(死)의 사이에서 반복되는 거칠고 오만한 동물들의 성격 부각은 인간사의 불안정한 상징적 의미를 갖고 있다. 그 속에는 경솔함과 우둔함을 포함한 당대 전근대적 사고를 비판하는 진일보한 사상이 내포되어 있다. 등장 동물을 인간으로 대치시켜 놓고 바라보게 되면 웃음이 절로 나오는 해학성도 알레고리가 소설장르를 확대하는 데 공헌한 증표라 하겠다. 결국 당시의 영웅소설과 애정소설에서 볼 수 없었던 자아와 세계가 상호우위에 입각한 대결의 양상을 우화소설에 와서 실행되었다고 볼 수 있다.

　그 이전의 설화의 주인공들은 신분적 구속에서 벗어나지 못한 채, 단지 당대 불합리한 사회적 구조를 인식하고 문제 제기의 차원에서 끝난다. 그러나 우화소설은 적극적으로 문제 해결의 실마리를 보여주고 있다는 점에서 우화소설이 중세 해체기의 문학적 구실의 본보기라 할 수 있다. 말하자면 「장끼전」이 근대적 소설의 요건을 갖춘 서사문학으로서의 방법론적 착상을 지닌 작품이라 하겠다.

　우화소설은 한 단계 더 발전되어 개화기 시대에는 우의적인 수법에서 탈피, 직접적으로 인간생활을 표출[39]하게 된다. 그중에서도 신채호의 「꿈하늘」은 구체적인 사건과 등장인물들이 설정되어 민족의 여러 가지 전형적인 면모와 한민족의 현실대응방식이 구현되어 있다.[40] 이것은 「장끼전」을 비롯한 우화소설의 형식이 한층 진일보한 상태로 나아간 좋은 예이며, 근대소설로의 성격을 선명하게 드러낸 것이라 하겠다.

4. 주제의식 구조의 쟁점

　우화소설의 주제의식과 사회적 기능은 일치한다. 당대 특권계급의 횡포와 국가제도의 불합리한 측면을 치고 들어간 우화소설은 풍자와 해학으로써 인간상의 이면을 비판하고 조롱하는 데 쓰인 것이다. 풍자는 현실의 모순과 불합리한 사회제도를 우의적으로 적발하고 대항하는 문학상의 방법이다.[41] 그러나 풍자적 방법이 현대문학에 와서는 문학의 장르로 구축되지 못하고 이론적 정립에 그쳤다[42]는 것과 풍자적 쓰임이 현실의 맥락에서 벗어나 있다[43]는 부정적인 정황으로도 거론되고 있다.

　「장끼전」은 서민의식을 표출한 대표적인 장르이다. 다만 앞서 논의된 바와 같이 많은 이본이 존재하고는 있지만 내용이 표방하고 있는 주제의식은 단일하며 그에 대한 논의들도 단출하다. 대체로 여성의 수난에 초점을 두고 「장끼전」이 여성의 지위를 부각[44]시켰다는 데 논의의 일치를 보인다. 이것은 「장끼전」을 근대적 관점에서 다룬 결과이다. 까투리를 빌어 현실을 직시하는 여성들의 삶의 각성을 드러내준다는 입장인데, 구체적으로 "까투리는 당시의 진보적 여성을 대표해서 그 이론과 신념을 실천에 옮겼고, 인종의 쇠사슬 속에서 말 없이 죽은 듯이 살고 있는 뭇 여성들에게 경종을 울려서 여성의 해방과 자유 수호를 위한 거점을 확보했다"[45]는 것이 그것이다. 이는 작품의 사회성과 풍자성을 객관적으로 설명하고는 있지만, 작품의 등장인물을 선악으로 변별하고 있기 때문에 작품의 문학적 의미를 다각적으로 생각해볼 수 있는 여건을 차단하고 있다.

　다음 「장끼전」을 유민부부(流民夫婦)의 대립으로 보는 시각이다. 장끼에게서 당대 가장들의 기개와 권위를, 까투리에게서 섬세한 관찰력과 이지(理智)를 발견하고 나아가 까투리의 현부(賢婦)적 모습에 대한 긍정적 평가가 그렇다.46) 여기에서도 가부장적 권위주의의 허상에 대한 질타와 개가의 당위성을 찾고 필연적으로 반복되는 부녀자들의 고난이 함축적으로 발현되어 있음을 주장하고 있다. 「장끼전」의 후반부라고 할 수 있는, 즉 시대적 배경에 맞춰 보태어졌다는 이본을 논거로 논지를 이끌어간 까닭이다. 까투리 개가 부분에 작품의 성격을 맞춘 결과 여성의 사회적 의식을 지나치게 강조하는 점이 그것을 증명한다.

그리하여 「장끼전」의 연구가 대부분 주제론에 집중되어 있다47)는 비판을 받는다. 우화소설의 이면에 숨어 있는 도덕성도 해석적 시각에 따라 달라질 수 있다고 보는 것이다. 그렇기 때문에 「장끼전」의 단순한 분석들에 대해 회의를 품고, 작품의 분석 및 평가를 여러 각도에서 이루어져야 한다. 두루미, 날쌘 제비, 말 잘하는 앵무새, 따옥이, 갈가마귀, 외기러기, 물오리, 매, 소리개, 황새, 왜가리, 진경이 등등 날짐승들이 보여주는 갖가지의 면모들을 예의 주시하면서 그들이 갖고 있는 이면적이고 심층적인 삶의 실태를 만끽할 수 있는 방법이 강구되어야 한다.

다음 '개가 유형'과 '개가 삭제 유형'으로 나누어 놓고 '개가 삭제 유형'이 수절의식을 고취한다거나, 개가허용이 근대의식의 소산으로 해석하여 「장끼전」을 수절 강요에서 개가 허용으로 변모한 것48)으로 파악한 것도 마찬가지다. 「장끼전」의 후반부라 할 수 있는 개가인식을 문제 삼는 것이다. 개가인식은 19세기 판소리 담당층의 구성과 성격이 크게 변화함에 따라 양반 취향에 맞게 변질된 판소리에서 찾고 있다. 이 논리의 뒤에는 허욕과 오만에 매몰되어 죽은, 장끼에 대한 풍자적 의미를 부여하는 데 반기를 들고 있다. 그러고 나서 장끼가 까투리의 간곡한 만류를 뿌리치고 콩을 먹으려 했던 것은 허기를 채우기 위한 서민적 삶의 문제로 본다.

이러한 논의에 따라 「장끼전」이 서민의식에서 배태된 문학이라 할 수 있는 것이다. 서민 의식적 양상을 몇 가지 제시하면 다음과 같다.

1) 上下平田 들 가운데 퍼진 곡식 주워 먹어 임자 없이 생긴 몸이 官砲手와 사냥개에 걸핏하면 잡혀가서 三台六卿守令方伯 다방 골 제갈 동지 싫도록 장복하고.
2) 엄동설한 주린 몸이 어디로 가잔 말가.
3) 終日 靑山 더운 볕에 상하 평전 너른 들에 콩낟 혹시 있겠으니 주우러 가자세라

당대 외부 환경과 인물행위의 영향관계에 초점을 두고 「장끼전」이 "동물을 의인화한 독특한 문학적 수법을 사용하는 조선후기 동물우화소설 중 비교적 초기에 형성된 작품"[49]이라 한 진술 역시 획일적 논의에 불과하다. 단지 사회·문학적 환경과 인물의 행동 양태를 하나로 가늠할 수 있다는 것인데, 이렇게 되면 「장끼전」의 주인공이라고 할 수 있는 장끼와 까투리의 신분계층을 어떻게 보느냐가 문제다. 이를테면 조선후기 사회가 극도로 혼란한 상태, 즉 기득권층이라 할 수 있는 양반생활이 천민과 다를 바 없는 생활을 겪었다고 할 때, 실제 작품에서 장끼와 까투리를 양반계층으로 설정되었다는 전제에서만 설득력이 있다.

「장끼전」을 전반부와 후반부로 구분 짓고 전반부는 탐욕에 사로잡힌 남편의 경거망동을, 후반부는 봉건 결혼법의 폐습을 거부하고 개가하는 미망인의 모습을 그리고 있다는 식의 논구들이 다수다.[50] 그

러나 「장끼전」에서 경제의 외재적 힘과 계급사회의 내재적 갈등을 우의적으로 표출하고 있다고 한 논의는 눈여겨볼 만하다. 부부로서 까치와 까투리의 지속적인 대화방식은 우화소설이 갖고 있는 특징이기는 하지만, 거기에는 당대 삶의 갈등과 좌절을 보여주는 이면적 기능이 작용하고 있다. 또한 해학과 풍자로 서술하는 작가의 심리적 갈등을 읽을 수 있게 한다.

이 모든 것은 빈궁한 삶의 극복을 위한 당대 서민들의 실상을 드러내는 것이어서 형식과 함께 내용의 층위를 전대의 문학적 방식과는 다르게 표출하고 있다는 데서 문학적 가치가 확보된다. 먹는 것에 목숨을 건 장끼, 곧 그것은 암울한 시대적 삶을 상정하고 있는 것이다. 「장끼전」은 그러므로 서민들의 경제적 해방을 쟁취하려는 우의구조로도 볼 수 있다.

「장끼전」을 전반부와 후반부로 나누고, 전반부는 양반 또는 남성의 권력을, 후반부는 여성의 해방에 초점을 맞춰 논의 된 것들은 정치적 측면만을 고려한 사례라 할 수 있다. 「장끼전」은 정치적 측면과 함께 경제적 사안을 검출함으로써만이 작품의 전체적 맥락을 이해할 수 있으리라 여겨진다.

따라서 「장끼전」의 우의적 구조는 두 가지로 대별할 수 있다. 이원론적으로 조명되는 정치적 우의가 그 하나이며 일원론적 양상을 드러내는 경제적 우의가 또 다른 하나이다. 전자는 작품에서 전반부와 후반부로 생각해볼 수 있는 것으로써, 과거 지향적인 남성과 현실주의적인 여성을 설파하는 것으로 보게 된다. 후자는 작품 전체를 총괄하는 것으로써, 경제적 측면에서 등장인물들을 규명해볼 수 있다. 조선 후기 신분제가 흔들리는 상황은 부를 축적한 새로운 계층과 상실한 계층 간의 뒤바뀐 삶에서 온 것이며 그것이 또 다른 사회조건을 형성하게 된 예증들인 것이다. 그에 따라 먹고 사는 문제가 우화소설의 한 특성으로 전제되었을 것이다.

「장끼전」에서 또 다른 우의적 구조를 찾는다면, 등장인물에 대한 동정(同情)이다. 시대적 사회상황의 전환은 삶의 변동을 추동하는 요인이 된다. 봉건적 계급질서 구조로부터 근대 자유체제로의 재편과정에서 파생되는 개개인의 주체적 삶을 인정하여야 한 것이다. 이것은 인간내면에 잠재된 본능을 타자의 입장에서 받아들여야 한다는 것이기도 하다. 작품의 전반부에서 장끼가 먹을 것에 목숨을 건 행위는 그가 몰락양반이건 기층민중이건 생계의 문제와 직결된 것이기 때문에 당대 핍진한 삶의 형태를 추정해볼 수 있는 것이다. 먹지 말아야 할 것을 먹고 죽었기에 동정의 의미 구현이 포괄되어 있다.

그리하여「장끼전」의 전반부는 인간적 삶의 비극적 정조가 그려져 있다고 하겠다. 후반부에서의 까투리 또한 남성과 여성의 중심위치가 교체되어 가는 과정에서 발생되는 여성들의 불안정한 심리가 보임으로써 동정을 유발한다. 의지의 대상인 장끼의 죽음으로 인해 성적 유혹의 모티프로 설정되어 있는 장면 전환은 약자로서의 여성적 삶의 방식을 문제 삼고 있는 것이다.

까투리의 개가에 대한 주제의식 구조는 사족들의 일방적인 권위를 물리치고 새로운 평민집단의 의식전환과 맞닿아 있다. 삶의 위기를 극복하기 위한 하나의 방법은 기존의 제도를 거스르는 것이다. 까투리의 개가는 유교사상을 거부하는 여성들의 정신적 전환의 장치이며 그동안 수동적인 행위에 의해 남성들로부터 핍박받아온 데 대한 안타까움이 돋보이는 시대성이 반영되어 있다.

5. 결론

「장끼전」의 이본이 여럿 존재한다는 자체는 그 만큼 이 작품이 전통적 신화성의 틀에 얽매여 서술된 것이 아님을 시사한다. 즉 고난을 극복한 후 행복한 결말로 끝나는 영웅소설 등의 신비적·환상적 서술에서 벗어나 인간의 중층적 삶을 수용, 독자들로 하여금 지배적 이데올로기의 한계를 인식할 수 있는 구조로 짜여 있다고 하겠다. 그럼에도 이에 대한 수용의 줄기는 정치적·경제적 측면만을 고려한 거대 담론의 해명에 편중되어 있다. 「장끼전」의 많은 이본만큼 논지의 시각은 다양하지 못했다고 하겠다.

고전의 우의구조는 한국문학의 전통과 새로움의 길을 함께 모색할 수 있는 미학적 요소들이 다수 내재해 있다. 따라서 「장끼전」이 가지는 사적(史的) 의미를 간단히 새겨보는 것으로 이 글의 결론을 삼을까 한다.

고대 민요의 몇몇, 삼국시대 설화의 다수, 고려시대의 가전, 조선 전기의 몽유록계, 조선 후기의 우화소설로 이어진 우의구조는 개화기 시대에는 역사적인 인물을 허구적으로 형상화한 「꿈하늘」과 구체적 사회성을 띤 「금수회의록」 등이 선구자의 역할을 담당하였다.

그것이 근대에 이르러 해학성의 파편들이 깔려 있는 풍자소설로 귀착되었다. 그러므로 해학과 풍자로 형성된 「장끼전」의 우의구조는 전대문학으로부터 계승받고 후대문학으로 전승했음을 언급해 두기로 한다. 그러나 적지 않은 이본이 존재한다는 것에서 거대담론으로서가 아닌, 세부적 현상 즉 개인적 본능의 문제들로 관심을 집중시킬 필요를 느낀다. 조류를 인격화한 「장끼전」이 남성들의 권위에 대한 여성들의 주체적 도전의 성격으로 보는 것이 그 한 예가 될 것이다.

염상섭의 「사랑과 죄」 주제의식 및 갈등 양상

1. 서론

「사랑과 죄」[1]는 염상섭[2] 소설에서 두 가지의 의미를 지닌다. 하나는 당대 문단의 지배세력이었던 프로문학으로부터 자유로운 위치에 놓여 있었다는 점[3]이며, 다른 하나는 새로운 삶을 향한 지표가 보이지 않는 가운데서도 문학적 진실성을 획득하였다는 점이 그것이다.

「사랑과 죄」가 씌어진 1920년대는 우리나라가 주권을 빼앗기고 민족 주체성을 상실한 시기였다. 식민지 사회의 이러한 정신적 황폐화는 곧바로 개인의 실존문제와 맞닥뜨려졌고 시대변화에 대응하는 새로운 세계 관찰을 요구받게 되었다. 개화기 이후 모든 논리를 지배하고 있던 서구화는 우리 사회의 모순을 은폐하는 제도적 함정이었음에도 불구하고 정치 · 경제를 비롯한 생활의 척도까지 서유럽을 문화적 모범으로 생각하고 선험적인 것으로 받아들였다.[4]

근대정신의 한 축인 인간의 상상력은 인간의 삶의 목적을 규정하는 토대가 되었다. 그 인간의 상상력을 포괄하는 문학의 영역에서 염상섭은 서구적 열등에서 벗어나 한국의 토양에서 반응하고 개성의 발로로써 문학의 입장을 취한 작가로 평가되고 있다.5) 이러한 견해는 염상섭이 현실에 결여되어 있는 민족의 주체성을 촉발시켜, 한국문학의 전통적 존립의 가능성을 제시해 놓았다는 말로 해석된다.

　염상섭은 「사랑과 죄」의 작중 인물들을 보다 객관적이고도 보편적인 자세로 이끌어 나가고 있다. 그러한 가운데 식민지 재배의 질곡과 전근대적인 삶의 방식을 민족정신으로 접근하고 있다. 그러므로 이 작품은 작가의 다른 작품들보다도 경험적 진실의 추구가 심화·확대되어 있으며, 내면적 고백의 속성이 강하게 나타나 있다고 하겠다.6) 이는 문학을 매개로 한 사회적 의식과 역사적 인식의 직접적 표명이라 짐칠 수 있게 된다.

　염상섭의 업적은 이처럼 한국 문학사에서 당연시해온 계몽적 지표에 머물지 않고 이데올로기의 논리를 포함한 창조의식인 문학 창작 방법을 새롭게 보여주었다는 것에서 찾아진다. 그것은 그가 단순한 개인적 정서를 드러내는 데 만족하지 않고, 근대 자각의 원천으로 당대의 사회적 부조리를 비판한 작가였기 때문이다. 그러나 「사랑과 죄」에서 만큼은 그러한 전망은 드러나지 않는다.7) 다만, 거기에서 정서의 절제와 경험의 진실성이 강하게 표출되고 있음을 발견할 수 있다. 달리 말해 의식적 가치 창조의 틀에 얽매어 다양성을 보여주지 못한 것으로 설명된다.

문예는 생활에서 보면 그 표백이요, 다만 그 내재한 예술적 효과
또는 가치−통틀어서 예술적 위력이 생활총체를 순화하고, 미화하
며, 개개인의 영적 생활을 자극 활발케 하는 동시에 개개인의 감정
과 의지와 혹시는 사상까지를 융화하고 연결함으로써 인생생활에
대하야 저 맡은 직책을 다할 따름이다.[8]

　인용문의 주장 속에는 생활의 모든 영역에서 편향적 태도를 배격
하고 삶의 창조자로서 역사적·시대적 성과에 대한 반성과 함께 새
로운 문학적 이념의 모색이 지향할 점임을 인지 받게 된다.

　염상섭은 문학작품에서 현실 자체에 깊이 침윤된 서민층에 대한
강한 연민을 드러내는 데 익숙해 있다. 그 결과 자아를 둘러싼 모순
의 세계를 가치 지향적으로 끌어올리기 위한 인식 태도를 보여준다.
그런데도 불구하고 문학적 주제는 항상 긍정적 인물들의 행위를 추
이하는 데서 더 이상 나아가지 못한다. 그것은 그가 동조자로서의 역
할에 충실했다는 것과 무관하지 않다.

　이러한 측면을 고려하면 「사랑과 죄」에 나타난 작가의 근본적인
물음이나 인물의 형상화로 비쳐신 작품의 내면구조를 파악할 수 있
을 것이다. 지금까지 염상섭의 작품에서 「삼대」와 몇몇 작품만이 독
자들의 사랑을 받아왔던 데 비해 「사랑과 죄」는 그렇게 많이 읽혀오
지 않은 게 사실이다. 이러한 원인은 이 작품이 전후의 작품들과 비
교해서 주제적인 면에서든 문학사적 의의에서든 그 의미가 미약[9]한
데 기인할 수 있겠지만, 더 근본적인 요인은 염상섭 작품의 학문적
연구가 편향적이거나 기존의 논의로부터 벗어나 새로운 담론의 틀을
제시하지 못한 데 있다고 하겠다.

　염상섭의 작품을 연구하는 데 있어서 「사랑과 죄」는 매우 중요하

다. 이 작품이 그의 초기작들과 후기작들 중간의 위치[10]에 놓여 있으며, 이 작품으로 인하여 염상섭이 장편소설 작가로 자리매김하게 되는 계기가 되었기 때문이다.[11]

따라서 본 글은 작품의 세계를 간략히 소개하는 데 그치지 않고 「삼대」보다 3년 앞서 씌어진 「사랑과 죄」의 주제의식과 함께 당대 현실의 세계와 자아의 갈등양상을 고찰하는 데 목적을 둔다. 이를 통하여 사상적 기반을 이루고 있는 작가의 사회적 현실에 대한 응전 태도를 밝히고 이를 비판적으로 검토하고자 한다. 그런 가운데 작중인물들 간의 고뇌와 갈등의 전범을 보여주고 있는 「사랑과 죄」의 문학사적 위치를 확인하게 될 것이며, 그에 따라 작가의 창작적 성과를 다시한 번 검증하는 계기가 될 수 있을 것이다.

학문적 연구에 있어서도 염상섭의 작품들에 대해서는 많은 논의들이 있어왔다. 「사랑과 죄」는 그중에서도 문제작이라 하지 않을 수 없다. 그럼에도 불구하고 지금까지 매우 단편적으로만 언급된 상태로 머물러 있다는 것은 그만큼 작품에 대한 편향적 태도를 보여주고 있다는 반증이다.[12]

따라서 본 글의 목적에는 「사랑과 죄」의 개괄적 현상뿐만 아니라, 작가의 역사의식과 근대적 자아의 함축적 의미를 세부적으로 파악한다는 의도도 함축되어 있다. 그러나 이러한 연구방법은 관념적 서술의 논리로 재단되어 자칫 한 개인의 문학적 상상력을 훼손시킬 우려가 있다. 그래서 작품 속에 형상화되어 있는 당대의 삶을 총체적으로 파악하고, 기왕의 논의들을 보완하는 수준에서 이 글은 씌어진다.

2. 주제의식

염상섭의 문학에 있어 지금까지 논의의 초점은 「삼대」에 맞춰져 있다. 그의 대표작으로서의 「삼대」는 자연주의 또는 사실주의 소설로 규정되어 왔다. 그것은 다름 아닌 그의 문학적 작업이 현실적 관심 때문인 것으로 보인다.[13] 그 이전에 씌어진 「사랑과 죄」도 시대와 사회의 관계망 속에 작가의 자아가 투영되어 있음을 부인할 수 없다. 그리하여 당대 사회가 지닌 역사적 의미가 작품 밖으로 끌어올려지고 생에 대한 긴장을 불러일으키며, 삶의 원천적 조건에 이의를 다는 형국이다.

「사랑과 죄」에서 작가는 현실에 대한 비판 인식과 동시에 현실적 삶의 육화를 꾀하고 있다. 무엇보다도 대립과 분열된 현실적 상황을 정치하게 그려내면서 투철한 민족주의적 성격을 내보이고 있다. 그러한 의도가 이 작품을 리얼리즘[14]의 한 거점으로 보게 되는 이유가 된다. 또 작가의 현실에 대한 긍정적 의지와 부정적 의지를 변증법적으로 순환시켜 삶의 가치체계를 펼쳐 보이고 있는 작품이 「사랑과 죄」이다. 여기에서 작가는 정치적으로 억압된 자아를 불균형한 세계 속에 투영시킴으로써 역사적·사회적 상황을 보여주고자 한다.

개화기를 거치면서 삶의 폐쇄성과 서구화의 물결에 의해 혼돈을 거듭하고 있는 동안, 염상섭은 문학을 통하여 인간 감정의 이면까지도 교묘하게 포착해 내고 있다. 역사의식과 현실감각을 확보하면서 염상섭의 사회에 대한 비판의식과 주제의식 또한 독특한 개성으로써 문학적 의의를 뒷받침하고 있는 관계 항들을 살펴보자.

1) 생존탐구를 위한 자아와 세계의 재인식

'가족'의 모티브는 염상섭의 소설에서 공간적 의미를 강조해 주는 장치다.15) 「사랑과 죄」에서도 '가족'의 표면적 현상을 통하여 '사회 내면의 진실'을 밝혀낼 수 있다.16) 이것은 이 작품이 단지 작가의 내면에 흐르고 있는 관념적 흐름만이 아닌, 작가 삶의 토대를 이루고 있는 시대적 상황이나 작가의 정신 상태를 발견하게 하는 근거를 제공하고 있다는 이야기가 된다. 다시 말해 가족 내의 일상적인 스케치에 머물러 있는 소설들과는 달리 가족의 구체적인 모습을 통해 사회의 다양한 현상을 발현하는 양상을 띤다고 하겠다. 「사랑과 죄」를 구성하고 있는 가족은 생존방식의 세계와 연관이 있으며, 조선 식민지의 상징적 기호로의 의미를 갖고 있다.

작품의 인물들이 운명적인 삶을 극복하기 위해 각자 선택된 사랑의 조건을 획득해 가는 과정을 분명하게 보여준다. 비록 작중인물들의 인간성이 훼손되어 있을지라도 객관적 현실의 진실성을 들춰내게 하고 있다. 작가는 삶 자체가 고통임을 자각하며 당대의 지배적인 정치적 억압과 거기에서 오는 존재에 대한 불안을 하나도 감추지 않고 자신의 시대적 의식을 보여주고 있다고 하겠다. 「사랑과 죄」에서 리해춘의 부친인 리판서와 친일부호이자 류진의 아버지인 류택수의 타락상을 통해 그것을 적나라하게 잘 보여주고 있다.

리판서는 자작(子爵)이라는 직위를 총독부로부터 부여받고 온갖 친일행위를 일삼으면서 해주댁을 첩으로 맞아들인 인물이다. 또한 류택수는 조선흥산무역주식회사 사장으로서 돈으로 쾌락적 성을 사고, 온갖 음모와 술수를 동원하여 부르주아지의 타락한 가치를 빚어내고 있다. 이 인물들이 가족 내에서 중요한 역할을 담당하고 있는데, 이는 궁극적으로 타락된 인물들에 의해 그 가족은 물론이거니와 시대의 민족적 생존과 밀접한 관련이 있음을 알게 해준다.

「사랑과 죄」의 밑바탕에 깔려 있는 작가의 인식은 민족 전체의 생존문제이다. 자아의 영역에서 표면화된, 즉 가족의 구체적 삶을 그리고 있는 가운데 염상섭은 당대 사회구조의 모순을 동시에 진단하고 있다. 그리하여 작가는 타락한 인물이 존재하고 있는 자신의 가족들은 물론, 민족적 생존까지 위협받고 있음을 작품을 통해 강하게 환기시켜주고 있다.

주인공인 리해춘과 류택수의 아들인 류진은 식민지의 현실을 그대로 받아들이는 가운데 주변의 세계를 새롭게 인식해가는 인물들이다.

> 자손을 남부럽지 않게 길러 놓는다는 것도 물론 큰 사업이지마는 늙어 가는 대지(大地)를 항상 기름지고 젊을 수 있게 하는 것은 칠십 년 팔십 년이라는 생애에 하루 같이 호미자루를 잡고 꿈적꿈적 흙 속에서 파묻혀 지내는 그들의 덕택이 아니고 무엇이겠습니까? 우리는 그들의 자손과 함께 그들의 두 팔에서 그들의 땀방울 속에서 자라나지 않았나요?… 이러한 말을 하면 너는 귀족 놈이니까 농민계급의 불평을 품고 땅 두더지의 신세에서 벗어나려고 반항할까 보아 무서워서 감언이설로 꾀이는 것이나 다름없는 수작이 아니냐고 할 사람도 있겠지마는 그러한 불순한 생각이 없이 공평히 사람의 생활 사람의 사업이라는 것을 생각하면 우리는 누구보다 먼저 그들에게 공경하는 지성이 있어야 할 것이지요. 그들의 얼굴에 천 줄기 만 줄기 아로새긴 주름살을 보고 무지(無智) 그것 같다고 웃을 사람이 그 누구입니까? 그 주름살이야말로 그들의 대사업─인간의 끝없는 대사업이 기록되어 있는 게 아니라고 누가 반대를 할 수 있겠습니까… 또 오늘날 그들의 생활이 행복스럽다는 것도 아니지요. 행복스럽기는 고사하고 얼마나 그들이 이 사회의 밑바닥에 깔려서 비참한 생활을 하는지 그 앞에서 우리는 눈을 감

아서는 아니 되겠지요. 그러나 다만 큰 일이란 별다른 데서 구할
게 아니라는 말이에요. 무슨 일을 해야 큰 사업을 하겠느냐는 것을
생각하는 사람이 아니라 어떻게 하면 자기가 맡은 일에 대하여 자
기가 자신(自信)을 가질 수 있고 또 남도 그 사람에게 그 일을 맡기
면 마음 놓겠다고 할 만큼 미더운 튼튼한 사람이 되겠느냐는 것이
겠지요.(p.34)[17]

　　해춘이의 열변 속에서 자아와 세계를 재인식하는 사회적 변화를
읽을 수 있다. 작품의 주인공으로 설정된 리해춘은 왕손인 리자작의
아들로 동경 미술학교를 나와 봉건사회에서 근대사회로 나아가는 이
행기 동안에 수동적으로 살아가는 인물이다. 일본의 내정간섭 아래
이루어진 근대적 개화는 역사적으로나 사회적으로나 왜곡된 개혁일
수밖에 없으며, 따라서 사회의 한 축을 이루는 가족의 관습과 국가의
종래 질서가 크게 흔들리지 않을 수 없게 된 것이다. 그러나 리자작
과 류택수의 인물군에서 나타나듯이 당대의 무능한 양반계급과 개화
사상에 적극적으로 나선 일부 선각자들은 자신들의 안정된 생을 구
가하기 위하여 우리 민족에 대한 일본의 지배를 묵인하기에 이른 것
이다. 거기에서 왕실은 주체성을 잃어버렸고 국가의 정치·경제·사
회·문화의 강탈된 현상을 가져온 것은 필연적인 결과였다.
　　이러한 조건 아래에서 염상섭은 작품을 통해 가족의 전통적 윤리
관을 옹호하는 한편, 식민지 제도에 의한 가족 붕괴의 현실을 확인시
켜주고 있다고 하겠다. 극단적으로 보면 염상섭의 작업은 가족의 문
제를 통해 사회적 존재로서의 삶의 정당성을 확보하려는 몸부림으로
도 볼 수 있다. 리해춘의 가족이 파괴되어 가는 과정을 그리면서 민
족적 위기를 진단하고 국가의 식민지적 조건을 타개해 나아가는 방
식을 도모하고 있다고 할 수 있다.

국가의 주권이 일본의 손아귀에 떨어지고 일본의 침략세력이 노골적으로 자행되던 때에 왕실을 중심으로 한 봉건적 질서를 포기하지 않으면 안 되었고, 작가 또한 망국의 모멸이나 외세에 대한 불신 감정을 감당해야 했던 것을 가리켜주고 있다. 리해춘은 그러한 조국의 상황에서 나름대로 그에 대응하며, 개인의 자율적 정신을 지니고 있는 인물로 그려져 있다.

> 나는 무슨 주의니 무슨 주의니 하는 것은 싫어요. 될 수 있으면 남의 머리 위로 걸어 다니지 않고 남의 입에 붙은 밥을 노리지 않아도 제각기 먹고 자유롭게 지낼 수 있는 사회에서 살아 보고 싶을 따름이에요.(p.35)

세속적인 현실 속에서 막연히 품고 있는 이상세계는 한낱 허황된 꿈에 불과하다. 많은 사람들이 삶의 패배를 거듭하면서 선의 세계를 바라본다. 그 선의 세계는 인간 중심적 세계이다. 거기에는 허위의식을 벗어난 이성적 사고의 자아를 전제로 한다. 그러기에 일상생활을 담고 있는 주체적 삶은 그 자체로 어느 정도 나를 지키고자 하는 정신의 자율성이 있는 것이다.

그러나 이 개인의 자율성이란 정치적 폭력과 식민지 조건으로부터 벗어나 획득될 수 있는 것이 아니다. 그러기에 인간의 존재와 가치를 내면적 고통을 거쳐 정치적인 폭력을 비판적으로 대면하는 면모를 보여준다. 그러나 염상섭이 리해춘의 인물을 통해 드러내고 있는 이러한 정신의 자율성, 즉 어느 이데올로기에도 구속되기를 거부하는 삶의 자세 이면에는 니힐리즘이 내포되어 있다. 그러기에 봉건적 가족 질서로부터 새로운 삶의 개척을 꿈꾸지만, 리해춘은 적극적인 민중의식의 실천을 보여주지 못하고 친구 호연이의 사상을 추수하는 데 그쳐 있다.

> 조선 귀족이란 ○○ 팔아먹고 땅 팔아먹고 조상 팔아먹고 인제 집 팔아먹으면 막장 볼 것일세. 누가 가엽다고 찬 밥술 한 술 줄 줄 아나? 자네두 정신 바짝 차리거들랑은 문간의 인력거부터 팔아 없애게. 그라구 자네 집 단 두 식구가 이 큰 집은 해서 무얼 하나? 문서 잡혀 먹고 집 까불리기 전에 애국에 집도 조려 가게(p.53)

작가는 김호연의 입을 통해 사회의식을 고취시키고 있다. 호연은 리해춘의 친구로서 동경제대 법대를 졸업하고 변호사로서 사회주의 운동에 가담하고 있는 현실적·실천적 행동주의자다. 그는 신흥 러시아 사회를 동경하고 있는 인물이다. 그러한 민중적 사고방식을 가지고 있는 호연은 혁명적 낙관주의를 보여줌으로써 사회변혁에 눈 떠가는 리해춘을 근대의식으로 변화시키고자 노력하고 있다.

호연이 해춘을 설득해 가는 과정은 인간해방 의지의 중요한 원동력이 되고 있다. 이것은 계급 갈등으로서의 자아가 민족현실의 암담함을 깨우쳐준다는 의미를 던져주고 있다. 그러한 점에서 작가 염상섭은 김호연을 앞에 내세워 또 다른 근대적 생존방식을 보여주는 방식을 구가했다고 하겠다.

그러나 염상섭은 김호연을 독립운동의 일원으로 설정했으면서 그를 비정상적인 인물로 보게끔, 즉 식민지 지배체제에 반기를 들고 거기에 맞서 싸우다 다쳐 병원에 입원해 있는 것이 아니라 늑막염으로 병원에 입원해 있는 것으로 그려놓고 있다. 더구나 작가가 직접 개입하여 다음과 같은 김호연에 대한 인물 설명을 시도함으로써 작가적 한계를 드러낸다.

　　김호연이의 내력을 여기에서 급히 기록할 필요도 없고 또 특별
히 이렇다고 할 만한 장치가 있는 사람도 아니지만 하여튼 이 사람
도 요사이의 조선 청년의 한 사람이다. 즉 말하면 제 집에 짙은 철
량이 있는 것도 아니건만 술 담배 좋아하고 간혹은 기생집 볼요 우
에 성큼 올라앉아서 너털대고 하는 류의 인물이다. 그에게 비범(非
凡)하다 - 과인(過人)하다고 칭송할 건덕지라고는 하나도 없으나 다
만 한 가지 요사이 수년 내로 술친구 사이에서는 주량(酒量)이 과
인하다거나 정력이 비범하다는 말을 듣는다 한다. 그가 늑막염이니
신경 쇠약이니 하여 세 네 가지 병이 야단스럽게 겹질려서 고생을
한다는 것이 꾀병이거나 친구 덕에 입원이나 하여 있으랴는 엄살
이 아니라고 보면 그 세 가지 병이 어느 것이나 모두 <주량이 과
인>하던 근래 몇 해 동안에 얻은 병일지도 모른다.(p.52)

여기서 당대의 계급 의식적[18]으로 씌어진 다른 작가의 작품들과
차이가 있다. 이러한 사실주의적인 서술은 주제의식을 약화시키고 있
다. 왜냐하면 봉건적 가족주의 사고방식을 갖고 있는 리해춘을 계도
하는 입장에 서 있는 호연의 행위가 당대의 사회 가치관으로 볼 때,
반윤리적·비도덕적으로 설정되어 있기 때문이다. 또한 식민지 사회
의 권력구조에 대응하는 조선인의 한 사람으로서 입원의 원인이 개
운치 않다. 독립운동가인 호연에 대한 행위의 정당성을 자칫 왜곡해
바라볼 개연성이 있는 까닭이다.

인습적 봉건체제에서 새로운 방향을 재정립하지 않으면 안 될 단
계에 직면해 있는 주인공 리해춘의 현실에 대한 철학적 인식은 개인
과 사회의 기능을 결합하는 입장이다. 그러나 마지막 부분에서 호연이
다시 평양경찰부에 잡혀 들어가는 것을 알고도 어떠한 결단도 없이
도피하듯 봉천행을 택한 것은 작가의 내면 의식이 그만큼 일관성을

상실하고 있음을 말해준다. 류택수의 아들 류진도 별반 다르지 않다.

> 생명이란 자네가 생각하듯이 그렇게 엄숙한 것도 아니요, 절약할
> 수 있는 것일지 의문일세. 생식(生殖)을 위하여 지리하게도 연쇄(連
> 鎖)한 맹목적 운동(盲目的 運動)의 총체가 생명일 따름일세. 먹는
> 것-교미기(交尾期)의 비상활동(非常活動)을 개시하는 것-새끼에
> 게 제 관습을 가르쳐서 무가치한 자기의 재현(再現)을 남겨 놓는
> 것-이 세 가지밖에 또 다시 생명의 구현(具現)이니 발로(發露)니
> 활동이니 하는 것이 있는 줄 아나? (중략) 그 다음에는 식색의 본
> 능을 합리화(合理化)하고 미화(美化)하고 풍부히 하고 더 많이 약
> 탈하려는 노력으로 오늘날까지 인류는 시달려 왔다는 말일세. 그러
> 기 때문에 진보를 인정하지 않는다는 게 아니라 그러한 것이 생명
> 일 따름이라는 것일세.(pp.135-136)

류진은 자본주의 상류계층인 류택수와 일본인 첩 사이에서 태어났
고, 리해춘의 친구이다. 계급 갈등이 존재하고 있는 식민지 사회에서
그는 생명에 대한 나름대로의 지식을 갖고 있다. 그러나 그는 타자를
향한 어떤 몸짓도 보이지 않는다. 그것은 아버지와 어머니 사이에서
의사소통이 부재한 서자의식의 소산이다. 말하자면 부자(夫子) 또는
모자(母子) 관계에서 자신의 태생적 한계를 인식하고, 무력증이나 자
아 상실의 양상이 드러나 있다.

그리하여 혈연적 선을 이어가고 있는 아버지로부터는 일신상의 안
락에서, 정상적인 결혼이 아닌 어머니로부터는 식민지 세대의 정체성
에서 류진은 적잖은 갈등을 한다. 이것은 부모와의 분명한 대립의식
의 표출이다. 그 대립 속에서 류진이 변모해 가는 과정은 허무주의
형태를 띤다.

류진은 모순된 삶의 극복의 의지를 보여주지 못하고, 당대 식민지

시대의 좌절된 하나의 인물로 그려져 있다. 그리고 그는 온갖 악행을 저지르는 아버지와 기본적인 배경을 이루면서 그 타락한 아버지 사이에서 갈등하는 관계로 귀착하고 있다. 따라서 부르주아지 가족의 일원으로서 류진은 자신의 욕망을 감추고 타락된 현실을 목도함으로써 표면적으로나마 배금주의에 물든 세계에 환멸을 느끼고 있는 인물이다.

염상섭이 리해춘과 류진을 통해 보여주고 있는 것은 궁극적으로 생존의 탐구다. 이 생존의 탐구는 급작스런 사회의 변모와 전통적 가치질서의 와해 과정 속에서 살아남기 위한 태도라 할 수 있다. 다시 말해 작가는 소설로써 당대 사회의 계급구조 모순과 서구화로 인한 민족의 분열의 실상을 드러내며, 작가의 현실 인식과 사회에 대한 가치판단을 읽을 수 있게 하고 있다. 이러한 접근법은 훼손된 사회현실을 직시함으로써 허위와 위선으로 가득 찬 세계를 탐색하는 것이 되며, 문학적 체험으로 역사적 격동기를 새롭게 인식하는 바탕이다. 「사랑과 죄」의 세계가 당대의 현장성을 절박하게 획득하고 있다[19]는 논리다.

식민지 통치를 받고 있는 국가에서 자중 인물의 행동과 의식의 하나하나는 근본적으로 현실의 모든 사람들 개개인과 밀접한 관계가 있다.

2) 현실 대응 의식

군국주의 일본에 의해 강탈된 20세기 초 한국의 불안정한 정세는 비록 일본의 식민지화를 위한 야욕으로 야기된 것이지만, 낡은 시대의 굴레를 벗어나려는 일부 지식인들에 의해서도 그 원인이 있다. 정치 위정자들과 무능력한 보수 세력에 의해 국가 통치의 자주성을 잃자 개화라는 명분으로 자본주의 열강세력에 영합한 결과였다. 세계열강들의 자본주의 욕망에서 벌어진 한국의 근대화는 민족적 삶의 위기를 낳았고, 거기에 맞서 각계각층에서 주권 수호운동이 전개되기도 했다.

이 시기의 근대의식은 문학에서도 예외일 수 없었다. 국가와 민족을 구원하는 창작적 방법이 태동되었고, 그로 말미암아 민족의식이 각성됨으로써 문학적 저항의 모습을 보여준 시가가 바로 1920년대부터다. 그 가운데 염상섭의 문학은 현실문제에 대응하는 모습을 보여주는 전범이 되었다.[20]

당시는 전 세계적으로 이념의 갈등과 대립의 시대였다. 이러한 주·객관적인 요소들이 염상섭으로 하여금 치열한 문학적 삶의 자세를 갖게 했다. 그리하여 그는 현실적 문제에 관심을 집중시켜 누구보다도 문학적 반응을 보여주었다고 단정할 수 있는 것이다. 이것을 리얼리즘 소설이라고 말할 수 있다면,[21] 근대적 삶의 방향에 놓여 있는 「사랑과 죄」는 근대적 생존방식을 객관적으로 문제 삼았다고 할 수 있다. 문학으로써 사회적 모순과 불합리를 끄집어내었다는 점에서 리얼리즘 소설이라 하겠다.

그러나 「사랑과 죄」에서 염상섭은 식민지시대의 현실을 비판적으로 인식할 뿐, 이를 미래에 대한 낙관적인 전망을 제시하지 않은 점으로 보아 비판적 리얼리즘 작품으로는 볼 수 없게 한다.[22]

　　소설이란 거짓말을 꾸민 것이라 하나 그렇지 않습니다. 소설이란 붓끝으로 새김질하여 써 보는 이의 마음에 아름답고 깊은 감명을 줌으로 말미암아 눈치 채지 못하였던 인생의 형용과 자기와 자기가 놓여 있는 현실을 깨닫게 하는 데에 공리적 사명(公利的 使命)을 가진 것입니다. 그러므로 시대와 환경을 그리며 지금 조선 사람은 어떤 생각을 가지고 어떻게 사는가를 그리려 합니다.

「사랑과 죄」를 본격적으로 연재하기 전 신문에 기고한 위의 진술을 보면 염상섭의 사상적 기반과 함께 그의 문학관이 어떠한가를 어느 정도 파악이 된다. 염상섭은 동시대의 여러 이념들을 파헤치고 마르크시즘과 아나키즘은 물론 허무주의까지도 아우르려는 노력을 한 작가임이 드러난다.[23]

1920년대 문학의 방향은 민족적·주체적 자각의지를 얼마만큼 반영하였느냐에 있었다. 이것은 문학 형식의 특성뿐만 아니라, 전통적 뿌리를 변별 짓는 중요한 바탕이 되었다. 이러한 문학적 환경 속에서 염상섭은 현실에 대한 자각과 민족 주체성의 발휘를 문예학적 실천으로 보여주었던 것이다. 따라서 염상섭의 문학은 식민지 상태에 놓여 있는 조국의 현실에서 하나의 커다란 발자취를 남기게 된다.

그러나 그의 문학적 주제의식은 경직성을 벗어나지 못하고 있다. 즉 암울한 시대의 삶의 보편주의에 호소하고 있을 뿐, 부정적 삶에 대한 극복의 방법으로써 구현하고자 하는 심층적 의식을 표출시키지 못했다고 하겠다. 여기에 자유로운 상상의 질서가 결여되어 있다는 느낌 또한 받고 있다. 그것은 염상섭 자신의 삶의 방법이기도 하겠지만 정치적으로 억압된 상황에서 일본과 타협한 일면이기도 하다. 그러기에 「사랑과 죄」에서도 당대의 생활을 상세하게 묘사는 해놓았지만, 미래적 전망이 결여되어 있다고 할 수 있다.

> 해춘이는 내일이라도 대소가와 합의한 후 작위반상의 수속을 취하겠다는 말을 남겨놓고 나와 버렸다. 이 기회에 작위를 내놓으면 도리어 몸이 가뿐하여 시원할 것 같기도 하였다.
> 이튿날은 벽동대감 말과 같이 집에 들어앉아서 그야말로 근신을 하였다. 병원에 전화를 걸어 보았으나 아직 아무 소식도 없다 한다.

친족들이 여러 군데로 다리를 놓아서 알아 들이는 소문에 의지하면 당국자의 의향으로는 물론 해춘이를 검속하지는 않으나 금명간 평양 검사국에서 호출장이 나오리라 하고 또 서울서 검속한 일동은 오늘 안으로 평양으로 이송(移送)되리라 한다.

해춘이는 꿀 먹은 벙어리 모양으로 가만히 앉아서 일이 되는대로 당하고만 있을 수밖에 없었다.

과연 그날 밤 저녁 신문에는 역시 ○○○을 처기며 평양 모 중대 사건의 연루자 전부를 밤 열한 시 차로 평양경찰부에서 출장한 경관이 호송하여 간다고 보도되었다.(p.290)

일제치하에 처한 민족의 억압된 삶을 주인공 리해춘을 통해 치밀하게 묘사하고 있는 부분이다. 문제는 식민지의 생활 속에서 역사적 인식의 확대를 더 이상 모색하지 못하고 관찰자로 머물러 있다.

자신이 위치해 있는 세계는 주체적인 민족의식이 상실되어 가고 있지만, 일본은 점점 영구 식민지지배를 위한 탄압과 민족의 고유성 말살 그리고 경제적 수탈로 치닫고 있었다. 그리하여 식민지 백성끼리도 음모와 살기가 판을 치게 되고, 민족의 궁핍한 현상의 부정적인 부산물을 낳게 되었는데, 작가는 이러한 현상의 극복을 위한 서사는 보이지 않는다. 다만 그와 같은 시대상을 있는 그대로 표출했다는 것에서 염상섭 작가의 세부적 묘사의 충실성은 장점으로 꼽을 수 있다.

작품에서 또 하나 주목되는 것은 계몽주의 소설에서 볼 수 있는, 즉 한 인물에 집중하여 그만을 선구적 활동으로 부각시키지 않고, 다양한 인간군상들을 균형감 있게 펼쳐냈다 점인데, 이것이 「사랑과 죄」의 특징이라면 특징이라고 할 수 있다.

한편 「사랑과 죄」의 주인공은 전통적 가족중심으로 복귀가 불가능해진 상태에서 이중적 세계인식을 드러낸다. 물론 이것은 진실을 은폐하는 현실적 조건과 싸우는 자아의 욕망으로 나타날 수 있는 것이며,24) 사회의 모순구조 앞에 대두될 수 있는 허무주의 내지 패배주의의 경향으로 작용할 여지가 있다.25)

작중인물 리해춘은 전통적 가치관 속에서 식민지 현실을 주체적으로 인식해 간다. 그러한 가운데 허무주의와 사회주의, 그리고 무정부주의 사상을 모두 부정하면서 민족주의와 사회주의의 중간적 입장을 취한다. 바로 이러한 표출형식으로 인해 염상섭이 현실폭로 수준에서 더 나아가지 못한 채, 어떠한 해결의 방향을 보여주지 못했다는 비판을 받고 있는 것이다.26)

그러나 이러한 결점에도 불구하고 작가는 김호연이라는 인물로 저항적인 색채를 강하게 드러내고 있다. 이는 민족 앞에 권력의 횡포가 자행되고 있다는 증거이며, 염상섭은 그러한 통치 권력과 대응하는 방법을 상징적으로 보여주고 있다.

> 저편 구석에는 상인 같은 일인이 일본 기생을 데리고 앉았고 이쪽으로는 얼굴이 삶은 게딱지 같이 되어서 두어 패나 떠들고 앉았다. 모두 일본 사람들이다. 일본 사람들이기 때문에 이 사람들도 일본말로 수작을 하는 것이다. 일본말 모르는 기생들은 한구석에 쭉치고 앉았을 수밖에 없다. 더욱이 마리아의 일녀 볼 쥐어지를 만한 일본말에는 남자들이 돌려다보고 웃기까지 하였다. 그 웃음은 웃는 사람 자신도 설명하기 어려운 복잡한 감정을 가진 것이다. 그러나 그들은 자기네에게 무례히도 보내는 그 웃음이 무엇을 의미하는 것인지 또는 얼마나 그로 인하여 자존심이 깎기는 지를 알면서도 역시 일본말을 쓰지 않으면 안 되는 것은 무슨 까닭이었던가? 호연이는 불쾌하였다. 그러나 나즉하게 조선말로 이야기할 때에도 자기가 지금 조선말을 쓰거니—조선옷을 입었거니 하는 생각을 잃지 않았다.
>
> (pp.206−207)

민족의식의 실천주체로써 작가는 김호연으로 하여 식민지 사회의 상황을 구체적으로 보여주고 있다. 그리하여 이 소설은 1920년대 현실적 모순을 깨달을 수 있는 사상적 기반을 만들어 주었다는 의미를 지닌다.[27] 그러나 여기에서도 민족에 대한 관심과 참여를 보여줄 뿐, 자신의 의식의 한계를 극복하고 투쟁적인 실천은 보여주지 못하고 있다. 민족의 존재와 가치를 구현함에 있어 전망의 제시를 명확히 제기하지 않았다고 하겠다. 작품 속 사회주의에 대해 논의하는 자리에서 그것을 선명하게 엿볼 수 있다. 코뮤니스트인 적토가 귀족의 궁전에서 무산자로 향해 용감히 나서라는 말에 "그런 것은 적토군의 권고를 안 받더라도 내 생각이 없는 것은 아니요, 다만 기회를 기다"(p.210)린다는 해춘의 반응에서 잘 드러난다. 이것은 당시 일부 선각자들이 자신들의 친일행위를 합리화시키기 위한 방안, 즉 독립은 점진적으로 이루어져야 한다는 논리와 궤를 같이하고 있다. 그러나 작품의 전개로 보아서나 염상섭이 현실의 모순을 비판하고 그러한 현실에 순응하지 않았다[28]는 점은 명백한 사실이므로 친일 작가와는 구분된다.

　작중인물 해춘의 "세상이 별안간 사막 같이 보였다"(p.285)라든지, "센티멘탈리즘이란 처녀 젖가슴에 떨어진 머리칼 같은 것"(p.335)이라는 류진의 말 속에서 작품의 핵심 원리를 짚을 수 있다. 그것은 사회의 본질적인 모습을 발견할 수 있는 내면적 성장에서 기인한다. 그 내면적 성장으로 사회주의 사상도, 민족주의 사상도 개인과 사회의 관계 속에 직결되어 있음을 작가는 파악하고 있는 것이다. 사회의 본질을 발견하는 것만이 현실의 모순에 대한 응전의 전부라고 할 수는 없다. 다만, 문학이 지향할 방향을 작가의 개성적인 차원에서 보여주는 것이어야 한다.

따라서 「사랑과 죄」에 나타나 있는 작가의 현실대응 방식은 민족주의와 사회주의의 대응관계를 형성하면서 비판적 인식의 성격을 띠고 있다.[29] 하지만 민족적 모순에 직면한 역사적·사회적 전망을 적극적으로 제시하지 못한 결함 때문에 그 의의가 감소되고 있다.

한 인간의 진실성은 사회적 이해관계로부터 결정된다. 그 진실성은 집단적 슬픔을 여과할 수 있는, 즉 불합리한 사회에 저항의지를 표출할 수 있는 기제가 된다. 고통스러운 현실 속에서 공동체의 동질성을 회복하고 부조리하고 경직된 틀에 맞설 수 있는 방법은 다름 아닌 작가의 진실적 태도인 것이다. 그것이 비록 정치권력과 이데올로기에 의해 파괴될지라도 대상을 똑바로 바라볼 수 있는 명분을 제공해 주리라는 것은 명백하다.

탄압과 감시가 점차 가중되는 일본 식민통치체제를 증오하고 정치·사상적으로 무관심해질 수 있는 낭만적 삶에서 벗어나기 위한 진실성 추구가 문학적 무게를 감당하고 있음을 다음 문장에서 찾아볼 수 있다.

> (가) 사실 해춘이의 선친 리판서는 을사조약이 체결되기 전까지 일본 특명 전권공사로 동경에 가서 있었다. 그리고 을사년 봄에 잠깐 귀국하였을 때에 심초 노인은 리공사의 작은 집에서 공사를 만나본 듯한 생각이 난다. 그 때 리공사는 향란이라는 둘째 첩을 동경에 데리고 가서 있었으나 소위 외교관의 체면으로 첩이라고는 못하고 남 보기에는 수양딸이라 하여 동경에서 공부를 시켰었다 (그러니까 물론 해주집은 몇 달 만큼씩 리공사가 귀국할 때만은 분주하였으나 그 외에는 공규를 지키고 있었던 것이다). 그해 여름에는 리공사가 귀국하지 않고 향란이가 하계방학하기를 기다려서 <가로이사와>(輕井澤)라는 데로 피서를 갔었다.(p.395)

(나) 오늘 내일 이틀만 홀딱 넘기면 해춘이와 순영이는 놓치고 마는 것이다. 손에 손을 맞붙들고 단둘이 남부럽게 먼 여행을 하는 꼴을 어떻게 보나! 생각만 하여도 눈에 쌍심지가 솟을 일이다. 무슨 일이든지 거사를 하자면 오늘 안에 할 일이다. 육혈포를 들고 뛰어가서 단 두 방만 놓으면 일은 당장에 끝날 것이지만 그럴 용기가 있는가? 지금 와서는 용기가 있어도 못 될 일이다. 어젯밤 취중에 육혈포를 내두르는 통에 안잠자기가 장 속에 감추고 쇠를 채웠으니 육혈포는 단념이다. 그렇지 않아도 집안 식구들은 주인아씨가 상사병에 애 타는 것을 보고 은근히 경계를 하는 판이다.(p.439)

작가는 자신의 개인적 정서를 자기가 창조한 인물들로 하여 그대로 보여줄 수는 없다. 문제는 진정한 주체적 자아를 문학이라는 형태 속에 드러낼 수 있는가, 없는가. 이러한 물음에 대한 해답을 (가)와 (나)에서 확인해볼 수 있다.

갑오경장 이후 본격적으로 조선에 뛰어든 일본은 자신들의 제국주의적 수탈을 합리화하기 위한 방안으로 1905년 을사늑약을 성사시킨다. (가)에서 보듯이 당시의 왕실과 양반 지배계급은 너무나 부패해 있었다. 열강들의 수탈로 인한 민족의 궁핍화는 그들에게는 관심 밖의 일이었다. 염상섭의 문학적 진술은 이러한 일상의 체험들에서 비롯되었다고 볼 수 있다. 자신의 사적 체험으로부터 인간적인 삶의 문제를 따지는 기법은 그 자체로 서사적 인과성을 가지고 있다. 그것은 작가가 철저한 진실성 추구에 의해 식민지 사회에 대한 심원한 통찰력을 갖추고 있다는 설명으로 대신 할 수 있다.

한국을 일본이 강제적으로 통합한 이후, 개화주의자들은 근대의식의 필요성과 봉건제도에 대한 비판적 길을 걷지 않을 수 없게 된다. 그러나 그 과정에서 그들은 식민지로 전락하는 운명을 감지하지 못하고 맹목적인 서구지향에 빠져들고 만다. 염상섭의 표현에 의하면

"흰 양복에 흰 구두"를 신은 세태가 된 것이다. 그러한 허위성을 (가)에서처럼 리판서라는 인물로 가감 없이 드러냄으로써 사회의 한 부분을 개괄해볼 수 있다.

반면 (나)는 리해춘과 애정갈등을 보이는 마리아의 시선을 통해 작가의 내면적 진실성을 읽을 수 있다. 작가 염상섭은 여기서 은밀하고도 고도의 심리적 게임을 벌이고 있다. 그것은 절실한 현실감각을 살려내기 위한 게임이라는 것. 가령, 채 의식하지 않은 심리적 갈등을 보여줌으로써 독자들로 하여금 내면적 공간으로 유도하고 있는 셈이다. 이것은 외형적 현실을 세밀하게 묘사하는 사실주의 기법 못지않게, 전략적인 내면의식의 진실성의 근거를 이룬다.

그러므로 「사랑과 죄」는 역사적·사회적 의식을 담아 현실성을 띠고 있는 작품이며, 내면의식을 통해 작가의 심리적 통찰도 함께 보여주고 있다고 하겠다. 그리하여 작품의 진실성과 작가의 진실성이 융화되어 한 시대의 본질적인 면모를 볼 수 있게 한다.

3. 「사랑과 죄」의 갈등 양상

「사랑과 죄」의 생명력은 작가가 투명한 시선으로 사회현실을 문제 삼았다는 데 있다. 형식주의적 구조인식에서 벗어나 자신이 서 있는 역사적 상황과 객관적 거리를 유지하며, 이로부터 인간의 감정적 대립 양상을 동원하고 있다. 그것은 이 작품에서 두 갈래로 요약된다. 하나는 식민지적 세계와 자아의 갈등이며, 다른 하나는 근대적 세계와 자아의 갈등이다. 「사랑과 죄」가 씌어진 당대의 급선무는 탈식민지적 국권회복이니 만큼, 객관적 묘사 시도에 정신적 궤적을 보인 것으로 판단된다. 따라서 염상섭이 그 두 측면을 간과하지 않았다는 것은 일단 긍정적으로 평가받을 만하다.

그는 여기서 근대문학의 면모를 가감 없이 보여준다. 봉건적·유교적 가치관으로부터 다른 현실성을 인식한 염상섭은 일본 또는 서구의 자아의식을 수용, 새로운 구성방식을 수행한 것이다. 거기에는 정치적·경제적 위기에 대한 정서적 반응과 불균형한 세계 질서에 대응하는 지적 형태가 작용한다. 그의 작품 속에는 이렇게 식민지 지식인으로서의 대결, 그러나 예술적인 한 방법으로서 소극적 대응 양상을 취한다.

염상섭의 문학적 성과는 추상적이고 관념적인 계몽주의 태도에서 탈피, 문학의 위축된 국면을 타개하기 위한 리얼리즘 창작방법에 있다. 그러나 그 방향모색은 시대적 혼란과 어떠한 이념도 거부하는 작가 개인의 개량주의적 사상과 맞닥뜨려져 우유부단한 태도를 보인 것은 문학적 한계라 할 수 있다.

1) 식민지적 세계와 자아의 갈등

「사랑과 죄」의 시대적 배경은 식민지 사회다. 그 사회는 염상섭이 창작방법에 있어 긴장감을 잃지 않게 하는 공간이자 그 억압된 세계에서 새로운 창조의 구현을 추구할 수 있는 정신의 영역이다. 그는 소시민적 의식의 한계를 극복하고 관념성과 보수성을 동시에 거세할 수 있는 장치를 마련함으로써 1920년대 한국사회의 진보적 방향과 문학의 진보적 태도를 획득했다는 평가를 내릴 수 있다.

당대 문학의 이념문제는 주요섭, 나도향, 현진건, 최서해 등을 중심으로 한 계몽주의에서 탈피하여 구체적인 현실에 대응할 수 있는 문학의 확대를 가능하게 했다.30) 이러한 인식에 대한 반응이 「사랑과 죄」의 본질을 이루며 염상섭 개인의 내면적 정서가 보다 깊고 폭넓게 드러나고 있는 기저가 되고 있다. 언어적인 측면에서도 일상어들이 작품의 유기적 전체 속에서 이루어 내는 부분의 미력 효력을 획득하고 있다.31) 실제로 「사랑과 죄」의 작품이 표면상 사적인 내용과 형식을 취하고 있지만, 이면에 유유히 흐르고 있는 것은 사회적 문제다. 말하자면 작가 자신의 체험에 의한 사적 감정들이 사회적 현실 속으로 합류하여 거대 담론의 의미들을 쓸어내려가고 있는 형태다. 침잠된 상태의 자아의식이 객관적 사회의 상황과 맞물려 있다고 하겠다. 이것이 작가의 자아와 식민지적 현실과의 갈등 관계로 살펴볼 수 있게 한다.

「사랑과 죄」에서 장마로 휩쓸려 내려간 자리는 식민지 상황을 말해준다. 1924년 한강 대홍수의 시간적 묘사와 조선 신궁이 세워지는 공간적 묘사는 훼손되어 가는 역사적 배경을 대신한다. 그러나 그 부분이 용납되기 어려울 정도로 길게 이어진다. 그것은 작품의 중심임을 알 수 있게 해주는 측면도 있지만, 작가 자신의 절망적인 마음이 그대로 드러나는 지점이기도 하다.

일본인들이 거주할 신궁을 짓는 인부들이 다름 아닌 조선 사람들로, 웃지도 않고 실없이 들뜬 기색도 보이지 않는 가운데 '달구지 소리'를 한다. 이 달구지 소리는 소설적 공간을 지탱하고 있는 식민지 현실의 메시지를 들려주는 상징이다. 또한 장마통에 시들고 곯은 참외를 파는 장사꾼 앞에서 손가락을 입에 문 채 비켜날 줄 모르는 아이들에게서 이 작품의 사회적 의미를 읽을 수 있게 하는 동시에 어찌할 줄 모르는 작가 자아의 상태를 인지하게 한다. 그러한 서술적 묘사에서 우리는 인간존재의 문제와도 직결해서 바라볼 수 있다.

　　오후 세 시가 넘었으니 웬만큼 서퇴도 되었으련만은 모진 비에
뿌옇게 바래인 남대문 밖 넓으나 넓은 <아스팔트> 바닥은 구두 신
은 발 밑까지 훅근훅근 달아오르는 듯싶었다. 그러나 이 더위도 무
릅쓰고 남대문이 메어지라고 쏟아져 나오느니 사람의 떼다. 다리
밑에서 쑥 빼어난 듯한 모시 두루마기가 아니면은 흰 양복대기들
이다. 간혹은 흰 고무신이나 무리총 메투리에 허리를 질끈 동이고
감숭이 곁은 비단우산을 받든 기생인지 술집 갈보인지 하는 따위
도 간간이는 눈에 뜨인다. 이 여자들은 먼길이나 가는 듯싶었다.
세상이 수성수성하니 이러한 아씨네를 모신 자동차는 눈에 보이지
않았다. 그래서 마치 한식, 추석에 산소 가는 젊은 과부 같고 절에
잿구경 가는 외주 물건들 같이 철 아닌 무리총 메투리를 궁극스럽
게도 골라내 신고들 나선 것이었다. 오라는 손님들은 아니언만은
가 보아야 되겠다는 듯이 비지땀을 흘리며 몰려가는 것이었다. 가
다가다는 신문사들의 깃발이 휘날리는 자동차와 수해구제회의 구
호반의 자동차가 하나 둘씩들 몰아 나가고 되짚어 돌아오곤 하였
다. 오늘부터 겨우 용산 연병장까지 통하여졌다는 전차에는 밖에서
보기에도 숨이 막힐 듯이 떼를 메이게 가득가득 찼다.(p.13)

　이처럼 「사랑과 죄」의 배경은 처음부터 "음험(陰險)하고 살기(殺氣)
와 음미(淫靡)의 기분 속에 싸여"(p.123) 있는 서울이다. 소외된 개인
의 삶과 그들의 불만이 식민지의 상황과 연관되어 있음을 작가는 상
정하고 있는 셈이다. 또한 조선의 땅에 일본인들은 "구두 신은 발 밑
까지 훅근훅근 달아오"를 정도로 삭막한 분위기를 만들어가고 있다.
그것을 작가는 '아스팔트 바닥'이라는 은유적 비유로 상정해 놓고 있
다. 장마 끝난 뒤 내리쬐는 뜨거운 햇살에 아스팔트가 그 어느 것보
다도 열기가 많다고 한 것은 한마디로 작가 자신의 혼란스러운 내면
을 표출하고 있는 것이다.

일본이 조선에서 노린 것은 문호개방을 통한 경제적 침탈이다. 그렇기 때문에 장마로 뿌옇게 바랜 남대문 밖의 아스팔트는 우리나라를 뜻하며, 모두 제각각 흩어져 어디론가 가고 있는 것은 정체성을 잃고 방황하는 조선 민족을 뜻한다. 여기에서 "모진 비"는 한반도를 침탈한 일본으로 볼 수 있다. 이러한 상황에 부딪힌 조선인들은 남대문이 메워질 정도로 쏟아져 나와 "안절부절"한 모습만을 보이고 있다.

작가는 그런 어수선해 보이는 나라를 바라보면서 무장 해제된 민족의 한 일원임을 자각하고 있다. 바로 염상섭의 민족주의적인 자아와 식민지 상태의 세계가 갈등하는 모습으로 비쳐지고 있는 것이다. 이 둘 사이의 갈등은 나아가 식민지적 자본주의 부정의식으로 드러난다. 악덕 지주인 류택수의 인물 등장이 그것을 반영한다. 류택수라는 인물이 부각되는 이유는 그의 타락한 삶이 신랄하게 드러나기 때문이기도 하지만, 불합리한 현실에서 한 인간이 어떻게 존재하는가를 여러 가지로 생각할 여지를 남겨놓았기 때문이다.

> 마리아의 뒤를 쫓아왔다는 사색은 보일 수 없는 일이요 그렇다고 순영이를 해춘이에게 빼앗기게 된 경우에 마리아까지 해춘이에게 맡겨 둘 수는 도저히 없는 일이다. 더구나 순영이를 놓치면 아쉬운 대로 마리아라도 아즉은 붙들어 두랴고 하는 이 판이다. (중략) "오늘은 마리아양의 묘음(妙音)에 취하여 황홀하였소이다. 좋은 친구도 만나고 하였으니 마리아양의 음악 성공 축하연이나 열어 보시랴우? 늙은 놈이지만은 구박은 마시고 어디든지 가십시다 그려. 하하하"… 하며 류택수는 기어코 능글능글하게 마리아를 부추겨 보았다.(p.187)

인용문에서는 물론 겸손하게 표현하고 있지만, 이 짤막한 서술 속에 류택수의 마리아에 대한 욕정의 표출을 아랑곳하지 않고 드러내고 있다. 그 이면에는 여성적 존재가 한 개인의 남성으로부터 농락당하는 것을 허락하는 사회적 문제를 부여하고 있는 것이다. 다시 말하면 여성에 대한 남성 우위적 사고방식이 그대로 존속하고 있다는 뜻이 된다. 류택수를 비롯한 주변 인물들의 윤리적 타락이 식민지적 사회와 관련을 맺고 있고, 이러한 사회의 비정상적인 상황들을 작가는 등장인물들의 행위 속에서 배어나오게 서술하고 있는 것이다. 바꿔 말하면 남성들의 힘에 의한 여성들의 억눌림, 즉 그것은 기계문명을 일찍 받아들여 강력해진 국가들이 무력을 통한 식민지 지배의 상징이다. 그것을 도식으로 나타내면 다음과 같다.

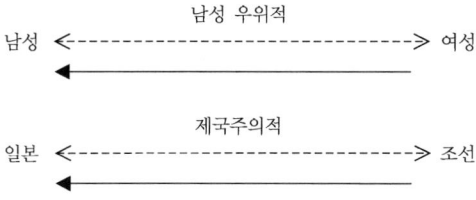

점선은 서로 간의 갈등관계를, 굵은 실선은 힘의 우위적 관계를 나타낸다. 남성과 여성, 일본과 조선은 각각 삶의 대립을 보이면서도 힘의 관계에 있어서는 남성과 일본이 여성과 조선보다 절대적으로 우위에 있음을 작품에서 발견할 수 있다. 그러한 힘의 우위성에 대한 풍자적 수법으로 작가는 "능글능글"하다는 우회적 방법을 취해놓고 있다.

이 소설의 긍정적인 인물들 또한 식민지 공간에서 부적절한 인물들과 갈등에 휩싸이는 존재들로 표면화되어 있다. 그것이 애정의 갈등으로 표출되고 있는데, 문제는 정신적 애정이 아닌 육체적인, 즉 노골적인 성과 돈의 관계로 나타나고 있다. 마찬가지로 이들에게서도 타락된 사회윤리의 양상을 찾아볼 수 있다. 작품에서 이들은 모두 장마철의 분위기로 묘사되어 있다. 대홍수를 겪은 서울의 파괴된 모습과 이 소설의 여자 주인공인 순영이가 그의 어머니와의 관계에 대해 서술해 놓은 부분을 살펴보면 그것을 알 수 있다.

"때갈 놈들 철교가 무너지지 않고 제 에미 아비가 숨을 모나!…놈년들이 그득 몰려 섰을 때쯤 되어서 저쪽 철교까지 모두 떠내려 가 버려라!."

이러한 소리도 사람의 물결 속에서 들린다. 그 사람들은 나가는 사람 떼를 거슬러서 남대문을 향하고 허둥허둥 들어오는 것이었다. 다른 사람들은 힐끗힐끗 돌려다만 본다. 그 두 사람은 진흙구렁이에서 빠져나온 듯이 외목고의와 광당포적삼을 누렇게 흙물에서 쥐어짜서 입은 모양이 서빙고 근처에서 겨우 기어드는 수해 이재민인 듯싶었다. 눈알이 벌겋게 상기가 되고 입에서 쏘다지는 악담은 금방 주검과 단판씨름을 하고 나선 사람의 모진 악과 호기가 가득해 보였다.(p.14)

"대관절 남녀의 그 짓이란 무어람? 에이 더러워! 그러기로서니 사람이 어떻게 되면 부끄러운 줄도 모르고 그 따위 짓을 하드람! 새파란 젊은 놈이. 고 놈도 집안 망해 놓고 나온 놈이겠지!"

순영이는 이런 생각도 하여 보았다. 별안간 앞뒤가 구중중해진 것 같았다.

그러자 그의 머리에는 자기의 어머니(?)의 그 꼬락서니가 떠올려 왔다. 자기의 어머니라는 사람이 정말 친어머니고 보면 자기는 이 세상에서 무엇에나 또 아무 것에나 큰 소리를 칠 처지는 못된다고 생각할 제 어깨가 저절로 수그러졌다. 순영이는 자기가 그 거지를 들여다볼 제 여러 놈들이 낄낄대던 소리가 귀에 다시금 소스라쳐 떠오르자 얼굴이 또 한 번 발개졌다. 그것은 자기 어머니라는 이나 자기 처지를 비웃는 웃음 같아서 가슴이 뜨끔하고 무서웠다. 그러나 그러한 꼴을 보고도 낄낄거리는 놈들의 배짱이 한층 더 미웠다.(p.20)

식민지 지배체제가 어느 정도 다져진 단계에서 염상섭 작가가 현실의 객관적 실상을 폭로하고 있음이 밝혀진다. 첫 번째 인용문에서는 세계의 대세에 맹목인 채 현실을 추수하는 사회적 정황을 보여주고 있다. 거기에는 모두들 무기력한 인간들로 북적거린다. 그렇기 때문에 쌍쌍이 몰려다니는 "놈년들이 몰려 섰을 때쯤 되어서 저쪽 철교까지 모두 떠내려가 버리"라고 악담을 늘어놓는 것이다.

이러한 서술적 태도에서 염상섭의 사회개혁에 대한 열망이 내재해 있었음을 추측할 수 있다. 사회 전반에 걸쳐 부정적 인식이 깔려 있음을 "금방 주검과 단판씨름을 하고 나선 사람"들을 발견하는 부분에서 알 수 있다. 이러한 형상화는 염상섭의 당시 문학관과 자연히 연결된다.32) 이러한 소설적 구조로 인해 한 편의 「사랑과 죄」가 통속소설과 변별된다고 할 수 있다.

두 번째 인용문에서 순영은 매독 걸린 남성을 통해 사회의 타락한 현실을 직시하고 있다. "남녀의 그 짓이란" 말 속에는 반윤리적·비도덕적 행위를 비난하는 의미가 숨겨져 있다. 타락한 윤리가 만연해 있음을 인지하고 순영이 "그러한 꼴을 보고도 낄낄거리는 놈들의 배짱"이라 서슴없이 비난하고 있다. 이렇게 등장인물들의 행위를 통해 염상섭이 당대의 사회적 윤리에 대한 비판적 입장을 취했다고 볼 수 있다.

류택수와 정마리아의 갈등 관계 또한 흥미롭게 제시하고 있다. 민족과 역사 그리고 사회에 대한 아무런 인식이 없는 마리아의 서구화 추종은 돈의 문제와 결부된 채 타락한 모습만을 보여주고 있다. 그녀는 모든 문제를 돈과 성으로 해결하고자 한다. 즉 돈과 성으로 생존의 방식을 찾는다. 이것은 한편으로 봉건적 사회제도와 전근대적 사고방식에 대한 대향의식과 부합된다. 여기서 정마리아의 근대적 개방성은 민족의 전통적 가치를 부정하는 의미를 지닌다.

류택수는 미모의 지순영을 돈으로 매수하려고 하는 한편, 순영의 오빠 지덕진과 류택수의 아들 류진도 돈에 이끌려 그들의 결혼을 성사시키려고 노력한다. 여기에 지순영의 어머니 해주댁이 끼어들어 사회의 윤리적 타락상은 극에 달한다. 일본의 억압 속에서 비윤리적인 생존방식을 보여주고 있다고 하겠다. 소설의 공간을 지탱하고 있는 물질과 성의 본능적 양상은 당대 사회의 모순을 그래도 비춰주는 거울과 같다. 이는 작가의 도덕적인 행위와 관련된다.

「사랑과 죄」가 기본구조로 삼고 있는 것은 야유·멸시·분노·증오이다. 이것은 사회의 악덕과 부조리를 비판하는 풍자소설의 조건이 된다. 당대 사회의 비리와 타락한 인간의 면면들을 드러내고 있는 염상섭은 식민지적 질곡을 헤쳐 나갈 수 있게 토대를 만들어 놓는다. 그것을 리해춘의 목소리로 엮어나간다.

> 위험과 불안을 느끼는 것은 또 무슨 의미일구?… 내게 가까이 오는 것이 그다지도 위험할까? 그렇게 불안을 느낄까? 내가 귀족이라고 해서 그러는 것일까?… 내가 만일 다시 결혼을 한다면?… 평민의 피 상놈의 피를 끄러드릴 것이다. 귀족의 피 양반의 피에는 인제는 씀증이 어지간히 났다! 양반의 핏속에서는 건저내일 것이 아무 것도 없다. 귀족의 핏줄기를 알뜰히 남겨둔댔자 밥 빌어먹을 자식을 하나고 둘이고 남겨 놓고 가는 것밖에 사회에 아무 유조될 것은 없을 것이다.… 다 쓰러져 가는 기둥뿌리라도 붙들고 늘어질 힘이 남아 있는 곳은 그래도 상놈의- 평민의 핏줄기 속 뿐이다!… 내가 귀족이라고?… (p.74)

> 내야 용서고 무어고 없소이다만은 아무리 친 모녀 관계라도 좀 생각을 하시라는 말씀이요. 사람이 자식에게 대한 정리라는 것은

누구나 일반일 것이니까 범연하시겠소만은 물이 가야 배가 온다는 속담이 있는 것과 같이 그 어버이의 자애(慈愛)가 백이라도 자식이 어버이에게 대한 향의는 하나가 되기 어려운 것인데 더구나 그렇게 하시면야 자식의 효성이라는 것이 좀처럼 볼 수 있나요?… 원래 사랑이라는 것은 저편이 갚아 주리라는 것을 생각하고 베푸는 것이 아니지만 더욱이 부모가 자식을 사랑하는 것은 무조건이요 무타산(打算)이요 절대적인 것이구려… 다시 말하면 사랑이라는 것은 마치 물이 낮은 데를 찾아가는 것처럼 우에서 베풀 것이요 알에서 치올라 가기를 바랄 것은 못되는 것입네다!(p.167)

앞의 것은 순영과 애정의 갈등에 놓여 있는 리해춘의 면모를 샅샅이 보여준다. 여기에서 리해춘은 자신이 직접 순영 사이의 계급적 의식을 앞세우고 있는데, 이것은 과거의 인습적 제도에 대한 각성에서 나오는 것이라 할 수 있다.

리해춘의 내면에 자리 잡고 있는 귀족성은 그 아무도 인정하지 않는 시대가 되었다. 따라서 하층민이었던 순영이의 애정도 이제 받아들일 준비가 되어 있는 것이다. 그리하여 자학적인 목소리로 "귀족의 핏줄기를 알뜰히 남겨둔댔자 밥 빌어먹을" 도리밖에 없음을 내뱉는다. 세계의 모순을 타파하기 위한 인식에 도달한 것이다. 그 인식은 허위를 벗어버리고 상놈의 핏줄기와 허물없이 섞일 수 있다는 정신적 전환이다. 이러한 인식은 식민지인으로서의 봉건성을 고발하는 성격이 짙다. 자기 자신에 내재해 있는 계급적 의식과 맞서 싸우면서 식민지적 세계와 생존권 싸움을 벌이고 있는 것이다. 해춘은 독백적·대화적 방법으로 과거에 대한 반성과 변화된 세계관을 내면화시키는 데서도 그것을 알아차릴 수 있다.

뒤의 것은 순영의 모친이 리해춘의 집에 와 있는 순영을 찾으러 온 장면으로, 이 대목에서 주목할 것은 리해춘이 순영의 모친을 설득하는 과정에서 보여주는 가족의식이다. 여기에서 리해춘은 성급한 현실 타파가 아닌, 유교적 가족관을 최대한 존중하는 가운데 가정문제를 풀어가고자 한다. 이는 염상섭의 양면적 의식을 드러내는 작업이기도 하다. 가부장적 가족제도가 엄연히 존재하는 현실에서 귀족의 핏줄이 흐르고 있는 리해춘이 아무리 사회개혁적 인물일지라도 자신의 안정적 장치마저 송두리째 뒤집어엎을 수 없는 것이다. 리해춘이 식민지적 조건을 타개하기 위한 저항운동에서 소극적 태도를 보여주고 있다는 방증이다. 이른바 귀족의 자제로서 정체성 혼란을 겪고, 거기에서 오는 사회의식은 한계가 있음을 말해주고 있다. 그렇기 때문에 부모의 자식에 대한 사랑이 "무조건이요, 무타산이요 절대적인 것"으로 서술되어 있는 것이다.

이러한 점은 염상섭의 삶의 태도와 직결되어 있다. 그가 "일본을 극도로 미워하면서도 언제나 일본군 장교인 맏형과 친일적인 선배 진학문의 도움을 받"[33]았다는 데서도 알 수 있지만, 「사랑과 죄」에서 리헤춘의 소극적인 삶을 긍정적으로 서술해 놓았다는 데서 그의 애매모호한 삶의 방식을 읽을 수 있다.[34] 그러나 염상섭은 작가 자신의 입장을 다음과 같이 등장인물들을 동원하여 정리해 나간다.

> 해춘이는 하룻밤만 경찰서에서 자고 그 이튿날 새벽에는 특별대우를 하여 형사를 부치어서 집에 돌아와 자게 하고 그 후 꼭 집 속에 감금을 당하고 있었다가 겨우 풀리었다. 감금이 풀리자 작위 반상의 수속을 하여 놓고 뒷일을 호연이에게 부탁한 뒤에 표연히 자기 아내가 누워있는 안악으로 내려갔다.(p.456)

> 재판장은 배석판사와 수군수군하다가 합의(合議)할 일이 있다고 휴게를 선언하고 등뒤의 문안으로 들어가 버렸다. 조금 있다가 판

사들은 나와서 재판을 무기 연기한다고 선언하고 폐정하였다. 호연이는 변호사 집으로 여러 사람과 같이 가서 이러한 광경을 대강 이야기한 뒤에 순영이는 안악으로 곧 가서 해춘이에게 이야기하고 피신하라고 일렀다. 류진이도 순영이와 한 차에 올라서 서울로 올라갔다. 그 이튿날 아침에 호연이는 평양 경찰부에 다시 잡혀 들어갔다. 그 날 밤차에는 해춘이와 순영이를 실은 봉천행 열차가 평양을 통과하여 북으로 북으로 달려갔다.(pp.459-460)

민족해방운동에서 이탈하는 양상을 보여주는 이러한 인물의 형상화는 결국 작가의 책임으로 돌아갈 수밖에 없다. 식민지 상황에 놓여 있는 작가의 애매모호한 내면을 이해 못할 바는 아니지만 불안정한 세계에 대한 대결 의식이 무화되어 있다는 자체는 큰 문제라 하지 않을 수 없다. 대결의식이 현저하게 상실되어 있으며 사회변혁에 대한 전망으로 나아가지 못한 것은 작가의 책임의식 부재라 하겠다.

그러나 지순영과 사랑이 성사되지 않았는데도 불구하고 해춘은 끝까지 타락된 현실로부터 지순영을 막아주고, 추악한 류택수의 아들인 류진과 손을 잡고, 부르주아지의 탐욕으로부터 어떠한 영향을 미치지 않게 하는 데서 세계와 갈등 해소의 가능성을 담보해 냈다고 할 수 있다.

2) 근대적 세계와 자아의 갈등

「사랑과 죄」에서 다루고 있는 역사적·사회적 현상은 근대성이다. 근대성의 구조를 지니고 있기 때문에 어떠한 사건과 인물들의 행위는 진보적인 성격을 띤다. 이 작품에서 그것은 인물의 대립적인 구조로 나타난다.

첫째는 리해춘을 가운데 두고 지순영과 정마리아의 애정 갈등이고, 둘째는 지순영이를 중심에 두고 리해춘과 김호연의 애정 갈등이다. 셋째는 정마리아를 놓고 류택수와 리해춘의 부박한 애정의 갈등이고, 넷째는 김호연을 놓고 지순영과 리해정의 순수한 애정의 갈등이다. 이들의 애정갈등에서 전근대적 구습에서 벗어나 개인의 개성적 발현의 시대가 도래되었음을 인지할 수 있다.

우선 긍정적인 인물(순영)과 부정적인 인물(정마리아)이 리해춘의 사랑을 차지하기 위해 갈등하는 모습을 보여주고 있는데, 이는 근대의 세계와 조선 식민지 현실의 관계 속에서 살펴볼 수 있다. 전근대적인 정조 속에 갇혀진 여성의 성적 욕구 분출은 남성의 성적 욕구와 역학관계를 이룬다. 성적 평등의 확대에 「사랑과 죄」가 기여하고 있는 형국이다. 작품 속 세 사람은 가능한 한 태생적 한계를 극복하면서 사랑의 표출을 시도하는 데서 그것을 읽을 수 있다.

당대의 현실은 아직 봉건적 사고에서 완전히 탈피하지 못한 채, 남성 우위저 문화주의가 팽배해 있었다는 것, 그러한 형식적 논리 아래에서 여성들은 조신하고 정조관념에 대한 선입견을 떨쳐버리지 못하였다. 애정의 윤리적 선택에 대한 이러한 갈등의 서술 묘사는 고전소설의 영향을 받은 것으로 보인다. 즉 선(순영)과 악(정마리아)의 구분은 염상섭이 전통적 민족의식의 소유자이자 한국의 전통적 문학을 잇는 근대소설의 표본이라 하지 않을 수 없다.35) 다만 여기에서 애정의 갈등은 고전적 수법이 아닌, 근대적 합리주의의 기본 축을 삼고 있다는 데서 고대소설과 차이점을 보인다.

근대에 접어들면서 여성들은 서서히 전통적인 가족으로부터 벗어나려는 모습을 보인다. 봉건적 제도가 만들어낸 남성위주의 습속을,

자발적이고 적극적으로 부정하기 시작한다. 그리하여 유교적 가치관에 구속되어 있던 여성의 욕망을 또 하나의 주체적 의지로 표출하고자 근본적인 문제들과 갈등한다. 여성들이 남성과 동등하게 정신적·육체적 욕구를 도모한다는 점에서 진보적 자각에 의해 이루어진 근대적 산물로 볼 수 있다.

「사랑과 죄」의 정마리아가 그러한 전형을 잘 보여주는 것으로 표백되어 있다. 그녀에게 있어 기존의 관습과 여성적 윤리는 그다지 큰의미를 갖지 못한다. 그러므로 근대문명과 더불어 출현한 은밀한 애정의 욕망은 근본적인 사랑으로 이해된다.

> 해춘이는 이렇게 농담 비슷하게 대꾸를 하며 잠자코 앉았는 순영이를 잠깐 치어다보았다. 마리아가 삼방에서 만날 때부터도 수상스럽게 구는 것을 눈치를 못 채인 것은 아니나 여기까지 쫓아와서 순영이가 듣는 데서 일부러 그런 수작을 하는 것은 불길하고 얼굴이 뜻뜻하였다. 순영이가 듣기에라도 그림 그리다가 말고 계집 데리고 놀러가서 이주일씩 자빠졌다가 온 것처럼 오해할 것이 재미없었다. 기실 해춘이가 마리아를 알게 된 것은 연전에 마리아가 동경에서 음악학교에 다닐 때부터였으나 다만 안면이 있다 할 뿐이요, 이번에 우연히 삼방에서 만나서 놀다가 동행이 된 일밖에는 아무 까닭이 없던 것이다. 그뿐 아니라 해춘이의 눈치 채인 것으로 보아서는 삼방에 갈 제었던 놈이든지 동행이 있었다가 놈팽이만 서울로 달아난 뒤에 마리아는 비에 막혀서 뒤떠러져 있었던 모양이었다.(pp.25−26)

철저한 귀족 집안의 리해춘이 이처럼 두 여자 사이에서 갈등하는 모습이야말로 현실 규범을 벗어난 고양된 자아실현이자 사회의식의 개화이다. 하지만 그보다 더 큰 근대적 저류를 확인할 수 있는 인물이 정마리아다. 신교육과 신사상으로 무장되어 있는 듯한 그녀의 주체적 애정 욕망 분출은 봉건적 삶의 습관에 찌든 남성들을 압도한다.

인용문에서처럼 정마리아는 해춘이가 있는 곳에 먼저 와 있던 순영을 의식했든 의식하지 않았든 간에 그녀의 당돌한 얘기들이 해춘이를 불안하게 만든다. 해춘이가 "그림 그리다 말고 계집 데리고 놀러"간 것처럼 얘기하는 데서 알 수 있듯이, 남녀 관계에 있어서 이미 여성의 정숙함은 찾아보기 힘들다. 자신의 욕망을 스스럼없이 드러내는 일이야말로 능동적인 권리의 표현인 것이다. 거기엔 애정의 갈등으로까지 확대되는 근대적 사고의 틀이 형성되어 있다.

> 마리아는 순영이에게 무슨 말이든지 다시 부쳐보리라고 하던 차에 순영이가 수건으로 이마의 땀을 꼭꼭 눌러서 받아내는 것을 보고 얼른 손에 들고 장난하던 부채를 내어밀며 권하였다. 그것은 상아(象牙)로 살을 만든 청국 여자의 부채 같은 것인데 책상 위에 놓인 마리아의 손가방보다는 짙은 옥색 바탕에 제빗갈 쌍수를 지르느린 것이었다. 접은 채로 보아도 수를 놓고 금박을 박고 한 것이 혼란하여 보이었다 (중략) 순영이는 아까 마리아가 석왕사 일절을 끝낼 때부터 못마땅하게 생각하고 있던 터인고로 이렇게 친절히 하여 주는 것까지 반갑지는 않았다. 자기보다는 나이도 시굿하여 보이지만 아무리 보아도 기생퇴물이나 남의 첩 같은 꼬락서니와 말버릇이 더러워 보이었다. 올 봄에 미국에서 돌아왔다고 할 제 신문에서들 뒤떠들고 XX신문사 주최로 음악회를 열어 준다고 할 제는 가보지는 못하였으나 꽤 인격 있는 사람으로 알고 실상은 부러워서도 하였던 것이다.(p.28)

정마리아와 순영이의 심리적 갈등을 작가의 전지적 관점에서 묘사되고 있다. 객관과 주관이 교차되는 이러한 형상화는 상상력을 통해 일정한 긴장감이 수반되는데, 이것은 작가의 의식적 내면의 반영으로 볼 수 있다. 마리아가 순영의 행위에 대한 일체의 심리를 파악하기 위해 애쓰는ㅡ순영이가 수건으로 이마의 땀을 꼭꼭 눌러 받아내는 것을 보고 부채를 권하고 싶어 하는 마리아의 의식적 접근ㅡ모습이나, 순영이가 자기에게 친절하게 대하는 것조차 "못마땅하게 생각하고 있"는 데서 일단 심리적 대립 양상을 엿보게 한다.

근대적 세계관의 발현으로 작가는 심리적 대립을 적극적으로 그려낸다. 그 발판으로 사회적 현상의 깊이를 확장한다. 인간의 깊숙한 체험적 감정들을 현실적 공간 위로 드러내 보이고 있는 것이다. 작가자신의 단순한 내면을 작중인물에 투사로만 끝나는 것이 아니라, 현대적 삶의 모습을 고민하는 가운데 무한한 문학적 감각을 토해놓았다고 할 수 있다. 이런 방식으로 드러나는 작가의 의식, 즉 근대적 갈등이야말로 세계를 인식하는 또 다른 방법이다. 피폐된 정신의 탈출구로서 사회성과 시대성을 문학으로 잘 버무려놓았다고 말할 수 있게 된다. 여기에서 염상섭 창작방법이 지성과 본능을 축으로 한 외향적 공간을 향해 있음을 알 수 있다.

사회성과 시대성은 근대적 배경에서 그대로 찾아진다. 이 작품은 일단 근대화된 서울이 중심이 되고 있다. 폐쇄적 봉건주의가 점점 쇠락해가고 그 자리에 근대시민의식이 자리 잡아 가고 있음을 보여주고 있다. 여기에 작가는 인물들 간의 자유연애 현상을 편입시켜놓았다. 염상섭은 정마리아로 하여금 사랑의 획득을 위한 심리적 갈등을 잘 서술해 나간다.

해춘이를 지금 만난댔자 벌써 예전 해춘이가 아닌 것은 모르는 것이 아니다. 이 때까지 속아넘어갔던 것이라는 것이든지 더욱이 평양 일을 생각하면 이가 보드득 보드득 갈리었으나 그럴수록 점점 더 안절부절을 못하였다. 언제든지 만나게 되겠지만 한시가 바

빴다. 설원을 하기가 일각이 급하였던 것이다. 선천 있는 이틀 동
안은 오히려 일천 오백 원이라는 돈을 준 바람에 마음이 그렇게까
지 좋아하지는 안 했으나 서울 올라와서 일이 이렇게까지 된 것
을 보고는 악이 바치었다. 더욱이 번연히 서울구석에 있는 것은 류
택수의 비웃는 듯한 말 가운데서도 눈치채었건마는 어데인지를 알
아낼 수가 없는 데는 몸이 바짝바짝 달았다. 어대서든지 만나기만
하면 참 정말 사생결단이라도 하고야 말 것 같았다.(p.387)

　지하운동가 호연의 문제로 지순영이 연루되어 평양의 감옥에 갇히
는 사건이 벌어진다. 그 사이에 해춘이 백방으로 뛰어다니면서 일본
의 도움으로 순영을 석방시킨다. 그 후 서울서 뒤쫓아 온 마리아를
따돌리고 서울로 돌아온다. 그리하여 마리아는 대립적 감정을 품고
해춘의 행위에 대한 선택의 이야기로 전개되고 있다. 이것은 이성 간
의 갈등과 개인 간의 단순한 감정의 대립이 아닌, 억압된 현실의 숙
명적인 삶의 조건과 근대화된 사회에서 가치관의 혼란으로 확장시켜
볼 수 있게 한다.
　마리아의 가치관 혼란은 근대적 변화로부터 비롯된다. 마리아는
서양 부인 선교사의 수양딸로 미국에 유학을 다녀온 서구 지향적인
성악가다. 그녀는 성에 대한 정조관념도 없으며, 돈에 지배되어 극도
의 허영심을 거듭 보여주고 있는 인물로 그려져 있다. 작가는 그녀를
통해 봉건적 제도로부터 반봉건 근대화로 변화한 당대의 사회가 초
래할 수 있는 윤리적인 위험성을 말해주고 있는 것이다.
　이러한 장면은 주관적 감정을 표출한 것이라 하더라도, 일정한 목
표 지향 의식 아래 현실 생활을 바라보는 작가의 고뇌에서 나온 결과
라 하겠다. 구체적으로는 인간들 사이의 변별성, 즉 공통된 배경에서
발생되는 한 개인의 세계관이나 가치관에 따라서 나타나는 반응의

차이점을 작가는 부각시키고 있는 것이라 할 수 있다. 거기에 의식적이든 무의식적이든 획일주의를 거세하면서 인간적 존재에 대한 물음을 작품으로 표출했다고 본다. 그러하기에 근대적 삶의 방식이 공격이 대상이 되며(공동체를 지향하는 사회주의의 이데올로기로부터) 실존적 자아의 모순이 그대로 드러나기도 한다.

한편, 「사랑과 죄」를 형성하고 있는 반봉건 지향의식은 올바른 방향성을 갖추고 있어 민족문학의 가치를 더해준다. 타락한 시대를 살아가는 리해춘과 순영 그리고 정마리아의 인물유형을 관념적 구도로 떨어뜨리지 않고 작가가 일관된 중간적 입장에서 개인과 사회의 근대적인 삼각관계로 제시하고 있다.

> "계집끼리 만나면 왜 그리두 싸우려는 닭들 모양으로 안간힘을 쓰며 앙앙거리누?…"
> 해춘이는 이런 생각을 하면서도 마리아에게 순영이가 모델로 오는 것을 이야기나 한 듯이 오해나 하면 실답지 않은 사람만 될 것이 창피하고 또 순영이에게 미안쩍었다.
> "이번에는 누구를 불러다가 쓰세요?"
> 마리아는 그래도 짓궂게 묻는다.
> "이번에는 풍경을 그려요."
> 이 말에 순영이는 귀가 반짝 뜨이는 듯하였다. 해춘이와 마리아의 사이를 좀 수상쩍게 생각하지 않았던 것도 아니었으나 이 말 한마디를 듣고는 일종의 승리감(勝利感)을 깨달았다. 모델 노릇 하는 것이 마리아의 말과 같이 그다지도 불명예스럽고 더러운 계집이나 할 노릇이라손 치더라도 요사이에 와서는 해춘에게 대한 순영이의 의향이 점점 처음과 달라 가는 것을 제 속으로도 깨닫는 터이라 자기가 경모(敬慕)하는 사람을 위하여 무슨 부조가 된다는 것을 기쁘고 달게 생각하는 바인즉 남이야 놀리거나 흉을 보거나 헤아릴 배 아니어던 하물며 해춘이가 자기와 한 약조를 지키느라고 마리아에게 그짓 꾸며대여 자기를 어데까지든지 두둔하고 싸 주랴마는 눈치인 것을 알아차리고는 반갑고 고마웁지 않을 수 없었다.(p.30)

전지적 시점으로 진술되는 리해춘과 마리아 그리고 순영의 갈등이 간결하게 처리되어 있다. 이는 작가의 내면적 자아와 현실의 세계가 아직 본격적인 충돌이 있기 이전의 발단에 해당되는 까닭이다. 제국주의가 세계를 지배하던 시대, 일본에 의해 근대화된 이 땅의 민족적 삶은 이제 스스로를 조정하며 보편성을 중시하지 않으면 안 된다. 여기에 남녀의 공통된 문제의식이 포함되는 것은 당연한 귀결로 보인다.

신분적 차별성과 성적 차별성은 가족제도의 모순에서 배태된 전근대적 봉건사회의 산물이다.36) 그런 조건으로부터 개인적 운명을 스스로 바꿔내야만 했던 세력이 근대화된 시대의 신여성들이었다. 작가는 식민지 현실에서 근대적 세계와 자아의 갈등을 보여주기 위한 방법으로 이성간의 삼각관계를 그려내었다고 말할 수 있다. 부자(父子)관계를 수직적 관계로 설정했던 조선시대 소설의 기본구조37)로부터 탈피해서 이제 완전한 수평적 관계로 나아가는 구조를 염상섭이 마련한 데서 또 하나의 의의를 찾을 수 있다. 그러한 부자관의 면모는 이 소설에서 애정익 문제와 관계가 깊다.

해춘이와 애정 갈등을 보이는 순영이라는 인물은 원래 해춘의 부친인 리판서 첩의 딸이다. 순영의 어머니 해주댁은 기생 출신으로 리판서가 장기 여행을 떠난 사이 리판서의 청지기였던 지원영과 눈이 맞아 리판서로부터 쫓겨나고, 그 둘 사이에서 낳은 아이가 바로 지순영이다. 나중에 해주댁이 이해타산에 따라 류택수와 리해춘을 놓고 정마리아는 갈등한다. 이는 작가가 암암리에 근친상간의 방향으로 몰고 가기 위한 전략이다. 타락된 근대적 가치관을 문제 삼으려는 의도였다고 하겠다.

4. 결론

　염상섭의 「사랑과 죄」는 식민지 시대의 장편 소설이다. 근대 지향적 사회를 배경으로 한 이 작품은 모순된 현실에 대한 비판적 인식의 형태로 나타난 리얼리즘 문학의 한 전형이다. 그리하여 작품의 인물들이 보여주는 혼란스런 가치관들은 작가의 사회적 의식과 접맥되어 당대에 처한 정치 경제적 문제와 맞닥뜨려져 있다. 특히 「사랑과 죄」는 여러 이데올로기로 얽혀 있는 1920년대 시대적 상황을 대립적인 인물들로 사건의 극적 방법을 취하고 있다. 이것은 당대 민족의 상황을 직시한 작가의 위기의식에서 나온 발로라 하겠다. 그러나 민족의 위기를 타개하기 위한 적극적인 진술의 형태가 배제되어 있다는 점에서 염상섭 작가의 한계를 엿볼 수 있다.

　「사랑과 죄」의 주제의식은 이러한 식민지 상황에서 삶의 조건을 결정짓는 자아와 세계의 재인식으로 나타난다. 조상으로부터 이어받은 부나 명예를 수단으로 타락되어 가는 인간들의 행위를 통해 현실의 왜곡된 모습을 보여줌으로써 시간적·공간적 상황을 작가의 사상과 관련시켜 살필 수 있게 된다.

　작가는 자아의 주체성을 민족 전체의 삶에서 찾고 있다. 그리고 정치·경제적 측면에서 근대국가의 형국을 천착하는 가운데 새로운 세계와 호흡하기 위한 다각적인 사건을 보여주고자 시도된 것이 「사랑과 죄」라 할 수 있다. 그러나 여기에서도 식민지적 삶의 한계를 뛰어넘지 못하고 돈과 인간과의 관계에 무게를 두고 있어 새로운 삶을 창출하기 위한 시도는 끝내 감지할 수 없다.

　가족의 모티브는 이 소설에서 중요한 역할을 지니는데, 그것은 가족에 대한 비판으로부터 세계를 재인식해나가는 과정으로 볼 수 있다. 여기에서는 무능한 지배층에 의해 왕실의 주체성을 잃어버리고, 모든 정치·경제·문화를 강탈당한 사회현상을 함께 직시할 수 있다. 리해춘의 아버지이고 구한말 주일공사이자 당대의 친일파인 리자작, 그리고 류진의 아버지이자 친일부호인 류택수 등은 식민지로 인한 가족 붕괴의 현실을 확인시켜주고 있다.

이러한 식민지 사회구조 속에 서 있는 리해춘과 그 친구인 류진은 우유부단한 성격과 이념의 애매함 때문에 수동적인 삶을 살아갈 수밖에 없는 것으로 묘사되어 있다. 이 인물들의 부정적 측면은 한편으로는 일본의 식민지 정책에 대한 염상섭의 소극적 저항의 태도와 맥을 같이 한다. 리얼리즘 작가인 염상섭의 작품을 두고 당대 현실의 모순에 대한 소극적 응전의 방식이라 단정할 수 있는 이유이기도 하다.

작품에 형상화된 인물들의 구조적 분석을 통하여 주인공 리해춘의 일본에 대한 소극적 저항을 끄집어낼 수 있다. 그중 하나가 리해춘이 식민지 상황의 타개책으로 마르크시즘과 아나키즘은 물론 허무주의자까지 포용하고 민족주의와 사회주의의 중간노선을 택한 것에서 드러난다. 이러한 중간적 노선은 당대의 시각으로 기회주의자로 바라보기에 충분하기 때문이다. 따라서 다음과 같이 주요 작중 인물들이 갖고 있는 개성적 특성과 총체적 인식을 통해 작가의 성향을 어느 정도 추출해볼 수 있다.

① 리해춘: 사회개혁에 동조하지만, 적극적으로 앞에 나서지는 않는다.
② 지순영: 청순한 이미지를 가지고 있고, 자기실현을 위해 부단히 노력한다.

③ 류택수: 사회변화에 민감하면서 재력을 기반으로 개인적 욕구
  에 한정되어 있다.
④ 정마리아: 구습에 얽매이지 않고 신여성답게 능동적인 삶을 살
  아간다.
⑤ 김호연: 불합리한 사회제도에 반기를 들고 실천적 행동을 보여
  주지만, 미래의 전망을 보여주지 못한다.
⑥ 리해정: 귀족의 딸이지만 변화된 사회현실을 적극적으로 받아
  들인다.
⑦ 류진: 일상적인 삶의 선택을 통해 시대적인 존재방식을 나름대
  로 찾는다.
⑧ 해주댁: 사회적 상황과 맞물려 불안정하게 살아간다.
⑨ 리판서: 권력을 기반으로 온갖 부정을 저지른다.

이 소설의 또 한 측면에서는 서술자의 자아와 식민지적인 세계, 그
리고 근대적인 세계와 갈등을 보이고 있다. 전자는 식민지 현실의 메
시지를 들려주는 형식으로 공간적 배경의 음습한 분위기로 나타나고,
후자는 봉건적 가문의식이 전락해 가는 과정에서 근대적인 애정의
갈등으로 나타난다. 이 둘의 공통점은 친일을 일삼는 자들의 타락한
모습이다.

먼저 식민지 세계와 갈등을 겪는 서술적 자아. 근대작가로 거듭나
고자 한 염상섭이 소시민적 의식과 계몽주의적 세계관에서 탈피하고
자 노력한 흔적은 역력하다. 들뜬 기색도 없이 조선 신궁을 짓는 달
구지 소리를 들어야만 하는 민족의 현실적 공간을 표출하고 있는 지
점에서 그것을 알 수 있다. 이는 인간존재의 문제와도 직결시켜볼 수
있는 여지를 준다.

그 다음 근대적 세계와 갈등을 겪는 서술적 자아. 이러한 모습이
잘 표백되고 있는 지점은 등장인물들 간의 애정 관계 부분이다. 여기
에서 인물들 간의 갈등이 애정의 선택을 위한 형태로 나타나는데, 이

것은 전근대적인 사고방식으로부터 탈피하고자 하는 작가의 심리적 기제다. 작품은 다음과 같이 하나의 인물을 축으로 한 삼각관계의 대립구조로 전개된다.

중심인물	갈등인물	갈등요인	현상
지 순 영	리 해 춘	소극적 행동주의	긍정적 인물
	김 호 연	적극적 행동주의	긍정적 인물
리 해 춘	지 순 영	연민의 정	긍정적 인물
	정마리아	남성 편력	부정적 인물
정마리아	류 택 수	적극적 구애	부정적 인물
	리 해 춘	우유부단	긍정적 인물
해 주 댁	리 판 서	간교(奸)	부정적 인물
	지 원 용	개인 욕구(불륜)	부정적 인물

표에서 보는 바와 같이 여러 인물들 간의 갈등이 복잡하게 얽혀 있다. 이런 인물들 사이의 삼각 구도는 시련과 성취를 플롯으로 여기는 고대소설의 영향으로 보인다. 다만 고대소설에서는 이원적 구조에 의해 선이 승리하고 악이 패하는 예정된 결말로 끝맺지만, 「사랑과 죄」에서는 리해춘·지순영·김호연이라는 긍정적 인물군과 정마리아·류택수·리자작·지원용이라는 부정적 인물군 간의 갈등을 여러 겹으로 얽어놓고 선과 악이 모두 훼손되는 양상으로 형상화되어 있다. 이러한 인물들의 시대적 의미는 돈과 성에 집착되어 드러나는 윤리적 파탄의 상징으로, 작가는 여기서 맹목적 서구 지향의 근대주의를 경계하자는 계몽적 의미도 함께 담아낸 것으로 볼 수 있다.

「사랑과 죄」의 작중인물들로 파악할 수 있는 것은 민족주의와 사회주의의 중간적 노선을 취한 당대인의 현실주의적 추수다. 이 중간적 노선은 일본에 대한 저항의 한 측면으로 볼 수 있다. 그럼에도 불구하고 이 작품의 민족적 운명의 미해결은 작가적 정신이 미숙했다는 증거가 된다. 그러나 유희적 감정으로 치달을 수 있는 장편소설에서 민족과 사회의 문제에 치중함으로써 리얼리즘 문학의 지속성을 보여준 예증이라 하겠다.

한국 프로문학의 내용·형식 논쟁에 대한 재해석

1. 서론

  문학사에 있어서 문학연구는 한 작가 또는 작품의 분석과 해석이 주를 이루고 있다. 그런가 하면 문학사조의 조류를 따라 문학유파의 다양한 구소석 분석을 통해 문학사적 위치를 조명하는 경우가 적지 않다. 이 글은 1920년대 중반에 시작해서 1930년대 중반에 막을 내린 한국의 프로문학을 대상으로 고찰한다는 점에서 후자에 해당한다. 특히 여기에서는 유파 내의 각기 다른 논의와 쟁점들을 재점검하고 문단사적 측면에서 문학적 논점들을 비교·구명한다.

  20세기에 접어들어 한국문학은 제국주의 일본의 지배 아래 강압적이든 자연적이든 사회의 변화에 따라 문학을 향유하는 층에서도 평면적 세계 인식에서 탈피, 다양한 문화적 태도를 요구받게 되었다. 그것이 한국 민족문학 정신사에서 살펴볼 수 있거니와, 양적·질적으로 많은 연구가 배태되었다는 데에는 재론의 여지가 없다. 1920년대 프로문학의 양태는 한 시대의 일시적인, 즉 식민지 시대의 좌파적 현상으로만 머물러 있었던 것이 아니라, 21세기 오늘날에도 여전히 그 영향 아래 놓여 있음을 인식할 필요가 있다. 말하자면 1920년대 프로문학은 한국문학의 복합적 양상을 나타내주는 단초로 보아야 할 것이다.

17, 18세기 서구 리얼리즘문학의 현실인식 방법과 19세기 혁명적 민주주의 문학의 유산을 계승한 한국은 새로운 문학적 인식의 지평을 확대시키는 데 프로문학이 공헌하지 않았다고 볼 수는 없다.[1] 다만 프로문학이 영구적인 문학성을 지니지 못했고 일시적인 시속성에 떨어졌다는 비판은 있을 수 있다.[2] 그러나 시대의식 고취를 목적으로 한 프로문학은 리얼리즘문학 계열의 한 축을 형성, 1930년대 중반 이후 사회주의 리얼리즘문학으로 정착하였고, 한편으로는 마르크스주의 미학에 입각, 사회주의의 이념을 선전하거나 사회주의 사회건설을 위하여 투쟁하는 의식적 문학이었던 것이다.

그렇지만 코민테른을 중심으로 고양된 프롤레타리아혁명의 열기에 영향 받아 세계 각국에서 급격히 발전한 프롤레타리아적·혁명적 문학으로 프로문학을 한정[3]한다면, 그것이 괄목할 만한 성과에도 불구하고 새로운 경향의 문학적 단면을 이해하고 파악하는 데 그친다. 이럴 경우 그러한 문학 작품이나 이론들을 추상적으로 답습할 위험성이 있다. 그렇다고 통일된 기준이 없는 자의적인 연구방법이나 프로문학 연구에 대한 가치를 축소하거나 과대평가해서도 안 될 것이다.

본 글은 이러한 문제의식 아래 기존의 프로문학에 대한 학문적 성과를 검색해 보고 프로문학에 있어 내용·형식 논쟁의 서술체계와 그것의 손색이 없는가를 따져보는 데 목적을 둔다.

2. 논쟁의 예비적 고찰

1) 한국 프로문학 성립의 외적 배경

프로문학은 리얼리즘 문학의 관점으로 볼 때, 현실주의적 관심과 전망을 기초로 출발한다.[4] 그러므로 프로문학은 마르크스주의적 예술론 및 마르크스주의적 미학에 기초하는 세계관적 자기 선택을 통해 확고한 이데올로기를 정립한 것이라 하겠다.[5]

프롤레타리아문학은 1917년 10월 러시아 혁명의 성공과 1차 대전 전후의 불안으로 인해 현대사의 전면으로 대두한 계급사상에 거점을 둔 문학운동이라 할 수 있다. 그렇기 때문에 프로문학은 국제적인 광범위한 사상문제와 결부되어 있다.[6] 김기진이 '나의 문학청년 시대'에서 밝힌 바처럼 1920년대 조선은 50년 전의 러시아와 같은 현상[7]이라고 진단하고 투르게네프(Ivan Sergeyevich Turgenev)에 경도되어 사회주의 문학론에 자극되었던 것이다.

그러면 19세기 말의 러시아 문학에 있어서는 어떠했을까. 러시아 문학에 있어서 1860, 70년대는 혁명적인 문학장을 목표로, 두 개의 문단적 경향이 생겨났다. 하나는 니힐리즘이고 또 다른 하나는 인민주의이다. 니힐리즘은 마르크스 유물론과 관계가 깊다. 자연과학의 법칙을 중요시하면서 문학이 과학과 상호 연관되어 있으며, 자연과학 발전의 이야기로 해석한다.[8] 반면 이들은 문학의 미학을 경시했다. 말하자면 반미학의 인상을 주었다. 그들은 사회주의자들이었지만, 겉으로 드러나게 활동하지는 않았다. 그들의 의무는 지식과 혁명적인 과학으로 인민을 계몽시키는 임무를 지녔다.

이에 반해 인민주의는 사회주의를 효율적으로 이끌어가면서 실천적 의의에 무게를 두었다. 자연히 인민주의자들은 인민을 노동계급, 그중에서도 농민에게 기대를 걸었다. 그들 중에는 전시대의 농노제도에 부(富)를 쌓은 지주도 많았다. 양심의 가책을 속죄하면서 자신들의 재산을 인민에게 돌려줄 것을 모범으로 삼았다. 이들 인민주의자들은 세계 혁명의 승리가 되기 위해 프롤레타리아 사회 혁명을 꿈꾸었던 것이다. 러시아 문화의 후진성을 극복하기 위해 그들은 1890년대 마르크스주의 사상이 도래하기 전까지 가장 영향력 있는 인텔리겐챠의 문화를 가졌다.9)

1920년대의 한국사회가 제정러시아 말기의 정세와 비슷하고, 세계 사상계를 풍미한 프롤레타리아문학의 조류가 이처럼 한국 사회운동의 내부에 침투, 많은 문학인들의 지지를 받은 것은 우연이 아니다. 그런데 한국의 프롤레타리아 예술을 주도한 사람들이 간과한 것이 있다면, 그것은 농민층을 적극적으로 끌어들이지 못했던 점이다. 러시아의 혁명은 러시아 농민의 반도시적 반서구적인 데서 비롯하였고, 농민 류의 성격과 결부시켰던 셈이다.10)

당시 한국의 많은 지식인이 프로문학에 경도된 것은 일본 유학시절 사회개혁에 관심을 갖고 농도제도와의 투쟁에 적극적이었던 투르게네프의 영향이었음을 김기진의 술회에서 알 수 있다. 투르게네프는 1852년에 소설 「사냥꾼의 수기」를 발표했는데, 박영희가 「사냥개」라는 작품을 산출한 것도 이와 무관하지 않다. 작품의 전개가 관념적 사고의 연속11)인 것도 그렇지만, 농노의 비참한 운명을 그리고 있는 공통점이 내재되어 있기 때문이다. 투르게네프가 역사적 운명을 작가로서의 관심으로 생생하게 재생한 작품 「연기」라든지, 「그 전날 밤」,

「處女地」 등은 러시아인으로서 진실과 생활의 현실성에서 기인한 것으로 평가받고 있다. 마찬가지로 김기진뿐만 아니라, 당대 한국의 진보적 인텔리층의 한 풍조는 예술의 영원성보다 사회의 움직임에 고민했다. 그러므로 사회제도의 불합리한 측면과 식민지 사회의 불구적 현실을 모르고는 문학적 정신의 진가를 파악할 수 없는 것이다.[12]

김기진을 비롯한 한국의 프로문학의 멤버들은 당대 현실을 비판적으로 읽을 수 있는 자각 있는 진보적 인텔리들이었고, 혁명정신으로써 문학적 외침과 문학적 항의를 질렀다. 이때 러시아에서는 '민중 속으로'라는 표어를 내건 소위 '브나로드' 운동이 일어나 나로드니키를 선두로 혁명 사상이 전면에 나타났다. 김기진이 이 브나로드 운동에 영향 받은 것도 투르게네프와 떨어져서 생각할 수 없는 것이다. 나로드니키 사상은 현실의 정확한 묘사를 지향하고 러시아 자본주의의 진행과 침체된 농민생활을 독자에게 소개하는 데 열정을 다했다[13]는 데서 한국의 당대 현실의 맥을 짚어볼 수 있을 것이다.

김기진이 사상적으로 영향 받은 또 한 사람은 바르뷔스(Henri Barbusse)이다. 제1차 세계대전을 겪으면서 전쟁의 비참함을 체험한 그는 클라르테(Clarté)운동을 주도했다.[14] 유물론적 변증법에 의하여 현실을 분석하고 탐구하는 것이 바르뷔스의 작가적 양심 및 창작방법이라 할 것인데, 소위 클라르테 운동의 배경은 "무자비한 자본가들의 허위에 가득 찬 기독주의와 온갖 불합리한 현상의 모태가 되는 상속법"[15]에 대한 항거로 되어 있다. 김기진의 바르뷔스의 영향은 바로 객관적으로 반영된 생활의 진실에서 감동을 받았기 때문이다.

김기진에게 영향을 준 투르게네프와 바르뷔스는 당시 일본에서 합법칙적으로 접근, 일본 문단에 소개되어 있었고, 창작방법의 견지에서 내면적 위기를 극복하는 데 커다란 세력권을 형성하게 되었다. 그리하여 김기진은 사회주의적 관심이 창작의 중요한 측면으로 자리 잡게 되자 일본을 통해 이것을 적극적으로 한국에 전하는 데 힘썼다고 하겠다.

일본의 사회주의적 문학은 노동계급의 사회적 역할에 주의를 기울이면서『씨뿌리는 사람(種蒔く人)』의 발간으로 시작된다. 이들은 하층계급의 생활에 사상적 변천을 기대하면서 다음과 같은 문학적 지향을 목표로 삼았다.

① 자유민권 이데올로기의 정치소설
② 휴머니즘의 사회소설과 반전(反戰)소설
③ 민중예술에 기저를 둔 노동문학(제4계급 문학론)
④ 민중지 및 민중연극운동16)

이와 같은 문학적 지향은 농민생활의 나로드니키적 이상과 새로운 행동원칙을 보여주는 중심 주제로 되어 있으리라는 짐작을 갖게 한다. 그러나 이러한 목표는 상징적 의미 이상을 가지지는 못했다고 하겠다. 왜냐하면 당시 제4계급 예술론인 노동문학이 대두된 것은 사실이나, 곧『씨뿌리는 사람』은 폐간당하기 때문이다. 이것은 러시아에서 혁명이 성공하고 마르크스 사상이 실천적으로 활성화된 것과는 상반된다.

일본에서도 제4계급으로서의 무산계급운동은 반항 투쟁의 문학으로 면면히 이어지면서 고마키 오미(小牧近江)가 바르뷔스의 클라르테 운동을 전파 전개한다. 이러한 속에서 김기진이 문학적 감수성으로써 한국에 프로문학의 분위기를 만들어냈음을 알 수 있다. 그렇기 때문에 한국의 프로문학은 독자적인 예술로 볼 수 없게 된다. 따라서 프롤레타리아 문학의 필연성을 설명하고 장래의 발전을 위해 노력한 흔적은 엿보이지만, 한국의 특수한 상황에 알맞은 프로문학 이론이 결여되었기 때문에 얼마 안 되어 전향하고 포기하는 데 이른다.

2) 한국 프로문학 성립의 내적 배경

3·1 운동 이후 우리 사회의 이데올로기적 문학 형식은 정치구조와 맞물려 돌아가게 된다. 그것은 긍정적인 일면이 있다. 일본이 조선에 펼친 문화 정책과 관계가 깊겠지만, 한편으로는 보다 높은 사회적 교양이 낳은 결과로 봄이 옳다. 당시 한국의 젊은이들은 일본으로 유학을 가서 그곳에서 진행되는 서구사상들을 접하게 되고, 과학과 예술에 대한 이해의 폭을 넓히게 되었던 것이다. 그 가운데 유학생들은 사회주의 사상을 받아들이게 되는데 이것은 그만큼 당대 지식인들의 학습이 개방적이었음을 말해준다.

그리하여 1920년대의 한국의 사회주의와 그에 부속되는 계급주의 사상 이념을 문학적으로 나타내는 계기로 작용하게 되었다고 하겠다. 프로문학을 사회의 이데올로기적 생산관계에서 한 발 물러나 바라보게 될 때, 프로문학은 좌파적인 편향적 지형으로 놓여 있었다기보다는 사회적·경제적 발전과 문화의 다양성을 형성한 하나의 촉매구실을 담당하였다고 하는 것이 올바르다. 불확실한 사회구조 속에서도 수많은 단체가 생성, 퇴조되는 사회주의 운동을 전개하였기에, 거기에 부응한 프롤레타리아문학의 필연성을17) 부정적으로만 받아들여서는 안 될 일이다.

당시 한국의 문단에서는 공허한 감상적 낭만주의와 낡은 생활에서 오는 비애라든지 고독 같은 유미주의로 특징지어지는 문학적 유파, 즉 창조파, 폐허파, 백조파가 소멸되면서 예술지상주의적 문학경향으로부터 탈피하는 분위기였다. 그 대안으로 프로문학에게로의 탈출구를 찾게 된다. 한국에 사회주의 사상의 확산과 새로운 문화운동의 조류가 형성되던 시기에, 김기진은 1923년 5월 토월회(土月會)의 연극 공연을 계기로 귀국한다. 한국에 온 후 그는 사회주의 내지 공산주의 운동 단체들과 직접적인 인연은 맺지 않는다.

이에 대해 김기진은 자신이 공산당에 발을 들여놓지 않으려는 것을 사회주의자들이 알고 있었다고 술회했다.[18] 그러나 이는 자신의 그런 생각이 프로작가로서의 모순에 직면에 있었음을 시인하는 꼴이 된다. 그는 앞장에서 제시했듯이, 투르게네프와 바르뷔스의 영향을 받으면서부터 무산대중과 악수하여 동일한 생활을 하면서 동일선상에 서는 일이 급선무[19]임을 피력한 데서 그것을 찾을 수 있다.

일본에서 돌아온 김기진은 1923년 7월과 9월 두 차례 공연을 마치고 그의 형 김복진과 연학년, 안석주 등과 더불어 토월회에서 탈퇴한다. 그런 다음 박영희, 김형원, 이익상, 이성해, 안석영, 이상화와 더불어 '파스큘라(PASKYULA)'를 결성하고 새로운 경향의 문학적 활동을 다짐한다. 이 파스큘라는 '인생을 위한 예술 및 현실과 싸우는 의지의 예술'을 지향한다는 것인데, 실제는 문학적 깊이와 창조성이 결핍된 민중의 이상주의에 머무르고 말았다. 그들의 이론과 활동도 현실로부터 먼 관념주의에 그쳤다. 파스큘라의 조직적 활동이 한창일 때, "불합리한 특권의 소유를 가진 현실 사회제도를 근저로부터 파괴"[20]함을 부르짖으면서 구체적 방향 설정은 제시하지 못한 데 원인이 있었다고 하겠다.

그때 PASKYLA와 같은 성격을 가지고 있는 '염군사'라는 운동 단체가 있었다. 염군사는 일종의 문화단체로 1922년 이적효, 이호, 김두수, 최승일, 심훈, 김영팔, 송영 들로 구성되었다. 1922년 이들은 『염군』이라는 잡지를 계획하였지만, 발간까지는 못 했다. 당시 염군사의 조직 강령은 '무산 계급 해방 문화의 연구 및 운동'이었다. 이들의 조직적 발아는 현실 참여에 있었다. 그러나 이들 역시 대중의 의식을 깨우치는 데는 미흡했던 것으로 보인다. 대중적 문화조직이 아닌, 계급적 의식에 의해 일본으로부터 많은 제약을 받아 활동의 위축에 직면해 있었던 것이다.

따라서 이들 두 집단의 구성원들은 조직의 장점과 단점을 보완하고자 1924년부터 수차례의 모임을 가진다. 그리고 마침내 1925년 8월 23일 '조선프롤레타리아예술동맹(KAPF)'의 창립총회를 개최한다. 발기인은 김기진, 박영희, 이호, 김복진, 김영팔, 이익상, 박용대, 송영, 최승일, 이적효, 김온, 신대섭, 조명희, 바팔양, 이상화, 안서주 들이다. 이들이 내세운 강령은 '일체의 전제 세력과의 항쟁 및 예술을 무기로 하여 조선 민족의 계급적 해방을 목적으로 한다'는 것이었다.

이렇게 볼 때 한국의 문학적 사상은 당시 자유로운 창작활동을 보장받은 것 같지만, 일본의 제한된 문화정책에 의해 창작활동의 위축을 타개하기에는 어려움이 많았음을 알 수 있다. 그러나 이렇게 가까스로 조직된 KAPF는 1935년까지 지속하게 된다. 그러면서 제1차, 제2차 방향 전환이 시도되고 그 방향 전환을 거치면서 좀 더 강경한 목적의식적 창작목표를 지향한다. 그러자 일본은 1931년과 1934년 두 번에 걸쳐 검거 열풍을 일으킨다.

그 원인에 대해서 많은 논의가 있지만, 1931년 만주사변 이후 일제의 사상 탄압 강화가 직접적인 요인으로 치부하고 있다. 부분적으로는 카프 내부의 갈등을 원인으로 지적하고는 있지만 이는 섣불리 단정할 일이 아니고, 당시 사회사와의 관계 속에서 연구되어야 할 문제로 남는다. 물론 김기진, 박영희를 비롯한 구카프계와 안막, 김남천, 권환, 임화를 비롯한 소장파 사이에서 발생한 갈등이 존재하고 있었음은 부인할 수 없다. 그러나 외부적 환경, 즉 군국주의로 치닫고 있던 일본의 문화정책을 포기한 데서 문제점을 구명해야 함과 동시에 한국 사회 내부의 문제를 총체적으로 접근, 이 둘의 접합점을 찾아내 프로문학 쇠퇴의 원인을 객관적으로 부여해야 할 것이다.

　그러한 관점에서 프로문학 쇠퇴가 문학 외부와 내부의 문제로 접근할 것이 아니라, 프로문학의 심리적 작용, 즉 프로문학이 생성·심화되는 과정에서 구성원들 개개인의 내적 욕망, 내재적 탐색에서 원인을 찾아야 한다고 본다. 말하자면 시대의 변화에 따라 문학적 감수성에서 오는 데카당스적 심리 등 구성원들의 정신적 변화가 프로문학 인식을 바꾸는 데 결정적으로 작용했다고 할 수 있겠다.

　그리하여 1934년 이론의 선구자인 박영희가 카프를 탈퇴하고 전향 선언을 하자, 이미 내분에 휩싸여 있던 김기진, 김남천, 임화의 협의하에 1935년 5월 21일 김남천이 경기도 경찰부에 해산계를 제출하고 카프는 막을 내리게 된 것이라 판단된다.

3. 프로문학 논쟁 형성

1) 계급문학시비론

한국 문학사에서 프로문학에 대한 공과는 긍정적인 측면과 부정적인 측면으로 나뉘어 있고, 또 그 각각의 견해 내에서도 의견이 일치하지 않는다. 이를테면 부정적인 측면에서의 프로문학은 국제적 추수주의에 그쳤다는 것이라든지, 민족문학의 역사와 전통에 맹목적이었다든지, 또 현실 인식을 강조하면서도 사회의 구체적 현상을 분석, 제시하지 못했다[21])는 비판들이 그것이다. 그러한 가운데서도 프로문학을 주도한 몇몇 문예비평가들에 의해 한국의 상황에 맞게 문학에 대한 제시와 역할의 필요성을 강조하고 또한 그에 대한 비판과 수용을 거듭하는 동안 한국의 문학은 한 단계 발전했다고 평가할 수 있다.

한국의 근대문학을 연 이광수 중심의 계몽주의 형성으로부터 백조파를 주축으로 한 낭만주의가 1920년대 초반을 풍미했지만, 사회의 변화에 따라 반동으로 새로운 문학사조를 필요로 하게 되었다.[22]) 이때 김기진은 조선의 문학이 프롤레타리아문화의 문학이 되어야 한다는 인식을 갖고 교화문학이 필요함을 역설[23])하고 나서 "예술운동, 그것은 미래 추측의 高遠한 悟性과 美의 永久를 탐색하는 길이 현존 사회제도 − 경제조직을 풀어버리고서 예술을 生의 본연한 길로 해방시키"[24])는 것이 급선무임을 주장한다.

김기진의 프로문학에 대한 이러한 주장이 유파가 다른 작가나 비평가들로부터 반박의 소지를 받게 된다. 그 중심에 박영희가 있다. 그는 처음엔 프로문학에 대한 김기진의 논지와 별 다르지 않다는 것을 보여준다. 그리하여 박영희는 김기진과 프로문예를 주도하면서 이념적 창출을 모색하기 위해 다각도로 노력한다. 그러나 당시 김기진의 프로문학 인식에 대해서 못마땅하게 생각하는 작가들이 생겨나고 그리하여 박영희는 견해의 차이를 드러내는 문인들의 글을 대비시키면서 문학으로써 사회주의 계급투쟁의 관심을 불러일으키기 위한 계획 특집을 마련하기에 이른다. 곧 『개벽』에 "계급문학 시비론"을 통해 박영희는 프로문학이 창조파, 폐허파, 백조파의 문학관과 성격을 달리한다는 것을 주장하기 위한 시도를 감행한 것이다.25)

한국 사회가 정치적·문화적으로 위기에 처해 있는 시기인 1920년대 중반, 일본 문단의 영향을 받으면서 나름대로 독자성을 추구한 평자들은 문학에 대해 어떠한 견해 차이를 보이는지 살펴보자.26)

① 김기진의 「피투성이 된 프로혼의 표백」

사회 상태는 변천하여 계급의 대립을 세워 놓았다. 이것은 생활 상태의 분열이다. 그리고 이 생활 상태의 분열은 생활의식의 분열을 일으키었다. 이것이 근대자본주의가 가져온 커다란 공과다. 그리고 생활의식의 분열은 미의식의 분열을 일으키었다. 여기서 부르조아의 미감과 프롤레타리아의 미감이 달라졌다. 기교의 미를 찾고 인종의 미를 설하는 것은 부르조아의 미감 내지 미학이다. 이와 반대로 어디까지든지 정의의 미를 찾고 반역의 미를 고창하는 것은 프롤레타리아의 미감 내지 미학이다.27)

김기진은 여기에서 프로문학의 테제에 대한 논리적 명확성을 보여주고 있다. 프롤레타리아 문학의 형성이 불가피함을 내세운 다음 부르주아 문학의 단점을 부각시키면서 프로문학의 미학적 관점을 설득력 있게 제시하고 있다. 사회 상태가 변천하여 계급의 대립이 생기고, 이것이 생활 상태의 분열을 촉진한다고 이야기 한다. 생활 상태의 분열이 생활의식의 분열의 원인이 되었던바, 자연히 미의식이 분열되어 부르주아의 미감·미학과 프롤레타리아의 미감·미학이 다르게 나타났다는 것이다. 곧 부르주아의 미학은 기교와 인종의 미를 중시하고, 프롤레타리아의 미학은 정의와 반역의 미가 전형화 되었다는 것이다.

위의 논지에서 김기진의 프로문학에 대한 철학적 바탕을 읽을 수 있게 한다. 다시 말해 현실 혁명을 목표로 하고 있는 프로문학은 근대자본주의가 가져온 부르주아 미학인 기교와 인종의 미를 근본적으로 파괴하는 데 있는 것이다. 이것은 그가 프로문학을 제창하면서 시작된 자기 책무를 염두에 둔 것으로 보인다. 그러나 부르주아 미학과 프롤레타리아 미학의 구체적 양상을 제시하지 않고 단지 프로문학을 국제화의 관점에서 민중들에게 주지하려는 선험적 의지가 앞서 있다.

② 김동인의 「예술가 자신의 막지 못할 예술욕에서」

　　문학에 프롤레타리아니 부르조아니 구별하자고 하는 것도, 그 구별하자는 사람이 자기의 몰상식함을 나타내는 데 지나지 못합니다. 어찌 문학에 그런 구별을 하겠습니까. 무산 계급의 사정을 쓴 작품이라고 그것을 프롤레타리아 문학이라고 하며, 상류 계급의 사정을 쓴 것이라고 그것을 부르조아 문학이라고 하면, 짐승의 사정을 쓴 작품은 금수 문학이라고 하겠습니까? 문학은 도덕의 무기가 아니며, 교훈 기관이 아니며 그 목적이 온전히 다른지라 어떤 선전적 주의의 명칭을 그 위에 올려놓을 수가 없는 일입니다. 만약 대담히 그런 명칭을 붙이는 사람이 있다 하면 그 사람은 위인이든 광인이든 어느 편이겠습니다. (…) 예술은 인생을 위하여서도 아니고 예술

자신을 위하여서도 아니요, 다만 예술가 자신의 막지 못할 예술욕 때문에 예술입니다.[28]

김동인의 진술에서 파악되는 것은 프로문학에 대한 부정적인 시각을 갖고 있다는 것이다. 그가 유미주의론자 입장에서 위와 같은 언급을 할 수밖에 없었던 것은 아니라고 본다. 사회의식을 반영하는 문학의 특성을 굳이 인간의 계급으로 문학을 구별한다는 것에 쉽게 동의하지 못하고 있는 것이다. 프로문학에 대한 긍정적인 입장에 서 있을지라도 그의 문학관, 즉 "문학과 예술이라는 것이 모두 인간의 위대한 창조적 정신에 의해 이루어지는 것"[29]으로 참고한다면 수긍이 간다. 다만, 김동인은 프로문학을 금수 문학과 같은 단순 비교함으로써 문학적 편력에 대해 강한 거부를 나타내고 있음을 알 수 있다. 그것은 프로문학을 소재주의적 차원에서만 바라보고 이념적 양상까지는 이해하지 못한 결과다.

이렇게 본다면 김동인은 박영희가 부르주아 문학을 극복하기 위한 방편으로 제기한 계급 문학의 교훈성과 선전성[30]을 부정하는 오로지 유미주의론자임이 드러난다.

③ 이광수의 「계급을 초월한 예술이라야」

물론 지식 계급만이 좋아할 만한 문학도 있겠고 특히 유산 계급의 취미에 맞는 문학도 있겠고, 또는 다수의 무식 무산 민중이 좋아할 만한 문학도 있겠지요. 만일 이러한 의미로 계급 문학이라 하면 나는 후자가 많이 생기기를 원합니다. (…) 나는 계급을 초월한 예술의 존재를 믿습니다. 인생의 생활의 저류에 촉(觸)한 문학은 계급을 초월하여서, 사람이면 누가 보아도 볼 줄을 모르면 듣기만

해도 문학의 효과를 생(生)할 수 있는 문학의 존재를 믿습니다. 그
러므로 나는 다만 '참으로', '자연스럽게', '힘을 다하여' 문학을 지
으려 할뿐입니다.31)

　　이광수의 위와 같은 발언은 앞의 김동인의 논지와 동류임을 확인
할 수 있다. 계급문학을 부정하게 되는 것도 김동인과 같다. 다만, 다
른 점이 있다면 김동인은 문학을 유미론적으로 바라보는 반면, 이광
수는 효용론적으로 응시한다는 데 있다. 그런데 효용론의 지론을 가
지고 프로문학을 대하는 이광수는 문학의 존재적 가치가 생활인의
인식에 따라 달라진다는 점을 간과하고 있기 때문에 자신의 논리를
충분히 이해시키지 못하고 있다.

　　그렇기 때문에 그는 "예술은 양반적, 신사적이어서는 못쓰고, 자본
주의적이어서도 못쓰며, 도회적이어서도 못쓰고, 우리 민족 전체가
향락할만한 성질의 것이어야 한다."32)고 결론을 내리게 되는 우를 범
하고 있다. 그의 말대로라면 문학은 생활을 창조하는 것이 된다. 이것
은 그가 프로문학에 대한 김기진과 박영희의 이론을 무시했거나 아
니면 프로문학에 대한 이론 정립이 안 되어 있다는 방증이다. 생활의
식에서 문학의 건설이 창조된다는 프롤레타리아문학인들이 주창하
고 있기 때문이다. 이광수는 그러나 특정한 계층을 특별히 설정하지
않고 민족 전체를 대상으로 문학을 향유했다는 데서 긍정인 면이 있
다. 그것이 실천으로 나타났건 나타나지 않았건 간에 그것은 부차적
인 일이다.

　　이와 같이 이광수의 궤적을 살펴보면 김동인과 함께 프로문학에
대한 부정적인 반응을 나타내고 있음을 알 수 있다. 따라서 이 두 사
람의 소견은 예술 곧 형식 옹호론에 치우쳐 있으면서 그 예술적 형상

이 사회의 사상적 변화에 따른 심도 있는 이론적 탐색을 보여주지 못했다.

④ 염상섭의 「작가로서는 무의미한 말」

> 더구나 경향이라든지, 주의라든지, 파(派)라는 것이 작자와 작품을 지배하는 주형(鑄型)이 아닌 이상, 다시 말하면 예술이 어떠한 주형에 박아내는 것이 아닌 이상에야 작가가 어떠한 주의라든지 일정한 경향에 구속될 수는 없다. (…) 보통 '계급의식'이라는 말이 무산계급의 계급적 자각으로 생기는 그 의식을 의미하는 모양인즉 (…) 첫째로는 작품의 취재를 무산계급의 생활과 그 분위기에서 구한다는 뜻, 둘째로는 계급의식을 고취하고 그 자각을 촉진하여 계급전을 독려하고 고무하는 선전적 태도와 그 작품, 셋째는 어떠한 의미로는 교양이 부족한 무산계급이 용이 이해하도록 표현하라는 뜻 등으로 해석할 수 있을 것 같다. (…) 그러므로 '계급문학'이라는 일종의 부문을 만들어놓고 그 규모에 들어맞는 작품을 만들려고 하거나 또는 만들라고 주문하는 것은 아니 될 일이다. (…) 자기의 작품을 계급전에 이용하려는 방편으로 생각하면 계급 해방의 투사로서는 충실하다 할지 모르나 문학자로서는 실패요, '제로'다. 그것은 문학의 독립성을 말살하고 작가로서의 자기를 자박(自縛)하는 결과에 빠지기 때문이다.[33]

프로작가는 아니면서 앞의 김동인이나 이광수와는 달리 염상섭이 어느 정도 프로문학에 대해 이해를 하고 일정 부분 긍정적인 태도를 보여주고 있음을 알 수 있다. 말하자면 작가로서의 프로문학에 대해 기본적으로 수용하려는 태도를 가지고 있다. 그러나 프로문학을 받아들이는 입장은 아니다. 그러면서 프로문학에 대한 이론적 견지를 갖추고 있다. 그렇기 때문에 '절충파'[34]라는 평가를 받게 된다.

위에서 염상섭은 계급문학 지평의 가능성을 인정하고 있다. 또한

계급의식에 대한 양상을 꿰뚫고 있다. 하지만 염상섭은 그러한 계급
문학의 추수를 경계하고 있는 것이다. 그것은 문학의 자율성이 밑받
침되지 않고 강요에 의한 획일적 창작 성향으로 전개됨을 우려하는
것으로 보인다. 결국 염상섭의 프로문학에 대한 관점은 부정적이면서
도 한편으로는 일정 부분 인정하는 듯한 인상, 그러나 그것은 절충주
의라기보다는 예술적 형식에 치우친 심리적 동기가 내재해 있는 것
으로 보아야 할 것이다.

⑤ 박영희의 「문학상 공리적 가치여하」

> 문학을 순전한 유희나 쾌락으로만 알던 시대는 이미 지나갔고,
> 인생의 생활과 인지가 향상함으로 비로소 완전한 근거를 갖게 된
> 문학이 우리에게 주어졌다. 크게 두 종류로 나눌 수 있는데 하나는
> 정의적 방면과 다른 하나는 실제적 방면, 다시 말해 미감과 공리다.
> 다시 말해 전자는 쾌락이고 후자는 생활의 완전을 도모하려는 것
> 인데 양자가 늘 평형을 가지고 있는 것이다. 문학의 쾌락이라는 것
> 은 실제를 완전시키기 위해 있게 되며 실제라는 것은 쾌락을 조절
> 하기 위해서 있게 되는 것이다. 하지만 쾌락은 관능 뿐을 의미하는
> 것이 아니라 쾌락으로써 그 자신의 제한을 받는 것이기도 한다. 이
> 에서 비로소 완전한 문학의 가치를 소유한다. 하지만 완전한 문학
> 일수록 생활의식에 확고한 근거를 두어야 하며 또한 만인의 보편
> 한 문학이 필요한 것이다.35)

이와 같은 박영희의 논의는 김기진과의 문학 논쟁의 전초적 단계
로서 의미를 띤다. 여기에서 그의 계급문학을 적극적으로 옹호36)하
기 위한 이론적 역량을 엿볼 수 있다. 말하자면 문학운동을 목표로
한 이론적 가치·평가 등에서 견해차를 드러내는 사람들과의 비평론
적 시비를 시도함으로써 자신의 의도를 적극적으로 표출, 계급주의로

의 문학적 이론을 개진하고 있는 것이다.

박영희는 미감과 공리의 개념을 엄격히 구분시키면서 작품상의 실제는 공리에 역점을 두자는 것이 요지다. 이것은 그가 이 글을 통해 프로문학론 대두의 배경과 그 본질에 대한 설명을 요약한 것으로 볼 수 있다. 그리하여 여기에서의 박영희 논의는 앞의 김기진과 동일한 문맥형성을 보이고 있다. 같은 글에서 그는 무산 계급의 생활 의식은 반항적, 혁명적인 것이고 자본주의화한 계급은 지배적이고 이욕적(利慾的), 그리고 전제적(專制的)인 것으로 이분법화해서 논지를 전개시켜 나간다. 그에 따르면 생활 의식의 차이가 바로 미의식의 차이를 불러일으키게 되었고, 이 미의식의 차이가 곧 문학이 지향하는 방향성에 대한 차이로 나타나게 되었다는 것이다.

이렇게 볼 때, 박영희의 프로문학에 대한 인식과 문학적 방향 설정은 그대로 김기진의 프로문학에 대한 문제로 나타난다.

2) 김기진과 박영희의 내용 · 형식 논쟁 양상

① 김기진의 문학론

논쟁의 발단은 박영희의 단편 소설 「철야」(별건곤, 1926. 11)와 「지옥순례」(조선지광, 1926. 11)에 대한 김기진의 평론으로부터 시작된다. 그것이 김기진이나 박영희, 또는 프로문학 진영이나 민족문학 진영에게 중요한 것은 문학의 본질에 대해 프로문학 측이 어떻게 자리매김해 나가는 것인가를 보여주고 있는 까닭이다. 그렇지만 여기에서도 문제가 없는 것은 아니다. 가령 김기진의 평이 단편적이거나 월평 수준이라 할지라도 박영희의 작품이 프로문학을 대표할 만한 수준의 가치를 확보하고 있는지 검토했어야 했다. 그런데 김기진은 프로문학에 대한 동류의식에서 박영희 작품을 선택, 극단적인 용어를 사용하면서 비난으로 시작해서 비난으로 끝내고 있다.

박영희의 작품이 평가할 만한 가치가 있더라도 주제가 프로문학의 본질적 경향에 대한 논지 전개에 있었으므로 우선 문학의 본질, 즉 소설이 갖추어야 할 형식이라든지 구조라든지 근본적인 이론을 설명했어야 했다. 그런데 그의 글에서는 작품의 결함을 발견하고 자신의 일방적인 생각으로 논지를 합리화하는 데 급급해하는 인상을 주고 있다.

> 이 일편은 소설이 아니요, 계급의식 계급투쟁의 개념에 대한 추상적 설명에 시종하고 일언일구가 이것을 설명하기 위해서만 사용되었던 것이다. 소설이란 한 개의 건물이다. 기둥도 없이 서까래도 없이 붉은 지붕만 입혀 놓은 건축이 있는가? (…) 어떤 한 개의 제재를 붙들고서 다음으로 어떠한 목적지를 정해 놓고 그 목적지에서 그 제재를 반드시 처분하겠다는 계획을 가지고 그리고서 붓을 들어 되든 안 되든 목적한 포인트로 끌고 와버리는 것이 박 씨의 창작상 근본 결함이다.[37]

물론 그가 박영희와의 논쟁이 시작되기 전에 문학의 형식에 대한 관심을 표명한 적은 있다.

> 창작이나 번역을 하는 사람은 그 뜻만을 전함에 그치지 말고 첫째 단어의 정리를 할 일, 둘째 문법의 정돈을 할 일, 셋째 명사나 형용사나 동사 같은 것을 번안 혹은 창작할 일, 넷째 이와 같은 것을 실행하자면 전 조선의 신문사, 잡지사, 인쇄소 등이 단합하여 동일한 목적에 대한 최선의 노력을 할 일.[38]

문학의 형식론이라고 하지만은 구체적이지는 못하다. 중요한 것은 창작을 하는 사람은 뜻을 전하기에 앞서 단어의 정리를 하라는 데 있다. 이것은 형식 영역으로서의 기능을 피력하고 있는 것이다. 한국 문단에서 문학에 대한 원론조차 확립되지 않은 상태에서 그래도 이만큼 문학의 형식에 대해 입장을 취한 것은 프로문예가로서의 선구자적 태도라 할 수 있다. 다만 그의 이러한 노력이 여타의 프로문학론과 직결되지 않은 것으로 여겨져서 아쉬움을 남긴다.

김기진의 일련의 평론에 있어 짚고 넘어가야 할 것이 있다. 바로 소재가 노동자의 것을 택하고 있느냐 자본가의 것을 택하고 있느냐가 프로문학을 결정하는 것이 아니라, 작품에 나타난 사건과 인물의 설정이 작가가 프로 의식을 가지고 작품을 대하였느냐 또는 작가가 프로 의식을 가지고 이 작품을 제작하였느냐 하는 것이 그것이다. 곧 김기진은 프로문학은 계급의식을 가지고 계급적 관점으로 문학을 완결시켜야 한다고 주장하는 것이다. 여기에서 그의 모순이 발견된다. 소설이라고 하는 것이 여러 가지 재료를 적합한 곳에 배치하여 균형 있게 지어낸 건축물과 같은 것이라고 하면서 계급의식으로써 작품을 구상한다는 것은 형식이 아닌, 내용의 성질이다. 그럼에도 불구하고 박영희의 작품들이 무산 계급의 적에 대한 투쟁을 말하기 위하여 너무 간단히 처리하고 말았다는 것이다. 더 나아 박영희의 작품은 소설이 될 수 없고, 그것도 계급의식과 계급투쟁의 개념에 대한 추상적인 설명에만 시종하는 글이 되었다는 것으로 비판하고 있다.

김기진은 소설이란 한 개의 건축물로 설정한다. 그의 논리를 따라가 보면 기둥과 서까래도 없이 지붕만 얹혀놓은 박영희의 작품 구상 자체는 인정하나, 소설의 문학적 요건에는 충족시키지 못했음을 지적하고 있다. 이처럼 김기진의 논리가 모순에 직면에 있기 때문에 박영희의 논박이 이어지리라는 것은 불을 보듯 뻔한 일이다. 그러나 김기진이 박영희의 작품을 두고 목적지를 정해놓고는 제재를 무리하게 끌고 가려는 의도를 지니고 있으며, 이것이 박영희의 창작 태도에 있어서 근본적 결함이라고 지적한 것은 타당하다. 박영희의 작품 중 「투쟁」이나 「지옥순례」를 보면 내용은 차치하더라도 구성의 짜임새나 묘사의 엉성함이 돋보인다. 현실의 인식을 우선시하는 프로문학일지라도 독자들을 감화시키는 형식이 필요하지 않을까?

② 박영희의 문학론

김기진의 평에 대해 박영희가 쉽게 수긍을 하지 않을 것이라는 것은 앞에서 이미 제시한 대로다. 그것은 김기진의 이론적 모순과 직결된다. 박영희는 『조선지광』을 통해 김기진에 대한 불명확한 태도와 단도직입적인 논의로 논박한다. 그는 먼저 프로 문학의 평자가 가져야 할 태도에 대해 말한다. 프로문예비평가인 이상 비평가는 계급적이며, 계급적 책무에서 프로 작가를 지도할 수 있어야 한다는 데 논점이 주어져 있다. 지도의 표준은 부르조아적이고 개인주의적이고 예술지상적, 그리고 향락적에서 벗어나 조직체적이고 집단적이고 계급적, 그리고 사회변혁적인 것을 추구해야 한다는 것이다. 나아가 프로문예비평가는 작품에 나타나는 사회적 의식을 기준으로 작품의 가치를 평해야 한다는 것이다.

이러한 전제 하에 박영희는 자신의 논리를 적극적으로 합리화하기 위해 그리고 김기진의 자신에 대한 비판을 공박하기 위해 다음과 같이 언급한다.

프롤레타리아의 작품은 군의 말과 같이 독립된 건축물을 만들려는 것이 아니다. 상론한 XXX 말과 같이 큰 기계의 한 치륜(齒輪)인 것을 또다시 말한다. 프롤레타리아의 전문화가 한 건축물이라 하면 프롤레타리아의 예술은 그 구성물 중에 하나이니 서까래도 될 수 있으며 기왓장도 될 수 있는 것이다. 군의 말과 같이 소설로써 완전한 건물을 만들 시기는 아직은 프로 문예에서는 시기가 상조한 공론이다. 따라서 프로 문예가 예술적 소설의 건축물을 만들기에만 노력한다 하면, 그 작가는 프롤레타리아의 문화를 망각한 사람이니 그는 프로 작가는 아니다. 다만 그는 프로 생활 묘사가에 불과하다.[39]

박영희는 이처럼 프로문예작가 또는 비평가로서 독자적 비평 기능을 대표할 수 있는 논리를 강구하고 있다. 다만 김기진의 논점이 작품의 문학적 요건의 차원에서 말해졌다면, 박영희의 위의 반론은 프로문예비평가의 역할을 중점으로 논해지고 있다. 따라서 이 둘의 논지는 다소 엇갈린 듯이 보이는 것도 사실이다. 프로문학에서 작가나 비평가가 계급의식을 초월할 수 없다는 것에서 드러나듯이 이것은 김기진의 문학적 이데올로기와 같은 태도를 띠고 있다.

박영희는 당시 우리나라의 문화가 소설로써 독립된 건축물을 만들려는 것은 시기 상조임을 밝힌다. 이러한 논리 전개가 투쟁기에 있는 문예비평가의 태도는 반드시 계급적으로 명확하기를 바란다는 충고로 귀결[40]되고, 문학 내적인 요소보다 문학 외적인 요소가 프로문예의 방향설정에 보다 중요함을 역설하고 있는 것으로 파악해야 한다. 그러나 박영희 역시 김기진의 평론적 입장을 깊이 천착하지 못한 관계로 핵심적 과제, 즉 김기진의 문학형식에 대한 요구를 뚜렷이 간파하지 못했기 때문에 프로문학의 분열상으로 비쳐진 것에 대한 비판을 면하기 어렵다.

박영희가 형식을 배타시 하고 내용에 치중하는 것은 레닌의 소론41)에 경도된 듯하다. 즉 박영희는 문학적 활동은 조직되고 그에 따라 프롤레타리아 현실생활의 부분이 되어야 한다는 논리를 내세우고 있는 것이다. 이것이 옳고 그름을 떠나 박영희의 문학적 사상은 민족의 혼돈된 상황 속에서 지식인의 역할을 감당했다고 볼 수 있는 것이다. 그렇기 때문에 프로문학의 목적의식은 정치적으로 주입될 수밖에 없는 것이고, 문학을 통해 계급의식을 박지 않으면 안 되었을 것이다.

3) 논쟁의 본질

① 일원론(一元論)·이원론(二元論)

프로문학에 있어서 내용·형식 논쟁을 김기진과 박영희의 문제로 축소한다는 것은 무리가 아닐 수 없다. 그러나 그 전개 과정을 유심히 살펴보면 프로문학의 내용·형식 논의가 초보적인 단계라고 말할 수 있지만, 그것이 옳고 그른 것은 좀 더 연구가 필요할 것으로 보인다.42) 다만 프로문학 구성원들 간의 규명되지 않은 이론을 각자 자신의 입장에서 주장하는 태도는 바람직한 것이라 말할 수 있다. 더욱 중요한 것은 프로문학의 본질이 무엇인지 명확히 정립되지 않은 상태에서 당시 카프의 핵심 지도층이었던 김기진과 박영희가 논쟁의 선두에 섰다는 점일 것이다. 김기진은 기존의 전통적 문학 형식을, 박영희는 마르크스주의적 문예비평을 앞세워 창작방법론상의 성격을 규정지었다고 이해할 수 있다.

논쟁의 심화는 김기진의 무산 문예작품과 무산 문예비평, 박영희의 문예비평의 형식화와 마르크스주의이다. 김기진은 여기서도 선전 문학도 문학이기 때문에 문학의 요건 필요성을 다시 한 번 강조한다.

박영희의 반론 역시 프로문학의 사회적 의식과 결부시켜 적극적으로 논지를 전개하고 있다.

프롤레타리아 문학은 어디까지든지 문학이다. 왜 그러냐고 또다시 묻는다면 부르조아의 경제학을 그 이데올로기의 전선에서 완전히 패배시킨 프롤레타리아의 경제학이 어디까지든지 경제학인 것과 마찬가지로 프롤레타리아문학 그것도 문학상에 있어서 부르조아 이데올로기를 완전히 패배시킬 프롤레타리아 문학이 아니고서는 견디어 내지 못하는 까닭이다. (…) 프롤레타리아 문학에 취하여 가장 긴요한 조건은 내용과 형식의 온전한 조화이다. 그리고 형식과 내용의 조화를 어디서 구할 수 있느냐 하면 그 표현, 기교, 형식은 각 시대의 우수한 것으로부터 그것을 배우지 아니하면 아니 된다.43)

형식파와 맑스주의는 이제 와서 더 명확한 예를 볼 수 있었다. 형식파가 문학을 비평하는 데 문학의 과학적 영역인 '형식'에만 머무르는 데 반하여 맑스주의는 이 문학의 사회적 의의를 알기 위해서는 반드시 문학의 특유의 영역에서 벗어남으로써 알 수 있다는 것을 말하였다. 물론 문학이 사회를 초월하지 않는 이상 그 문학을 설명하려면 반드시 그 문학에 관련된 사회적 영역에 나오지 않고는 불가능한 일이다.44)

앞의 김기진 논의에 대해 뒤의 박영희는 "이원론 즉 형식과 내용을 구별해서 비평하나 나는 일원론"45)이라고 했다. 다시 말해 김기진에 대하여 박영희는 내용과 형식을 따로 분리하여 프로문예상의 내용과 형식의 균형을 이야기하고 있다고 이해하고 있다. 그러면서 박영희 자신은 내용과 형식을 분리하지 않는 일원론으로 설파했다는 것이다. 형식파가 문학비평에는 문학의 과학적 요소인 형식에 그치지만, 마르크스주의자는 문학의 사회적 의의를 알기 위하여 반드시 문학 특유의 영역에서 벗어나 필연적으로 프로문학의 예술이 성립한다는 요지다. 그러나 박영희의 반대 입장에 서 있는 김기진은 "소설이 요구하는 것은 현상의 배열과 묘사와 설명에 의한 표현에 있다"[46)고 하여 실지 프로문학도 내용과 형식을 분리하지 않는 주장이다. 이렇게 볼 때, 박영희는 김기진에 대한 발언을 왜곡시키는 측면이 있기는 하지만, 김기진이나 박영희의 논쟁 자체는 프로문학의 내용, 형식을 떠나 프로의식을 고양시키는 프로문학 발생론적 관점에서 바라보아야 할 것이다. 그럴 때에만 논쟁의 의미를 긍정적으로 파악할 수 있다.

두 사람의 주장을 따라가 보면 김기진은 일원론자이고 박영희는 이원론자라는 것으로 판단할 문제도 아니고, 반대로 박영희가 일원론자이고 김기진이 이원론자라는 것으로 분별해서 판단할 문제가 아니다. 그 두 사람의 비평적 태도는 결국 프로문학의 본질, 즉 문학성을 우위로 할 것이냐, 사회성을 우위로 둘 것이냐로 따져보아야 할 것이다. 형식과 내용에 관한 문학의 본질이 단순한 비교적 논점으로 해결될 수 없기 때문이다. 문학의 본질 규명은 미학적인 문제, 즉 구체적인 창작방법론으로 천착할 때만이 해결될 수 있다.

② 외재적(外在的)·내재적(內在的) 비평

김기진과 박영희의 내용·형식 논쟁 자체는 문예비평가의 프로문학에 대한 접근방식에 따라 달라질 수 있는 문제를 안고 있다. 다시 말해 프로문학을 외재적 비평으로 접근할 것인가, 내재적 비평으로 접근할 것인가 이다. 프로문학의 내용과 형식을 분리할 수 없는 일원론으로 결론지을 수 있는 김기진과 박영희의 논쟁에서 그러나 결론에 도달하는 방법에는 많은 이견이 내포되어 있다.

마르크스주의 문화에서 예술은 새로운 사회의 문화를 생산하기 위해서 존재하는 것이 아니라, 반대로 새로운 사회의 문화를 건설하기 위해 부단히 노력하는 과정에서 프롤레타리아문화가 생산된다는 데 있다.[47] 이것이 외재적 비평의 토대가 된다. 말하자면 예술문학은 사회의식과 현실에 대한 인식에 의해서 문자로 표현된 작품을 규정하는 것이 외재적 비평인 것이다. 반면 예술 작품 속에 반영된 사회의식이나 사회적 실천 따위를 배제하고 오직 작품 속의 구성이나 형태를 분석하고 설명하는 방법이 내재적 비평의 근본적 원리이다. 이렇게 볼 때, 김기진의 비평 태도는 내재적 비평에 가깝고 박영희의 비평 태도는 외재적 비평에 근접에 있다.

김기진이 형식 문제에 관심을 보인 것은 부르주아 문학의 형식과 다르지 않기 때문이다. 그리하여 그는 프로문학관을 정립시키는 몇 가지 이론적 틀을 마련한다. 그것은

첫째, 프로작가는 현실 사물을 있는 그대로 객관적으로 현실적으로 보는 태도를 가질 것.
둘째, 사건의 발단과 귀결을 추상적 요인에 끌어대지 말 것.
셋째, 사물을 운동의 상태에서 보며 또 전체 위에서 볼 것.
넷째, 추상적 인간성을 버릴 것.
다섯째, 제재에 구애될 것은 없으나 자본가와 소시민을 그릴 때는 반드시 노동자와 대립시킬 것.
여섯째, 묘사수법은 필연적, 객관적, 관찰적, 구체적일 것.
일곱째, 객관적 태도라야 한다고 해서 초계급적 냉정한 태도를 취할 수는 없다.[48]

그러나 염상섭은 김기진의 항목은 리얼리즘문학 일반에 통용되는 것을 프로문학에 적용시키는 우를 범하고 있다고 지적한다. 형식주의자임을 자처한 바 있는 염상섭은 형식이란 주관이냐 묘사이냐 사실

이냐의 문제로 바라보고 있는 것이다.

> 현실 사물을 있는 그대로 그리는, 객관적으로 현실적으로 있는
> 그대로 보는 태도가 프로작가의 태도라는 것은 애써 부정할 필요
> 는 없는 것이나, 이것으로 하필 프로작가 독특한 경지인 듯이 생각
> 함은 우스운 일이다. 프로벨은 무산계급자가 아니라 자연주의의 거
> 두였다. 객관적 현실적임을 역설함은 도리어 반프로적이 아닌가.49)

계급적 관념에 예속되어 있는 마르크스주의조차도 내용·형식의
이원적 대립을 지양하며, 마르크스주의 비평이 표면으로부터 내재하
는 현실의 대상을 분절화50)하고는 있지만, 그 자체가 문제는 되지 않
는다. 중요한 과제는 문학이 가진 형식을 어떻게 통일을 담보해내느
냐에 있는 것이다. 그러므로 비평가의 사회적 통찰과 계급적 인식의
종합으로 작가의 표현 형식을 규정해야 하는 프로문예비평가는 내용
과 형식 어느 한쪽을 거세해서는 안 된다. 보다 사회적 현실과 문학
의 내재적 형식을 흡수시켜 프로문화의 부속물로서의 세계관을 끄집
어 올리는 것이야말로 진정한 비평가로 자리매김하게 되는 것이다.

> 군은 '묘사의 공과는 실감을 줌에 있다.'고 하였다. 그러나 나의
> 생각으로는 '묘사의 공과는 가공의 미를 창조함에 있다.' 또한 군
> 의 그 실감이란 것은 무엇을 표준한 말인지도 좀 막연하다. 소설을
> 소설화하게 하는 실감인지, 그렇지 않으면 계급 공과에 대한 실감
> 인지 알기 어렵다. 만일 소설을 소설화하는 실감을 의미한다면 나
> 는 더 군에게 항의를 제출치 않는다. 그것은 예술적 비평가라는 결
> 론에 도달한 까닭이다. 그러나 만일 군의 그 실감이 프로작품이 가
> 져야 할 계급에 대한 실감이 없다고 책한다면 이것은 감사하게 동
> 지의 충고로서 감수할 것이다.51)

박영희의 이 발언에서 도출해낼 수 있는 것은 프로문학에 있어서 묘사의 개념을 외재적 비평으로 대한다는 것이다. 환언하면 김기진은 내재적 비평에 의해 문학작품의 묘사 설명을 집중적으로 펼친다는 말과 같다. 그러므로 여기서는 박영희가 내재적 관점에 의해 묘사의 본질적 개념까지는 접근하지 못한다고 말할 수 있다. 그리하여 박영희의 묘사에 대한 개념은 부르주아의 기교의 뜻으로만 바라보고 있음을 알 수 있다. 프로작가의 세계관에 입각해 비평하는 박영희의 응수는 김기진이 제기한 문학의 본질을 망각한 오류를 범하고 있는 것이다.

그렇다면 비평방법에서 박영희는 계급의식과 계급적 현실에 무게를 두는 외재적 비평가로서 손색이 없다. 이에 비하면 김기진의 비평방법은 프로문학의 본질적 차원에 접근하려는 노력을 보이면서 내재적 비평의 이론가라 할 수 있다. 결국 두 사람은 프로문학의 이론적 성과가 미발달 상태에서 구체적 창작방법론을 향해 진일보한 논리를 마련했다고 단정할 수 있다.

4. 결론

프로문학에 있어서 내용과 형식의 문제는 프로문학 발생의 목적에서 찾아야 한다. 이것을 간과하고 기존의 낭만주의적 문학성의 잣대로 프로문학 이론을 재단한 것에 대해서는 재정리 되어야 한다. 즉 지금까지 대부분의 논자들은 문학의 예술적 형식을 옹호한 김기진에 대해서는 긍정적 입장을, 마르크스주의적 비평방법을 전개한 박영희에 대해서는 부정적 입장을 취해왔다. 그러나 박영희의 마르크스주의적 비평방법은 1920년대 한국 문학의 대안적 모색인 동시에 프로문학의 당위적이고 이념적 실천의 비평이었음을 인정해야 한다. 프로문학의 발생부터 퇴조하기까지의 전개 과정을 정리하면 다음과 같다.

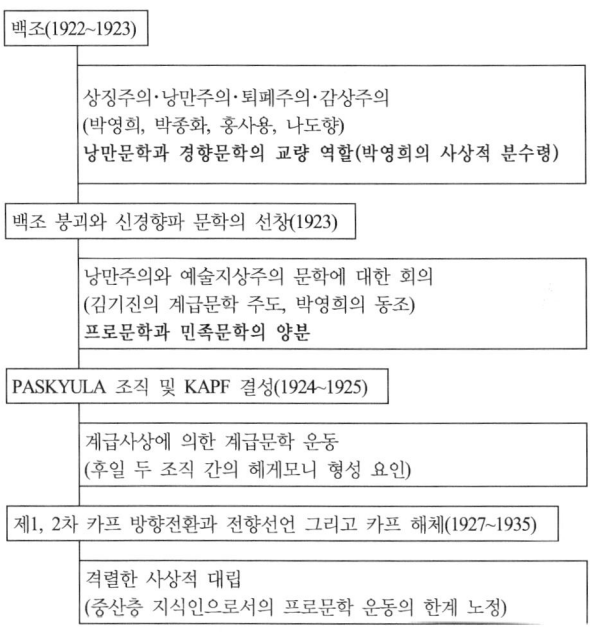

한편 박영희를 축으로 하여 이루어진 주요 논쟁자와 논점은 다음과 같다.

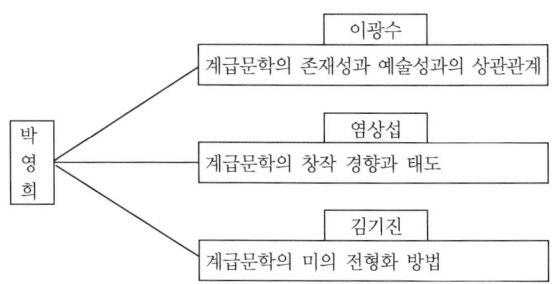

특히 박영희와 김기진의 이론적 대두는 문학작품의 내용·형식 논쟁으로 나타났는데 김기진의 건축론에 맞서 박영희는 첫째 계급투쟁기의 비평가 태도로 대응했다는 것. 둘째 문학의 형식 및 예술의 대중화 문제를 레닌의 소론으로 대응, 프롤레타리아 모든 예술은 당에 소속되고 당과 결부된 예술이 아니면 안 된다는 것. 셋째 작품의 구조문제를 계급적 필요를 반영한 혁명적 이데올로기로 적용해야 한다는 내용이 담겨 있다.

이처럼 김기진과 박영희의 중심으로 전개된 프로문학 비평 논쟁은 프로문예창작방법론으로까지 이어진 긍정적인 측면에도 불구하고 몇 가지 문제점이 발견된다. 첫째 내용·형식의 문제는 지엽적인 원론적 수준에 그치고 말았다. 그것은 짧지도 길지도 않은 3년에 걸쳐 논쟁이 지속되면서 프로문학이 발전해갈 이론적 모색을 체계적으로 세우지 않고 자신들의 논리를 합리화하는 데 원인이 있다. 둘째 내용·형식의 논리를 기왕의 프로문학이 이식된 것이라면 러시아든 일본이든 그 나라의 문학적 관점을 다각도로 보여주었어야 했지만 그렇게 하지 못했다. 이것은 프로작가들이나 문예비평가들이 한국적 상황에 걸맞은 토착적 이론을 정립하기 위한 방편이라고 생각할 수 있다. 그렇지만 결과는 내적 분열로 치닫고 말았음을 고려할 때, 다른 나라의 비평적 방법을 따라가면서 명확한 체계를 비교문학적 방법으로 자신들의 견해를 제시했어야 했다. 셋째 프로문학비평에 있어 다양한 논쟁을 펼치지 못했다. 김기진이 문학본질에 대한 물음에 박영희가 문학의 기능과 비평가의 태도로 답한 형식이 되어버렸다는 것이다. 마르크스주의 관점에서 문학적 생산과 수용 방법, 프로문예의 표현기법 등을 진전된 논의로 전개되지 못하고 계급적 현실인식을 관념적 주관성으로 일관했다.

주(註)

제1부 시론

한국 개화기 시가의 지향성 비교:『독립신문』과『대한매일신보』의 기능과 관련하여

1) 김석하,『한국문학사』(신아사, 1975), p.357 참조.

2) 지금까지 진행된 개화기 시가의 연구 성과는 다음 몇 가지로 간추려진다.
   권오만,『개화기가연구』(새문사, 1989).
   김영철,『한국 개화기시가의 장르연구』(학문사, 1987).
   김학동,『한국개화기시가연구』(시문학사, 1981).
   박을수,『한국 개화기 저항시연구』(성문각, 1985).

3) 19세기 말에서 20세기 초까지의 시가들 – 구전가요, 의병가요, 시조, 가사, 창가, 신체시가『계몽기시가집』에 실려 있는 것으로 보아 개화기시가를 계몽기시가로 지칭할 수 있는 것이다. 김학길,『계몽기 시가집』(한국문화사, 1990), p.10.

4) 노인숙,『한국시가연구』(국학자료원, 2002), pp.7~8.

5) 은천기 외,『민족과 사상』(형설출판사, 1989), p.111.

6) 유럽의 문학사에서는 르네상스에서 현대까지를 근대문학으로 규정하고 있다. 김희보 편저,『세계문예사조사』(종로서적출판주식회사, 1989), p.145.

7)『龍潭遺詞』는 용담가(龍潭歌), 안심가(安心歌), 교훈가(敎訓歌), 도수사(道修詞), 몽중노소문답가(夢中老少問答歌), 검결(劍訣), 권학가(勸學歌), 도덕가(道德歌), 흥비가(興比歌) 등 9편으로 이루어진 가사이다. 이 중 '검결'은『용담유사』에 수록되지 않고 따로 전한다. 또 이것은 최제우가 정치적 변혁을 꾀한 하나의 증거로 보고 그가 처형을 받게 된 문제작이다. 국어국문학편찬연구회 편,『국어국문학자료사전』(한국사전연구사, 1995), p.2079.

8) 조동일,「개화기의 우국가사」,『개화기의 우국문학』(신구문화사, 1974), p.68.

9) 독립협회의 활동양상을 4단계로 나눈 이는 신용하이다. 1896년 7월부터 1897년까지인 고급관료주도기, 1897년 9월부터 1898년 2월까지인 민중진출기, 1898년 3월부터 1898년 8월까지인 민중주도기, 1898년 9월부터 1898년 12월까지인 민중항쟁기가 그것이다. 독립협회 결성과 『독립신문』 간행은 개화운동 차원에서 비교가 된다. 신용하, 「독립협회의 창립과 조직」, 『독립협회연구』(일조각, 1976), p.89.

10) 정한모, 『한국현대시문학사』(일지사, 1974), p.83.

11) 『독립신문』(1896, 창간호).

12) 정한모가 일본으로부터 자주 독립을 위하여 『독립신문』이 발간하게 되었다고 한 것은 선의적인 결과론이다. 서재필을 위시한 『독립신문』과 관계있는 당시 인물들은 청과 일본의 다툼 사이에서 그들의 근대의식이 그대로 일제의 강점에 의하여 변질되어간 것은 사실인 만큼, 일본의 철저한 식민지화 과정 속에서 그들의 척왜의식은 미미한 수준이었다고 할 수 있다. 정한모, Op.cit. pp.74~77 참조.

13) 조동일, 『한국문학통사』 제4권 제3판(지식산업사, 1994), p.263.

14) 『독립신문』(1896. 4. 11).

15) 권오만, Op.cit. p.42.

16) 『독립신문』(1896. 5. 19).

17) 박용찬, 「개화기 지식인의 시대인식과 현실대응 양상」, 『국어교육연구』 제23권(국어교육 연구회, 1991. 12). p.231.

18) 『독립신문』(1896. 9. 10).

19) 김윤식은 개화기가사가 서양 충격을 선(善)하게 드러내기 위한 의도로, 선전과 계몽으로써 제작된 것이라 보고 있다. 김윤식, 「개화기시가고」, 『한국현대시론비판』(일지사, 1996), p.205.

20) 이광린, 『한국개화 사상연구』(일조각, 1989), p.137.

21) 『독립신문』(1896. 9. 8).

22) 「경무학도들 노래」는 이렇게 시작한다.
    힘써 보세 힘써 보세 아국경무 잘해보세
    학도로 공부하여 정부를 도와보세
    행정사법 공부 힘써 인민권리 보전하세
    집집마다 자주하고 인민마다 자립하니
    정부를 도운 후에 백성을 보전하세

23) 임종찬, 『개화기 시가의 논리』(예림기획, 1998). p.19.

24) Ibid. pp.19~20.

25) 정한모, Op.cit. p.85.

26) 박을수, Op.cit. p.35.

27) 김윤식·김현, 『한국문학사』(민음사, 1996). p.139.

28) 1906년 4월 14일자 논설의 한 부분이다.
    噫라 世道之汚濁과 人心之反常이 胡至此極고. 彼政府諸公이 縱不以民國爲念하나 獨不顧身家之安危耶아. 自古及今에 禍人家國하고 末稍身世가 老死牖下者는 未之或聞이라. 試思하라. 今日諸公이 値如何境遇耶아. 四千年祖國은 濱於陸心하고 二千萬人民은 迫於奴隸하니 …(중략)… 故로 一般公衆之論에 今之爲政官者는 皆基蒙汗藥을 服한 者라 하니 赤非過言이로다.

29) 박을수, Op.cit. p.72.

30) 박을수, Op.cit. p.31.

31) 권오만, Op.cit. pp.259~274.

32) 『대한매일신보』(1907. 2. 16).

33) 『대한매일신보』(1909. 9. 8).

34) Ronald Paulson, 김옥수 역, 『풍자문학론』(지평, 1992), p.22.

35) Urs Jaeggi, Literatur und Politik, Suhrkamp Verlag, 1972, p.93.

36) 박을수, 「개화기 시조 연구 서설」, 『신문학과 시대 의식』(새문사, 1981), p.158.

37) 조동일, 「개화기문학의 개념과 특성」, 『국어국문학』 제68호 · 69호 합본호(국어국문학회, 1975), p.315.

38) 『대한매일신보』(1907. 11. 22).

39) 박철희, 「개화기시가의 구조」, 『신문학과 개화의식』(새문사, 1981). p.149.

40) 『대한매일신보』(1908. 10. 11).

정신분석학 관점에서의 「불놀이」: 에로티시즘과 그 구조

1) 심원섭, 「수수께끼에 쌓였던 환상의 시」, 『문학사상』(2003. 7) 참조.

2) 오세영, 「송아 주요한 연구」, 『한국낭만주의시연구』(일지사, 1980).

3) 정효구, 「주요한의 작품 「불놀이」의 상상력」, 『20세기 한국시의 정신과 방법』(시와시학사, 1995).

4) "프로이트 식 정신분석학을 가지고 이 작품의 상상력을 탐구할 때는, 문제가 지나치게 단순화되는 한계점이 드러날 수밖에 없는 것도 사실이다." Ibid., p.11.

5) 『주요한문집』(주요한기념사업회, 1981), pp.708~709.

6) 『주요한문집』, pp.710~721 참조.

7) Anna Freud, 『5세 이전 아이의 성본능이 평생을 좌우한다』(열린책들, 1999) 참조.

8) 정신분석학에서는 본래 경험하였던 즐거움의 일부. 즉 충동성에 의해 높이 평가되는 목표로 전환하는 것을 순화(Sublimation)라 한다. Ibid. 참조.

9) 산문시(prose poem)는 형태상 운문의 상대 개념으로 문장의 연결방식이 행과 연에 기초하는 자유시와 달리, 단락(paragraph)에 의존한 언어진술로 설명된다. 오세영, Op.cit. p.169.

10) 본고의 작품 인용은 주요한의 자유시형 문학적 요체가 되는 시집 『아름다운 새벽』(경성: 조선문단사, 1936)에서 그대로 옮겨 적는다.

11) Sigmund Freud, 한상엽 역, 『성애와 자아/삶의 고찰』(금성출판사, 1987), p.48.

12) Georges Bataille, 조한경 역, 『에로티즘』(민음사, 1989), p.31.

13) Sigmund Freud, Op.cit., p.50.

14) 김병익, 『새로운 글쓰기와 문학의 진정성』(문학과지성사, 1997), p.93.

15) 『주요한문집』, p.847.

16) 주요한, 「과도기적가정비극과 그 대책」, 『동광』(1931. 11), p.79.

17) 양동국, 「동경과 상해 시절 주요한의 알려지지 않은 행적」, 『문학사상』(2000. 4), p.271.

18) 주요한, 「성에 관한 제 문제」, 『동광』(1931. 12), pp.186~187.

19) Elizabeth Wright, 권택영 옮김, 『정신분석비평』(문예출판사, 1989), p.54.

20) 주요한, 「반듯시 학교에서」, 『별건곤』(1929. 2), pp.58~59.

21) Alain Touraine, 정수복 · 이기현 역, 『현대성 비판』(문예출판사, 1995), p.72.

22) Ibid., p.123.

23) 롤랑 바르트에 의하면 현대에 있어서 새로움은 억압된 즐김에 있다. Roland Barthes, 김희영 역, 『텍스트의 즐거움』(동문선, 1997), pp.88~89.

24) 오세영, 『한국현대시 분석적 읽기』(고려대학교 출판부, 1998), p.4.

25) Sigmund Freud, 서석연 역, 『꿈의 해석』(범우사, 1992), p.582.

26) Elizabeth Wright, Op.cit., pp.29~30.

27) Sigmund Freud, 김인환 역, 『에로스와 문명』(나남, 1989), pp.123~128.

28) Sigmund Freud, 임진수 역, 『끝이 있는 분석과 끝이 없는 분석』(열린책들, 2005), p.219.

29) Sigmund Freud, 'Beyond the Pleasure', SE 18, pp.55~56.

30) Calvin S. Hall, 이용호 역, A Primer of Freudian Psychology(박영사, 1971), pp.134~135.

31) 이승훈, 「현대시와 프로이트」, 『모더니즘 시론』(문예출판사, 1995), p.223.

32) Sigmund Freud, 한상엽 역, Op.cit., p.100.

33) 주요한은 시인들이 시를 짓는 데 있어 제각기 자기의 도그마가 있다고 강변했다. 주요한, 「노래를 지으시려는 이에게」, 『조선문단』(1924. 12), p.44 참조.

34) Sigmund Freud, 김인환 역, Op.cit., p.172.

35) Sigmund Freud, 서석연 역, Op.cit., p.579.

36) Elizabeth Wright, Op.cit., p.21.

37) Ibid., p.22.

38) 최유찬, 『문예사조의 이해』, 실천문학사, 1995, p.123.

소월의 시적 진술과 그 비평적 도그마

1) 김용직, 『한국현대시작품론』(문장, 1994), p.16.

2) 박철석, 「김소월론」, 『한국현대시인론』(민지사, 1998), p.37.

3) 이탄, 『한국의 대표 시인론』(문학아카데미, 1995), p.88 참조.

4) 당시 육당을 중심으로 한 시조는 ① 시적 감흥의 결여 ② 난해한 어구 ③ 시적 발흥이 창작품보다는 제조 공예품 같은 느낌을 준다고 『조선문단』(1927. 3)에서 지적되었다. 조남현, 『한국 현대문학사상 연구』(서울대학교 출판부, 1994), p.225.

5) 구중서는 소월에 대해 민족의식을 약하게 지닌 시인으로 인식하고 있다가 미발표 시들과 알려져 있지 않은 작품들을 발굴하고 나서 그의 시가 민족과 민중 속에 뿌리를 내리고 있었음을 시인했다. 구중서, 「김소월/그의 민족의식」, 『민족문학의 길』(중원문화, 1985), p.200.

6) 김윤식 · 김현, 『한국문학사』(민음사, 1996), p.231.

7) 조동일, 『한국문학통사』5(지식산업사, 1994), p.175.

8) 박을수, 『한국개화기저항시가론』(아세아문화사, 2001), p.48.

9) 오세영, 『한국현대시 분석적 읽기』(고려대학교 출판부, 1998), p.45.

10) 강등학 외, 『한국 구비문학의 이해』(월인, 2002), pp.50~51.

11) 이동순이 『개벽』에 실린 소월의 작품들을 소극적 서정성에 한정되어 있다고 한 것은 당시 저항시라고 하는 작품들과의 단순 비교해서 나온 결과론적 논리의 한 예가 될 것이다. 이동순, 『민족시의 정신사』(창작과비평사, 1996), p.178.

12) 김태준, 「한국현대시전개와 위상연구」, 『창론』(중앙대학교 예술연구소, 1999), p.216.

13) 김영무는 소월의 시적 자아를 "떠돌이의 정서"로 일갈하고 있다. 김영무, 「소월시의 감동의 원천과 기법상의 특징」, 『시의 언어와 삶의 언어』(창작과비평사, 1990), p.11.

14) 소월의 시에 대해서 여러 가지 해석을 낳고 있는 요인 중의 하나가 당대의 문학적 상황에 있다. 즉 소월의 창작활동을 하고 있던 시대에는 '신문학'이라는 문학의 적층이 심히 앝았기 때문에 소월의 문학적 평가를 다양하게 쏟아낼 수 있었다. 김윤식, 『한국현대시론비판』(일지사, 1996), pp.8~9.

15) 정효구, 『20세기 한국시의 정신과 방법』(시와시학사, 1995), p.52.

16) Elizabeth Wright, 권택영 역, 「구조의 정신분석학-텍스트로서의 심리」, 『정신분석 비평』(문예출판사, 1989), p.159.

17) 홍윤기, 『한국현대시 이해와 감상』(한림출판사, 1987), p.60.

18) 김소월의 작품들에서 흔히 시적 공허감과 인생의 덧없음의 양상만을 드러내는 연구적 태도는 마치 목숨 잃은 인간에게서 손쉬운 죽음의 흔적만을 드러내는 것과 다를 바 없다. 그런 측면에서 신범순이 소월의 시를 "사랑과 죽음, 이별의 슬픔에 얽힌 이 모든 것들은 새로운 인간학의 깊이 속에서 재배치되"었다고 한 것은 진취적 비평이라 하겠다. 신범순, 「육체의 옷과 구름-김소월 편 2」, 『시작』(2002. 가을호), pp.260~277.

19) 강우식·박제천, 『시창작 강의』(작가정신, 1988), p.130.

20) 황패강 외, 「20년대 시의 좌절과 방향모색」, 『한국문학연구입문』(지식산업사, 1982), p.531.

「님의 침묵」의 여성적 발화에 대한 일찰

1) 박노준·인권환, 『한용운연구』(통문관, 1960) 참조.

2) 한용운의 시 「님의 침묵」이 2005년 80주년을 맞아 『문학사상』에서는 그에 대한 문학세계를 재조명되는 것에 주목하면서 새로운 해석들을 내놓았다. 특히 권영민은 2004년 미국 하버드 대학의 데이비드 매캔 교수가 발표 했다는 〈한용운 문학 재론〉이라는 글을 소개하고 있다. 여기서 매캔 교수는 "한용운의 시에 내재하고 있는 시적 호흡과 가락이 당대 다른 시인들과는 구별되는 특유의 리듬을 형성한다는 점"을 들면서 한용운의 리듬의 패턴은 새로운 가능성을 위해 열려 있으며 이 리듬의 개방적인 형식이 한용운의 시적 싱취에 해당한다는 점, 또한 2005년 8월 14일 세계평화시인대회 심포지엄에서 미국의 계관시인이자 보스턴 대학의 로버트 핀스키 교수가 "한용운 문학의 위대성은 부정의 시정신에서 찾을 수 있"으며, '애욕', '민족', '심리적', '정치적', '개인적', '사회적' 등 포괄의 예술을 구현한 시인으로 평가했다. 권영민, 「만해 한용운의 문학, 그 새로운 지평」, 『문학사상』(2005. 10), pp.21~41.

3) 우한용, 「문학언어의 논리와 아름다움」, 『문학의 이해』(삼지원, 1997), p.130.

4) 한용운의 시집 『님의 침묵』은 1926년(大政十五年五月二十日) 회동서관(匯東書館)에서 발행하였는데, 본고의 작품 인용은 발표 당시의 원문을 그대로 편찬한 엄형섭 편, 『한국현대시사자료집성』(태학사, 1983)에서 채택했다.

5) 김윤식은 그래서 "님이 침묵하는 시대에 있어서의 문학은 표현이 아니라 삶의 유일한 방식이란 사실의 깨우침을 만해만이 보여준 것"으로 결론을 내린다. 김윤식, 「타고르와 한용운」, 『김윤식평론문학선』(문학사상사, 1991), p.290.

6) Bronislaw Kaspar Malinowski, 서영대 역, 『원시신화론』(민속원, 1996), p.25 참조.

7) 김상일, 「한용운」, 『현대문학』(1960. 6), p.55.

8) 김태준, 「근대시 전개의 흐름」, 김태준 외, 『한국현대문학사』(현대문학, 1989), p.111.

9) 김상욱, 「문학과 이데올로기」, 『문학의 이해』(삼지원, 1999), p.81.

10) Roland Barthes, 김희영 역, 『텍스트의 즐거움』(동문선, 1997), p.38.

11) 허웅, 「ㄱ과 ㅎ의 대화」, 『심상』(1974. 7), p.49.

12) 김우정, 「한용운론」, 『현대시학』(1969. 8), p.95.

13) 그러므로 그의 시에서 '님'은 '祖國'도 '佛'도 아닌, "인류의 처참한 운명의 무궁함을 상징한 것"으로 보는 것이 적절하다. 장문평, 「한용운의 임」, 『현대문학』(1962. 4), p.92.

14) 서정주는 한용운의 그러한 창작 행위를 동양인의 문학의식으로 명명했다. 한용운의 문학의 개성적 요소는 철학적 사상과 종교적 탐구를 병행시켜 문학의 정신적 구도를 찾았는데, 그것은 동양문학의 전통적 미의식에 해당한다. 서정주, 「한용운과 그의 시」, 『서정주문학전집 2』(일지사, 1972), p.195.

15) 김학주, 『중국문학론』(서울대학교출판부, 2001), p.195 참조.

16) 신석정, 「시인으로서의 만해」, 『나라 사랑』 2집(외솔회, 1971), p.27 참조.

17) 조윤제, 「멋이라는 말」, 『자유문학』(1958. 11), pp.264~269 참조.

전경인의 정신에 따른 신동엽 시의 언어적 기호와 상

1) Arnold Hauser, 황지우 역, 『예술사의 철학』(돌베개, 1983), p.368.

2) 최유찬 · 오성호, 『문학과 사회』(실천문학사, 1994), p.255.

3) 한국어사전편찬회 편저, 『국어대사전』(삼성문화사, 1990), p.865.

4) Jacques Derrida, 김보현 편역, 『해체』(문예출판사, 1996), p.58.

5) Roland Barthes, 김희영 역, 『텍스트의 즐거움』(동문선, 1997), p.157.

6) Fredric Jameson, 윤지관 역, 『언어의 감옥』 5판(까치, 1996), p.26.

7) V. N. Voloshinov, 송기한 역, 『언어와 이데올로기』(푸른사상사, 2005), p.21.

8) M. H. Abrams, 최상규 역, 『문학용어사전』(예림기획, 1997), p.163.

9) Roland Barthes, *IMAGE MUSIC TEXT*, Essays selected and translated by Stephen Heath(New York, 1977), pp.32~33.

10) 1959년 『조선일보』에 「이야기하는 쟁기꾼의 大地」가 당선되었다. 1960년 「阿斯女」·「風景」·「그 가을」을, 1961년 시론 「詩人精神論」과 평론 「六十年代의 詩壇分布圖」를, 그리고 같은 해 「阿斯女」를, 1962년 「이곳은」·「별밭에」·「너는 모르리라」 등을 발표했다.

11) "사회적 가치를 획득한 대상만이 이데올로기의 영역으로 편입되어 형태를 얻고 정착할 수 있다. 이러한 이유 때문에 모든 이데올로기상의 액센트는 개인의 음성(말의 경우처럼) 혹은 여하튼간에 개인의 육체(발성기관)에 의해서 표현됨에도 불구하고 그것은 사회적인 액센트이며 동시에 사회적인 승인을 요구하고 그러한 승인에 의해서만 비로소 외부에, 즉 이데올로기 기호에 물상화되는 것이다." V. N. Voloshinov, *Op.cit.*, p.41.

12) 신동엽, 「60년대의 시단 분석도」, 『조선일보』(1961. 3. 30).

13) 권영민, 『한국현대문학사』(민음사, 1993), p.181.

14) 김창완, 『신동엽 시 연구』(시와시학사, 1995), p.53.

15) 『신동엽전집』 개정판(창작과비평사, 2005), p.362.

16) 『신동엽전집』, pp.370~371.

17) 김석환, 「신동엽 시의 기호학적 연구」, 『예체능 논총』(명지대학교예체능연구소, 1997), p.15.

18) 『신동엽전집』, p.399.

19) 신동엽 · 신경림 편, 『꽃같이 그대 쓰러진』(실천문학사, 1988), p.166.

20) 강형철, 「신동엽 시의 시대의식 연구」, 『숭의논총』 제23집(숭의여자대학, 1999), p.184.

21) 오정국, 『시의 탄생, 설화의 재생』(청동거울, 2002), p.113.

22) 『신동엽전집』, pp.367~368.

23) 조병춘, 「김수영과 신동엽의 참여시 연구」, 『세명논총』 제4집(세명대학교, 1995), p.15.

24) 장부일, 「한국현대시 장시의 전개양상 연구」, 『논문집』 제21집(한국방송통신대학교, 1996), p.69 참조.

25) 『신동엽전집』, p.371.

26) 강현희, 「〈산유화가〉에 나타난 백제유민의 의식과 전통성 연구」, 『대전어문학』 제17집(대전대학 문과대학 국어국문학회, 2000), p.268 참조.

27) 강등학 외, 『한국 구비문학의 이해』 개정판(월인, 2002), p.51.

28) Bronislaw Kaspar Malinowski, 서영대 역, 『원시신화론』(민속원, 1996), p.31.

29) 강등학 외, *Op.cit.*, p.123.

30) 강계숙, 「신동엽 시에 나타난 전통과 혁명의 의미」, 『한국근대문학연구』(태학사, 2004), p.261.

하이데거의 철학적 사유와 김춘수 시의 대비적 논고

1) Martin Heidegger(1889~1976)는 독일 남부 메스키르히에서 태어나 1915년 프라이브르크대학에서 강의를 시작, 1933년 프라이브르크대학 총장을 역임했다. 1976년 사망. 저서로는 『형이상학이란 무엇인가』, 『형이상학의 근본문제』, 『사유란 무엇인가』, 『예술작품의 근원』 등이 있다.

2) 이선일, 「다시 써보는 예술작품의 근원」, 한국하이데거학회 편, 『하이데거의 예술철학』(철학과현실사, 2002), p.156.

3) *Ibid.*, p.163.

4) 본고의 논의는 언어 현상학적 제반 층위들과 상통하는 바가 크다. 언어와 사물을 등가적으로 상정하고, 그것을 고유한 존재자의 양태로 수용한 하이네거로부터 김춘수 시의 근원적인 언어 형태를 탐색해 나가고자 하는 것이다.

5) 김희보 편저, 『세계문예사조사』(종로서적출판주식회사, 1989), p.563.

6) 김형효, 『하이데거와 마음의 철학』(청계, 2002), p.221.

7) *Ibid.*, p.222.

8) 윤병렬, 「하이데거의 횔더린 시 – 해석과 다른 시원」, 한국하이데거학회 편, *Op.cit.*, pp.177~178.

9) *Ibid.*, p.195.

10) 이기상, 『하이데거의 실존과 언어』(문예출판사, 1993), pp.34~48면 참조. 이 책은 실존의 문제에 대해 집중적으로 다루어지고 있는데, 인간의 현실적인 것과 의식적인 것에 대한 인식론적 관점에서 씌어 있다.

11) Friedrich Höderlin(1770~1843)은 독일의 낭만주의 사이에서 활동했다. 그러나 횔덜린은 간단히 낭만파라거나 고전파라고 규정할 수 없는 독자적인 길을 걸었다. 김희보 편저, *Op.cit.*, p.238.

12) 『하이데거의 예술철학』(철학과현실사, 2002), p.399.

13) Julian Young, Heidegger's Philosophy of Art, Cambridge university press, 2001, p.14.

14) Franz Zimmermann, 이기상 역, 『실존철학』(서광사, 1987), p.178.

15) *Ibid.*, pp.185~186.

16) 김춘수에게 있어 문학예술은 우선 현대문명의 여러 양상과 무관하게 조우하고 있음을 받아들일 필요가 있다. 이것은 순전히 개인적 접근 방법과 비평사적 접근 방법의 중간 방식의 설명으로 검토해야 하는 과제를 안고 있다. 근본적으로 김춘수는 시창작 원리를 도덕의 도구화를 경계하는 입장에 서 있으므로 그의 문학적 원리는 하이데거의 언어관과 인간의 근원적 존재론의 맥락에서 설명이 가능하다.

17) 김춘수, 『시의 이해와 작법』 개정판(자유지성사, 2003), p.11.

18) 김춘수, 『한국현대시형태론』(해동문화사, 1958) 참조.

19) 정은혜, 「하이데거의 언어철학」, 한국하이데거학회 편. *Op.cit.* p.105.

20) *Ibid.* p.206.

21) 하이데거의 존재론을 언어의 문제로 접근시킨 대표적 학위논문으로는 황문수, 『하이데거의 존재와 기술의 문제』(경희대 박사논문, 2002)를 들 수 있다.

22) 소광희, 「논리의 언어와 존재의 언어」, 한국하이데거학회 편. 『하이데거의 언어사상』(철학과현실사, 1998), p.29.

23) *Ibid.* p.28.

24) 신상희, 「말과 언어」, *Op.cit.* pp.74~98에서는 하이데거의 언어관에 대해 자세하게 피력되어 있다. 하이데거의 주요 저서인 『존재와 시간』의 현상학적 분석을 시도하면서 "우리는 하나의 낱말이 유의미보다 선행하는 것이 아니라 오히려 유의미가 낱말보다 선행하는 것"으로 문제 제기하고 이러한 하이데거의 현상학적인 통찰에 유념해야 함을 제시하는 글이다.

25) 윤병렬, *Op.cit.* p.73.

26) "하이데거에 있어 언어는 그 자체가 하나의 삶의 세계"이므로 언어는 존재를 나타내고 또한 언어는 세계를 밝게 한다는 논리는 타당하다. 황민수, *Op.cit.* pp.34~36.

27) 이기상, *Op.cit.* p.24.

28) 정은혜, *Op.cit.* p.134.

29) 김춘수, 「의미에서 무의미까지」, 『의미와 무의미』(문학과지성사, 1976), p.68.

30) 여기에서 하이데거는 "발언된 것 속에서 발언이 숨겨진 채로 머문다"고 하였는데 이 말은 김춘수가 말한 그대로 앞의 이미지를 처단하고 전연 다른 이미지를 사용한다는 것으로 이해할 수 있다. Martin Heidegger, "Die Sprache," Unterwegs Zur Sprache, Pfullingen, Guenther Neske, 1959, p.16.

31) 정은혜, *Op.cit.* p.108.

32) 최상욱, 「하이데거에서의 예술의 본질」, 한국하이데거학회 편. *Op.cit.* p.256.

33) 이상섭, 『문학이론의 역사적 전개』(연세대학교 출판부, 1975), p.204.

34) 김환태는 예술의 생산에 있어서 예술의 천재와 개성을 강조하고, 서구 근대 사상의 요체인 이성과 의지가 감정을 억제하고 예술의 표현을 죽인다고 설파한 바 있다. 김환태, 「예술의 순수성」, 『김환태 전집』(현대문학사, 1972), p.8.

35) '존재자'와 '존재'를 '존재적'으로 주제화하는 가능성으로부터 존재론이 판가름 난다. Martin Heidegger, 이기상 역, 『현상학의 근본문제들』(문예출판사, 1994), p.322.

36) Alain Badiou, 박정태 역, 『들뢰즈—존재의 함성』(이학사, 2001), p.156.

37) *Ibid.* p.134.

38) 이러한 해석 방식은 전래된 사물개념, 즉 예술작품의 사물성을 탐구해 들어가는 현상학적 방법에 기인한다. 이 현상학적 방법은 사물 인식에 대한 태도를 올바르게 하는 데 있다. 변원경, 『하이데거의 '예술작품의 근원'에 나타난 사물개념 고찰』(연세대 석사논문, 2000), p.47.

39) 이선일, *Op.cit.* pp.151~152 참조.

40) *Ibid.* p.163.

41) 홍윤기, 『시창작법』(한림출판사, 1993), p.506.

42) Alain Badiou, *Op.cit.*, p.65.

43) 김춘수, 「의미에서 무의미까지」, *Op.cit.*, p.142.

44) 염영록, 『하이데거 철학에서 존재가능성과 존재의 현전성의 의미』(서강대 석사논문), 2001, p.39.

45) 이기상, *Op.cit.*, pp.90~98 참조. 그런데 여기에서의 소통이란 의사전달 또는 어떤 것에 대한 이야기와는 상관성이 없다. 하이데거의 언어사상에서 중요한 것은 하이데거가 데카르트의 사유방식(나는 사유한다)을 극복한다는 데 있다. 그리하여 하이데거의 존재론을 이해하기 위해서는 "존재자 자체와 존재자 전체의 앞선 개방성이 놓여 있으며, 이 개방성 안에서 존재자 자체와 전체는 어떠한 특정의 지각적, 감각적 종류의 만남의 방식 이전에 이미 드러나 있"음을 인식할 필요가 있다.

46) *Ibid.*, p.127.

47) *Ibid.*, p.60.

48) *Ibid.*, p.132.

49) *Ibid.*, p.175.

50) *Ibid.*, p.208.

51) 박찬국, 「후기 하이데거의 예술관과 언어관」, 한국하이데거학회 편, 『하이데거의 언어사상』(철학과현실사, 1998), p.229.

52) *Ibid.*, p.232.

53) *Ibid.*, p.234.

54) 박치완은 이러한 상호의존적 존재 행위의 매개자로 시인과 철학자임을 강조한다. 박치완, 「시와 철학, 그 미답의 경계를 위하여」, 『시인세계』(2002, 겨울호), p.244.

55) 이기상, *Op.cit.*, p.80.

56) *Ibid.*, p.223.

57) 인간은 세계 내에 존재하고 있는데 언어도 마찬가지이다. 그 세계 속에서 인간이든 언어든 존재자들은 모두 내부의 다른 존재자들과 끊임없이 왕래한다. 여기에서 왕래하는 존재태들은 배려함의 방식으로 움직이며, 위기의 존재태들은 그것들을 눈앞에 있음의 관점으로 파악하고자 한다. 추기연, 『우리 전통 회복의 한 디딤돌로써의 마르틴 하이데거』(한국외국어대 석사논문, 2001), p.11.

58) 최상욱, *Op.cit.*, p.250.

59) 길 내주기란, 언어의 본질은 말씀에서 온 것이므로 말씀은 바로 세계 사방에 길을 내주는 사유의 방법이다. 그러므로 언어 자체는 다른 언어들과 단지 이웃해 있으면서 인간들로 하여금 사유할 수 있게 해준다는 것으로 풀이 된다. 즉 언어는 하이데거 식으로 말한다면 인간들에게 뜻을 하나하나 전해주는 것이 아니라, 정적의 울림일 뿐이다. 정은혜, *Op.cit.*, pp.133~135 참조.

60) "사유가 존재로부터 일어나고 존재에 속하는 사유는 존재의 것이다." 김혜영, 『하이데거의 시원적 사유 방식』(서강대 석사논문, 2000), p.52.

61) 조형국, 『하이데거에서 현존재의 본래성 – 비본래성과 양심』(한국외대 석사논문, 2001), p.24.

62) 김형효, *Op.cit.*, p.270.

63) "양심의 소리는 하이데거의 새로운 개념인 존재의 소리"로 이해할 수 있다. 김상균, 『하이데거의 사상에 있어서 인간 주체성에 관한 연구 – 존재와 시간을 중심으로』(부산카톨릭대 석사논문, 2002), p.43.

64) Richard Wisser(Hrsg), Martin Heidegger im Gespräch, Freiburg/München, 1970, S.77. 이기상, *Op.cit.*, p.231에서 재인용.

65) 윤병렬, *Op.cit.*, p.30에서 재인용.

66) 이 용어를 비롯하여 하이데거의 개념들은 보다 넓게 쓰이고 있다. 인간은 세계에서 받은 자극들을 자기

나름대로 보충하고 세계상을 형성해야 한다. 왜냐하면 자기가 받아들인 감각들은 불완전하고 형태를 갖추지 않은 것이므로 통합을 요하는 재료에 불과하기 때문이다. Wladyslaw Tatarkiewicz, 손효주 역, 『미학의 기본 개념사』(미술문화, 1999), p.316.

제2부 소설론 · 비평론

해학과 풍자로 형성된 고전의 쟁점 분석: 「장끼전」을 대상으로

1) 민찬, 「〈장끼전〉 - 이행기 삶의 다층적 구현」, 『조선후기 우화소설 연구』(태학사, 1995), p.175.

2) 「장끼전」을 비롯한 「서동지전」, 「두껍전」, 「별주부전」 등 조선후기 우화소설 연구는 김태준에 의해 처음 시도되었다. 김태준, 『증보 조선소설사』(학예사, 1939) 참조.

3) 「별주부전」과 서(鼠)류의 우화소설에 대한 심도 있는 연구는 김광순, 『천군소설연구』(형설출판사, 1980)가 있다.

4) 김광순, 『한국고소설사』(국학자료원, 2001), p.314.

5) 김일렬, 「설화의 소설화」, 『한국문학연구입문』(지식산업사, 1982), p.151. 여기에서 저자는 설화가 소설화한 사상적 근거를 김시습의 주기론적 철학사상에서 찾고 있다. 또한 명혼전설, 몽유전설, 일사전설, 영웅설화가 각각 초기소설의 대표유형인 명혼소설, 몽유소설, 일사소설, 영웅소설로 이행되었음을 밝히고, 이들이 후기소설에 이르러 상호 관련되면서 더욱 복잡한 양상을 띠게 되었다고 한다.

6) *Ibid.*, p.145.

7) 조동일, 『한국문학통사』 제3판(지식산업사, 1994), p.111.

8) 윤해옥, 「조선후기 동물우화소설의 구조적 고찰」, 『연세어문학』 제14 · 15집(연세대학교, 1982), pp.1~2.

9) 소인호, 「쟁장형 우화소설의 사회사적 의미」, 『고소설사의 전개와 서사문학』(아세아문화사, 2002), p.133 참조.

10) 본고에서 논의되는 작품은 활판본이다. 김기동 · 전규태 편, 『한국고전문학100』 중판(서문당, 1993)에 「토끼전」, 「김진옥전」, 「홍계월전」과 함께 「장끼전」이 실려 있다.

11) 이은숙, 『신작 구소설 연구』(국학자료원, 2000), p.176. "청자에게 뜻을 효과적으로 전달하기 위한 의도보다는 청자에게 화자의 뜻을 직설법으로 전할 수 없어서 간접적으로 뜻을 전하기 위해서 우의적 수법을 사용했던" 우의문학은 조선후기 우화소설로 이행되고 형성되었음은 의심의 여지가 없어 보인다.

12) 김재환, 『한국동물우화소설의 연구』(동아대 박사논문, 1988), p.3.

13) 이은숙, *Op.cit.*, p.34.

14) 조동일, *Op.cit.*, p.107.

15) 『국어국문학자료사전』(한국사전연구사, 1995), p.2097.

16) 장정룡, 「〈장끼전〉 이본의 내용고찰」, 『인문학보』 제11집(강릉대학교 인문과학연구소, 1991), p.3.

17) 민찬, *Op.cit.*, p.177.

18) 이은숙, *Op.cit.*, p.181.

19) 진봉규, 『판소리』(수서원, 1995), p.14.

20) 김대성, 「〈장끼전〉 연구」, 『청람어문학』 제6집(청람어문학회, 1991), p.30.

21) 장정룡, *op.cit.*, p.4.

22) 김대성, op.cit., p.14.

23) 김광순, op.cit., pp.363~365 참조.

24) 민찬, op.cit., p.192.

25) Ibid., p.194.

26) 정학성, 「우화소설연구」, 『국문학연구』 제17집(서울대학교 국어국문학회, 1972) 참조.

27) 그 대표적 논의로 정출헌, 「〈장끼전〉에 나타난 조선후기 유랑민의 삶과 그 형상」, 『고전문학연구』 제6집 (한국고전문학연구회, 1991)을 들 수 있다.

28) 장정룡, op.cit., p.5.

29) 정병욱, 『한국의 판소리』 5판(집문당, 1996), pp.73~85 참조.

30) 김종철, 「19세기 판소리사와 변강쇠가」, 『고전문학연구』 제3집(고전문학연구회, 1986), p.91.

31) 소설이 판소리에 선행했음을 밝힌 1980년대 대표적 연구로는 최운식, 『심청전 연구』(집문당, 1982)가 있다.

32) 김대성은 「장끼전」을 민요와의 관련을 살피기 위하여 다음의 가사를 「장끼전」의 선행된 형태로 보고 있다. 김대성, op.cit., p.55.
장끼란 놈 거동보소 까토리는 아리랑
홍동능 깃을 달아 저고리 아리랑
백수아제 도정달아 바지 아리랑
주먹비슬 틀틀이고 색을 단자 허이정
원관자를 붙였으니 영부인이 되었구나
현연한 대장부라

33) 강등학 외, 『한국 구비문학의 이해』 개정판(월인, 2002), p.223.

34) 양민정의 논의에 따르면 이러한 반전통적 여권의식을 추동하는 양상은 고소설의 전반기 대표유형인 영웅 소설에서는 찾아보기 어렵다. 그렇기 때문에 「장끼전」이 근대의식적 시각에 의해 씌어진 작품이라 할 수 있는 것이다. 양민정, 「고소설에 나타난 여성의식과 의의」, 『한국어문학연구』 제11집(한국외국어대학교 한국어문학연구회, 2000), p.19 참조.

35) 강등학 외, op.cit., p.227.

36) 정규훈, 『조선후기 우화소설 연구』(계명대 박사논문, 1988), p.15.

37) Ibid., p.20.

38) 이석래, 「〈장끼전〉 연구」, 『성심어문론집』 제9집(성심여대 국어국문학과, 1986), p.9.

39) 이은숙, op.cit., p.183.

40) Ibid., p.184.

41) 한식, 『동아일보』(1936. 2. 21).

42) 김준오, 『한국 현대 장르 비평론』(문학과지성사, 1990), p.243.

43) 권영민, 「풍자문학론의 실상과 그 허상」, 『소설문학』(1983. 4), p.241.

44) 장덕순, 『한국고전문학의 이해』(일지사, 1973), p.221.

45) Ibid., p.222.

46) 임용식, 「장끼전(雄稚傳)의 새로운 연구」, 『장안논총』 제5집(장안실업전문대, 1985), pp.5~6.

47) 이석래, op.cit., p.1.

48) 정출헌, 『조선후기 우화소설의 사회적 성격』(고려대 박사논문, 1992), p.182.

49) 맹택영, 「장끼전 연구: 주인공의 환경세계와 현실인식을 중심으로」, 『인문과학논집』 제17집(청주대 인문과학연구소, 1997), pp.71~73.

50) 강선구, 『동물우화소설과 동물우화의 대비적 고찰』(인천대 석사논문, 2000) 등.

염상섭의 「사랑과 죄」 주제의식 및 갈등 양상

1) 이 작품은 총 257회에 걸쳐서 1927년 8월 5일부터 1928년 5월 4일까지 『동아일보』에 연재된 염상섭의 두 번째 장편소설이다.

2) 횡보 염상섭(1897~1963)은 서울에서 태어나 9세 때인 1911년에 일본으로 건너가 학업에 열중하던 중 3ㆍ1운동에 가담한 혐의로 투옥되었다가 귀국 후 『동아일보』에서 기자로 활약했다. 1920년 『폐허』동인으로 문단 활동 시작, 1921년에 처녀작 「표본실의 청개구리」를 발표한 후 40여 년 동안 150여 편의 단편소설과 30여 편의 중ㆍ장편소설 그리고 100여 편의 평론을 남겼다.

3) 1920~1930년대에 코민테른을 중심으로 고양된 프롤레타리아혁명은 식민지 조선의 프롤레타리아 문학에도 영향을 주었다. 1925년 8월 결성된 KAPF를 중심으로 리얼리즘문학 계열은 마르크스주의의 세계관으로 무장되어갔고 일본의 군국주의화와 정치적 탄압에 대한 현실 타개책으로 목적의식적 창작방법이 당시 문단의 주요 흐름이었다.

4) 김윤식ㆍ김현, 『현대문학사』(민음사, 1996), pp.26~27.

5) *Ibid.*, p.30.

6) 이에 대한 자세한 내용은 다음 논문들을 비교 검토해볼 수 있다.
고영자, 「횡보와 자연주의론」, 『월간문학』(1988. 11).
김경수, 「전후 염상섭 장편소설의 전개」, 『서강어문』 제13집(서강대학교, 1993).
김윤식, 『염상섭 연구』(서울대학교 출판부, 1987).
김정진, 『염상섭 장편소설의 아이러니 연구』(한국외국어대 박사논문, 1996).
김종균, 「염상섭 소설의 연대적 고찰」, 『국어국문학』 55ㆍ56ㆍ57합본호(국어국문학연구회, 1971).
김종균, 『염상섭 연구』(고려대학교 출판부, 1974).
김종균, 「염상섭 소설의 배경 및 그 특성」, 『시문학』(1979. 2).
김종균, 『염상섭의 생애와 문학』(박영문고, 1981).
문창식, 「염상섭 장편소설론」, 『비평문학』(1991. 10).
우정은, 『염상섭 초기작품 연구』(동아대 석사논문, 1983).
이강언, 「염상섭 소설의 도시성 연구」, 『대구어문논총』(대국대학교, 1992. 8).
이동하, 「염상섭의 1930년대 중반기 장편소설」, 권영민 편, 『염상섭문학연구』(민음사, 1987).
임명진, 「염상섭의 리얼리즘론과 그 절충적 성격」, 『국어국문학』 제105집(국어국문학연구회, 1991).
조남현 외, 「염상섭 문학의 요결」, 『문학사상』(1997. 8).
최주한, 「염상섭과 근대적 주체」, 『서강어문』 제13집(서강대학교, 1997).

7) 염상섭의 작품들 중 「표본실의 청개구리」, 「제야」, 「E선생」, 「검사국 대합실」, 「윤전기」, 「남충서」, 「숙박기」, 「삼팔선」, 「이합」, 「재회」, 「임종」, 「해방의 아침」, 「만세전」, 「삼대」, 「무화과」, 「취우」 등과 함께 「사랑과 죄」는 문학사에서 남을 만한 작품이며, 통속소설의 범주에서 제외된다. 조남현, 「알처럼 숨겨진 횡보문학」, 『문학사상』(1997. 9), pp.127~128.

8) 염상섭, 「문예와 생활」, 『조선문단』(1927. 2).

9) 조남현, 「갈등으로 본 염상섭의 〈사랑과 죄〉」, 김종균 편, 『염상섭소설연구』(국학자료원, 1999), p.45.

10) 정호웅은 「사랑과 죄」가 전기문학에서 다음 단계로 이어지고 있다는 의미에서 "분수령적"이라는 용어를 사용하고 있다. 그런데 이는 오해의 소지를 낳고 있다. '분수령'이라는 말은 원래 사전적 용어로서 "어떤 사물이 발전하는 데 있어서 전환점의 비유"에 쓰이고 있기 때문이다. 그러나 『사랑과 죄』는 주제의식에 있어서 이후의 작품들보다 결코 뒤떨어지지 않고, 그렇다고 염상섭의 첫 작품인 「표본실의 청개구리」에서 보여준 자연주의적 속성에서 탈피한 것도 아니다. 정호웅, 「식민지 현실의 소설화와 역사의식」, 『염상섭전집』제2권(민음사, 1987), p.462.

11) 이보영, 「타락한 사회와 윤리」, 『월간문학』(1981. 10). p.99.

12) 그 대표적인 논의는 김정진, 「염상섭 초기장편 〈사랑과 죄〉」, 『한국어문학연구』 제6집(한국외국어대학교 한국어문학회, 1994)이 있다.

13) 송하춘, 「일제시대의 지식들」, 『삼대』(춘원문화사, 1993). p.527.

14) 구중서는 이러한 형식적 방법을 '자연주의'도 아니고 '리얼리즘'도 아닌, '자연주의 리얼리즘'으로 지칭한 다. 구중서, 「염상섭/在來 心性의 객관화」, 『민족문학의 길』(중원문화, 1979). p.112.

15) 하영민, 『「사랑과 죄」의 인물구조 연구』(전북대 석사논문, 1991). p.80.

16) 김종균, 「도시의 야인 염상섭」, 『문학사상』(1986. 5). p.357.

17) 본고는 염상섭, 『염상섭 선집』 제2권(민음사, 1987)을 연구 대상으로 삼았다. 이 전집의 텍스트는 발표 당 시 신문의 원문을 그대로 옮겨 적었다. 그러나 여기서는 현재 통용되고 있는 철자법에 따라 본문의 내용 을 고쳐 적어 인용하겠다.

18) 1920년대 우리 문학은 선전문학을 목표로 미학과 타협적인 문장을 배제하고 오로지 철저한 계급의식을 바탕으로 한 투쟁문학의 요건을 요구받고 있었다. 이주형, 「민족문학과 프로문학의 대립」, 『한국문학연구 입문』(지식산업사, 1982). pp.545~552 참조.

19) 김원우, 「횡보의 눈과 길」, 『문예중앙』(1997. 여름호). p.249.

20) "일제의 광분적인 전시정책에는 당시의 거의 모든 문학인들이 협력했다."고 볼 때, 염상섭도 결코 자유로 울 수는 없다. 임종국, 『친일문학론』(평화출판사, 1996). p.3.

21) 리얼리즘과 근대화의 상관성을 논리적으로 피력해 놓은 김종균, 「염상섭 연구의 비판」, 『문학사상』(1973. 3). p.284를 참조할 수 있다.

22) 비판적 리얼리즘은 "현실의 객관적 전체성을 드러냄으로써 역사를 움직이는 동력을 찾아내고 현실에 잠 재해 있는 미래의 모습을 엿볼 수 있게 해준다." 최유찬·오성호, 「비판적 리얼리즘과 사회주의 리얼리즘」, 『문학과 사회』(실천문학사, 1994). p.359. 이와 같은 논의를 따른다면, 단지 범죄적 음모를 고발하고 있다 하여 「사랑과 죄」를 비판적 리얼리즘 작품으로 본 이보영의 견해는 재고되어야 한다. 이보영, Op.cit. p.103 참조.

23) 조남현, 『한국현대문학사상연구』(서울대학교 출판부, 1994). p.118.

24) 김병익, 「오늘이 우리 문학과 작인정신을 위하여」, 『새로운 글쓰기와 문학의 진정성』(문학과지성사, 1997). p.129.

25) 허무주의와 패배주의의 경향은 "독점자본과 독재권력이 민중을 무력화시키고자 할 때 사용하는 이데올로 기이며, 사실 포스트모더니즘은 인간주체의 문제를 도외시함으로써 역사의 주체로서의 민중의 에너지를 희석하는 데 기여한다." 윤지관, 『다시 문제는 리얼리즘이다』(실천문학사, 1992). pp.19~20.

26) 신영덕, 「염상섭의 창작방법론연구」, 『개신어문연구』 제13집(개신어문학회, 1996). pp.337~355.

27) 조남현, op.cit. p.67.

28) 김주연, 「현실주의 한 승화」, 『문학사상』(1973. 3). p.283.

29) 「사랑과 죄」에서 작가는 민족주의를 제국주의자 그리고 자본주의자와 함께 한 그룹으로 묶어놓았다는 점, 염상섭의 이 정치적 안목은 적절했다. 김윤식, 「무정부주의자와 허무주의」, 『한국문학』(1991. 5·6 합본 호). p.332.

30) 이전까지의 소설은 세계의 자아화에 경도되어 있었으나, 1920년대 이들의 작품에서부터 근대 소설의 특 징인 자아와 세계의 대립적인 면모를 본격적으로 드러내기 시작했다. 즉 자아와 세계가 어긋나는 서사의 발전양상을 보여줌으로써 근대문학의 역사적 성격이 결정되어졌다. 근대의 논리로써 이들의 작품을 파악 하는 일은 한편으로 당대의 정신사적 이해방식에 속한다.

31) 무엇을 의식하기 전에 이미 의미화가 일어나 있어야 하는데, 이 의미화가 바로 언어의 흔적이다. 말하자면 시간적인 현상을 드러내는 문장의 하나를 재배치하는 가운데 언어의 의미부여체계로 변형된다. 이 언어의

의미 부여체계가 미학적 내용을 획득하게 되는 것이다. Fredric Jameson, 윤지관 역, 『언어의 감옥』(까치, 1985), pp.153~155.

32) 염상섭은 문학의 신경지를 개척하는 방편으로 민족정신의 단결력에 두었다. 염상섭, 「한국의 현대문학」, 『문예』(1952. 5), p.12.

33) 김종균, 김종균 편, op.cit., pp.215~216.

34) 실제로 염상섭은 1937년 만주에서 발행된 친일성향의 신문 『만선일보』의 편집국장으로 일했다. 이것은 그가 적극적인 친일행위와는 무관하다고 할 수 있겠지만, 그의 일본에 대한 문학적 대응은 소극적이었다고 해도 지나치지 않다.

35) 우리 근대문학이 식민지시대에 형성되고 단초를 놓았기에 반봉건의식은 강렬하고 "당대 사회의 근본적인 문제를 제기하고 해결하는 다목적의 벅찬 시도를" 염상섭이 보여주는 것이라 하겠다. 조동일, 『한국문학통사』 제5권 제3판(지식산업사, 1994), p.141.

36) 장효현, 「중세 해체기 소설에 나타난 천첩의 형상」, 『한국고소설의 자료와 해석』(아세아문화사, 2001), pp.660~661.

37) 송성욱, 「조선시대 장편소설과 단편소설의 거리」, Ibid, p.665.

한국 프로문학과 내용·형식 논쟁에 대한 재해석

1) 프로문학에 대하여 극단적인 부정의 시각으로 논의한 이는 김용직이다. 그는 프로문학의 이론과 작품 모두가 허구적인 것이었으며, 이데올로기를 신봉하는 데 급급했다는 결론적 분석을 내놓고 있다. 김용직, 『한국근대시사』(학연사, 2002), pp.104~106 참조.

2) 김동리는 문학의 사상성은 '사회성'과 '철학성'으로 나눌 수 있다고 보고, 당시 '조선문학동맹'은 사회정의 실현에 목표를 둔 '사회성'을 인정했다. 그러나 그도 역시 프로문학에 대한 반감을 갖고 있었다. "목적의 달성과 함께 존재의의가 반감되거나, 상실될 수밖에 없으므로 영구성을 노릴 수 없다는 점이다. 그 목적이 달성되지 못하는 경우라도 같은 원칙에 속한다. 왜냐하면, 그러한 현실적·정치적 목적의식이 전제되어 있다는 말은, 그만큼 작중인물의 성격·운명·심리·행동 등의 묘사에 이데올로기적인 편향성이 개재되어 있다." 김동리, 「문학과 사상」, 『광장』(1981. 9), p.18.

3) 한국국문학편찬연구회 편저, 『국어국문학자료사전』 하권(한국사전연구사, 1995), p.3061.

4) 박민수, 『한국 현대시의 리얼리즘과 모더니즘』(국학자료원, 1996), p.10.

5) Ibid, p.11.

6) 김윤식, 『한국근대문예비평사연구』(일지사, 1976), p.12.

7) 김기진, 『신동아』 제4권 제9호, p.131.

8) 독고종, 『변증법적 유물론 비판』(과학과사상, 1994), p.59.

9) D. S. Mirsky, 이항재 역, 『러시아문학사』(문원출판, 2001), pp.351~400.

10) 김규진 편, 「소비에트 러시아 문학의 성립」, 『러시아 문학과 사상』(명지출판사, 1990), p.182.

11) 김철, 『1920년대 신경향파소설 연구』(연세대 박사논문, 1984), p.25. 이 외에도 「사냥개」가 계급대립을 우화형식으로 구조화한 것이라는 색다른 연구도 나와 있다. 차원현, 『한국 경향소설 연구』(서울대 석사논문, 1987), p.17.

12) 김윤식, op.cit., pp.16~17.

13) 김규진, op.cit., p.148.

14) 김희보 편, 『세계문예사조사』(종로서적출판, 1989), p.542.

15) 김기진, 「뚜르게네프와 바르뷔스」, 『사상계』(1958. 5), p.39.

16) 長谷山川, 『近代日本文學評論史』, 김윤식, op.cit., p.18에서 재인용.

17) 김혜니, 『한국근현대비평문학사연구』(월인, 2003), p.78.

18) 김기진, 「한국문단측면사」, 『사상계』(1956. 11), p.139.

19) 김기진, 「금일의 문학 명일의 문학」, 『개벽』(1924. 2).

20) 김기진, 「또다시 클라르테에 대하여」, 『개벽』(1923. 11), p.55.

21) 김시태, 『한국프로문학비평연구』(아세아출판사, 1978), p.11.

22) 홍성암, 「프로문학론의 수립과 실천」, 『한국현대비평가연구』(태학사, 1998), p.66.

23) 김기진, 「클라르테 운동의 세계화」, 『개벽』(1923. 9), p.13.

24) 김기진, 「또다시 클라르테에 대하여」, Op.cit., p.55.

25) 김혜니, op.cit. p.90.

26) 박영희에 의하면 그때 한국사회의 형성은 개화기를 넘기면서 나라의 발전이 큰 것은 사실이나 그것은 사상적 발전을 말하는 것일 뿐, 사실상 경제적 발전은 쇠퇴의 길로 접어들고 있었다. 박영희, 『사상계』(1958. 9), p.286.

27) 김기진, 『개벽』 제56호, p.44.

28) 김동인, 『개벽』 제56호, p.48.

29) 권영민, 『한국현대문학사』(민음사, 2002), p.209.

30) 김동인은 논문 「문학상으로 본 이광수」를 통해 당시 소극적 민족주의를 적극적이고 투쟁적인 민족주의라 했다. 박영희, 「초창기의 문단 측면사」, 『현대문학』(1960. 2), p.82.

31) 이광수, 『개벽』 제56호, p.55.

32) 이광수, 「예술과 인생」, 『개벽』(1922. 1).

33) 염상섭, 『개벽』(1925. 2), p.52.

34) "염상섭은 관찰 제일주의를 표방한 작가, 가치중립적인 세계관을 고수한 작가라는 평판이 어울린다고 할 수 있을 만큼, 일정한 제도나 이념 또는 통념에 얽매여 인간과 삶과 사회를 보려 한 부르조아군, 프롤레타리아군의 작가들을 분명하게 비판하였던 것이다." 조남현, 「갈등으로 본 염상섭의 〈사랑과 죄〉」, 김종균 편, 『염상섭 소설 연구』(국학자료원, 1999), p.48.

35) 박영희, 『개벽』(1925. 2).

36) 손해일, 『박영희문학 연구』(시문학사, 1994), p.59.

37) 김기진, 「문예시평」, 『조선지광』(1926. 12), p.94.

38) 김기진, 「조선어의 문학적 가치」, 『매일신보』(1924. 12. 7).

39) 박영희, 「투쟁기에 있는 문예비평가의 태도」, 『조선지광』(1927. 1), p.13.

40) 김혜니, op.cit, pp.89~103.

41) "문학은 당문학이 되어야만 한다. 부르조아 관습, 이윤 생산, 상업주의에 물든 부르조아 출판, 부르조아적 문학 출세주의 및 개인주의, 귀족적 무정부주의, 이윤추구 등과는 정반대로 사회주의적 프롤레타리아트는 당문학이라는 원칙을 제시하고 발전시키며 가능한 한 충실하고 완전하게 실천으로 옮겨야만 한다." 레닌, 「당조직과 당문학」, 이길주 역, 『레닌의 문학예술론』(논장, 1988), p.52.

42) 이후 문학의 내용과 형식에 대해서 건축물로 비유한 김사엽의 논의가 주목된다. "어떠한 문학임을 불문하고, 반드시 형식과 내용의 양면에 걸쳐서 고구함을 요한다. 형식은 즉 밖으로 나타난 형태를 말함이요, 내용이란 안으로 내포된 사상을 말함이니, 가령 예를 건축물에다 비겨보면, 그 건축물의 외관, 즉 주초, 기둥, 처마, 동량, 지붕, 그 집의 石木 등의 가치, 이러한 것은 형식이니, 이 건물에 대하여 이 건물이 자아내

고, 풍기고 있는 어떤 느낌, 정숙 유현한 기분을 자아낸다든가, 혹은 존엄한 기분을 자아낸다든가 하는 것은 그 건물이 지닌 내용이라 할 수 있는 것이다." 김사엽, 『조선문학사』(정음사, 1948), p.21.

43) 김기진, 「무산문예작품과 무산문예비평」, 『조선문단』(1927. 2), p.11.

44) 박영희, 「문학비평의 형식파와 맑스주의」, 『조선문단』(1927. 3), p.13.

45) 박영희, 「문사방문기. 회월 편」, 『조선문단』 제4권 제3호, p.39.

46) 김기진, 「문예시평」, 『조선문단』 제4권 제3호, p.61.

47) Leon Trotsky, 공지영 역, 「프롤레타리아 문화와 프롤레타리아 예술」, 유지 런 외, 『마르크스주의』(고려원, 1991), p.43.

48) 김기진, 「변증법적 사실주의」, 『동아일보』(1929. 3. 7).

49) 염상섭, 「토구, 비판 3제」, 『동아일보』(1929. 5. 5).

50) Fredric Jameson, 여홍상·김영희 역, 『변증법적 문학이론의 전개』(창작과비평사, 1984), p.389.

51) 박영희, 「투쟁기에 있는 문예비평가의 태도」, 『조선지광』(1927. 1), pp.66~67.

참고문헌

제1부 시론

한국 개화기 시가의 지향성 비교:『독립신문』과 『대한매일신보』의
기능과 관련하여

『내한매일신보』, 1907. 2. 16.
_____, 1907. 11. 22.
_____, 1908. 10. 11.
_____, 1909. 9. 8.
『독립신문』, 1896. 창간호.
_____, 1896. 5. 19.
『독립신문』, 1896. 9. 8.
_____,
『독립신문』, 1896. 9. 10.

권오만,『한국개화기시가연구』, 새문사, 1989.
김석하,『한국문학사』, 신아사, 1975.
김영철,『한국 개화기시가의 장르연구』, 학문사, 1987.
김윤식,「개화기시가고」,『한국현대시론비판』, 일지사, 1996.

김윤식·김현, 『한국문학사』, 민음사, 1996.

김학길, 『계몽기 시가집』, 한국문화사, 1990.

김학동, 『한국개화기시가연구』, 시문학사, 1981.

김희보 편저, 『세계문예사조사』, 종로서적출판주식회사, 1989.

노인숙, 『한국시가연구』, 국학자료원, 2002.

박용찬, 「개화기 지식인의 시대인식과 현실대응 양상」, 『국어교육연구』, 제23
　　　권, 국어교육연구회, 1991. 12.

박을수, 「개화기 시조 연구 서설」, 『신문학과 시대 의식』, 새문사, 1981.

＿＿＿, 『한국 개화기 저항시연구』, 성문각, 1985.

박철희, 「개화기시가의 구조」, 『신문학과 개화의식』, 새문사, 1981.

신용하, 「독립협회의 창립과 조직」, 『독립협회연구』, 일조각, 1976.

은천기 외, 『민족과 사상』, 형설출판사, 1989.

이광린, 『한국개화 사상연구』, 일조각, 1989.

임종찬, 『개화기 시가의 논리』, 예림기획, 1998.

정한모, 『한국현대시문학사』, 일지사, 1974.

조동일, 「개화기의 우국가사」, 『개화기의 우국문학』, 신구문화사, 1974.

＿＿＿, 「개화기문학의 개념과 특성」, 『국어국문학』, 제68호·69호 합본호, 국
　　　어국문학회, 1975.

＿＿＿, 『한국문학통사』, 제4권, 제3판, 지식산업사, 1994.

Ronald Paulson, 김옥수 역, 『풍자문학론』, 지평, 1992.

Urs Jaeggi, Literatur und Politik, Suhrkamp Verlag, 1972.

정신분석학 관점에서의 「불놀이」: 에로티시즘과 그 구조

주요한, 「노래를 지으시려는 이에게」, 『조선문단』, 1924. 12.

＿＿＿, 「반듯시 학교에서」, 『별건곤』, 1929. 2.

＿＿＿, 「과도기적가정비극과 그 대책」, 『동광』, 1931. 11.

＿＿＿, 「성에 관한 제 문제」, 『동광』, 1931. 12.

＿＿＿, 『아름다운 새벽』, 경성: 조선문단사, 1936.

『주요한문집』, 주요한기념사업회, 1981.

김병익, 『새로운 글쓰기와 문학의 진정성』, 문학과지성사, 1997.

심원섭, 「수수께끼에 쌓였던 환상의 시」, 『문학사상』, 2003. 7.

양동국, 「동경과 상해 시절 주요한의 알려지지 않은 행적」, 『문학사상』, 2000. 4.

오세영, 「송아 주요한 연구」, 『한국낭만주의시연구』, 일지사, 1980.

_____, 『한국현대시 분석적 읽기』, 고려대학교 출판부, 1998.

이승훈, 「현대시와 프로이트」, 『모더니즘 시론』, 문예출판사, 1995.

정효구, 「주요한의 작품 「불놀이」의 상상력」, 『20세기 한국시의 정신과 방법』, 시와시학사, 1995.

최유찬, 『문예사조의 이해』, 실천문학사, 1995.

Alain Touraine, 정수복 · 이기현 역, 『현대성 비판』, 문예출판사, 1995.

Anna Freud, 『5세 이전 아이의 성본능이 평생을 좌우한다』, 열린책들, 1999.

Calvin S. Hall, 이용호 역, *A Primer of Freudian Psycbology*, 박영사, 1971.

Elizabeth Wright, 권택영 옮김, 『정신분석비평』, 문예출판사, 1989.

Georges Bataille, 조한경 역, 『에로티즘』, 민음사, 1989.

Roland Barthes, 김희영 역, 『텍스트의 즐거움』, 동문선, 1997.

Sigmund Freud, 한상엽 역, 『성애와 자아/삶의 고찰』, 금성출판사, 1987.

_____, 김인환 역, 『에로스와 문명』, 나남, 1989.

_____, 서석연 역, 『꿈의 해석』, 범우사, 1992.

_____, 임진수 역, 『끝이 있는 분석과 끝이 없는 분석』, 열린책들, 2005.

소월의 시적 진술과 그 비평적 도그마

『소월시전집』, 성공문화사, 1977.

감태준, 「한국현대시전개와 위상연구」, 『창론』, 중앙대학교 예술연구소, 1999.

강등학 외, 『한국 구비문학의 이해』, 월인, 2002.

강우식 · 박제천, 『시창작 강의』, 작가정신, 1988.

구중서, 「김소월/그의 민족의식」, 『민족문학의 길』, 중원문화, 1985.

김영무, 「소월시의 감동의 원천과 기법상의 특징」, 『시의 언어와 삶의 언어』, 창작과비평사, 1990.

김용직, 『한국현대시작품론』, 문장, 1994.

김윤식, 『한국현대시론비판』, 일지사, 1996.

김윤식 · 김현, 『한국문학사』, 민음사, 1996.

박을수, 『한국개화기저항시가론』, 아세아문화사, 2001.

박철석, 「김소월론」, 『한국현대시인론』, 민지사, 1998.

신범순, 「육체의 옷과 구름 – 김소월 편 2」, 『시작』, 2002. 가을호.

오세영, 『한국현대시 분석적 읽기』, 고려대학교 출판부, 1998.

이동순, 『민족시의 정신사』, 창작과비평사, 1996.

이 탄, 『한국의 대표 시인론』, 문학아카데미, 1995.

정효구, 『20세기 한국시의 정신과 방법』, 시와시학사, 1995.

조남현, 『한국 현대문학사상 연구』, 서울대학교 출판부, 1994.

조동일, 『한국문학통사』, 제5권, 지식산업사, 1994.

홍윤기, 『한국현대시 이해와 감상』, 한림출판사, 1987.

황패강 외, 「20년대 시의 좌절과 방향모색」, 『한국문학연구입문』, 지식산업사, 1982.

Elizabeth Wright, 권택영 역, 「구조의 정신분석학 – 텍스트로서의 심리」, 『정신분석 비평』, 문예출판사, 1989.

「님의 침묵」의 여성적 발화에 대한 일찰

한용운, 『님의 침묵』, 회동서관, 1926.

엄형섭 편, 『한국현대시사자료집성』, 태학사, 1983.

감태준, 「근대시 전개의 흐름」, 감태준 외, 『한국현대문학사』, 현대문학, 1989.

권영민, 「만해 한용운의 문학, 그 새로운 지평」, 『문학사상』, 2005. 10.

김상일, 「한용운」, 『현대문학』, 1960. 6.

김우정, 「한용운론」, 『현대시학』, 1969. 8.

김윤식, 「타고르와 한용운」, 『김윤식평론문학선』, 문학사상사, 1991.

김학주, 『중국문학론』, 서울대학교출판부, 2001.

박노준 · 인권환, 『한용운연구』, 통문관, 1960.

서정주, 「한용운과 그의 시」, 『서정주문학전집』, 제2권, 일지사, 1972.

신석정, 「시인으로서의 만해」, 『나라 사랑』, 제2집, 외솔회, 1971.

우한용, 「문학언어의 논리와 아름다움」, 『문학의 이해』, 삼지원, 1997.

장문평, 「한용운의 임」, 『현대문학』, 1962. 4.

조윤제, 「멋이라는 말」, 『자유문학』, 1958. 11.

허 웅, 「ㄱ과 ㅎ의 대화」, 『심상』, 1974. 7.

Bronislaw Kaspar Malinowski, 서영대 역, 『원시신화론』, 민속원, 1996.

전경인의 정신에 따른 신동엽 시의 언어적 기호와 상

신동엽, 「60년대의 시단 분석도」, 『조선일보』, 1961. 3. 30.

신동엽·신경림 편, 『꽃같이 그대 쓰러진』, 실천문학사, 1988.

『신동엽전집』, 개정판, 창작과비평사, 2005.

강계숙, 「신동엽 시에 나타난 전통과 혁명의 의미」, 『한국근대문학연구』, 태학사, 2004.

강등학 외, 『한국 구비문학의 이해』, 개정판, 월인, 2002.

강현희, 「<산유화가>에 나타난 백제유민의 의식과 전통성 연구」, 『대전어문학』, 제17집, 대전대학 문과대학 국어국문학회, 2000.

강형철, 「신동엽 시의 시대의식 연구」, 『숭의논총』, 제23집, 숭의여자대학, 1999.

권영민, 『한국현대문학사』, 민음사, 1993.

김석환, 「신동엽 시의 기호학적 연구」, 『예체능 논총』, 명지대학교예체능연구소, 1997.

김창완, 『신동엽 시 연구』, 시와시학사, 1995.

오정국, 『시의 탄생, 설화의 재생』, 청동거울, 2002.

장부일, 「한국현대시 장시의 전개양상 연구」, 『논문집』, 제21집, 한국방송통신대학교, 1996.

조병춘, 「김수영과 신동엽의 참여시 연구」, 『세명논총』, 제4집, 세명대학교, 1995.

최유찬·오성호, 『문학과 사회』, 실천문학사, 1994.

Arnold Hauser, 황지우 역, 『예술사의 철학』, 돌베개, 1983.

Bronislaw Kaspar Malinowski, 서영대 역, 『원시신화론』, 민속원, 1996.

Fredric Jameson, 윤지관 역, 『언어의 감옥』, 제5판, 까치, 1996.

Jacques Derrida, 김보현 편역, 『해체』, 문예출판사, 1996.

M. H. Abrams, 최상규 역, 『문학용어사전』, 예림기획, 1997.

Roland Barthes, 김희영 역, 『텍스트의 즐거움』, 동문선, 1997.

V. N. Voloshinov, 송기한 역, 『언어와 이데올로기』, 푸른사상사, 2005.

Roland Barthes, *IMAGE MUSIC TEXT*, Essays selected and translated by Stephen Heath, New York, 1977.

하이데거의 철학적 사유와 김춘수 시의 대비적 논고

김춘수, 『한국현대시형태론』, 해동문화사, 1958.
_____, 「의미에서 무의미까지」, 『의미와 무의미』, 문학과지성사, 1976.
_____, 『시의 이해와 작법』, 개정판, 자유지성사, 2003.

김상균, 『하이데거의 사상에 있어서 인간 주체성에 관한 연구 ─ 존재와 시간을
    중심으로』, 부산카톨릭대 석사논문, 2002.
김환태, 「예술의 순수성」, 『김환태 전집』, 현대문학사, 1972.
김형효, 『하이데거와 마음의 철학』, 청계, 2002.
김혜영, 『하이데거의 시원적 사유 방식』, 서강대 석사논문, 2000.
김희보 편저, 『세계문예사조사』, 종로서적출판주식회사, 1989.
박찬국, 「후기 하이데거의 예술관과 언어관」, 한국하이데거학회 편, 『하이데거
    의 언어사상』, 철학과현실사, 1998.
박치완, 「시와 철학, 그 미답의 경계를 위하여」, 『시인세계』, 2002. 겨울호.
변원경, 『하이데거의 '예술작품의 근원'에 나타난 사물개념 고찰』, 연세대 석
    사논문, 2000.
소광희, 「논리의 언어와 존재의 언어」, 한국하이데거학회 편, 『하이데거의 언
    어사상』, 철학과현실사, 1998.
염영록, 『하이데거 철학에서 존재가능성과 존재의 현전성의 의미』, 서강대 석
    사논문, 2001.
윤병렬, 「하이데거의 휠더린 시 ─ 해석과 다른 시원」, 한국하이데거학회 편, 『
    하이데거의 예술철학』, 철학과현실사, 2002.
이상섭, 『문학이론의 역사적 전개』, 연세대학교 출판부, 1975.
이선일, 「다시 써보는 예술작품의 근원」, 한국하이데거학회 편, 『하이데거의
    예술철학』, 철학과현실사, 2002.
정은혜, 「하이데거의 언어철학」, 한국하이데거학회 편, 『하이데거의 예술철학』,
    철학과현실사, 2002.
조형국, 『하이데거에서 현존재의 본래성 ─ 비본래성과 양심』, 한국외국어대 석
    사논문, 2001.
추기연, 『우리 전통 회복의 한 디딤돌로써의 마르틴 하이데거』, 한국외국어대
    석사논문, 2001.
홍윤기, 『시창작법』, 한림출판사, 1993.
황문수, 『하이데거의 존재와 기술의 문제』, 경희대 박사논문, 2002.

Alain Badiou, 박정태 역, 『들뢰즈-존재의 함성』, 이학사, 2001.

Franz Zimmermann, 이기상 역, 『실존철학』, 서광사, 1987.

Martin Heidegger, 이기상 역, 『현상학의 근본문제들』, 문예출판사, 1994.

Wladyslaw Tatarkiewicz, 손효주 역, 『미학의 기본 개념사』, 미술문화, 1999.

Julian Young, *Heidegger's Philosophy* of Art, Cambridge university press, 2001,

Martin Heidegger, "Die Sprache," Unterwegs Zur Sprache, Pfullingen, Guenther
        Neske, 1959.

Richard Wisser(Hrsg), Martin Heidegger im Gespräch, Freiburg/München, 1970,
        S.77.

제2부 소설론 · 비평론

해학과 풍자로 형성된 고전의 쟁점 분석: 「장끼전」을 대상으로

김기동 · 전규태 편, 『한국고전문학100』, 중판, 서문당, 1993.

강등학 외, 『한국 구비문학의 이해』, 개정판, 월인, 2002.

강선구, 『동물우화소설과 동물우화의 대비적 고찰』, 인천대 석사논문, 2000.

권영민, 「풍자문학론의 실상과 그 허상」, 『소설문학』, 1983. 4.

김광순, 『천군소설연구』, 형설출판사, 1980.

_____, 『한국고소설사』, 국학자료원, 2001.

김대성, 「<장끼전> 연구」, 『청람어문학』, 제6집, 청람어문학회, 1991.

김일렬, 「설화의 소설화」, 『한국문학연구입문』, 지식산업사, 1982.

김재환, 『한국동물우화소설의 연구』, 동아대 박사논문, 1988.

김종철, 「19세기 판소리사와 변강쇠가」, 『고전문학연구』, 제3집, 고전문학연구
        회, 1986.

김준오, 『한국 현대 장르 비평론』, 문학과지성사, 1990.

김태준, 『증보 조선소설사』, 학예사, 1939.

맹택영, 「장끼전 연구: 주인공의 환경세계와 현실인식을 중심으로」, 『인문과
        학논집』, 제17집, 청주대 인문과학연구소, 1997.

민 찬, 「<장끼전>-이행기 삶의 다층적 구현」, 『조선후기 우화소설 연구』, 태

학사, 1995.

소인호, 「쟁장형 우화소설의 사회사적 의미」, 『고소설사의 전개와 서사문학』, 아세아문화사, 2002.

양민정, 「고소설에 나타난 여성의식과 의의」, 『한국어문학연구』, 제11집, 한국외국어대학교 한국어문학연구회, 2000.

윤해옥, 「조선후기 동물우화소설의 구조적 고찰」, 『연세어문학』, 제14 · 15집, 연세대학교, 1982.

이석래, 「<장끼전> 연구」, 『성심어문론집』, 제9집, 성심여대 국어국문학과, 1986.

이은숙, 『신작 구소설 연구』, 국학자료원, 2000.

임용식, 「장끼전(雄稚傳)의 새로운 연구」, 『장안논총』, 제5집, 장안실업전문대, 1985.

장덕순, 『한국고전문학의 이해』, 일지사, 1973.

정규훈, 『조선후기 우화소설 연구』, 계명대 박사논문, 1988.

정병욱, 『한국의 판소리』, 제5판, 집문당, 1996.

정출헌, 「<장끼전>에 나타난 조선후기 유랑민의 삶과 그 형상」, 『고전문학연구』, 제6집, 한국고전문학연구회, 1991.

_____, 『조선후기 우화소설의 사회적 성격』, 고려대 박사논문, 1992.

정학성, 「우화소설연구」, 『국문학연구』, 제17집, 서울대학교 국어국문학회, 1972.

조동일, 『한국문학통사』, 제3판, 지식산업사, 1994.

진봉규, 『판소리』, 수서원, 1995.

최운식, 『심청전 연구』, 집문당, 1982.

한 식, 『동아일보』, 1936. 2. 21.

염상섭의 「사랑과 죄」 주제의식 및 갈등 양상

염상섭, 「문예와 생활」, 『조선문단』, 1927. 2.

_____, 「한국의 현대문학」, 『문예』, 1952. 5.

_____, 『염상섭 전집』, 제2권, 민음사, 1987.

고영자, 「횡보와 자연주의론」, 『월간문학』, 1988. 11.

구중서, 「염상섭/在來 心性의 객관화」, 『민족문학의 길』, 중원문화, 1979.

김경수, 「전후 염상섭 장편소설의 전개」, 『서강어문』, 제13집, 서강대학교, 1993.

김병익, 「오늘의 우리 문학과 장인정신을 위하여」, 『새로운 글쓰기와 문학의
　　　진정성』, 문학과지성사, 1997.

김원우, 「횡보의 눈과 길」, 『문예중앙』, 1997. 여름호.

김윤식, 『염상섭 연구』, 서울대학교 출판부, 1987.

＿＿＿, 「무정부주의자와 허무주의」, 『한국문학』, 1991. 5·6 합본호.

김윤식·김현, 『현대문학사』, 민음사, 1996.

김정진, 「염상섭 초기장편 <사랑과 죄>」, 『한국어문학연구』, 제6집, 한국외국
　　　어대학교 한국어문학연구회, 1994.

＿＿＿, 『염상섭 장편소설의 아이러니 연구』, 한국외국어대 박사논문, 1996.

김종균, 「염상섭 소설의 연대적 고찰」, 『국어국문학』, 55·56·57 합본호, 국
　　　어국문학연구회, 1971.

＿＿＿, 「염상섭 연구의 비판」, 『문학사상』, 1973. 3.

＿＿＿, 「염상섭 연구』, 고려대학교 출판부, 1974.

＿＿＿, 「염상섭 소설의 배경 및 그 특성」, 『시문학』, 1979. 2.

＿＿＿, 『염상섭의 생애와 문학』, 박영문고, 1981.

＿＿＿, 「도시의 야인 염상섭」, 『문학사상』, 1986. 5.

김주연, 「현실주의 한 승화」, 『문학사상』, 1973. 3.

문창식, 「염상섭 장편소설론」, 『비평문학』, 1991. 10.

송성욱, 「조선시대 장편소설과 단편소설의 거리」, 『한국고소설의 자료와 해석』,
　　　아세아문화사, 2001.

송하춘, 「일제시대의 지식인들」, 『삼대』, 춘원문화사, 1993.

신영덕, 「염상섭의 창작방법론연구」, 『개신어문연구』, 제13집, 개신어문학회,
　　　1996.

우정은, 『염상섭 초기작품 연구』, 동아대 석사논문, 1983.

윤지관, 『다시 문제는 리얼리즘이다』, 실천문학사, 1992.

이강언, 「염상섭 소설의 도시성 연구」, 『대구어문논총』, 대국대학교, 1992. 8.

이동하, 「염상섭의 1930년대 중반기 장편소설」, 권영민 편, 『염상섭문학연구』,
　　　민음사, 1987.

이보영, 「타락한 사회와 윤리」, 『월간문학』, 1981. 10.

이주형, 「민족문학과 프로문학의 대립」, 『한국문학연구입문』, 지식산업사, 1982.

임명진, 「염상섭의 리얼리즘론과 그 절충적 성격」, 『국어국문학』, 제105집, 국
　　　어국문학연구회, 1991.

임종국, 『친일문학론』, 평화출판사, 1996.

장효현, 「중세 해체기 소설에 나타난 천첩의 형상」, 『한국고소설의 자료와 해

석』, 아세아문화사, 2001.

정호웅, 「식민지 현실의 소설화와 역사의식」, 『염상섭전집』, 제2권, 민음사, 1987.

조남현, 『한국현대문학사상연구』, 서울대학교 출판부, 1994.

_____, 「알처럼 숨겨진 횡보문학」, 『문학사상』, 1997. 9.

_____, 「갈등으로 본 염상섭의 <사랑과 죄>」, 김종균 편, 『염상섭소설연구』, 국학자료원, 1999.

조남현 외, 「염상섭 문학의 요결」, 『문학사상』, 1997. 8.

조동일, 『한국문학통사』, 제5권, 제3판, 지식산업사, 1994.

최유찬·오성호, 「비판적 리얼리즘과 사회주의 리얼리즘」, 『문학과 사회』, 실천문학사, 1994.

최주한, 「염상섭과 근대적 주체」, 『서강어문』, 제13집, 서강대학교, 1997.

하영민, 『『사랑과 죄』의 인물구조 연구』, 전북대 석사논문, 1991.

Fredric Jameson, 윤지관 역, 『언어의 감옥』, 까치, 1985.

한국 프로문학과 내용·형식 논쟁에 대한 재해석

『개벽』, 1922. 1.

_____, 1923. 9.

_____, 1923. 11.

_____, 1924. 2.

_____, 1925. 2.

_____, 제56호.

『동아일보』, 1929. 3. 7.

_____, 1929. 5. 5.

『매일신보』, 1924. 12. 7.

『사상계』, 1956. 11.

_____, 1958. 5.

_____, 1958. 9.

『신동아』, 제4권, 제9호.

『조선문단』, 1927. 2.

_____, 1927. 3.

_____, 제4권, 제3호.

『조선지광』, 1926. 12.

_____, 1927. 1.

『현대문학』, 1960. 2.

권영민, 『한국현대문학사』, 민음사, 2002.

김규진 편, 「소비에트 러시아 문학의 성립」, 『러시아 문학과 사상』, 명지출판
         사, 1990.

김동리, 「문학과 사상」, 『광장』, 1981. 9.

김사엽, 『조선문학사』, 정음사, 1948.

김시태, 『한국프로문학비평연구』, 아세아출판사, 1978.

김용직, 『한국근대시사』, 학연사, 2002.

김윤식, 『한국근대문예비평사연구』, 일지사, 1976.

김 철, 『1920년대 신경향파소설 연구』, 연세대 박사논문, 1984.

김혜니, 『한국근현대비평문학사연구』, 월인, 2003.

김희보 편, 『세계문예사조사』, 종로서적출판, 1989.

독고종, 『변증법적 유물론 비판』, 과학과사상, 1994.

박민수, 『한국 현대시의 리얼리즘과 모더니즘』, 국학자료원, 1996.

손해일, 『박영희문학 연구』, 시문학사, 1994.

이길주 역, 『레닌의 문학예술론』, 논장, 1988.

조남현, 「갈등으로 본 염상섭의 <사랑과 죄>」, 김종균 편, 『염상섭 소설 연구』,
         국학자료원, 1999.

차원현, 『한국 경향소설 연구』, 서울대 석사논문, 1987.

홍성암, 「프로문학론의 수립과 실천」, 『한국현대비평기연구』, 태학사, 1998.

D. S. Mirsky, 이항재 역, 『러시아문학사』, 문원출판, 2001.

Fredric Jameson, 여홍상 · 김영희 역, 『변증법적 문학이론의 전개』, 창작과비평
         사, 1984.

Leon Trotsky, 공지영 옮김, 「프롤레타리아 문화와 프롤레타리아 예술」, 유지
         런 외, 『마르크스주의』, 고려원, 1991.

이주열 ─────

한국외국어대학교에서 현대시의 해학성 연구로 박사학위를 받고, 역동적이며 환희의 커뮤니케이션을 위한 글쓰기와 언제든지 난관에 휘말릴 수 있는 인생에 있어서 그것의 극복 기회를 제공해 주는 문학과 관련된 강의를 해오고 있다. 글로벌 시대라 일컫는 현재의 세계에 맞서지 못하고 실존에 대한 무거운 고뇌만 되씹는 이들 그리고 타인에 대한 배려 없이 독단적 언행을 일삼는 대상들과의 끊임없는 교류를 시도해야 한다는 당위성에 입각, 『한국 현대시에 나타난 해학성과 정신』을 상재했다. 또 각자의 영역에서 주체적 삶의 방식을 확장하고 보편적 인류의 가치를 심화시키고 있는 시인들을 고구한 『시의 삶, 삶의 시』를 펴냈다. 최근 발표한 논문으로는 「역(驛)의 공간성」(국어문학), 「주요한의 시적 언어 운용 방식: 일본어 시를 중심으로」(비평문학), 「미디어와 그 시적 은유에 관한 소고」(어문론총), 「철도공간에 대한 최남선과 김기림의 시적 발현 연구」(외국문학연구), 「경부철도노래에 나타난 긍정의식 연구」(우리어문연구), 「박팔양 시의 형성에 대한 비판적 고구」(우리어문연구)가 있다. 문학은 역사적으로 예측할 수 없는 사회 변화에 직간접적으로 대응하면서 보다 가치 있는 삶을 위한 인간의 지혜를 확충시켜 왔다. 이 저작은 문학적 표상의 존재적 의의와 함께 그것을 구체적으로 어떻게 인식하고 분석·비평할 것인지를 그동안 규범화된 논의들을 연결하여 구성한 이론으로서 대부분 문학 연구의 초보적 위치에 있었던 때 씌어진 집적물이다.

문학연구
입문의 실제

초판인쇄 | 2012년 1월 31일
초판발행 | 2012년 1월 31일

지 은 이 | 이주열
펴 낸 이 | 채종준
펴 낸 곳 | 한국학술정보㈜
주   소 | 경기도 파주시 문발동 파주출판문화정보산업단지 513-5
전   화 | 031)908-3181(대표)
팩   스 | 031)908-3189
홈페이지 | http://ebook.kstudy.com
E - m a i l | 출판사업부 publish@kstudy.com
등   록 | 제일산-115호(2000. 6. 19)

ISBN   978-89-268-2969-1 93810 (Paper Book)
        978-89-268-2970-7 98810 (e-Book)